LA FILLE QUI N'EXISTAIT PAS

L'auteur

Natalie C. Anderson a passé plus de dix ans en Afrique à travailler sur le sort des réfugiés pour des ONG et pour les Nations Unies. Elle habite aujourd'hui à Boston où elle donne des cours de développement personnel. Elle a écrit son premier roman, *La Fille qui n'existait pas*, lors d'une résidence d'écrivain jeunesse à la Bibliothèque publique de Boston.

LA FILLE QUI N'EXISTAIT PAS

Natalie C. Anderson

Traduit de l'anglais (États-Unis)
par Hélène Zilberait

POCKET JEUNESSE
PKJ·

Directeur de collection :
Xavier d'Almeida

Titre original :
City of Saints and Thieves
Publié pour la première fois en 2017
par G. P. Putnam's Sons, an imprint
of Penguin Random House
New York

Loi n° 49-956 du 16 juillet 1949 sur les publications
destinées à la jeunesse : mars 2018

ISBN : 978-2-266-27871-3
Dépôt légal : mars 2018

À toutes les filles qui sont plus que des réfugiées.

1

Règle numéro un : un voleur n'existe pas.

C'est Big Boy qui m'a appris ça. Je me faufile dans la foule, frôle des bras et des épaules tièdes qui sentent la sueur et le savon. Je prends le temps de choisir par une grosse dame habillée en rose et or, fais semblant de la bousculer puis file avec son portefeuille dans la poche. Je me glisse entre les barreaux d'une fenêtre en retenant sa respiration.

Personne ne m'a vue.

Je suis la meilleure voleuse de la ville.

Je n'existe pas.

Je suis restée sous ce manguier assez longtemps pour écraser sept moustiques. Je sens des gouttes de sang chaud coller à mes doigts. Je ne compte plus le nombre de piqûres. Des fourmis explorent mes jambes. Et sœur Gladys – maudite soit-elle ! – ne dort toujours pas.

À travers la fenêtre je la vois devant la télévision de la salle commune, le visage baigné d'une clarté bleue, le ventre secoué par un gros rire. Elle a posé les pieds sur un tabouret ;

ses orteils sont tordus comme les cornes d'une antilope. Je me demande ce qu'elle regarde maintenant que ses élèves dorment. Un vieil épisode du *Prince de Bel-Air ?* Une émission de variétés ? Qu'est-ce qui fait rire les bonnes sœurs ?

Après avoir consulté l'heure sur mon téléphone, j'envisage brièvement de revenir demain pour lui piquer sa vieille télé une bonne fois pour toutes. Elle n'est pas censée prier, celle-là ?

Huit moustiques. Mon estomac gargouille. J'écrase ma main sur mon ventre pour le faire taire.

Enfin, la tête de sœur Gladys retombe sur son buste. J'attends que son souffle ralentisse puis je franchis prudemment le mur qui encercle l'école.

Aussitôt, un chien de garde surgit des ténèbres et s'élance vers moi.

Je tends les bras et Dirty se précipite pour me lécher le visage.

— Chut…, je réponds à ses gémissements.

Il me suit en remuant la queue tandis que je me dirige vers la salle de bains située au bout du dortoir.

— T'en as mis du temps ! s'exclame Kiki en ouvrant une fenêtre à mon approche.

Le grincement du bois me fait tressaillir et je regarde autour de moi, même si je sais qu'il n'y a personne dans la cour hormis mon vieux copain Dirty. Il s'appuie contre ma cuisse en haletant joyeusement pendant que je gratte le poil doux entre ses oreilles. Dirty et moi, on est de vieux copains.

— Je crois que sœur Gladys craque pour Will Smith.

Ma sœur répond par un grognement et me tend un petit pain blanc à travers les barreaux de la fenêtre, qui sont censés éloigner les voleuses comme moi. J'en donne un bout à

Dirty, qui n'en fait qu'une bouchée, se lèche les babines et recommence à gémir.

— Tout va bien ? je demande, la bouche pleine. Les pingouins t'en font pas trop baver ?

Elle secoue la tête.

— Et toi ?

— Y a pas de pingouins sur mon toit. Un pingouin, ça ne sait pas voler.

— Arrête, tu sais bien ce que je veux dire, Tina.

— Ça va... Hé, je t'ai apporté quelque chose.

Je fouille dans mon sac et j'en sors des crayons encore enveloppés dans de la cellophane. Je les glisse à travers les barreaux.

— Tina...

Avant qu'elle puisse protester, j'ajoute :

— Attends, ce n'est pas tout !

Je lui tends un carnet à la couverture illustrée où on voit une bande de gamins hilares et au-dessus, une inscription en lettres majuscules noires : C'EST LA RENTRÉE !

Son regard se pose sur la peau tatouée de mes bras.

— Les sœurs vont me donner des fournitures scolaires. Tu n'es pas obligée de les voler.

— Et toi tu n'es pas obligée de dépendre de leur charité ! Elles vont te refiler les sales rebuts. Moi, je peux t'avoir mieux que ça.

— Mais là, c'est de ta charité à toi que je dépends.

— C'est pas pareil. Moi, je suis ta famille.

Elle ne répond rien à ça.

Je recule en laissant mes cadeaux sur le rebord de la fenêtre.

— De rien.

— Tina, s'emporte-t-elle, tu ne vas pas vivre dans la rue jusqu'à la fin de tes jours !

Je referme mon sac.
— Je ne vis pas dans la rue. Je vis sur un toit.
Kiki fronce les sourcils ; elle me rappelle maman. À chacune de mes visites, je suis frappée par cette ressemblance et parfois ça me fait mal, mais je préfère qu'elle lui ressemble à elle plutôt qu'à lui. De lui, elle tient sa peau claire, ses yeux, ses boucles un peu lâches. Ça se voit quand même qu'on est sœurs ; j'aimerais juste que ce soit moins flagrant qu'on n'a pas le même père. Je n'emploie jamais le mot « demi-sœur » devant elle. Je n'aime pas comment il sonne. Comme si on n'était qu'une moitié de personne.
Mais le père de Kiki est blanc, contrairement au mien. Un jour, elle a lâché au détour d'une phrase que les autres filles la surnommaient « Fifty-fifty ». Comme j'insistais pour qu'elle me donne leurs noms, elle a répondu : « Ce n'est pas méchant, Tina. Ça ne me gêne pas, et puis tu ne vas tout de même pas taper sur des plus petites que toi. » Mais parfois, je la surprends en train d'examiner ma peau sombre, de la comparer avec la sienne, et je vois bien qu'elle aimerait se fondre dans la masse de temps en temps. Pour ne plus être la petite métisse orpheline.
Kiki agrippe les barreaux qui nous séparent comme si elle cherchait à les arracher. Elle n'en a pas fini avec moi.
— Tu pourrais t'installer ici. Tu sais que c'est possible. Sœur Eunice serait d'accord. Tu n'es pas trop vieille. Elle a accepté une autre fille de seize ans. Il y a plein de livres et un piano, et…
— Chut. (Je pose un doigt sur mes lèvres.) Tu parles trop fort.
Elle jette un regard derrière elle, en direction de la salle de bains plongée dans l'obscurité. Quelque part dans le dortoir, une fille tousse.

— Je suis sérieuse, Tina, chuchote-t-elle en se tournant de nouveau vers moi. Tu deviendrais boursière, toi aussi.

— Voyons, Kiki, tu sais bien que ce n'est pas possible. C'est un enfant par famille.

— Mais...

— Ça suffit !

J'ai parlé sèchement. Un peu trop sèchement, peut-être. Ses épaules s'affaissent. Je reprends d'un ton radouci, en tendant la main à travers les barreaux pour lisser les boucles qui se sont échappées de ses tresses :

— Merci pour le dîner. Il faut que j'y aille. J'ai rendez-vous avec Skinny.

— Attends, Tina, ne pars pas tout de suite, proteste-t-elle, le visage pressé contre les barreaux.

— Sois sage, OK ? Fais tes devoirs. Et retourne dans ton lit avant que les pingouins te surprennent.

— Tu reviens vendredi prochain ?

— Comme d'habitude.

Je repousse doucement Dirty, qui est toujours collé à ma jambe, et je m'assure que mon sac à dos est bien fermé. C'est toujours plus dur d'escalader le mur pour sortir que de grimper à l'arbre pour entrer, et je n'ai pas envie de tomber sur les barbelés ou sur les débris de verre encastrés dans le béton.

Kiki ne me lâche pas des yeux. Je me force à sourire. D'abord, elle ne réagit pas, puis les traits de son visage se détendent et elle sourit à son tour.

Pendant une demi-seconde, j'existe.

Puis je disparais dans l'obscurité.

2

Règle numéro deux : ne se fier à personne.

Prenons les Goondas, par exemple. Ce n'est pas parce que je suis l'une des leurs que j'ai confiance en eux. Big Boy, passe encore. Sans lui, je serais morte à l'heure qu'il est. Mais des types comme son frère La Fouine ?

Pas question. Ça fait longtemps que je sais ça.

Les Goondas sont partout à Sangui et ils ramassent les réfugiés comme un chien errant attrape les puces. Ma vie serait peut-être plus facile si je décidais d'aller m'installer dans leur hangar mais l'un d'eux finirait sans doute par venir se coller à moi au milieu de la nuit et en un rien de temps, je me retrouverais sur le trottoir à faire la manche avec une flopée de gosses. La plupart des filles ne tiennent pas longtemps chez les Goondas.

Mais moi, je ne suis pas une fille comme les autres.

Je me faufile dans les ruelles obscures. Le chemin qui mène du pensionnat de Kiki à l'entrepôt des Goondas m'est si familier que je peux le parcourir les yeux fermés. Mais je les garde grands ouverts. Après la tombée de la nuit, une fille seule dans les rues, c'est une proie facile. En général, j'essaie de ne pas me faire remarquer. Je me cache sous ma capuche et je porte des vêtements informes. Je garde les cheveux courts. Être maigrichonne et avoir peu de poitrine m'aide aussi.

Je slalome entre la boue, le béton et les ordures qui s'amoncellent dans des flaques d'eau grise. Au-delà des lumières de la ville, la lueur rosée du ciel éclaire mon chemin. Quand j'arrive dans Biashara Avenue, les marchands ambulants sont rentrés chez eux. Les seules âmes qui vivent sont les oiseaux de nuit, les ivrognes et les prostituées baignant dans la lumière des néons, à l'entrée des bars. Les filles me lorgnent d'un air suspicieux depuis l'autre côté de la rue. Je les ignore et presse le pas pour atteindre le pont qui sépare la vieille ville, où se trouve l'école de Kiki, de la zone industrielle, le territoire des Goondas. Les lumières des usines et des entrepôts se reflètent sur le fleuve ; on dirait un sortilège qui séparerait le neuf de l'ancien.

Un jour, en traversant le pont, j'ai vu un corps flotter sur l'eau. Il faisait nuit noire et j'étais seule. Il a dû continuer à dériver jusqu'à ce qu'un crocodile s'y intéresse, à moins qu'il n'ait atteint la mangrove, puis l'océan, s'il en restait encore quelque chose. Mais ce soir, je n'aperçois pas de cadavre dans le fleuve, juste quelques boutres[1] amarrés avec des pêcheurs endormis au fond de la coque.

J'accélère pour gagner l'autre rive. Le silence règne autour des entrepôts ; il n'y a pas de bars de ce côté-là. Je n'entends que quelques alarmes de voitures au loin et le grognement des chiens qui fouillent les poubelles. Ils ne

1. Bateaux arabes qui naviguent dans la mer Rouge, le long de la côte orientale d'Afrique et dans le golfe Persique.

lèvent même pas la tête à mon passage. Je n'ai pas besoin de vérifier l'heure sur mon téléphone pour savoir que je suis en retard. Je maudis sœur Gladys et ses émissions de télé. Je n'aurais pas dû aller voir Kiki. Je n'avais pas le temps. Mais si je n'étais pas venue comme tous les vendredis soir, elle se serait inquiétée.

Et puis, je ne voulais pas affronter ce qui m'attend sans l'avoir vue.

Quand j'arrive enfin devant la porte de l'entrepôt rongée par la rouille, je suis essoufflée et une fois de plus, j'ai faim. Je frappe trois coups, puis deux, puis un.

Un judas s'ouvre sur un œil torve.

— C'est moi, Tina.

Le vigile m'ouvre la porte sans un mot.

Skinny m'attend à l'intérieur.

— T'es en retard, dit-il en croisant ses bras maigres sur sa poitrine avec une moue agacée.

Je jette un coup d'œil à ses cils maquillés et à son tee-shirt rose vif, un peu transparent.

— Tu étais censé porter du noir ! (Comme si les Goondas ne se fichaient pas assez de lui.) Allez, on y va.

Il me suit dans le couloir qui mène au bureau de Big Boy. J'entends les Goondas à travers les murs. Allongés à même le sol de l'entrepôt, ils se défoncent ou regardent un match de foot en attendant qu'on leur donne quelque chose à faire.

Un autre garde s'efface pour nous laisser entrer dans le bureau de Big Boy. À notre arrivée, La Fouine et lui sont en train d'examiner un plan. Les manches retroussées sur leurs bras tatoués, ils montrent un endroit en se chamaillant. Ils récapitulent une dernière fois le déroulement de la soirée, ce qui n'est pas plus mal : dans la famille, c'est

Big Boy qui a hérité du cerveau, et son frère La Fouine est un idiot de première. On a déjà travaillé ensemble mais là c'est un gros coup, et ça ne me plaît pas de devoir compter sur La Fouine pour assurer mes arrières. Ce type fait des blagues idiotes sur les gays pour emmerder Skinny, je ne l'aime pas. Mais ce n'est pas le genre de chose dont on peut discuter avec Big Boy. Son petit frère le suit partout comme un petit chien.

On a du mal à croire qu'ils sont de la même famille. Big Boy est l'aîné, il doit avoir environ vingt-cinq ans. Il est musclé, large d'épaules, avec un visage sérieux et des yeux qui vous transpercent l'âme. On le compare souvent à Jay Z. La Fouine, lui, est tout maigre et paraît plus jeune que ses dix-huit ans. Il a un petit visage étroit et un rire de hyène. On le compare souvent à une fouine efflanquée.

Deux sacs de sport pleins à craquer sont posés à leurs pieds ; ils contiennent deux ordinateurs portables, des sweats à capuche noirs, des câbles, du scotch, des paquets de chips et des boissons énergisantes. L'équipement de base.

Je m'avance pour jeter un œil par-dessus leurs épaules.

— On arrive de là-bas, dit Big Boy.

Il tapote le plan de l'index et me fixe de son regard bizarre. Je hoche la tête et il reporte son attention sur le plan.

— Et ensuite, La Fouine ?

— On en a déjà parlé cent fois ! On dépose la petite, on sort du quartier et on essaie de se garer ici.

Il indique un endroit avec son doigt.

— Et qu'est-ce qu'on fait en attendant ?

La Fouine ricane en esquissant un geste vulgaire. Il me regarde pour voir si je rougis. Je ne réagis pas.

Big Boy lui assène une grande claque sur la nuque.

— Grandis un peu ! s'exclame-t-il sans lever les yeux du plan.

L'air maussade, La Fouine se masse le cou mais ne moufte pas. Même lui, il sait qu'il ne faut pas tenir tête à Big Boy.

— Bon, Skinny va rester dans le camion avec moi pour faire son truc sur l'ordi, poursuit Big Boy.

Skinny garde les bras croisés en maintenant une distance respectueuse. Il ne dit rien. Ce n'est pas un Goonda.

— Toi, tu montes la garde, ordonne Big Boy à son frère.

— Et toi, qu'est-ce que tu fais pendant ce temps-là, gros malin ? demande La Fouine.

— Je m'occupe de toi, réplique Big Boy d'une voix suave. Je fais mon rapport à M. Omoko. Bon, au tour de la petite. Tu sais où tu dois aller ?

Tous les regards convergent vers moi. Je relève la tête.

— Oui.

Big Boy désigne le plan d'un mouvement de tête. C'est une question, donc je me rapproche de la table et je viens me poster entre La Fouine et Big Boy, puis je braque le doigt sur la rue qui longe la propriété. Mon doigt franchit la clôture électrifiée, les murs épais de quarante centimètres, les scanneurs laser, glisse sans bruit le long des couloirs moquettés en slalomant entre les mots griffonnés : vigiles, caméras, chiens. Il s'arrête au cœur du bâtiment.

— Là.

3

Règle numéro trois : n'avoir aucun ami.

Nous, les voleurs, avons une famille, ou au moins une mère. Il y en a comme celle de Skinny, que je salue tous les jours en rentrant chez moi. J'entretiens avec elle des rapports de bon voisinage, rien de plus. Elle vend du thé au coin de la rue et me prévient si les flics sont dans les parages. De mon côté, je veille à ce que les Goondas traitent bien son fils.

Nous, les voleurs, pouvons avoir des connaissances. Mais des amis, des gens sur qui compter ?

Ça ne nous attirerait que des problèmes.

Pour devancer les questions, non, Skinny n'est pas mon ami. C'est mon associé, nuance. Comme il vient du Congo lui aussi, je ne suis pas obligée d'aborder les sujets qui fâchent : où se trouve ma famille, pourquoi je ne dors toujours que d'un œil, pourquoi la vue d'un uniforme me fait tressaillir. Parfois, il vient me voir sur mon toit et on partage une clope en regardant le soleil disparaître sous la brume de pollution qui recouvre la ville. C'est tout. Skinny a ses potes de soirée et moi j'ai Kiki. Ça peut paraître triste dit comme ça mais je ne suis pas du genre à m'apitoyer sur mon sort.

Et puis, je n'ai pas le temps de me faire des amis. J'ai d'autres chats à fouetter.

Notre équipe monte dans la camionnette d'un fleuriste. C'est La Fouine qui conduit et Big Boy n'arrête pas de lui crier de ralentir et de fixer la route. Il est 2 heures du matin et, sauf pour nous extorquer un peu de fric, la police s'en fiche pas mal qu'on grille des feux à cette heure-là. Mais il vaut quand même mieux que personne ne se rappelle avoir vu une camionnette remplie de gamins habillés en noir qui n'ont pas du tout la tête de fleuristes. Plus on se rapproche, plus j'ai hâte de me mettre au travail. Le bla-bla incessant de La Fouine me rend nerveuse. Son rire de hyène et ses blagues vulgaires sur les filles qui tapinent à tous les coins de rue me tapent sur les nerfs.

À l'arrière, Skinny et moi restons silencieux et nous concentrons sur la tâche à venir. Je mets mon oreillette et vérifie la connexion Bluetooth sur mon téléphone.

— Voyons un peu si la caméra fonctionne, dit Skinny.

Je me tourne vers lui pour tester la micro-caméra intégrée à mon oreillette. Son visage apparaît sur l'écran de son ordinateur.

— Bien, dit-il en se recoiffant. Et ton micro ? Dis quelque chose.

— Skinny n'a aucun style, je susurre.

L'oreillette répercute mes mots sur mon téléphone, puis sur l'ordinateur de Skinny, qui me restitue l'écho de ma voix.

Il me fait un doigt d'honneur entre deux réglages sur son matériel.

— Tu m'entends bien ?

Je hoche la tête.
— Oui, nickel.
— Il faut que tu gardes ton téléphone à proximité de l'oreillette. La dernière fois, quand tu l'as mis dans ta poche, la réception était mauvaise. Où tu comptes le mettre cette fois-ci ?

Je glisse mon portable dans ma brassière de sport et j'agite les mains. Tadam !
— C'est mignon.
— Et plus sûr.
— Tiens, mets ça dans ta poche, dit-il en me tendant une minuscule clé USB. C'est la clé du coffre au trésor ; je n'ai pas envie qu'elle se perde dans ton décolleté.
— Ha ha.

J'ai à peine plus de poitrine que ma sœur de onze ans mais je m'exécute.

Aussi loin que je m'en souvienne, Skinny a toujours été super doué en électronique. Quand il était petit, les garçons plus âgés le frappaient et le traitaient de fille, alors il passait son temps dans sa chambre à démonter et à remonter des téléphones et des ordinateurs. Son dernier exploit, c'est d'avoir réussi à trafiquer des distributeurs de banques pour leur faire cracher des billets de mille shillings.

Il ne veut pas faire partie des Goondas mais il a accepté de travailler avec moi. Il fait ce que je lui demande et en échange je vole toutes sortes de gadgets pour lui (téléphones, ordinateurs, voire, de temps à autre, un sac à main griffé). Il se vante d'être le meilleur hackeur d'Afrique de l'Est et, d'après ce que j'ai vu, il dit la vérité.

Il a intérêt. Il s'apprête à nous faire entrer dans la maison la mieux protégée du Ring.

Le Ring, c'est le quartier où vivent les riches, un bel endroit vert et vallonné qui surplombe Sangui et semble nous regarder de haut. Des maisons bordées de pelouses soigneusement entretenues se cachent derrière des haies de flamboyants, des barbelés, des chiens et des militaires reconvertis. Le matin, des Mercedes descendent en ville pour amener ces messieurs au boulot. On les appelle les WaBenzi : la tribu des Mercedes-Benz. Ils viennent des quatre coins du monde mais ils parlent une langue commune : celle de l'argent. Quand ils rentrent chez eux le soir, dans leur belle propriété du Ring, ils se plaignent des embouteillages, boivent du whisky importé et se couchent tôt dans leurs beaux draps en coton fin. Leurs femmes règnent sur des bataillons de domestiques et ont la migraine quand le soleil africain tape trop fort. Leurs enfants jouent au tennis. Leurs chiens voient un psy.

À cette heure de la nuit, le Ring est calme ; on n'entend que le coassement des grenouilles et les stridulations des insectes. Il a plu et une brume épaisse est tombée sur la ville. Les rues bordées d'arbres, si familières que j'en ai la chair de poule, sont désertes. Notre camionnette de fleuriste ne dénote pas trop ; nous pourrions quitter un banquet ou un mariage.

Je regarde par la vitre. Entre deux maisons, à la faveur d'une trouée entre les arbres, j'aperçois l'océan Indien. Sangui, ville-État perchée sur une colline et port de premier plan, est un très bon endroit pour faire des affaires. Tu fais ton sale boulot, là-bas en ville, et tu rentres te reposer dans le Ring.

Je connais bien. J'ai vu tout ça de près. Je vis peut-être dans la boue maintenant mais autrefois, il y a fort longtemps, j'habitais dans une forteresse du Ring.

Règle numéro quatre : choisir sa cible avec soin.

Voleur
Kauzi[1]
Thegi
Mwizi
C'est un mot magique et puissant.

Le seul fait de le prononcer dans la rue peut causer la mort. Comme la police ne sert à rien, les gens décident de se faire justice tout seuls. Et croyez-moi, personne ne pleure le voleur quand son sang coule dans la poussière. On a vraiment intérêt à ne pas se faire pincer.

La proie la plus facile est souvent la meilleure. Si on veut faire les poches de quelqu'un, il faut s'attaquer aux ivrognes, aux gens qui se disputent au téléphone. Si on veut cambrioler une maison, mieux vaut choisir celle où on planque la clé sous le paillasson. Et si on préfère vider un compte en banque ? Le plus simple est de s'attaquer à celui d'une vieille. Il y a de grandes chances pour que son mot de passe soit le nom de son chien.

Il y a tout un éventail de choix. Pas besoin de se compliquer la vie.

Mais pour chaque règle, il y a une exception.

La maison de Roland Greyhill n'est pas une cible facile. Ses grilles sont cadenassées et sa garde rapprochée veille au grain. Ce type gagne sa vie en traitant avec des seigneurs de guerre et des armées, il jongle avec des sommes d'argent colossales. Il sait qu'il a des ennemis. Ça fait des années qu'il surveille ses arrières. C'est un coriace qui ne fait confiance à personne.

1. Tous les mots étrangers en italiques sont traduits dans le glossaire à la fin du romain. (*N.d.T.*)

La gorge nouée, je baisse un peu ma vitre. Une odeur de jasmin flotte dans l'air chargé d'humidité.

Près de moi, Skinny reste silencieux. Je sais qu'il a envie de me demander comment ça va. Tous les autres ont passé la journée à répéter le plan, mais moi ça fait des années que j'y pense. Je ne suis même pas sûre de pouvoir expliquer ce que je ressens en ce moment même. J'ai l'impression d'avoir avalé une ruche.

Mais Skinny est trop malin pour me poser des questions idiotes.

À deux maisons de notre destination, La Fouine éteint les phares et gare la camionnette.

— On y est, monsieur Omoko, informe Big Boy dans son téléphone.

La propriété est deux fois plus grande que les autres maisons de la rue. Derrière le mur d'enceinte, on ne distingue que le toit en tuile rouge. Ce qu'on ne peut pas voir, c'est la demi-douzaine de gars armés d'AK-47 et les deux bergers allemands qui patrouillent dans le jardin. Mais on sait qu'ils sont là.

On fixe la maison en silence. Même La Fouine ne dit rien. Big Boy se frotte les mains.

— T'es prête, petite ?

Je vérifie que mon oreillette est bien en place. Je fais craquer mes épaules et mon dos. Je dois me mordre les lèvres pour ne pas crier : « Je suis là ! C'est moi. C'est ma maison. »

— Je suis prête.

À ces mots, je descends de la camionnette.

4

Règle numéro cinq : toujours avoir un plan.

Un plan béton : simple mais détaillé. Ensuite, il faut le graver dans sa mémoire, histoire de ne pas rester tétanisée quand, une fois dehors, on lève les yeux vers la maison où on s'apprête à entrer sous les regards appuyés des Goondas.

Mon plan s'organise en trois parties : Boue. Fric. Sang.

J'ai beaucoup réfléchi à ce plan, je l'ai considéré sous tous les angles. J'ai fait bien attention. J'ai essayé de penser à tout.

Il y a toutefois une chose à savoir au sujet des plans : les trois quarts du temps, rien ne se passe comme prévu. Le matériel casse, la bonne se réveille, les chiens aboient… Un bon voleur parvient à garder son calme et à *jua kali* pour se tirer d'affaire. Eh oui : il faut savoir improviser.

C'est Skinny qui donne le coup d'envoi. Pendant que je me dirige vers la propriété avec La Fouine sur les talons, il pirate le système de sécurité, désactive la clôture électrique et le système de vidéosurveillance du poste de sécurité. Puis il le rebranche sur son ordinateur afin de pouvoir surveiller tout le jardin. Il éteint les alarmes qui protègent les fenêtres du rez-de-chaussée. Il a calculé qu'il pouvait tout neutraliser pendant environ trois minutes avant que la sécurité intervienne. Entre-temps, j'aurai réussi à entrer et il aura pris le contrôle de toutes les caméras intérieures, si bien que depuis le poste de sécurité, on ne verra qu'une belle maison vide. Les coupures de courant sont fréquentes pendant la saison des pluies. La sécurité mettra sûrement ce couac sur le compte de Dame Nature.

Avec l'aide de La Fouine, j'extirpe des buissons une échelle en bois qu'un jardinier de la ville a laissée derrière lui cet après-midi puis je grimpe sur le mur d'enceinte, dissimulée par l'ombre des flamboyants qui bordent le trottoir. Facile. Une fois parvenue au sommet, je guette le bourdonnement émis par le fil électrifié de la clôture. Je n'entends rien mais je pose tout de même un doigt dessus, au cas où.

— Tu ne me fais pas confiance ? marmonne Skinny dans l'oreillette.

Je ne réponds pas et me concentre sur mes mouvements.

Quand j'étais petite, j'ai pris des cours de gym gratuits pendant deux ou trois ans avant que ma mère décide qu'on ne devait plus accepter la charité. Je ne sais pas si ça m'a aidée ou si c'est grâce à ma petite taille, mais franchir un mur de cinq mètres surmonté de fil barbelé ne me pose aucun problème.

Je plie les jambes pour sauter dans le vide et j'atterris dans la haie en contrebas. Accroupie derrière les branches d'un palmier, j'attends que la camionnette ait redémarré et se soit éloignée dans la rue. Big Boy, La Fouine et Skinny vont se tenir à distance pour ne pas éveiller les soupçons.

La voix de Skinny me chuchote à l'oreille :

— Bon, les chiens sont de l'autre côté mais il y a des types qui viennent dans ta direction.

J'entends des pas écraser l'herbe mouillée et bientôt, deux vigiles s'avancent tranquillement vers moi. Je me tapis dans l'obscurité en retenant mon souffle, prête à m'enfoncer un peu plus dans le feuillage s'ils se rapprochent encore, mais ils poursuivent leur route sans même regarder dans ma direction. Une fois qu'ils ont tourné au coin de la maison, je parcours des yeux le jardin une dernière fois et je fonce. Il me reste deux minutes pour accomplir la prochaine étape.

La fenêtre située au-dessus du groupe électrogène est entrouverte comme prévu, mais protégée par des barreaux. Ça va être coton. Heureusement que je n'ai mangé qu'un petit pain pour le dîner.

Je grimpe sur le générateur et glisse la tête entre les barreaux. Si la tête passe, le reste passera aussi.

Je ne m'attarde pas : il doit me rester à peine quatre-vingt-dix secondes. J'ouvre en grand la fenêtre, je passe une jambe puis mes hanches, expulse l'air de mes poumons, glisse ma cage thoracique à travers les barreaux. Comme chaque fois, j'ai un accès de panique mais ça y est, j'y suis.

Après avoir atterri par terre sans bruit, je prends une seconde pour regarder autour de moi. Je me trouve dans un coin du hall. Devant moi, j'aperçois le salon et le reflet turquoise de la piscine au-dehors. C'est comme un rêve de revenir ici après tout ce temps. J'inspire à fond pour me calmer et je me mets en route. Normalement, il n'y a personne dans les parages. M. et Mme Greyhill sont à Dubaï. Les enfants sont scolarisés dans un lointain pays d'Europe connu pour sa neutralité. Les domestiques dorment dans leurs quartiers, au fond du jardin.

Il n'y a que moi… et mes fantômes.

La voix de Skinny résonne dans mon oreillette.

— Magne-toi, Tina. Il ne te reste que quarante-cinq secondes. Et un vigile a failli voir tes fesses qui dépassaient de la fenêtre.

J'ai envie de lui dire de la fermer mais je résiste et franchis le hall pour jeter un œil au salon désert. Le panneau de contrôle de sécurité est fixé au mur devant moi. L'écran m'indique qu'il me reste trente-deux secondes avant que les scanneurs laser ne balaient la maison une nouvelle fois. S'ils me touchent, une alarme silencieuse se déclenchera instantanément. Elle préviendra les vigiles, qui à leur tour avertiront une société de surveillance, chère mais très efficace, employant d'anciens membres des services secrets sud-africains. Ils ne mettront que quelques minutes pour arriver. Ils ne livrent pas les intrus à la police, qui les relâche moyennant bon prix. Ils les emmènent en hélico et les lâchent en plein océan. Autant dire que ça fait loin pour regagner la côte à la nage.

Trente secondes.

Je fixe l'écran en espérant que ma petite caméra fonctionne.

— Alors ? Tu le vois ?

— Oui. Relève un peu la tête. Bien.

Skinny se tait. Je me retiens de ne pas lui hurler de se dépêcher. Il doit désactiver les lasers mais le système fonctionne en circuit fermé. Il ne peut pas le pirater sans mon aide : il doit me guider pour que je l'éteigne. Plus que vingt-cinq secondes.

— C'est un TX-400. Nouveau modèle, dit-il au bout de ce qui me semble une éternité. Appuie sur le bouton

« alarme ». Entre le code : quatre, huit, quatre. Puis appuie sur « programme »…

Skinny me donne la marche à suivre, il me chuchote à l'oreille des séries de chiffres et une liste de boutons sur lesquels appuyer. On dirait les prières que je devais réciter quand maman me traînait à l'église. C'est apaisant, d'une certaine manière. Mais mes doigts tremblent, je voudrais qu'il accélère. Quatre secondes. Il me donne une dernière série de chiffres que j'entre à toute vitesse. Le compte à rebours s'arrête. À une seconde près.

Je pousse un gros soupir.

— C'est bon, la voie est libre, dit-il.

Je suis déjà repartie. Je gravis un grand escalier et je prends un couloir à ma gauche. Je n'ai même pas besoin de me faire discrète. L'épaisse moquette étouffe le bruit de mes pas. Je me faufile dans un autre couloir en tendant l'oreille. L'espace d'une seconde, je crois entendre un bruit. Je me fige. Dans l'oreillette, Skinny pianote sur son clavier. J'éloigne l'écouteur de mon oreille pour guetter un bruit éventuel. Au bout de quelques instants, comme je n'entends rien, je reprends mon exploration.

Les murs des couloirs sont tapissés de photos des Greyhill. Lui est blanc, elle est kenyane, et les enfants qui posent entre eux sont un savant mélange d'eux deux. Un garçon de mon âge et une fille de l'âge de Kiki. On voit bien qu'ils croulent sous le fric. Mme Greyhill vient d'une famille de magnats de l'immobilier, et les revenus miniers de M. Greyhill ne sont pas ridicules non plus. Ils posent, tout sourires, sur le pont d'un bateau, en chemise corail bien repassée, ou dans un Land Cruiser lors d'un safari en Tanzanie. Montre en or au poignet, rang de perles au cou ou diamants aux oreilles. Cette famille est une pub ambulante pour cette ville côtière, mélange de couleurs et de nationalités, et ce à quoi elle aspire : la richesse.

Au détour du couloir, je pénètre dans un espace non éclairé. L'air est froid et sec, climatisé. Je me rapproche. Il n'y a plus de photos sur les murs, couverts de simples panneaux de bois sombre. Plus j'avance, plus ça grésille dans mon oreillette. J'espère que la camionnette n'est pas trop loin. Le couloir bifurque encore ; je m'enfonce au cœur de la maison.

Ça y est, j'y suis.

Je regarde la grosse porte en ébène. Mon cœur bat à cent à l'heure et j'ai les paumes moites. Je suis tout près du but. J'attends ce moment depuis si longtemps.... J'ai l'impression d'avoir des fourmis dans tout le corps.

Ma main tremble quand je tourne la poignée. Je sais déjà que la porte est fermée à clé. Aucune importance. Je prends deux épingles à cheveux et je les tords entre mes doigts. Quand je travaille, mes mains ne tremblent plus. Je mords l'extrémité en plastique d'une des épingles pour en faire une espèce de pic et je tords l'autre pour lui donner la forme d'un crochet que j'introduis dans la serrure. Quand je sens que c'est le bon moment, j'insère l'autre épingle. J'ôte l'oreillette que je garde entre mes dents pour écouter le bruit à peine perceptible du mécanisme qui s'enclenche. Comme prévu, il me faut moins d'une minute pour crocheter la serrure.

Je remets l'oreillette en place et jette un dernier regard vers le couloir. L'espace d'un instant, je crois voir quelque chose bouger dans l'obscurité.

— Avance, Tina, dit Big Boy, et le son de sa voix me fait sursauter.

Il doit regarder l'écran de Skinny par-dessus son épaule. Je cligne des yeux mais je ne vois rien. *Il n'y a personne*, je me répète. *Entre. Tu perds du temps.*

Une fois à l'intérieur, je verrouille la porte derrière moi. S'il faisait sombre dans le couloir, ici il fait noir comme dans un four. Il pourrait être midi dehors, on n'en saurait rien. J'ai l'impression de tricher mais il faut que j'allume la lumière. Je vérifie une seconde fois le verrou et je presse l'interrupteur sur le mur. La clarté soudaine me fait cligner des yeux.

La pièce est plus petite que dans mon souvenir. Un canapé et deux fauteuils en cuir se font face. Une tête de buffle et un trio de masques tribaux sont suspendus au-dessus du manteau de la cheminée. J'ai l'impression qu'ils m'observent. À l'autre bout de la pièce se trouve un large bureau et derrière, une rangée d'étagères. Une épée au manche doré est suspendue au mur sur un écrin de soie rouge. On dirait le sabre d'un cheikh. Elle est fixée juste au-dessus de l'endroit où devrait se trouver la tête de Greyhill s'il était assis à son bureau. « Approche à tes risques et périls », semble-t-elle dire à celui qui oserait s'asseoir en face.

— Dans le tiroir du bureau, dit La Fouine, dont la voix me parvient de façon entrecoupée.

— Je sais.

— Dans le tiroir, répète-t-il.

— La ferme, lui dit Big Boy.

Les Goondas et Skinny retiennent leur souffle, mais je perçois leur tension. Je me glisse derrière le bureau et m'assieds dans le grand fauteuil qui sent le cuir, le vieux tabac, l'argent. Je goûte la sensation de pouvoir qu'éprouve M. Greyhill chaque jour de sa vie. Mon regard se pose sur le canapé et pendant un bref instant, j'ai l'impression qu'elle est là, en train de m'observer.

— Tina, arrête de lambiner, marmonne Big Boy.

Je ne réponds pas.

— Qu'est-ce qu'elle fait ? demande La Fouine.

J'inspire profondément. *Concentre-toi : boue, fric, sang.*

J'ouvre le premier tiroir et j'en sors un petit ordinateur portable. Puis, en fouillant dans ce même tiroir, mes doigts se referment sur une boîte métallisée de la taille d'un paquet de cartes.

— C'est ça, dit Skinny dans un souffle. Ce doit être son disque dur.

— Banco ! crie La Fouine dans mon oreille, et Big Boy lui répète de la fermer.

— Et maintenant ? je demande à Skinny.

— Il est probablement sans fil, répond-il. Pose-le à côté de l'ordi et branche la clé USB que je t'ai donnée. Mais ne l'allume pas pour le moment, ajoute-t-il précitamment.

Je presse l'écouteur contre mon oreille pour m'assurer que je ne rate pas une seule de ses instructions. Une fois que j'ai fini de faire ce qu'il me dit, j'entends cliqueter la clé USB. Ce serait tellement plus simple de voler le disque dur externe de Greyhill et de s'en aller. C'est le plan que j'ai proposé à *bwana* Omoko en premier lieu. Mais le chef des Goondas ne voulait pas laisser de trace derrière lui. Il pense qu'il vaut mieux que Greyhill ignore qu'il a été cambriolé avant qu'on soit passés à la deuxième partie du plan : l'argent.

— Ça marche ? je demande après un long silence.

La clé USB est censée transférer les données de l'ordinateur et du disque dur, d'abord à mon téléphone puis à Skinny.

— Le signal est pourri, grommelle-t-il. Je t'avais bien dit que l'épaisseur des murs allait poser problème. Rapproche ton téléphone de la clé USB.

À contrecœur, j'extirpe mon portable de ma brassière et je le pose sur le bureau à côté de l'ordinateur.

— C'est mieux ?

— J'ai l'impression. Je dois d'abord décrypter un truc.

On attend tous dans un silence tendu, les secondes semblent durer des heures

— Bon…, lâche enfin Skinny d'une voix mal assurée qui ne me plaît pas du tout.

— Tu as réussi ? je murmure.

— Il n'y a qu'un seul moyen de le savoir. Allume.

Si ce truc fonctionne comme prévu, on devrait avoir accès au contenu de l'ordinateur et du disque dur. Sinon, Skinny va devoir m'expliquer comment pirater le système. Ça va prendre des plombes et la moindre erreur pourrait être fatale. Dans le pire des cas, tout le contenu du disque dur sera effacé et un signal transmis aux types de la sécurité qui viendront me cueillir dans le bureau.

Le cœur battant, je soulève le clapet de l'ordinateur et j'appuie sur le bouton de démarrage. Pendant une seconde, il ne se passe rien et je crois que ça n'a pas marché : je suis trop loin pour que la transmission se fasse, des alarmes silencieuses se déclenchent déjà dans toute la propriété et des vigiles foncent dans ma direction… mais soudain, je vois un curseur apparaître sur l'écran et j'entends un magnifique petit carillon.

Des murmures excités résonnent dans mes oreilles. Le disque dur vient de s'allumer.

Skinny laisse échapper un soupir de soulagement.

— On a réussi.

Il n'y a rien sur l'ordinateur de Greyhill. Skinny a déjà essayé de le pirater à distance mais il était presque vide. Il en a conclu que M. Greyhill conservait toutes les données relatives à ses transactions financières sur un support externe, un disque dur comme celui-ci. Je ne peux pas m'empêcher de sourire en regardant la petite boîte métallisée. J'ai du mal à croire qu'elle puisse renfermer autant de vilains secrets.

Je me rassieds. Maintenant, il n'y a plus qu'à attendre. J'entends Skinny taper sur son clavier. Sur l'écran de l'ordinateur, je vois des fenêtres s'ouvrir l'une après l'autre.

— Combien de temps ça va prendre ? demande Big Boy.

— Quelques minutes, répond Skinny.

Je sens une bouffée de satisfaction m'envahir. J'ai réussi. Bientôt, toutes les données de Greyhill vont transiter jusqu'à Skinny. Il pense qu'il lui faudra tout de même une bonne semaine pour décrypter tout ça, mais ce n'est pas grave. J'ai attendu cinq ans ; je peux bien patienter une semaine de plus.

J'ouvre les tiroirs de Greyhill, je fouille par habitude. Le premier est quasiment vide. Il ne contient que quelques stylos, des trombones, une balle anti-stress. J'ouvre le deuxième et je me fige.

Posé à même le fond en ébène du tiroir, le pistolet luit comme un serpent dans la pénombre. Les mots PIETRO BERETTA MADE IN ITALY NO.II sont gravés sur le canon. Est-ce que c'est le même ? J'hésite à le prendre en main mais je me ravise et referme le tiroir si brusquement que j'entends l'arme cogner contre le bois. J'inspire profondément pour ne pas que ma voix tremble.

— T'en as encore pour longtemps ?

— Un peu de patience, marmonne Skinny. Le signal est toujours aussi mauvais.

Des lignes de code incompréhensibles défilent sur l'écran. Je n'ai aucune idée de ce qu'il fabrique mais des fenêtres remplies de fichiers continuent à s'ouvrir.

Je suis sur le point de me lever pour me dégourdir les jambes quand mon regard se pose sur l'un de ces fichiers, et je dois cligner des yeux pour m'assurer que j'ai bien lu. Le fichier en question s'appelle ANJU YVETTE. Mon cœur se met à battre la chamade. J'hésite. Je sais que je ne devrais pas bidouiller l'ordinateur pendant que Skinny travaille, mais ma main semble bouger toute seule.

Quand je clique sur le fichier, une photo s'ouvre.

— Hé ! Qu'est-ce que tu fous ? (Skinny a cessé de taper sur son clavier.) Oh ! ce ne serait pas…

Je n'arrive pas à répondre. Je suis clouée sur place. Je reconnais son visage immédiatement, bien que cette photo ait plus de vingt ans. Ma vue se trouble.

Dans des circonstances normales, j'aime à penser que j'aurais remarqué le changement dans la pièce. J'aurais senti un courant d'air ou une vague odeur de terre et d'humidité. J'aurais entendu la porte s'ouvrir derrière moi. Au lieu de quoi, il faut un petit bruit métallique pour m'arracher à la contemplation de l'écran.

Je ne me retourne pas. Je connais ce bruit.

Le contact glacé du canon de l'arme pressé contre ma nuque me donne la chair de poule.

5

J'avale péniblement ma salive en prenant garde de ne pas faire de geste brusque.

— Mains en l'air.

Je réfléchis à toute vitesse. C'est une voix jeune et masculine, familière. Ce n'est ni La Fouine ni Big Boy. Personne n'essaie de me doubler. Un vigile ? Cette voix tremble un peu : l'ordre que ce garçon vient de me donner, il ne l'a entendu que dans les films. Et il est trop jeune pour faire partie du service de sécurité, sinon, je serais déjà dans un hélicoptère. Je regarde le tiroir qui contient l'arme de Greyhill mais je sais que je n'aurai pas le temps de m'en emparer puis de la braquer sur lui. Je suis donc obligée de lui obéir. Je dis de ma voix la plus calme et la plus mesurée :

— Je vais me retourner.

L'arme s'éloigne de ma tête et je me retourne lentement sur mon siège. Il respire fort et ouvre des yeux ronds comme des soucoupes. Pourtant, il me tient en joue d'un geste quasi militaire. Même s'il n'a jamais tiré sur une personne en chair et en os, il a pratiqué. Il sait tenir un pistolet, viser, relâcher son corps pour absorber le recul de son arme.

Il se tient debout près de la bibliothèque qui dissimule une porte entrouverte. Cette porte ne risque pas de figurer sur un plan. Elle ouvre sur un passage secret. J'aurais dû m'en douter. Les serpents ont toujours une échappatoire.

Je reporte mon attention sur le garçon.

Évidemment. Ça ne pouvait être que lui.

— Salut, Michael, je lance. Ça fait un bail.

Règle numéro six : ne pas se faire prendre.

Quand j'avais neuf ans, ma mère m'a surprise en train de m'entraîner à tirer sur une cible en papier, sous la houlette d'un vigile. Je me servais d'un pistolet semblable à celui qui se trouve dans le tiroir du bureau de M. Greyhill. Chaque fois que j'appuyais sur la détente, je manquais d'atterrir sur les fesses. J'adorais ça. J'avais l'impression que les détonations faisaient hurler de joie un petit monstre qui sommeillait en moi.

Maman a attendu que je rende le pistolet au vigile pour m'agripper par l'épaule. Je sentais sa main trembler. Elle m'a traînée jusqu'aux quartiers des domestiques, non sans avoir dit à l'homme, les dents serrées, qu'il ne devait plus jamais me laisser approcher une arme à feu, ou elle le ferait virer. Ma mère était petite et mince, mais ses colères étaient légendaires et elle n'était pas du genre à passer l'éponge. Elle n'a pas jeté un regard au garçon debout près de moi, qui, bien entendu, était l'instigateur de cette leçon de tir. Ma mère avait beau être une dure, elle était tout de même sa domestique.

J'ai attendu un an, le temps qu'il devienne assez bon pour avoir l'autorisation de tirer sans la présence du vigile, puis je lui ai demandé de m'apprendre.

Ça oui, il était bon.

C'est ce même garçon qui braque un pistolet sur moi en ce moment même.

Mon entrée en matière a eu l'effet escompté.

— Ti... Tina ? bredouille-t-il.

Je hoche lentement la tête en me forçant à sourire. Il est aussi grand que son père, avec des muscles qu'on ne soupçonne pas sur les photos accrochées dans le couloir. J'essaie de ne pas me laisser distraire par sa ressemblance avec ma sœur, que je devine dans ses yeux clairs ou le dessin de ses lèvres.

Il fronce les sourcils, l'air confus. Par réflexe, il éloigne son arme de moi et j'en profite pour la saisir d'une main tandis que de l'autre, je lui décoche un coup de poing dans la trachée. Il tousse mais ne lâche pas prise alors j'essaie de lui faire un croche-pied. Il tente de m'attraper par le col mais je parviens à me dégager d'un geste brusque et je m'élance vers la porte non sans avoir récupéré mon téléphone sur le bureau.

Il ne lui faut qu'une seconde pour se remettre du coup que je lui ai donné ; il est plus rapide que je ne l'imaginais. J'ai parcouru la moitié de la pièce quand ses bras se referment sur moi et qu'il me plaque sur la moquette. Mon téléphone m'échappe des mains.

J'essaie de me débattre, d'enchaîner coups de coude et coups de pied, de lui mordre la main. J'arrive à lui balancer mon pied dans le tibia et il lâche un cri de douleur assez jouissif, mais il parvient à immobiliser mes mains et me plante son genou dans le creux des reins. Je me remets à gigoter, en vain : la pression exercée par ses mains me martyrise l'épaule.

— Aïe ! Tu me fais mal !

Il semble hésiter mais il ne me lâche pas pour autant.

— C'est vraiment toi ? Qu'est-ce que tu fais ici ? croasse-t-il entre deux quintes de toux.

— Lâche-moi !

— Tina ! Arrête de bouger !

Il tousse encore mais tient bon.

— Et toi hein, qu'est-ce que tu fais ici ? je crie.

— Quoi ?

Il semble franchement perplexe. Tu m'étonnes ! Il est chez lui.

J'arrête de me débattre et je me tais. J'ai le visage écrasé contre le tapis persan, dont les motifs délicats occupent tout mon champ de vision. Je sens, pressée contre ma poitrine, l'oreillette que j'ai eu le temps de glisser dans ma brassière en essayant de fuir. Je respire fort et mon bras me fait mal mais je ne pense qu'à une chose : *Combien de données Skinny a-t-il réussi à subtiliser ?* Je dis entre mes dents, plus pour moi que pour lui :

— Tu n'es pas censé être ici.

Il devrait être au lit dans son pensionnat suisse. J'ai vérifié que ce n'était pas une période de vacances scolaires.

— De quoi tu parles ? demande-t-il en me serrant plus fort le bras.

Je m'essuie le nez sur le tapis.

— Laisse-moi me lever.

Il ne bouge pas.

— Laisse-moi me lever, je vais t'expliquer.

Je sens qu'il hésite mais il finit par capituler. Je me relève lentement ; quand je me retourne, son arme est braquée sur ma poitrine. Je rajuste mon tee-shirt en mettant à profit ces quelques secondes pour décider si je dois essayer encore une fois de le désarmer. Je suis assez près pour saisir le canon du pistolet, lui faire perdre l'équilibre, le frapper de nouveau au cou, au même endroit que tout à l'heure. Mais il est rapide, et maintenant il s'y attend. Alors je lève un sourcil, les yeux fixés sur l'arme, en essayant de prendre un air détaché.

— Tu peux poser ce truc ?

Il continue de me tenir en joue.

— Je n'ai pas l'intention de te tuer, répond-il après un silence. Mais je pourrais te tirer dans la jambe.

À l'expression de son visage, je comprends qu'il ne bluffe pas. Il n'hésiterait pas à me tirer dessus. On dirait que je ne suis pas la seule à avoir changé en cinq ans. Je pensais que son pensionnat était une gentille petite école suisse mais c'est peut-être dans un lycée militaire que ses parents l'ont envoyé. Ça expliquerait ses muscles. Il serait capable de parer tous les coups que je pourrais lui donner. Ma technique de combat consiste essentiellement à déstabiliser mon adversaire en frappant un point sensible : nez, cou, entrejambe ou genoux. C'est pas joli joli mais c'est efficace.

Alors qu'on se fait face, je m'aperçois qu'il m'observe de la tête aux pieds, exactement comme je l'ai fait avec lui. Il examine mon visage, mes tatouages. Je sens la colère monter et je retrouve un peu de mon assurance en le voyant rougir.

— Je vais m'asseoir.

Sans attendre de réponse, je me laisse tomber dans un des fauteuils en cuir. Je garde les yeux fixés sur lui ; je ne crois pas qu'il m'ait vue, d'un petit coup de pied, glisser mon téléphone sous le fauteuil au moment de m'asseoir. Je me demande si les Goondas peuvent encore m'entendre. Est-ce que Skinny peut toujours transférer les données ? Combien de temps il nous reste avant qu'ils soient obligés de déplacer la camionnette ? L'entreprise de sécurité qui patrouille dans le voisinage passe toutes les heures. Elle sera bientôt de retour. Ils vont être obligés de s'en aller et de revenir plus tard.

— Comment tu as réussi à entrer ?

Michael se glisse derrière le bureau de son père sans baisser son arme. Il nous regarde tour à tour, l'ordinateur et moi, les yeux écarquillés.

Je retiens mon souffle. Espérons que l'écran ne va pas me trahir.

— Tu es folle ? s'exclame-t-il. Tu as fouillé dans l'ordi de mon père ? Tu sais ce qu'il fait aux gens qui fourrent le nez dans ses affaires ?

Et à ce moment précis, je le vois, lui, mon ami d'autrefois. Il est resté le petit garçon à la fois terrifié et plein d'admiration pour son père, qui passe devant son bureau en marchant sur la pointe des pieds et le regarde partir au travail avec l'air éperdu d'un chien qui attend son maître. Cet air-là, il me donne envie de le frapper encore, et soudain, je n'arrive plus à empêcher le flot de souvenirs d'affluer. On a sept ans et on se tord de rire en faisant des bombes dans la piscine bleu néon. On a neuf ans et on fait des ombres chinoises sur le mur de la cuisine pendant une panne d'électricité. On a dix ans et en construisant un fort dans le manguier du jardin, on découvre un nid de bulbuls, dont la mère nous chasse à coups de bec.

Un souvenir succède à l'autre, comme s'ils étaient restés prisonniers dans un recoin de ma tête pendant des années et que quelqu'un venait d'ouvrir la porte de la cage. J'étais la meilleure amie de Michael. Je connaissais toutes ses peurs et tous ses secrets. J'avais le droit de tout faire quand j'étais avec lui, et ma mère me renvoyait dans les quartiers des domestiques dès qu'il disparaissait.

Soudain, le flot d'images s'arrête.

J'ai onze ans et Michael n'est pas là. Il n'y a que ma mère et moi. Ses yeux grands ouverts fixent le vide, un mince filet de sang s'échappe de ses lèvres et coule le long de son menton. Ses tresses retombent sur le trou béant dans sa poitrine. Quand je l'ai découverte, la vie l'avait déjà quittée et une grosse tache rouge maculait le canapé luxueux de cette même pièce.

Ma colère et ma souffrance ressurgissent brusquement. Pendant quelques secondes, je suis comme aveuglée.

Il doit savoir pourquoi je suis là, pourquoi je me moque pas mal de la réaction de son père ou de ce qui pourrait m'arriver. Je regarde mes poings serrés.

Michael attend.

— Alors ? Qu'est-ce que tu fabriquais avec l'ordi de mon père ?

— Rien.

Il débranche la clé USB et l'agite sous mon nez.

— Et ça ? Tu copiais des fichiers ?

Comme je reste silencieuse, il contourne le bureau et me relève de force, puis me fouille d'une main tout en pressant le canon de son arme contre ma tempe. Il est brutal et je me sens faiblir, mais je ne veux pas lui donner la satisfaction de voir ma peur, alors je serre les dents et regarde ailleurs, jusqu'à ce qu'il trouve mon couteau puis l'oreillette. Il les empoche aussitôt.

— Ça te plaît de me tripoter ?

Pendant quelques secondes on ne bouge pas, on reste là à se défier du regard, à attendre le bon moment pour se sauter à la gorge. Je finis par demander :

— Et maintenant ? Tu vas me livrer à la sécurité ?

Ma question le fait sursauter. Il lâche un juron :

— *Shonde !*

— Quoi ?

Il jette un coup d'œil vers la porte du bureau.

— Ils seront là d'un moment à l'autre. J'ai déclenché l'alarme.

Je sens mes genoux se dérober sous moi et ma gorge se nouer. Je dois déglutir pour retrouver ma voix.

— Ils vont me tuer, tu sais.

— Je sais.

Il se précipite vers la porte et jette un œil par le trou de la serrure tout en braquant son pistolet sur moi. Je profite de ce moment de distraction pour récupérer mon téléphone sous le fauteuil et le glisser dans ma manche.

— On file, annonce-t-il.

Quand il se tourne de nouveau vers moi, son visage a une expression sévère, impénétrable. Il saisit mon bras et me pousse vers la porte dissimulée derrière la bibliothèque. Je résiste mais soudain, j'entends quelque chose. Un bruit de bottes qui se rapproche. Ils n'ont pas encore atteint la porte mais ils arrivent à toute vitesse. Et ils sont nombreux.

De son arme, il me désigne le passage secret.

— C'est eux ou moi. Qu'est-ce que tu préfères ?

Je regarde les ténèbres qui s'étendent au-delà de la bibliothèque et pendant une seconde, j'ai l'impression de contempler mon tombeau. Les pas s'arrêtent devant la porte. Quelqu'un secoue la poignée. Il nous reste très peu de temps.

— Je ne sais pas, je réponds, mais je plonge dans le passage secret.

Michael referme la bibliothèque derrière nous au moment où le premier coup de botte s'abat sur la porte du bureau.

6

— Je n'en reviens pas de ce que je suis en train de faire, dit Michael.

Je ne réponds rien. Moi non plus, je n'en reviens pas de l'avoir suivi dans ce tunnel obscur. Je commence à avancer en tâtonnant dans le noir mais il me rattrape par le bras.

— Attends. Il y a un escalier.

J'entends le clic d'un interrupteur et une ampoule fluo s'allume au-dessus de nos têtes. On se croirait au début d'un film d'horreur. L'ampoule éclaire un escalier raide qui s'enfonce dans la terre. Les murs du tunnel sont en béton brut et des tuyaux rouillés pendent du plafond. Je regarde Michael presser des boutons sur un petit écran encastré dans la paroi. Quand il s'allume, on assiste en direct à l'irruption des vigiles dans le bureau de Greyhill, l'arme à la main.

Mon sang se glace dans mes veines. Pas à cause des vigiles, mais parce qu'il y a une caméra dans le bureau. J'observe l'écran, clouée sur place. Une caméra. Qui enregistre tout. Mais celle-ci ne doit pas être reliée au poste de surveillance. À l'instar du tunnel, elle ne figure pas sur les plans ni sur les documents piratés par Skinny. Est-ce qu'elle se trouvait déjà là il y a cinq ans ? Je suis paralysée à l'idée de ce que la caméra a pu enregistrer.

Michael appuie sur un autre bouton pour avoir le son. Je vois un vigile vérifier derrière le bureau et s'approcher si près de la caméra que son visage occupe tout l'écran. Je l'entends respirer. Est-ce qu'il va ouvrir la porte ? Son visage s'éloigne sans l'avoir repérée. Les hommes font le tour de la pièce, l'air décontenancés, puis l'un d'eux parle d'une fausse alerte dans sa radio et fait signe à toute l'équipe de sortir.

— Ils ne vont pas venir ici ?

— Non.

Michael fait défiler la bande vidéo jusqu'à ce qu'il tombe sur le moment où j'apparais à l'écran. Il presse des boutons et je vois les mots ÊTES-VOUS SÛR DE VOULOIR SUPPRIMER ? s'afficher sur l'écran. Son doigt hésite avant d'appuyer sur OUI puis il éteint la vidéo.

— Pourquoi ils ne vont pas venir ?

— Parce qu'ils ne connaissent pas cet endroit. (Il me désigne le bas des marches.) Avance.

Je m'exécute avec l'impression grandissante que les murs se referment sur moi. Il ne m'a pas ligoté les mains mais il est toujours armé. Je ne sais pas si je dois essayer de fuir ou prendre le risque d'attendre la suite. Où m'emmène-t-il ? Dans un cachot ? Une salle de torture ? Son père serait bien capable d'en avoir une.

Je suis tellement absorbée par ces sombres pensées que je sursaute quand Michael me demande d'un ton brusque :

— Où t'étais passée ?

— Je...

Pas question que je lui raconte que je vis sur un toit depuis cinq ans.

— Je… j'étais dans le coin.

On marche en silence pendant quelques instants, puis il finit par demander :

— À Sangui ?

Je hausse les épaules.

— Où tu veux que j'aille ?

— Ça fait cinq ans, Tina. Rien. Pas un mot. Et puis aujourd'hui, tu ressors de nulle part.

Je ne réponds pas. Son ton est amer, mais qu'est-ce que je suis censée lui dire, moi ? Désolée de ne pas être restée après l'assassinat de ma mère ? Et puis ce type a un flingue braqué sur mon dos. Je n'ai pas vraiment envie d'être polie. Je décide de lui demander où il m'emmène mais il ne répond pas, lui non plus.

Au bas de l'escalier, le tunnel s'étire devant nous. Je compte quatre portes avant qu'on s'arrête devant la cinquième. Elle est dotée d'un verrou extérieur, d'un judas et d'une trappe pour faire passer des objets. L'équipement standard d'une salle de torture. Il ouvre la porte et me pousse à l'intérieur avec le canon de son pistolet.

Une fois dans la pièce, j'ai l'impression que le plafond m'écrase mais je me force à regarder autour de moi pour enregistrer le plus d'informations possible sur mon environnement. C'est une pièce sans fenêtres et sans doute insonorisée mais il y a un lit, une table, deux chaises, des toilettes, un lavabo, et aucun instrument servant à arracher les ongles, du moins à première vue.

Michael ramasse une chaîne par terre, au bout de laquelle est fixée une paire de menottes, qu'il me passe autour des poignets. Je demande d'un ton qui se veut désinvolte :

— C'est vraiment nécessaire ?

Je ne veux pas penser à tous ceux qui m'ont précédée dans cette cellule. La chaîne est fixée au mur et il y a une petite bouche d'évacuation au milieu de la pièce, comme s'il fallait régulièrement la nettoyer au tuyau d'arrosage.

— Je vais parler aux vigiles, je reviens.

Je lui lance un regard méfiant. « Et ensuite ? » j'ai envie de lui demander. Mais Michael s'éloigne déjà. Une fois que la porte s'est refermée sur lui, j'entends le verrou coulisser avec un claquement définitif.

Pendant quelques secondes, je n'entends que ma propre respiration. J'essaie de me traîner jusqu'à la porte mais la chaîne est trop courte. Je fixe le judas, le souffle court, en m'efforçant de réprimer un sentiment de panique.

Mon téléphone qui vibre dans ma manche me fait sursauter. Je m'exclame en le collant à mon oreille :

— Tu n'aurais pas dû m'appeler ! Il vient juste de me laisser seule !

— Je le vois... caméras à l'étage..., répond Skinny. Où... née ?

Je suis bêtement soulagée d'entendre sa voix, aussi inaudible et hachée soit-elle. J'ai envie de crier qu'il y a une caméra cachée dans le bureau de Greyhill mais j'ai d'autres chats à fouetter dans l'immédiat.

— Je suis dans une pièce située sous la propriété.

J'entends bruisser des feuilles de papier.

— ... Pas... plan... maison, Tina, grommelle La Fouine, comme si c'était ma faute.

— Sans blague. C'est souvent le cas avec les salles de torture.

— ... Quoi ?

— Rien. Et Michael, qu'est-ce qu'il fait ? Est-ce qu'il est en train de prévenir les vigiles ?

— Attends.

Tandis que Skinny vérifie, Big Boy lance :

— … va bien, Tina ?

Je n'entends pas bien ce qu'il me dit mais je sais que ce n'est pas une question ; c'est un ordre.

— Oui.

— Bon sang, Tina… fait prendre ?… n'aurait jamais dû… toi et ton ami le *shoga*…

— La ferme, La Fouine, dit Big Boy… pas sa faute.

La Fouine continue à pester.

— Je… les enfants étaient censés… en Suisse.

J'examine mes menottes.

— Oui, ils étaient censés être en Suisse ! Je ne sais pas ce qu'il fiche ici.

— Les vigiles… regagné leur poste. Je ne crois pas… leur a dit, intervient Skinny.

Big Boy ajoute :

— On dirait… Michael retourne… bureau.

— Il sera bientôt là.

Après avoir coincé mon téléphone contre mon oreille, je prends une de mes épingles à cheveux.

— T'as pas intérêt… parler, dit La Fouine.

Je me contorsionne pour glisser l'épingle dans la serrure de mes menottes.

— Tu me prends pour une idiote ? Évidemment que je ne vais rien lui dire. Tu as trouvé quelque chose d'intéressant sur le disque dur, Skinny ?

— Quoi ? Je… pas encore. Il faut… je regarde.

Pendant quelques instants, je crois qu'on a été coupés.

— Allô ? Allô ?

L'épingle me glisse des mains et tombe par terre. J'entends Big Boy me dire :

— Tina, écoute, il… rester soudés. On… Omoko compte sur…

— Attends.

J'ai du mal à respirer. Les murs se rapprochent ou c'est moi ? Ne t'énerve pas, Tina. Respire.

— Skinny ?

Ma voix se brise.

Je n'entends plus que des grésillements. Je me laisse tomber par terre pour ramasser l'épingle à cheveux. Le sol est humide et glacé ; le froid s'insinue jusque dans mes os. J'ai les mains trop fébriles pour venir à bout de cette serrure. Je les serre entre mes genoux pour les empêcher de trembler.

Pendant un bref instant, la communication reprend.

— On… quand tu seras sortie, dit Big Boy.

J'ouvre la bouche pour répondre mais j'entends un dernier grésillement puis plus rien.

Règle numéro sept : ne pas paniquer quand la situation se complique.

J'ai déjà connu pire. Je me suis déjà retrouvée seule dans le noir. Je ne suis pas dans un trou avec des pierres qui m'écorchent les pieds. Ce n'est pas cette nuit-là.

Michael prend son temps pour revenir. Quand il se manifeste, c'est par le biais d'un haut-parleur invisible qui diffuse une voix désincarnée.

— Tu as enlevé tes menottes.

Je jette un œil par le judas mais il a été conçu pour regarder à l'intérieur et pas l'inverse.

— Elles juraient avec ma tenue.

— Va te poster à l'autre bout de la pièce.

Je ne bouge pas.

— Obéis, Tina.

Avec un soupir, je recule lentement vers le fond de la cellule. La porte s'ouvre.

— Reste contre le mur, ordonne Michael.

Je lui lance un regard noir mais je m'exécute. Il a apporté un ordinateur portable – qui n'est pas celui de Greyhill – et son pistolet. Il pose une bouteille d'eau sur la table et m'invite à boire d'un geste. Est-ce que je pourrais m'en servir contre lui ? Non, pas moyen. Je vide son contenu sous le regard de Michael.

— Pourquoi tu es là ? demande-t-il.

— Tu m'as vendue aux vigiles ?

— Qu'est-ce que tu fais ici, Tina ?

Est-ce qu'il m'a dénoncée ? Je ne crois pas mais je n'ai aucune certitude. Les vigiles attendent peut-être dans le tunnel. Le visage de Michael est un masque ; il ne révèle rien. Pour finir, je hausse les épaules.

— Je cherchais du fric, des bijoux, des objets précieux. Je connaissais la maison. C'était facile de s'y repérer.

— Tu nous cambriolais ? s'exclame Michael d'un ton incrédule. Tu as conscience que cet endroit est une vraie forteresse, non ? Comment tu as réussi à entrer ?

Comme je ne dis rien, il reprend :

— Bon sang, Tina, nos hommes ne sont pas des tendres. Si tu es ici, ce n'est pas juste pour piquer les pièces qui traînent dans les tiroirs de mon père. Que vont-ils penser s'ils découvrent que tu as fouiné dans son ordinateur ?

Je proteste mais je sais que je ne suis pas très convaincante :

— Je jetais juste un coup d'œil.

Il fouille ses poches.

— Tu jetais un coup d'œil ? Sur son disque dur ? Il y a des fichiers copiés là-dessus ?

Il brandit la clé USB.

La Fouine a raison, je pense, la mort dans l'âme. Que je suis bête. Comment j'ai pu me faire pincer ?

Mon silence révèle à Michael tout ce qu'il veut savoir. Il me foudroie du regard puis abat son poing sur la table. Je sursaute.

— Pourquoi, Tina ? Pourquoi ? Tu disparais après l'enterrement. Pas un coup de fil, pas une lettre, rien. J'ai cru que tu étais morte ! Et voilà que tu surgis de nulle part et que… (D'un geste brusque, il passe la main dans ses cheveux courts comme pour chasser tous ces souvenirs.) Tu es couverte de tatouages et… t'es une Goonda, c'est ça ? Ce sont des tatouages de Goonda ?

Comme je ne réponds toujours pas, il lève les bras au ciel.

— Alors tu fais partie d'un gang, maintenant ? C'est pour ça que t'es venue chez nous ? On… tu…

Il est incapable de poursuivre, incapable de mettre des mots sur ce qu'il considère manifestement comme une trahison.

Et moi, je n'y tiens plus. Je me redresse.

— Tu veux savoir pourquoi ?

Il se redresse à son tour en braquant son pistolet sur moi. Je me plante devant lui sans me soucier du canon de son arme à quelques centimètres de mon cœur. Je répète en lui martelant la poitrine de mon poing :

— Tu. Veux. Vraiment. Savoir. Pourquoi ?

Je devrais me taire. Écouter Big Boy, rester calme. Mais il est trop tard, ça doit sortir. J'ai passé trop d'années à me taire, à attendre mon heure, à réfléchir, à me questionner, à soigner l'animal blessé tapi dans ma poitrine, à le nourrir, à l'entraîner, à panser ses plaies jusqu'à ce qu'il ait acéré ses griffes et ses crocs.

Maman pensait qu'on était en lieu sûr, hors de portée des hommes qui rôdent la nuit. Mais le père de ce garçon nous a montré qu'il n'en était rien : le mal est partout. Je crache les mots comme des insultes :

— Parce que ton père a tué ma mère, voilà pourquoi.

7

Après l'enterrement de ma mère, j'ai emmené Kiki loin des Greyhill. On portait encore nos habits du dimanche. Je l'ai conduite à l'église que fréquentait maman et j'ai demandé aux bonnes sœurs de prendre soin d'elle. Elles ont essayé de me faire rester, moi aussi, mais je me suis enfuie. Je suis allée sur les docks et là, j'ai passé deux semaines enfermée dans un conteneur défoncé à me demander si ça valait encore le coup de vivre. Au beau milieu de la nuit, j'étais réveillée par les rats qui couraient sur mes jambes, et je m'en fichais. Ma mère avait été assassinée. J'avais entendu ce que Greyhill lui avait dit dans le jardin. Je ne pouvais plus rester chez lui et je ne pouvais pas laisser Kiki là-bas. Mais je ne me sentais pas capable de m'occuper d'elle. Je ne suis pas fière de l'avoir abandonnée. C'est pourtant ce que j'ai fait.

Quand j'ai rencontré Big Boy, je venais de voler une mangue à un vendeur ambulant. J'étais trop fatiguée pour fuir et il m'avait rattrapée par le bras. Il était sur le point de me donner une raclée quand Big Boy s'est interposé. Il a jeté sur l'étal un billet qui aurait pu acheter une cinquantaine de mangues. Puis il s'est détourné et en s'éloignant, il a dit au type par-dessus son épaule : « Ma petite sœur est ingérable. Désolé, *bwana.* Viens, petite. »

Je l'ai suivi. Pour la simple raison qu'il avait encore à la main la mangue que j'avais volée. Et que je ne voyais pas ce que je pouvais faire d'autre.

Cette nuit-là, j'ai dormi dans l'entrepôt des Goondas, entourée d'une bande de gamins des rues. Je n'avais plus aucun avenir.

Mais le lendemain matin, en m'éveillant, j'ai senti une main se glisser dans la poche de mon pantalon.

Je me suis redressée comme si j'avais reçu une décharge électrique. J'ai tenté d'agripper par le col le garçon à tête de fouine qui était penché sur moi mais il a reculé d'un bond.

La voix rauque de sommeil, j'ai crié :

— Rends-moi ça !

— Non, a-t-il répondu avec un sourire narquois. Qu'est-ce que c'est ?

Il a examiné la carte de prière qu'il avait prise dans ma poche en la tordant entre ses doigts.

— Donne-moi ça ! C'est à moi !

J'ai vainement essayé de lui arracher la carte des mains. Autour de nous, les autres commençaient à remuer : ils devaient flairer l'odeur du sang.

Le voleur était plus costaud que moi, et plus âgé. Il a brandi la carte au-dessus de sa tête en sautillant sur place pour m'esquiver. Il voyait bien que cette carte n'avait aucune valeur, mais que j'y tenais énormément.

— Tu la veux ? Alors viens la chercher, a-t-il dit en agitant la carte de sainte Catherine sous mon nez.

Je l'ai regardé la plier entre ses doigts et pour la première fois depuis des semaines, je me suis sentie vivante. Une rage folle s'est emparée de moi. Je me suis jetée sur lui en me servant de mes ongles, de mes dents, de mes pieds, de toute la souffrance et la colère qui grondaient en moi.

Il ne m'a pas quittée des yeux, même quand il a réduit la carte en boule avant de la jeter à mes pieds.

Plus tard, à l'abri, après avoir défroissé la carte et séché mes larmes, j'ai examiné le visage de sainte Catherine avec attention. J'ai regardé la roue sur laquelle elle avait posé sa main. J'ai regardé l'épée à ses pieds, la branche de palmier qu'elle tenait dans l'autre main.

Cette carte de prière se trouvait dans la poche de ma mère quand elle est morte. C'était tout ce qu'il me restait d'elle.

Elle m'avait répété cette histoire des milliers de fois ; ça tournait à l'obsession chez elle. Sainte Catherine d'Alexandrie était une jeune femme belle et intelligente qui refusait d'obéir au roi, alors il la condamna au supplice de la roue, qui consiste à attacher le prisonnier à une grande roue, les bras en croix, et à le frapper avec un bâton jusqu'à lui briser les os. Mais Catherine était une sainte et la roue s'est cassée lorsqu'elle l'a touchée. Alors le roi lui a tranché la tête avec une épée. Les histoires de saints sont toujours très violente. La branche de palmier qu'elle tient dans sa main symbolise le triomphe.

Quand, agenouillée près de son lit, ma mère faisait sa prière du soir, elle disait : « Aide-nous à briser la roue, Catherine. » Et moi je ne comprenais pas ; à la fin, Catherine se fait quand même tuer, alors à quoi bon ? Pourquoi cette branche de palmier ? Ma mère répondait alors : « Catherine est peut-être morte mais personne n'a pu la faire plier. » Elle ajoutait en tapotant la branche de palmier sur la carte : « Tu comprends ? »

Et, pour la première fois de ma vie peut-être, j'ai compris.

Une part de moi était morte mais je n'allais pas mourir pour autant. J'avais mis un genou à terre mais je pouvais me relever, me reconstruire, m'endurcir. Tenir la promesse que j'avais faite à ma mère de prendre soin de ma sœur. Elle allait peut-être devoir rester chez les religieuses. Avec elles, elle pourrait mener la vie dont notre mère avait rêvé pour nous. Elle irait à l'école et apprendrait la Bible. Mais pas moi. Cachée dans l'ombre, je veillerais sur elle et je ne laisserais personne lui faire du mal.

La nuit suivante, j'ai dormi d'un œil avec un tesson de bouteille à la main ; personne ne m'a approchée. Au matin, quand Big Boy nous a réveillés en braillant, j'étais prête.

Il voulait voir à quel genre de Goondas il avait affaire et je me suis mise en rang avec les autres nouvelles recrues comme si on se préparait à la bataille, nous la plus risible armée de la terre. Le gars qui se faisait appeler La Fouine n'était pas dans les parages, alors je me suis focalisée sur les autres pour essayer d'identifier les faibles, ceux que je pourrais battre en duel. J'étais la seule fille mais ça n'avait pas d'importance. Il fallait que je sois plus forte que tous ces gars.

J'ai laissé la douleur et la fatigue refluer, et je me suis efforcée de faire le vide en moi. La veille, j'étais un frêle récipient d'argile. J'avais été réduite en poussière, mais la tempête qui m'avait secouée m'avait transformée en petit tas de glaise.

J'étais prête à être allongée sur la roue et à prendre une forme totalement nouvelle.

Règle numéro huit : connaître la valeur de ce que l'on dérobe.

Question : qu'est-ce qui vaut plus que l'or et les diamants ? Quelle est la monnaie la plus stable ? Quelle est la chose qui, une fois dérobée, devient le bien le plus précieux et le plus dangereux qui puisse exister ?

Réponse : un secret.

Une heure de silence s'écoule dans la salle de torture, et je me sens un peu plus détendue. Je suppose que si Michael avait voulu me livrer aux vigiles, il l'aurait déjà fait. Ce qui signifie qu'il ne sait sans doute pas quoi faire de moi. Et que, peut-être, j'ai une chance de m'en tirer.

Il m'a ligotée et fouillée de nouveau, et cette fois il a examiné mes cheveux. Mes épingles sont dans sa poche. J'avais envisagé de planquer mon téléphone entre les toilettes et le mur mais il a aussi fait un tour dans la pièce. Michael a toujours vite appris de ses erreurs. J'essaie de me consoler à l'idée que de toute manière, mon téléphone n'aurait pas pu me sortir de là. Personne ne va venir me secourir.

Michael n'a prononcé qu'une seule phrase :

— Mon père n'a pas tué ta mère.

Son opinion, je m'en balance. Allongée sur le lit, je fixe la tache d'humidité qui s'étend sur le plafond. Elle me fait penser à un éléphant avec des ailes. Assis en face de son ordinateur, Michael cherche à savoir s'il y a des données sauvegardées sur la clé USB. Jusqu'à présent, il n'a pas réussi à en tirer grand-chose.

Soudain, je demande :

— Pourquoi t'es là, d'abord ? Tu n'es pas censé être en Suisse ?

Michael remue sur son siège.

— Mon école m'a renvoyé chez moi.

— Pourquoi ?

Il ne répond pas.

Au bout d'un moment, je dis :

— Ils étaient amants, tu sais. Ma mère et ton père.

Je cherche juste à être méchante mais ça fait du bien. Je poursuis :

— Oui. Ton père s'est servi d'elle, il l'a mise en cloque et quand il en a eu marre, il l'a tuée.

— Tu te trompes. Il ne l'aurait jamais tuée. Ce n'est pas son genre.

— Désolée mais tu ne le connais pas vraiment. C'est loin d'être un saint, crois-moi.

— Tu ne sais pas de quoi tu parles ! Tout le monde s'imagine que c'est quelqu'un d'horrible parce qu'il travaille dans le secteur minier, mais ce n'est pas vrai. Et puis… à moi, il me l'a dit : il n'a pas tué ta mère.

— Ah, s'il te l'a dit…

— Oui, s'entête Michael sans me regarder. Parce que je le lui ai demandé.

Je le regarde taper sur le clavier.

— Mon pauvre. Tu le portes toujours aux nues, pas vrai ?

Il tressaille.

— La ferme.

— Tu gobes toujours tout ce qu'il te raconte, hein ? Le soutien de famille, le protecteur qui travaille dur pour nourrir ses enfants… Tu ne te demandes jamais ce que ça coûte ? Tu ne sais donc pas qui il est en réalité ? Toutes les vies qu'il a détruites pour te faire vivre comme un prince ?

Il s'en fiche pas mal des petites gens comme ma mère. Et il n'hésitera pas à te mentir.

— Je t'ai dit de la fermer ! Ferme-la, tu m'entends !

Maintenant il me fait face, le souffle court, les mains agrippées à mes épaules comme s'il voulait me secouer.

J'étouffe un rire. Il est bien le fils de son père. Sa colère m'amuse, je m'en délecte, j'attends qu'il me frappe. Mais il me lâche brusquement, comme si je n'en valais pas la peine, et je retombe sur le lit.

Il se met à faire les cent pas, le temps de se ressaisir. Une fois à l'autre bout de la pièce, le dos tourné, il respire un grand coup.

— Qu'est-ce que tu faisais dans ce bureau ?

Je prends le temps de réfléchir avant de répondre :

— Je chassais.

Il me lance un coup d'œil par-dessus son épaule.

— Tu chassais quoi ?

— Tout et n'importe quoi.

— C'est-à-dire ? Arrête de jouer. Parle franchement.

— Tout et n'importe quoi ! Des relevés bancaires, des preuves qu'il commerce avec des terroristes, qu'il leur vend des armes, qu'il achète leur or souillé de sang. Avec qui il travaille et où. Le moindre vilain petit secret. Et tu sais quoi ? J'ai tout ce qu'il me faut.

La boue. Le fric. Puis le sang.

Peut-être que c'est juste dû à l'éclairage de la pièce, mais il me semble que le visage de Michael a pris une teinte grisâtre. Il me regarde, puis il baisse les yeux sur la clé USB branchée à son ordinateur portable. Il la débranche brusquement, la jette par terre et l'écrase d'un coup de talon comme il l'aurait fait avec un cafard.

Je souris, les yeux fixés sur les débris qui jonchent le sol, puis je m'allonge en glissant mes mains menottées sous ma tête.

— Ça ne change rien. Ce truc m'a juste servi à transmettre les fichiers de ton père à mon associé. Tu peux le détruire, me rouer de coups, c'est juste une question de temps : toutes ses sales combines finiront par éclater au grand jour.

— C'est ça que tu veux faire ? Traîner son nom dans la boue ?

— Oui.

Ça et beaucoup plus encore.

— Eh bien, tu arrives trop tard, lance-t-il d'un ton amer. Tous ces mensonges sont déjà sortis dans la presse et il est toujours debout. Personne n'a la moindre preuve. Et pour une raison simple : parce que rien de tout cela n'est vrai. Chaque fois, les mines d'Extracta ont passé avec succès les contrôles de sécurité. Les mineurs sont bien payés. Il n'y a pas d'esclaves.

— Je suis impressionnée, Mikey. Tu en sais plus sur la boîte de papa que je l'aurais cru. Dommage que toutes tes infos soient fausses. Où t'es allé pêcher tout ça ? Oh ! laisse-moi deviner : auprès du responsable des opérations d'Extracta en Afrique de l'Est, M. Roland Greyhill, alias papounet ? (Je secoue la tête d'un air faussement compatissant.) Son disque dur donne une tout autre version des faits. Mais c'est vrai, Extracta est déjà sous le coup d'une enquête. Et ils vont avoir besoin d'un bouc émissaire quand la vérité sortira. Devine qui ça sera ?

— Comment tu sais ce qu'il y a sur son disque dur ? Tu as regardé dans les fichiers ?

— Je… je le sais, point.

— Non, dit-il. Tu n'as pas eu le temps. Tu n'es pas restée très longtemps dans ce bureau. Tu n'as rien vu. Il n'a pas d'esclaves. Il ne fricote pas avec des terroristes.

Je lâche un soupir d'impatience. Il a vécu dans une grotte en Suisse ou quoi ?

— Tu ne sais pas comment ça marche au Congo ? Je vais te renseigner. Les milices et l'armée congolaise sont en guerre, et pour continuer à se battre, elles ont besoin d'armes et d'argent. Grâce au travail des esclaves, elles extraient de l'or à bas coût que ton père achète très bon marché avant de le blanchir par l'intermédiaire des mines d'Extracta.

Michael fronce les sourcils.

— Non. Tu es folle. D'où tu tiens ça, d'abord ?

— J'ai mes sources.

— C'est du grand n'importe quoi. Il crée des emplois et de l'activité dans le pays.

On dirait qu'il cite quelqu'un, qu'il a appris son petit discours par cœur et que ce n'est pas la première fois qu'il le sert.

— Allons, Michael… T'as subi un lavage de cerveau ! On ne devient pas aussi riche que ton père en suivant les règles. (Je désigne la pièce de mes mains menottées.) Comment tu expliques le fait qu'on soit dans une salle de torture ?

— C'est une chambre forte !

Je secoue mes menottes.

— Et ça ? C'est pour m'empêcher de paniquer ?

Je l'observe tandis qu'il cherche une réponse.

Un malaise s'est insinué en moi et je n'aime pas ça. Ce n'est pas ma faute si le beau gosse de service est dans le déni. *Ne pense pas à Michael, pense à maman. Pense à toutes les atrocités que Greyhill a commises. Il doit payer pour ses crimes.* J'ai un plan et je m'y tiens. Je ne vais pas tout chambouler pour ménager la sensibilité d'un garçon pourri gâté.

— Ce que tu penses ne changera rien. Ce sera bientôt dans tous les journaux, tu verras.

Michael semble livrer une lutte intérieure. Pour finir, il demande comme s'il se parlait à lui-même :

— Tu peux l'empêcher ? Enfin, si tu dis vrai... Tu peux empêcher cette prétendue preuve d'être révélée au grand jour ?

Je ne réponds pas tout de suite. Qu'est-ce qu'il me demande ? Est-ce que c'est une menace ?

— Écoute, tu peux me torturer, voire me tuer, ça ne changera rien. Ces infos sont entre les mains de quelqu'un d'autre maintenant. Elles vont sortir.

Pour être honnête, ce n'est pas tout à fait vrai, mais Michael n'a pas besoin de connaître les détails. C'est moi qui dois remettre les infos à Donatien. Je suis sûre qu'Omoko a d'autres moyens de salir le nom de Greyhill mais je veux que ce soit Donatien qui rédige cet article et qui le publie. Il peut le faire paraître en première page. Il veut détruire Greyhill et il sait comment s'y prendre, tout comme Skinny sait comment pirater ses comptes en banque.

Michael relève la tête.

— Et si je réussis à prouver que mon père n'a pas tué ta mère ? Tu pourrais l'empêcher ?

Je fronce les sourcils. En temps normal, je suis assez douée pour deviner quand quelqu'un me raconte des salades, mais Michael a toujours été difficile à cerner.

— Qu'est-ce que tu veux dire ?

Il ne répond pas.

— Tu sais quelque chose ?

Il se contente de me fixer du regard.

Je me lève et m'apprête à me jeter sur lui mais la chaîne et les menottes m'en empêchent.

— Ne joue pas avec moi, Michael ! Tu sais quelque chose sur le meurtre de ma mère ? (Il ne répond pas.) C'est la vidéosurveillance de cette nuit-là ? La caméra dans le bureau ? Tu l'as ? Est-ce que tu l'as ?

Je vois ses narines se dilater.

— Non.

Je me force à me calmer, à retrouver cet état de détachement que j'ai mis tellement de temps à atteindre. *Je n'existe pas. Je n'existerai pas, pas pour lui en tout cas.* Je conclus en lui tournant le dos :

— Alors tu ne sais rien.

— Tu vas détruire la vie de mon père, détruire notre vie à tous, parce que tu crois qu'il a tué ta mère. Tu n'en es même pas sûre !

— Si, je le sais ! Et toi aussi, sinon tu ne lui aurais jamais posé la question !

— Il m'a dit qu'il ne l'a pas tuée et je le crois ! crie Michael.

On s'en fiche de ce qu'il croit ! Il ne compte pas. Laisse tomber.

Mais je n'arrive pas à lâcher le morceau.

— Je les ai vus.

Michael se fige.

— Tu l'as vu... la tuer ?

— Non. Mais c'est tout comme. La veille du meurtre, je les ai surpris dans le jardin à la tombée de la nuit. Ils se disputaient. Ma mère connaissait ses secrets et elle le menaçait de le dénoncer. Et tu sais ce qu'il a répondu ?

Michael ne bouge pas.

— Il a dit : « Fais ça, Anju, et je te tue. »

Je marque une pause pour lui laisser le temps de s'imprégner de mes mots.

— Le lendemain, elle a envoyé un message à un journaliste pour lui demander de le rencontrer. Huit heures plus tard, elle était morte.

8

Règle numéro neuf : les voleurs et les réfugiés n'appellent jamais la police.

Si je ne les avais pas surpris dans le jardin cette nuit-là, ma vie aurait peut-être été radicalement différente. J'aurais peut-être pu me remettre de sa mort, retourner à l'école avec Kiki, me convaincre que c'était un cambriolage qui avait mal tourné, comme l'a raconté Greyhill. J'aurais pu essayer d'oublier.

Mais je les ai vus.

Ce sont leurs éclats de voix qui m'ont tirée du lit. Je les ai trouvés debout sous le frangipanier, dont les fleurs brillaient comme des étoiles dans l'obscurité. Greyhill avait les mains autour du cou de ma mère et il la menaçait à voix basse.

En les apercevant, j'ai ressenti une terreur ancienne et familière au fond de la gorge. J'ai hurlé et Greyhill s'est aussitôt éclipsé.

Après son départ, je me suis approchée de ma mère et elle m'a serrée dans ses bras en me demandant de ne rien dire à personne. Selon elle, nous n'avions rien à craindre, il ne pensait pas ce qu'il avait dit. Tout irait bien.

J'aurais pu essayer d'aller trouver la police. J'aurais pu leur raconter ce que j'avais vu et entendu, les laisser enquêter, attendre que justice soit faite.

Tu parles.

Ensuite, Kiki et moi, on aurait mené une vie heureuse dans un château en guimauve au milieu des arcs-en-ciel.

C'est un fait acquis, il faut l'accepter : la police n'en a rien à cirer. Ils s'en fichent pas mal des voleurs, surtout si ce sont des réfugiés du Congo. À leurs yeux, on est juste des distributeurs de billets ambulants. On casque pour le seul fait de marcher dans la rue ou de porter des chaussures rouges. Le témoignage d'une petite réfugiée n'allait sûrement pas les intéresser.

Oh ça non ! Quand on a un problème, il faut le régler tout seul.

Les flics sont venus le lendemain sur les lieux du crime pour prendre des photos, s'extasier sur la magnificence de la célèbre propriété des Greyhill et noter quelques remarques en mauvais anglais. « Deux bales dans l'abnomen » : apparemment, c'était la cause officielle du décès. C'est ce qui est écrit sur le compte rendu de l'enquête. Je le sais parce que j'ai réussi à mettre la main dessus. Skinny a piraté le serveur de la police pour moi. Il n'y avait personne à la maison hormis *bwana* Greyhill et quelques domestiques. Mme Greyhill et les deux enfants se trouvaient dans leur maison de vacances à quelques heures de route de là. M. Greyhill a entendu du bruit dans son bureau. Quand il est entré dans la pièce, la bonne était déjà morte. Elle avait dû surprendre un voleur. L'assassin avait eu le temps de mettre les voiles. Ce genre de chose arrive. Affaire classée.

J'imagine sans mal comment les *polisi* l'ont expliqué : M. Greyhill est comme le roi Midas : il extrait du minerai au fond de cavernes obscures, dans des contrées lointaines auxquelles on n'aime pas trop penser. Greyhill fait des profits, Sangui aussi et les *polisi* peuvent aussi en faire pour peu qu'ils soient malins. Après tout, les mains de M. Greyhill ne sont peut-être pas bien propres mais dans la terre et le sang, on trouve parfois de la poussière d'or.

« Toutes les morts sont tragiques, d'accord, mais qui était cette bonne, hein ? Une réfugiée sans papiers venue du Congo, un de ces rebuts qui descendent des mines dans la montagne et finissent sur les trottoirs de notre ville. Ils ont de mauvaises mœurs, ils volent nos emplois. Et franchement, qu'est-ce qu'elle fichait dans ce bureau, la bonne ? Sans vouloir dire du mal, c'est la vérité : neuf fois sur dix, c'est le personnel qui vole. C'est dur d'en trouver qui soient honnêtes. »

Hochements de tête compatissants. Échange de poignées de main. Affaire classée.

9

Quand je me réveille dans la salle de torture, j'en déduis que c'est le matin. Je n'ai aucun moyen de le savoir, sans fenêtres ni téléphone. Je n'arrive pas à croire que je me sois endormie. La dernière chose dont je me souviens, c'est, après le départ de Michael, d'avoir fixé la tache en forme d'éléphant sur le plafond en me demandant si j'allais mourir ici et combien de vendredis il faudrait à Kiki pour comprendre que je ne reviendrais jamais.

Je me lave la figure et j'utilise les toilettes avant de me rasseoir sur le lit. Je commence à avoir mal aux poignets et je les frotte l'un contre l'autre sous les menottes.

— Un livre ne serait pas de refus, je marmonne.

Michael n'a rien dit après m'avoir entendue raconter ce que j'avais vu. Il est sorti de la pièce en emportant son ordinateur. Il n'a même pas réagi à mes cris et à mes insultes. Il a fermé la porte en me laissant seule ici à me demander ce qui allait bien pouvoir m'arriver.

Au début, je voulais juste tuer M. Greyhill. Si j'avais décidé de le faire payer œil pour œil, dent pour dent, j'aurais tué un de ses proches. Ça n'aurait été que justice. Mais je ne suis pas quelqu'un de mauvais ; je ne suis pas comme lui.

Quelques mois après mon arrivée chez les Goondas, une fois remise sur pied, je me suis mise à espionner Greyhill à mes heures perdues. Cachée dans une ruelle près de son bureau, j'épiais ses allées et venues. Il semblait avoir repris le cours de son existence comme si de rien n'était. J'ai envisagé d'emprunter un flingue à Big Boy et de faire ça dans la rue, de m'avancer vers lui l'arme à la main, quitte à être poursuivie ensuite par ses gardes du corps. Mais quelque chose m'en a empêchée. Et ce quelque chose, ce tout et ce rien, c'est Kiki.

Il fallait se rendre à l'évidence : si je mourais, je ne pourrais pas veiller sur ma sœur ni respecter la promesse faite à ma mère. Kiki pourrait peut-être continuer sa scolarité… mais si on lui supprimait sa bourse, qui prendrait soin d'elle ? Elle ne pourrait jamais survivre dans la rue. Rien que d'y penser, ça me donnait des frissons.

Je suis retournée chez les Goondas, la mort dans l'âme.

Je savais une chose : Greyhill devait payer. Mais comment ? J'ai raconté mon histoire à Big Boy. C'était une erreur mais à l'époque, je ne connaissais pas encore la valeur d'un secret. Et peut-être que ma mère disait vrai : rien n'arrive pas hasard, y compris les erreurs et les tragédies.

Big Boy en a parlé au patron, M. Omoko.

Ezra Omoko est un homme tranquille, d'une cinquantaine d'années, qui a grandi à Sangui. De taille moyenne, il a des tempes grisonnantes et pas un seul tatouage. Il s'habille comme un maître d'école, en polo et pantalon de toile. Sous son apparence trompeuse, cet homme est le roi des Goondas. Il prend soin de ceux qui le servent bien. Il sait répartir généreusement son butin. Mais je l'ai vu manger le foie d'un traître au petit déjeuner et il collectionne les canines de ses ennemis qu'il garde dans un sac au fond de sa poche comme une amulette.

Il est venu me trouver quelques jours après ma conversation avec Big Boy, alors que je m'entraînais, seule dans la salle de gym aménagée par les Goondas. Je travaillais mon crochet gauche sur un vieux pneu de voiture, bien après le départ des autres Goondas.

— Il paraît que tu veux tuer Roland Greyhill ? a lancé M. Omoko depuis la pénombre où il se tenait.

Je me suis retournée. Je n'avais encore jamais parlé au grand patron. Inutile de lui demander qui avait vendu la mèche. C'était l'évidence même. Alors j'ai inspiré profondément avant de répondre :

— Oui.

— Et pourquoi tu veux faire une chose pareille ? a demandé Omoko.

Je me ratatinais devant lui. Deux jours auparavant, j'avais entendu dire que dans sa jeunesse, il avait eu pour habitude de décapiter des serpents vivants avec les dents. Il était immunisé contre leur poison. La conclusion de cette histoire : s'il te mordait, tu mourais.

J'ai rassemblé mon courage pour répondre mais avant que j'aie pu ouvrir la bouche, il a poursuivi :

— Pourquoi faire ça, *kijana*, si tu peux le ruiner avant ?

Omoko a émergé de l'obscurité, m'a prise par les épaules d'un geste paternel et conduite jusqu'à son bureau. Là, nous avons eu une petite discussion. Il m'a donné un livre, *Le Comte de Monte-Cristo*, en m'ordonnant de revenir le voir après l'avoir terminé.

Il m'a fallu un mois et l'aide d'un dictionnaire volé, mais je l'ai lu. Quand je suis retournée voir M. Omoko, il m'a demandé ce que j'avais appris.

— Beaucoup de mots difficiles.

Puis, après un silence, j'ai ajouté :

— Je ne sais pas trop. Le comte s'est vengé mais je ne suis pas sûre que ça l'ait rendu heureux.

Omoko m'a dévisagée d'un air pensif.

— Heureux ou triste, ce n'est pas la question. Les gens ne cherchent pas à se venger pour trouver le bonheur. Ils se vengent parce qu'ils le doivent. Tu comprends ?

J'ai réfléchi. Oui, je comprenais.

— Ce que j'aurais aimé que tu apprennes, a repris M. Omoko, c'est que, si tu décides de te venger, tu devras en faire une vocation, une profession de foi. Un peu comme un prêtre qui se sent appelé à servir Dieu. Ce n'est pas quelque chose que l'on fait une fois mais tous les jours, comme quand on apprend à danser. Et il en faut, du temps, pour savoir danser. Il faut apprendre les pas, le rythme, et veiller à ne pas se lancer trop tôt. Il faut y mettre du sang et de la sueur. C'est la leçon du comte : sa vocation à lui était de se venger, et pour y parvenir il faut de la discipline, une volonté de fer et beaucoup de patience. Il faut se débarrasser de toutes les distractions – amis, loisirs, autres ambitions –, attendre le bon moment et faire des sacrifices inimaginables. Tu devras t'entraîner tous les jours, jusqu'à ce qu'il n'y ait plus de distinction entre ta vengeance et toi. Elle fera partie de toi. Est-ce que tu as ça dans les tripes ?

— Je… je crois.

Il m'a dévisagée froidement.

— Ça ne marchera pas si tu n'en es pas sûre. Tu peux le tuer maintenant. Ce serait la solution facile. Mais sache que si tu fais ça, les gens le pleureront. Bien sûr, ils garderont peut-être le souvenir d'un homme d'affaires avec une éthique… discutable, disons. Mais dans le coin, un homme d'affaires est traité comme un roi. Quand il meurt, il est vénéré, admiré, craint. Il a tué ta mère, petite. C'est ce que tu souhaites ?

— Non.

Bien sûr que je ne voulais pas ça.

M. Omoko m'a demandé d'attendre, d'être patiente. Et de m'endurcir dans l'intervalle, d'établir mes propres règles de vie, d'apprendre à maîtriser la pratique de la vengeance. Malgré ma jeunesse, j'étais déjà en passe de devenir une excellente voleuse, avec des mains agiles et des pieds silencieux, et il pouvait travailler avec moi.

— Pourquoi vous m'aidez ? ai-je fini par lui demander ce jour-là.

Il a souri.

— J'ai été jeune, moi aussi, et on m'a fait du mal. Je me reconnais en toi. Tu es maligne. Je me fie à ton jugement. Si tu prétends qu'il mérite ta vengeance, je te crois. Évidemment, je percevrai un petit pourcentage quand tu l'auras dépouillé de sa fortune. Si tu veux de mon aide, bien sûr.

J'ai accepté son offre.

— Bien.

« Un jour, ton heure viendra », avait-il promis. Ce jour était censé être aujourd'hui.

Les heures passent, ou les jours, je ne sais pas trop. Je crie des menaces et des obscénités aux murs, retombe dans le silence, recommence à crier.

Mon plan d'attaque est simple. C'est moi qui l'ai mis au point ; Omoko m'a aidée à le peaufiner.

D'abord, traîner Greyhill dans la boue. Je vole des infos sur lui et je les transmets à Donatien, le journaliste que connaissait ma mère. Donatien sait tout ce qu'il y a à savoir sur « l'or sale ». Il va bien bosser son article et il a assez de relations pour le vendre aux gros journaux. Et pour une fois, sur ce sujet-là, il y a des preuves.

Je ne me contenterai pas de salir le nom de Greyhill. Ce qui intéresse les Goondas, c'est la deuxième partie du plan : l'argent. Greyhill a placé son magot, Omoko en est certain. Sur des comptes bancaires offshore, très probablement. Skinny pense que la carte au trésor figure sur le disque dur. On trouve les comptes, Skinny les pirate, puis tout le monde prend sa part et rentre tranquillement à la maison.

Sauf moi. Je n'aurai pas encore fini.

Pendant que les Goondas profiteront de leur butin, je surveillerai Greyhill. Je veux voir son monde s'effondrer lentement autour de lui. Je veux voir sa boîte le virer. Ses dettes s'accumuler. Je veux que les banques lui prennent sa maison, ses voitures, tous ses jouets de gros caïd. Peut-être que sa femme le quittera et que ses enfants découvriront enfin qui il est.

Mais ça ne suffira toujours pas. Il nous a tout volé, à Kiki et à moi, et je veux qu'il sache qui le lui reprend. Le moment venu, je sortirai de l'ombre. Je veux voir la lumière se faire dans son esprit. Je veux qu'il sache que c'est moi, la petite Tina, qui ai causé la perte du gros caïd.

Alors seulement, je le tuerai.

J'entends le verrou de la porte coulisser. J'ai crié à Michael de me laisser sortir pendant des heures et soudain je m'inquiète à l'idée que ce ne soit pas lui derrière la porte.

J'éprouve un drôle de soulagement en voyant son visage. Il porte son ordinateur comme un plateau et de la nourriture est posée dessus. On dirait qu'il a encore moins dormi que moi, et il n'est plus armé. *C'est culotté, Michael.* Ou stupide. Il dépose tout sur la table, me détache, s'assied sur une des deux chaises et attend que je prenne l'autre.

— Tu n'as pas peur que j'essaie de te frapper et de m'enfuir ?

Ma provocation ne le fait pas sourire.

— Je pense que tu voudras d'abord entendre ce que j'ai à te dire.

— Tu essaies encore de négocier ?

Je meurs de faim mais je me force à ignorer la nourriture posée sur la table, qui fait pourtant gargouiller mon estomac. Le petit pain donné par Kiki est bien loin. Un ragoût de poulet accompagné d'un petit tas crémeux d'*ugali* fume dans l'assiette. Je garde les yeux fixés sur Michael.

Il croise les mains sur la table. Je leur trouve un drôle d'aspect, sans pouvoir m'expliquer pourquoi, jusqu'à ce que je comprenne : elles sont lisses, dépourvues de cicatrices ou d'entailles. Comme s'ils n'obéissaient plus à mon cerveau, mes yeux se posent sur le creux de son bras. Ils cherchent la marque qui, je le sais, se trouve à cet endroit, mais elle est cachée sous sa manche. Je m'interdis d'y penser pour le moment.

— Mon père n'a pas tué ta mère, déclare-t-il.

J'attends d'être capable de m'exprimer calmement pour répondre :

— Je croyais qu'on avait déjà éclairci ce point.

— Tu fais des hypothèses. Ce n'est pas parce qu'il l'a menacée qu'il l'a tuée. Et puis, je ne crois pas qu'il me mentirait. Pas sur un truc comme ça.

J'ai envie de le frapper de toutes mes forces.

— Admets-le, tu n'en es pas sûre, poursuit-il. Sans avoir obtenu de confession ni vu ce qui s'est passé, tu ne le seras jamais.

Je repousse brusquement ma chaise de la table en la faisant grincer sur le sol en béton. Je veux être aussi loin de lui que possible. Comment on a pu être amis ? Comment on a pu jouer ensemble, se disputer, pleurer quand l'autre avait des ennuis ?

Il attend, le regard rivé sur moi. J'essaie de ne pas me laisser trahir par les petits muscles qui tressautent sur mon visage. Bien sûr, je sais que de prime abord, le doute est possible. Combien de nuits sans sommeil ai-je passé les yeux fixés sur les étoiles, à regretter de ne pas avoir de preuves ? Ce ne sont pas seulement les cauchemars qui me tiennent éveillée. Le doute me hante. Mais j'ai beau retourner la question dans tous les sens, j'en arrive toujours à la même conclusion : je sais qu'il en est capable et qu'il en avait envie. Il l'a dit lui-même. Comme on dit dans les séries policières, il avait tout : les moyens, le mobile et l'occasion. Il savait que personne ne l'en empêcherait ni ne le punirait.

Un jour, Skinny m'a parlé d'une théorie scientifique. Le rasoir de machin chose. En gros, ça dit que la réponse la plus simple est presque toujours la bonne. M. Greyhill est un homme mauvais qui a menacé ma mère. Qui d'autre l'aurait tuée ? Je n'ai pas besoin de preuves. Je suis sûre que c'est lui l'assassin.

À quatre-vingt-dix-neuf pour cent sûre.

Je déteste ce un pour cent qui reste.

— Voilà mon offre. C'est à prendre ou à laisser.

— Non.

— Tu ne veux pas m'écouter d'abord ? *Ngai*, tu as toujours été têtue comme une mule.

Je croise les bras. Michael parle lentement et distinctement.

— Tu veux savoir qui a tué ta mère.

— Je le sais déjà…

— Attends. Écoute-moi jusqu'au bout. Je veux récupérer les données de mon père. Voilà ce que je te propose : je t'aide à trouver l'assassin de ta mère. On réunit des preuves. On découvre le mobile. J'ai accès à des endroits et à des personnes que tu ne peux pas approcher. J'ai de l'argent. On me parle, on me rend service. On va trouver le coupable, à condition que tu me promettes de me rendre ce que tu as pris sur son ordinateur.

— Pour commencer, qui a dit que je pouvais empêcher la publication de ces données ? Je te le répète, ce n'est déjà plus moi qui décide.

— Est-ce que tu peux l'empêcher, oui ou non ?

Je garde le silence pendant un long moment. Je ne comprends pas à quoi il joue. Pourquoi ne pas m'avoir proposé de m'acheter ? Pourquoi faire tout ça ?

— Et si tu finis par découvrir que c'est ton père qui l'a tuée ?

— Ce n'est pas lui.

— Allons, Michael. Pense au rasoir de machin chose.

— Hein ? Tu veux parler du rasoir d'Ockham ?

— Si tu veux. Écoute… Je suis pas d'accord du tout. Mais juste pour savoir : et si on découvre que c'est ton père qui l'a tuée ?

— Dans ce cas, tu révèles toute l'histoire à la presse. Tu en fais ce que tu veux.

Je fronce les sourcils. Ça m'énerve de ne pas pouvoir le percer à jour.

— Pourquoi je devrais te faire confiance ?

Soudain, ses yeux brillent.

— Tu as changé, Tina. Tu es dure. On était amis, avant.

Je ricane.

— Amis ? Tu m'as séquestrée. Ton père a tué ma mère. Tu viens d'une famille de gangsters. Qu'est-ce qui te fait penser que c'est de la dureté et pas de la jugeote ?

Il déglutit péniblement.

— Si tu es si maligne, alors admets que tu veux connaître la vérité tout autant que moi. De ce côté-là, tu n'as pas changé, Tina.

Il se lève et ouvre la porte pour sortir. Quand il se tourne de nouveau vers moi, la lueur s'est éteinte dans ses yeux. Il a remis son masque d'impassibilité.

— J'ai une autre proposition à te faire. Tu sais, la caméra que tu as vue dans le tunnel ? Celle qui aurait pu filmer le meurtre de ta mère ? La bande vidéo a disparu mais je sais qui l'a. Ça va peut-être prendre un peu de temps mais je peux me la procurer.

La voilà, la carotte. Je retiens mon souffle.

— Qui ? Qui a cette bande ?

— Je te le dirai si tu acceptes de faire équipe avec moi. Penses-y. Je reviens dans une heure.

10

Le sol en béton étouffe le bruit de mes allées et venues dans la cellule.

Michael est-il sérieux à propos de la vidéo ? Il peut vraiment se la procurer ? Combien de temps ça va prendre ? Est-ce qu'il me raconte des histoires ? La preuve. Qui l'a en sa possession et pourquoi ? Où se trouve-t-elle ?

Dix pas jusqu'à la porte, huit jusqu'au lit, cinq jusqu'à la table. Je tourne en rond dans la pièce, l'esprit en ébullition.

Je sais que Michael a raison. Évidemment que je veux tout savoir. Et si, en refusant son offre, je renonçais à la chance d'obtenir une réponse à la question que je me pose depuis des années ?

Que ferait le comte de Monte-Cristo dans cette situation ?

Est-ce que je peux jouer le jeu de Michael à l'insu des Goondas ? Skinny affirme qu'il peut mettre jusqu'à une semaine pour décrypter les données de Greyhill. Big Boy sait qu'il faudra peut-être attendre. Et si j'essayais de jouer sur les deux tableaux, juste pendant un temps ? Ils ne sont pas obligés de savoir.

Ma mère m'aurait conseillé de prier. Saint Ignace, peut-être, car il aide à prendre des décisions. Mais je ne connais pas cette prière. Je n'en connais qu'une, à vrai dire : celle de Catherine. Je n'en ai pas récité d'autre depuis cinq ans.

Michael sera là d'un instant à l'autre. Je fixe le mur depuis si longtemps que je vois des petits points lumineux dans mon champ de vision.

Que dois-je faire ?

J'essaie de me concentrer sur le plus important : punir le meurtrier de ma mère.

Je parcours ma cellule du regard. Ai-je vraiment le choix ?

Que me fera Michael si je refuse ? Je m'en fiche pas mal de mourir, mais Kiki ? Et qui punira l'assassin de notre mère ? Personne, tant que je suis coincée ici.

Bien que je répugne à l'admettre, il existe une règle pour ce genre de situation. Je ne l'aime pas, celle-là, mais je dois quand même la suivre.

Règle numéro dix : si les enjeux sont importants, il faut s'attendre à jouer une longue partie.

Big Boy me l'a enseignée.

Big Boy est différent des autres Goondas. C'est pour ça qu'il est le bras droit de M. Omoko. Je l'ai souvent observé car, longtemps après avoir compris les motivations des autres, je n'arrivais toujours pas à connaître les siennes. Il faut savoir ce que veulent les Goondas pour ne pas finir comme eux. J'ai compris ce que voulait La Fouine dès le premier jour. Il prenait son pied en s'attaquant à des plus petits et des plus faibles que lui. Aussi simple que ça. Je ne lui ai plus jamais donné l'opportunité de me faire du mal. Mais percer son frère à jour était plus compliqué.

Big Boy est le type le plus stoïque que je connaisse. Il ne m'a jamais lorgnée comme les autres Goondas. Il peut se trouver une fille quand ça lui chante mais il ne les regarde pas avec convoitise. Il n'a pas l'air de courir après l'argent non plus, ni après les bagnoles et les grosses chaînes en or. On dirait qu'il voit à travers tous ces biens et connaît précisément leur valeur.

Il ne s'intéresse pas aux choses matérielles. Mais ça ne signifie pas pour autant qu'il ne veut rien. Il a la même détermination que moi. J'ai fini par comprendre un jour où M. Omoko était venu nous rendre visite : il a tapoté la tête de Big Boy comme on le ferait avec un chien. Personne ne l'a remarqué à part moi. M. Omoko n'avait pas l'intention d'humilier son second devant tous les autres. Il voulait juste faire passer son message. Il aurait aussi bien pu dire : « Tu vois ? C'est ça, le pouvoir. Tu t'en approches, mais ne va pas t'imaginer une seconde qu'il est entre tes mains. Ce que tu as, ce n'est que ce que je t'ai donné, et je peux te le reprendre avec le sourire. »

Big Boy n'a pas tressailli ni repoussé la main de son maître. C'est pour ça que Big Boy est différent. Moi, j'ai repéré ce que M. Omoko a négligé de voir sur le moment. Le chef des Goondas n'a pas trouvé d'insubordination chez son second, mais il aurait dû se montrer plus attentif. Moi je l'ai vue de loin, dans la façon dont Big Boy a serré fugitivement le poing, dans le long regard qu'il a lancé à M. Omoko qui s'éloignait.

Ce jour-là, la motivation de Big Boy m'a semblé évidente. M. Omoko porte négligemment sa couronne, comme s'il n'y accordait pas vraiment d'importance, mais Big Boy, lui, la chérira. Jusqu'à ce qu'il obtienne, il se comportera comme un bon chien, loyal et dévoué.

Il entraîne les troupes d'Omoko pour en faire des brutes et des voyous. Il mène des raids sanglants contre d'autres gangs pour étendre l'empire des Goondas. Il met les filles sur le trottoir et veille à récupérer leurs gains au lever du jour. Il me donne des noms, des adresses de maisons, de commerces à cambrioler. À la moindre désobéissance, la punition tombe. Si un Goonda commence à contester l'autorité en place, Big Boy se charge de le remettre dans le droit chemin : en général, une petite discussion suffit. Les gars qui commettent un impair, on les balance du haut d'une jetée, les chevilles enchaînées et lestées d'un bloc de béton.

Les requins adorent Big Boy.

Il obéit au doigt et à l'œil à M. Omoko. Il se salit les mains à la place du grand chef. Il mange les miettes à la table du maître et ne se plaint jamais. Il garde son frère près de lui. Il sait que la famille assurera ses arrières le moment venu.

Big Boy attend patiemment ce moment pour mordre.

Je pense au comte de Monte-Cristo, à Big Boy, à ma mère, à la vengeance que je veux, à ce que je suis disposée à faire pour l'obtenir.

Et quand Michael revient, je suis prête.

11

— Si on trouve un accord, la première chose que je veux, c'est quitter cette salle de torture.

Michael lève un sourcil.

— Il n'y a que toi pour penser que tu décides de tout alors que tu es enfermée entre quatre murs. Et pour la énième fois, ce n'est pas une salle de torture.

Je lui rends son regard.

— Ce n'est pas un hôtel cinq étoiles, si ?

Michael ouvre la bouche pour répliquer mais je le devance.

— Deuxième chose : combien de temps ça va prendre de se procurer cette vidéo ?

Michael évite mon regard.

— Je ne sais pas. Deux semaines ?

— Tu as cinq jours.

— Cinq jours ? Pourquoi ?

— Tu m'as demandé si je pouvais éviter que ces infos sortent. Oui, je le peux, mais pas longtemps. Il y a des gens qui attendent. Et ces gens-là, mieux vaut ne pas les faire patienter trop longtemps. Cinq jours, c'est déjà beaucoup.

— Huit, grommelle Michael.

— Je peux demander une semaine. Mais je ne promets rien.

Michael pousse un gros soupir.

— D'accord. Mais on travaille d'ici. Interdit de sortir.

— Tu veux que je reste dans cette cellule ?

— Non, évidemment. Je parlais de la maison.

J'ai un mouvement de recul.

— Tu es sérieux ? Avec ton père dans les parages ? C'est hors de question !

— Tu es dingue si tu penses que je vais te laisser sortir. Tu restes ici. Tu seras mon invitée.

— Ton invitée ? Bon, et comment tu comptes expliquer ma présence à tes parents ?

— J'ai une idée. Je vais y réfléchir. Ils ne rentrent pas avant demain.

L'idée de séjourner dans la maison de Greyhill, sans pouvoir le tuer, me semble impossible. Mais je comprends Michael. À sa place, je n'aurais pas confiance non plus. Pendant quelques secondes, j'envisage même de lui demander si je peux rester dans ma cellule.

Le hic, c'est que si je n'ai pas toutes les données, je vais devoir retourner dans le bureau de Greyhill. Et quel meilleur moyen d'y entrer que d'être invitée chez lui ? Je frémis intérieurement. Bon, « invitée » est un mot un peu fort quand on connaît Mme Greyhill, mais tout de même…

— D'accord. Je vais réfléchir à la question. Mais j'ai besoin de contacter mon associé.

— Pourquoi ?

— Parce que. C'est avec lui que je dois discuter d'un délai.

— C'est un Goonda ?

— Tu as quelque chose contre eux ?

— Eh bien, j'en ai surpris un en train de fureter chez moi.

Je lève les yeux au ciel.

— C'est pas un Goonda. C'est un cerveau sur pattes.

— Bon, OK pour un coup de fil.

Je secoue la tête.

— Non, je dois le voir en personne. Là-bas, en ville.

Michael fronce les sourcils puis hoche la tête.

— OK mais je viens avec toi.

— On verra. Et, Michael ? (J'observe un silence pour être sûre d'avoir toute son attention.) Tu ferais mieux de ne pas me raconter d'histoires au sujet de cette vidéo.

— T'inquiète, je ne mentirais jamais à propos d'un truc pareil. Tu me connais.

J'ignore sa dernière phrase.

— Et tu as conscience qu'elle va probablement prouver que ton père est un assassin ? Tu prends autant de risques que moi dans cette histoire. Tu es sûr que tu es prêt à encaisser la vérité ?

Michael semble mal à l'aise mais il acquiesce.

— Quand j'aurai la preuve que c'est ton père qui l'a tuée, je n'hésiterai pas. Il devra payer.

Soudain, Michael me regarde comme s'il me voyait pour la première fois. Puis il me tend la main. La cicatrice pâle en forme de croissant de lune qu'il a à l'intérieur du bras brille sur sa peau. Je me revois à cinq ans, debout devant lui comme en ce moment même. Chacun avec sa blessure toute fraîche. Que suis-je devenue ? Michael ne sait pas jusqu'où je peux aller pour me venger de son père.

Mais maintenant, on ne peut plus revenir en arrière. Je serre la main qu'il me tend.

Quand Michael me libère enfin, il fait nuit. J'ai l'impression d'avoir passé une éternité dans ce sous-sol mais il m'annonce qu'on n'est que samedi. Enfin, techniquement, on est déjà dimanche matin. Ma conversation avec Kiki vendredi soir me fait l'effet d'un lointain rêve. Cette fois, on ne passe pas par le bureau. Michael me guide plus loin dans le tunnel et ouvre une porte qui communique avec le dehors. Je dois résister à l'envie de le pousser pour aspirer ma première goulée d'air frais.

La porte est dissimulée par un entrelacs épais de végétation. Je lève les yeux et vois des branchages de jasmin et de bougainvillée escalader le mur dans lequel est percée l'ouverture.

— On est sous la terrasse ! On est passés par la porte du *mokélé-mbembé*.

Michael semble mal à l'aise.

— Oui. J'ai fini par découvrir ce qu'il y avait derrière. Ce n'est pas un dragon, en fin de compte. Il y a deux ans, mon père m'a donné une clé au cas où il faudrait s'échapper par le tunnel.

Il repousse les branchages et lève les mains en l'air pour que le vigile en patrouille comprenne que c'est lui. L'idée, c'est de me faire passer pour une copine un peu débauchée qu'il vient de peloter dans les buissons. Selon Michael, les vigiles feront tous comme s'ils n'avaient rien vu et me laisseront entrer dans la maison. Quand il m'a expliqué son plan, je l'ai d'abord trouvé idiot puis je me suis souvenue que Michael est l'un des types les plus riches de Sangui, et qu'il est plutôt pas mal, dans le genre BCBG. Cette situation s'est peut-être déjà produite assez souvent pour sembler normale.

J'essaie de ne pas m'imaginer ce genre de scène avec Michael et fouille dans ma mémoire pour me rappeler ce qu'avait dit Philippe, le vieux jardinier, au sujet du *mokélé-mbembé*. Enfants, Michael et moi connaissions le moindre recoin de la propriété. Il était impossible qu'une porte mystérieuse, fermée à double tour et à moitié dissimulée sous des branchages, échappe à notre vigilance. Quand nous avons demandé à Philippe ce qu'il y avait derrière, il nous a répondu que des années auparavant, en quittant le Congo, il avait emmené un *mokélé-mbembé* dans sa poche.

— C'est quoi, un *mokélé-mbembé* ? avait-on demandé en chœur.

— Oh ! juste un monstre terrible qui vit dans les marais et les rivières. Tapi dans l'ombre, il attend qu'un petit enfant passe. J'en ai attrapé un quand il était tout bébé et il est devenu mon animal de compagnie.

Mais le petit lézard était devenu un énorme dragon, trop gros pour rester dans sa chambre. Philippe l'avait donc enfermé derrière cette porte, dans une pièce avec un bassin pour se baigner et la consigne stricte de dévorer tous les intrus. Quand on lui avait demandé si on pouvait le voir, il avait simplement répondu :

— Vous êtes sûrs ? Il trouve que les enfants trop curieux sont les plus délicieux.

Michael me prend la main et avec un sourire penaud, il m'entraîne vers le faisceau de la lampe torche que le vigile braque devant lui. L'odeur du jardin la nuit réveille d'autres souvenirs si profondément enfouis que je m'étonne qu'ils me reviennent avec autant de détails. Je me rappelle brusquement d'autres nuits dans notre petit cottage au fond du jardin. Ces nuits-là, je m'éveillais en sursaut d'un cauchemar et je trouvais ma petite sœur en train de s'agiter dans son lit. Quant à celui de ma mère, il était vide. J'essayais de calmer ma peur en prenant Kiki dans mes bras, je la berçais pour qu'elle se rendorme, en lui disant qu'elle faisait beaucoup de raffut.

Ma mère était toujours là au matin, et quand je lui demandais où elle était allée la veille, elle m'ordonnait de me taire. « Nulle part, répondait-elle. Ton imagination te joue des tours. » Mes terreurs nocturnes ont fini par cesser, Kiki a pris l'habitude de dormir jusqu'à l'aube et j'ai oublié les absences de ma mère. Jusqu'à aujourd'hui, en voyant la porte du *mokélé-mbembé*. C'est sans doute cette porte qu'elle prenait pour retrouver Greyhill la nuit. L'idée qu'elle ait pu attendre là, le cœur battant, à l'endroit précis où je me trouve, me donne la nausée.

Comme prévu, les vigiles nous laissent passer. Michael met son bras autour de mes épaules et leur adresse un clin d'œil. Ils sourient d'un air salace et je dois me retenir de ne pas lui faire une prise pour qu'il s'étale par terre comme une crêpe. Je sais faire, Big Boy m'a appris.

Michael m'escorte jusqu'à une des nombreuses chambres d'amis. Il se plante sur le seuil et me regarde tandis que j'examine la pièce : gros meubles en tek de style swahili, hautes fenêtres drapées de soie pour dissimuler les barreaux. Au centre, un lit gigantesque recouvert de coussins et surmonté d'une moustiquaire en tissu diaphane. J'ai l'impression d'être dans le palais d'un maharadjah. À eux seuls, les bibelots posés sur la commode pourraient payer les frais de scolarité de Kiki pour une année.

Malgré tout, j'ai une furieuse envie de retrouver mon toit.

— Quand tes parents reviendront, comment tu vas expliquer ma présence ici ?

— T'inquiète, je m'occupe de tout.

— Tu ne vas pas me dénoncer à ton père, hein ?

— Pourquoi je t'aurais fait sortir du sous-sol si j'avais l'intention de te balancer ?

— Tu as attrapé une voleuse. Je parie qu'il serait fier de son petit garçon.

Michael ne relève pas ma pique.

— Si je te dénonçais, tu lui rendrais ce que tu lui as pris ?

— Non.

Michael s'adresse à moi comme s'il expliquait un concept très simple à un enfant.

— Alors pourquoi tu veux que je le fasse ? Si on fait équipe, il va falloir que tu apprennes à me faire confiance.

Je n'aime pas le ton de sa voix mais il marque un point. Je tends la main.

— D'accord. Si on se fait confiance, alors rends-moi mon téléphone.

— Quoi ? Pas question !

— Hypocrite. (Je souris.) Et sans ce téléphone, comment je suis censée trouver un moyen de récupérer les données de ton père ?

Michael me dévisage longuement puis il fouille dans sa poche en soupirant.

— Très bien. (D'un geste brusque, il dépose le téléphone dans ma main.) Pas d'entourloupe, OK ? On a passé un marché.

— Pas mon genre, je réponds.

— Mouais.

Je fais mine de fermer la porte de ma chambre.

— Je vais passer un coup de fil en privé. Ce n'est pas négociable. Je reviens te chercher dans quelques minutes.

Ne t'inquiète pas, je n'ai pas l'intention d'appeler la cavalerie à la rescousse.

Michael semble sur le point de protester mais il dit :

— Ma chambre est à l'autre bout du couloir, troisième porte sur la droite.

— Je sais où elle est, Michael.

Une expression passe sur son visage, mais avant que j'aie pu la déchiffrer, il se détourne et s'éloigne dans le couloir. Je referme la porte derrière lui, pousse le verrou, et m'immobilise une seconde pour écouter s'il revient sur ses pas pour m'espionner. C'est ce que je ferais, à sa place. Je n'entends rien mais je vais dans la salle de bains attenante à la chambre et je fais couler l'eau dans le lavabo étincelant juste au cas où.

Skinny décroche à la première sonnerie.

— Oh la la, Tina, c'est bien toi ? Est-ce que tu… ?

J'entends du raffut à l'autre bout du fil puis une autre voix :

— Tina ? T'es où, nom de Dieu ?

Mavi. Ce n'est pas la voix que j'avais envie d'entendre. Je réponds tranquillement :

— Salut, La Fouine.

Il pousse un juron.

— C'est pas trop tôt.

Le téléphone change encore de mains puis j'entends :

— Yo, petite, comment ça va ?

C'est Big Boy. Il m'a mise sur haut-parleur. Il parle d'un ton détaché mais il y a une légère tension dans sa voix. Je n'aime pas ça.

— Accouche, Tina. T'es en prison ou quoi ?

Je parcours des yeux la salle de bains en marbre blanc, avec des robinets dorés et des serviettes douces et moelleuses.

— Plus ou moins. C'est à toi que je veux parler, Big Boy.

J'entends La Fouine râler puis la voix de Big Boy, claire et intelligible dans mon oreille.

— D'accord. T'es où ?

Je suis contente de ne pas devoir affronter son regard. Des plus costauds que moi ont mouillé leur froc face à ce regard-là.

— Je suis toujours à l'intérieur.

Big Boy ne répond rien. J'ajoute précipitamment :

— Mais tout va bien. Le fils, Michael, il ne va pas me balancer aux flics ni aux hommes de Greyhill.

Silence.

— Je n'ai pas donné ton nom ni rien. Tu sais que je ne ferais jamais ça. (Ce n'est pas tout à fait un mensonge.) Il m'a enfermée dans une cellule mais j'ai réussi à l'entourlouper. Il m'a laissée sortir. Il me fait confiance, enfin plus ou moins.

— C'est le fils des Greyhill, ton petit copain d'enfance ?

— Euh… oui, un copain, quoi. Mais ce n'est plus du tout pareil, il…

— Écoute, m'interrompt Big Boy. Skinny n'est pas sûr d'avoir collecté toutes les données sur le disque dur.

Mon estomac se contracte.

— Je peux y retourner. Il m'a demandé de rester un peu, tu sais, comme au bon vieux temps.

Un long silence suit ma proposition.

— Tu as toujours le matériel qu'il te faut ?

— Il a cassé la clé USB mais Skinny peut m'en faire passer une autre.

— Skinny va rester ici avec nous le temps d'évaluer ce qu'on a comme données.

Shonde. Skinny m'a fait promettre de ne pas le mêler à ça de trop près. Il doit probablement flipper, tout seul à l'entrepôt avec les Goondas. Je ne suis pas vraiment en position de demander une faveur. Mais je me dis que tant que Big Boy est là, La Fouine saura se tenir.

Je m'efforce d'adopter un ton aussi neutre que possible, histoire de ne pas donner l'impression à Big Boy que je lui donne des ordres :

— Une fois que Skinny aura fini, laisse-le rentrer chez lui pour me trouver une autre clé USB.

— Tu vas pouvoir retourner dans le bureau, au besoin ? s'enquiert-il. Ce Michael ne va pas te coller au train, dis ?

— Je peux gérer ça. Et cette fois, je ferai les choses bien.

Un silence, au cours duquel j'entends la respiration de Big Boy. Les rouages se mettent en branle dans son cerveau, passent en revue le moindre détail, laissent le plan se reconfigurer comme il le souhaite.

— Bon, dit-il enfin. T'as intérêt.

12

Après avoir raccroché, j'attends cinq minutes avant d'envoyer un texto à Skinny : *777*. C'est notre code pour « Appelle maintenant. » J'attends en tapant du pied. Michael va finir par se demander ce que je fabrique.

Je reçois un texto : *Feuille couvre ciseaux.*

— Allez, Skinny, il faut que je te parle, je marmonne.

« Feuille couvre ciseaux » signifie « Impossible ». Étant donné qu'il est coincé à l'entrepôt avec une bande de brutes, je ne suis pas étonnée.

Autre texto de Skinny : « *Ciseaux* ».

Bon. Il accepte de se déplacer (ciseaux = jambes). Ça doit signifier que Big Boy a accepté qu'il aille faire un tour. Je veux lui parler seul à seul.

Skinny : *Prends quatre bananes à l'épicerie du coin.*

Ce code a l'air simple. Si quelqu'un tombe dessus, il va s'imaginer qu'on se retrouve à quatre heures dans un magasin spécifique. En réalité, je vais devoir consulter les horaires de ferry de la veille pour déterminer l'heure exacte de notre rendez-vous. Je sais déjà où. Ce devrait être demain, et j'espère qu'il aura eu de bonnes nouvelles d'ici là. Il a peut-être choisi la prudence en racontant à Big Boy qu'il n'est pas sûr que toutes les données aient été transférées. Je suis sur le point de rejoindre Michael dans sa chambre quand je reçois un dernier texto.

Skinny : *Content que tu ailles bien.*

Je trouve Michael assis par terre contre son lit, son ordinateur portable ouvert devant lui. Je referme la porte derrière moi et parcours la pièce des yeux : une énorme télévision ; une console de jeux ; des posters de groupes que je ne connais pas ; des photos de Michael et de son équipe de rugby.

Je m'assieds le plus loin possible de lui mais de manière à voir ce qu'il regarde sur son écran.

— Alors, où elle est, cette vidéo ?

Il referme son ordinateur.

— Tu as de sacrées exigences, tu sais.

— Allez, Michael. Dis-moi au moins qui l'a.

Michael m'étudie pendant quelques instants. Il a des cils à faire pâlir d'envie n'importe quelle fille. J'éprouve une drôle de chaleur au creux de la nuque. *Sérieux, Tina ? Tu as dû choper le syndrome de Stockholm pour remarquer les yeux de ce garçon.* Je croise les bras sur ma poitrine.

— Alors, qui ?

Michael pousse un gros soupir.

— David Mwika.

J'en reste bouche bée.

— Quoi ? Je le croyais mort ! Tu sais où il est maintenant ?

Mwika était le responsable de la sécurité de M. Greyhill jusqu'à la nuit où ma mère a été assassinée. Après ça, il s'est volatilisé. Il a donné son témoignage à la police et ensuite, on ne l'a plus jamais revu. Croyez-moi, je l'ai cherché.

Skinny a passé des heures à traquer sa trace sur le Net. Il n'a rien trouvé.

Je fronce les sourcils :

— Attends, Mwika n'a pas tué ma mère. Tu le sais, non ?

— Oui, j'ai un enregistrement vidéo sur lequel on le voit jouer aux cartes toute la nuit dans le poste de surveillance. Regarde.

Il ouvre son ordinateur et commence à chercher. Je l'arrête d'un geste.

— Laisse, je l'ai vu.

— Ah bon ? Comment ?

— C'est dans le fichier de la police.

— Comment tu as fait pour avoir accès…

Je l'interromps :

— Qu'est-ce qui te fait penser que Mwika a cette vidéo ?

Michael baisse les yeux.

— Parce que quand j'ai questionné mon père au sujet du meurtre, il m'a avoué que la vidéo qui confond l'assassin avait disparu.

Mon excitation retombe aussitôt.

J'ouvre et je referme la bouche deux fois avant de pouvoir m'exprimer :

— Tu es encore plus bête que ce que je pensais ! (Je me lève d'un bond.) Évidemment, il ne fallait pas s'attendre à ce que ton père dise autre chose : la vidéo qui aurait pu l'innocenter a disparu et le type qui s'est mystérieusement volatilisé cette nuit-là est parti avec ! Comme c'est pratique ! (Je laisse échapper un cri de frustration.) J'ai été idiote de t'écouter. Mwika est mort ! Il a fini dans le ventre d'un requin ! Et cette vidéo n'existe plus. Ton père l'a effacée. (Je me dirige vers la porte.) Je n'arrive pas à croire que j'aie accepté ce marché. Je m'en vais.

— Hé, attends ! crie Michael en se levant à son tour. On avait un accord !

Il m'agrippe le bras.

— Il n'y a plus d'accord. Tes infos ne valent rien. (J'essaie de le secouer.) Tu m'as dit que tu pouvais te procurer cette vidéo mais tu m'as menti !

— Non, je t'ai dit la vérité. Ta haine pour mon père te brouille les idées !

— Lâche-moi !

J'essaie de dégager mon bras mais il me serre trop fort.

— Pas avant que tu m'aies écouté !

— Lâche-moi ou je crie !

— Tina ! Tu veux bien te calmer ?

Je cesse de me débattre mais je me tiens prête à bondir.

— Et quand bien même, pourquoi Mwika se serait intéressé à cette vidéo, à moins qu'il ait cherché à… je ne sais pas, moi… faire chanter ton père ?

— Peut-être qu'il y a autre chose sur cet enregistrement et qu'il ne voulait pas qu'on le voie. Peut-être qu'il a joué un rôle dans cet assassinat.

— Tu as dit que la sécurité n'était pas au courant pour le tunnel. Ça sous-entend qu'il ne connaissait pas l'existence de cette caméra.

— Le personnel actuel n'est pas au courant, mais mon père a viré tout le monde après la mort de ta mère. Mwika en a peut-être parlé au tueur. Peut-être que c'est lui le tueur. Peut-être que l'enregistrement vidéo sur lequel on le voit jouer aux cartes n'était qu'une mise en scène.

Je laisse retomber mon bras. C'est vrai. Même si ce n'est pas Mwika qui l'a tuée, il aurait pu être impliqué d'une manière ou d'une autre. Enfin, si ce qu'avance Michael est la vérité.

Il me lâche doucement le bras.

— Ça vaut le coup de retrouver sa trace, non ? lance-t-il. J'ai de l'argent et j'ai l'intuition qu'il en a besoin.

— Qu'est-ce qui te fait dire ça ?

— L'endroit où il vit.

— Où ça ?

Michael croise les bras.

— Voyons, Tina, tu me prends pour un idiot ? Si je te le dis tout de suite, tu vas t'en aller.

Je le dévisage en plissant les yeux.

— Oui, je te prends pour un idiot. Tu sais vraiment où il se trouve ? Ou tu tiens aussi cette info de ton père ?

— Je sais où il est, ne t'inquiète pas. Il est juste… difficile à joindre. Mais je vais y arriver. (Il va s'asseoir sur le lit.) Allez, on a passé un accord. Tu dois t'y tenir jusqu'au bout.

Michael pourrait très bien me mener en bateau. Et s'il ne ment pas, son père, lui, a raconté des salades, c'est presque certain. Encore ce petit un pour cent de doute qui m'empêche de prendre la porte. Et si Mwika a vraiment cette vidéo ? Qu'est-ce que je perds à rester ici jusqu'à ce que Michael ait pu entrer en contact avec lui ?

Ma tête, si Omoko n'a pas son fric à temps.

Mon honneur.

Je pousse un énorme soupir.

— D'accord.

Je suis ridicule. Si c'était quelqu'un d'autre que Michael, je serais partie. Mais bien que ça me tue de l'admettre, il semble être la seule personne au monde à s'intéresser à ce qui est vraiment arrivé à ma mère cette nuit-là. Avant même qu'on ait passé ce marché, il a questionné son père au sujet du meurtre. Ça demandait du cran. Il a peut-être fait preuve d'aveuglement en décidant de le croire, mais au moins il a pris la peine de l'interroger sur cette affaire.

Je me rassieds lentement sur la moquette.

— Bon, ne t'emballe pas trop mais j'ai une suggestion, dit Michael d'un ton prudent, comme s'il avait peur de me faire bondir. Pendant que je m'occupe de Mwika, on peut mener notre propre enquête. Si on n'a qu'une semaine, alors on devrait procéder dans l'ordre, méthodiquement. Peut-être qu'on voit le meurtrier sur la vidéo, peut-être pas. Mais on peut essayer d'avancer, d'établir une liste de suspects. Si la vidéo ne donne rien, on aura d'autres pistes à suivre.

Je fais la grimace.

— Tu veux jouer aux détectives ?

— Tu ne veux pas savoir pourquoi ta mère a été assassinée ? Tout ce qui t'intéresse, c'est de savoir qui l'a fait ?

Michael prend un classeur sur son lit et commence à le feuilleter. Malgré moi, je me rapproche pour essayer de voir ce qu'il fabrique.

— C'est quoi ?

Il ôte une feuille du classeur et la serre contre lui pour que je ne puisse pas la voir.

— Après avoir parlé aux vigiles hier soir, avant de revenir te voir, je suis allé vérifier que tout était en ordre dans le bureau de mon père. Son ordinateur était resté allumé et j'ai trouvé ça, ouvert sur son écran. J'ai imprimé une copie avant de l'éteindre. (Il finit par me tendre la feuille de papier.) Euh… j'ai pensé que ça pourrait t'intéresser.

Je me fige, la bouche sèche. C'est la photo que je regardais juste avant que Michael me surprenne. Je l'examine dans les moindres détails.

— C'est ta mère, pas vrai ?

Il baisse les yeux. Il sait bien que c'est elle.

On ne peut pas m'en vouloir d'être déconcentrée, tout à coup. Ma mère et une autre fille me sourient, radieuses ; elles portent un uniforme de collégienne et se tiennent par la taille. Des massifs de fleurs s'épanouissent en arrière-plan. Je n'ai pas souvenir de ma mère souriant comme ça. L'autre fille a un air malicieux, comme si elle flirtait avec le photographe. Ma gorge se serre. À part celle qui figure sur sa carte de réfugiée, je n'ai aucune photo de ma mère.

— J'ai essayé de voir ce qu'il y avait d'autre sur le disque dur mais tout était protégé par un mot de passe. (Michael marque une pause.) C'est qui la fille avec elle ?

Je finis par lever les yeux.

— Tout ce qui se trouve sur ce disque dur est crypté. Mon associé est sur le coup.

Je plie soigneusement la feuille de papier et la glisse dans ma brassière.

— Hé, mais c'était pour l'enquête !

— Il est hors de question que je te la rende, Michael.

— Tu ne sais pas qui est cette fille ?

— Non.

— Mais…

— Je t'ai dit que je ne savais pas.

Je sens le papier me brûler la peau. J'ai peut-être l'air d'une menteuse mais c'est la vérité : je ne sais pas. Une parente ? Une amie ?

— Qu'est-ce qu'il y a d'autre dans ce classeur ? je demande.

Michael hésite avant de me répondre :

— Pas grand-chose. J'avais dans l'idée de trouver quelqu'un à qui graisser la patte pour qu'il me procure le rapport de police concernant ta mère mais apparemment, tu as déjà mis la main dessus.

— Je n'ai rien trouvé d'utile.

— J'aimerais quand même le voir. (Il feuillette le classeur et s'arrête sur une épaisse liasse de papiers rassemblés entre deux intercalaires.) Tu as votre dossier d'immigration ?

Il me faut quelques instants pour comprendre de quoi il parle.

— Nos papiers de réfugiées ? Tu les as, toi ? Comment tu as fait pour les trouver aussi vite ?

Il évite mon regard.

— J'avais déjà mis la main dessus.

Je fronce les sourcils.

— Pourquoi ?

— Il y a un an, j'ai essayé de vous retrouver, Kiki et toi. Je voulais remonter jusqu'à votre famille, je pensais que vous les aviez peut-être rejoints...

— Comment tu as eu notre dossier ?

— On peut obtenir pas mal de choses avec de l'argent. (Il me regarde du coin de l'œil.) Mais je n'ai trouvé personne, ni ici ni dans votre village au Congo.

— Tu sais de quel village je viens ?

— C'est dans le dossier.

— Qu'est-ce qu'il y a d'autre là-dedans ? je demande en tendant la main vers le classeur.

Il le brandit au-dessus de sa tête.

— Des dates de naissance, des photos et le compte rendu de l'audience de ta mère pour obtenir un statut légal. Elle a dû leur expliquer pourquoi elle avait quitté le Congo, pour prouver qu'elle était bien une réfugiée.

— Tout est là-dedans ?

J'essaie de ne pas paraître étonnée. Je n'ai jamais pensé que mon dossier conservé au bureau du Haut Commissariat des Nations unies pour les réfugiés pouvait être d'une quelconque utilité. Sans doute parce qu'ils m'ont toujours donné l'impression de ne servir à rien. Depuis la mort de ma mère, j'ai dû y aller deux ou trois fois pour renouveler mes papiers et ceux de Kiki, et chaque fois ils se contentent de me demander où on habite et si on va à l'école. Avant chaque visite, je me coiffe et je choisis des vêtements qui cachent mes tatouages. Je leur raconte que Kiki est inscrite dans un pensionnat privé grâce à une bourse scolaire. Que, pour ma part, je suis hébergée par une gentille famille et que je vais à l'école publique parce que je ne suis pas aussi intelligente que ma petite sœur, mais qu'à part ça je suis quelqu'un de formidable. Je souris, ils me sourient en retour, et je leur réponds que « non, je n'ai pas recours à des stratégies négatives pour survivre » ; c'est comme ça qu'ils appellent la prostitution et le trafic de drogue dans leur langage châtié.

Comme ils n'ont jamais à se décarcasser pour moi, ils m'aiment bien. Je fais tamponner nos papiers et je file. Je ne me donnerais même pas la peine d'aller les voir si Kiki n'avait pas besoin de ces documents pour l'école. D'habitude, mes tatouages de Goonda me tiennent lieu de papiers d'identité.

Mais je n'aurais jamais imaginé que ma mère ait dû leur raconter ce qui lui était arrivé. Personne aux Nations unies ne m'a jamais demandé pourquoi nous avions quitté le Congo.

— Tu as tout le dossier ?

Je me penche pour essayer de le lui prendre des mains mais il a les bras plus longs que moi. J'essaie encore en m'approchant plus près de lui que je ne le voudrais. Sa peau dégage une odeur épicée.

Ressaisis-toi, Tina.

— L'école où tu es censée aller… Ils se trompent, pas vrai ? demande-t-il.

Son visage est tout près du mien. Je recule d'un pas.

— Qu'est-ce qui te fait penser ça ?

Une lueur de colère brille enfin dans ses yeux verts.

— Écoute, c'est toi qui es partie sans rien dire, Tina. Ça fait cinq ans que je me demande où vous êtes passées.

On échange un regard noir. Tout à coup, je ne lui trouve plus rien de mignon.

— Où est Kiki ?

Je réponds sèchement :

— Elle va bien.

— Mais où est-elle ?

— Ce n'est pas la question.

— Allez, Tina, c'est ma sœur autant que la tienne.

— Sûrement pas !

— Bien sûr que si ! On a le même père, tu te souviens ? Le fait que tu l'aies embarquée avec toi en t'enfuyant n'y change rien.

J'ai beau refuser de l'admettre, je sais que, techniquement, il a raison. Mais elle ne sera jamais autant sa sœur que la mienne. Je pousse un gros soupir.

— Elle est ici, à Sangui, dans une école de bonnes sœurs. Elle va bien. (Je marque une pause.) C'est la plus intelligente de sa classe. Elle a une bourse scolaire.

— Pourquoi tu n'es pas inscrite dans la même école ?

Parce que je suis trop occupée à me venger de ton père.

— Parce que c'est une bourse par famille.

— On aurait payé pour toi.

Je me redresse d'un bond. Je commence à me sentir comme un animal pris au piège.

— On peut revenir au sujet qui nous intéresse ? Kiki et toi, vous avez peut-être le même père mais l'école qu'elle fréquente n'a rien à voir avec le meurtre de ma mère.

— D'accord, dit-il froidement.

Il sort une liasse de papiers du classeur et me la tend. Je la lui arrache des mains avant de me rasseoir par terre. Je parcours rapidement les pages en essayant d'emmagasiner le plus d'informations possible. Je m'interromps en tombant sur des photos. Il y en a une de ma mère et une autre de moi à cinq ans. Nous avons toutes deux les joues creuses et les cheveux hirsutes. Il y a aussi une photo en gros plan des brûlures et des plaies qui recouvrent ses bras, ainsi qu'une page intitulée : VIOLENCES SUBIES.

Michael s'assied à côté de moi pour lire par-dessus mon épaule.

Le principal demandeur est une femme d'ethnie nyanga originaire du Nord-Kivu, en République démocratique du Congo. Elle répond aux critères de définition d'un réfugié, ayant prouvé qu'elle a fui son pays d'origine par crainte d'être persécutée en raison de sa nationalité et de son appartenance à un groupe social particulier (en tant que victime de violences ethniques et dirigées contre les femmes congolaises). Elle est donc dans l'incapacité de retourner en RDC, et ne le souhaite pas (Convention de 1951 relative au statut des réfugiés, article 1A2 et protocole de 1967). Ses craintes reposent sur des conditions objectives, comme cela a été démontré par de récentes informations (ci-jointes) concernant la politique et la situation des droits de l'homme en RDC.

Je saute d'autres paragraphes remplis de bla-bla juridique avant de m'arrêter sur un passage en particulier :

Elle est veuve. Son mari a été tué lors d'une attaque de son village...

Veuve ? Non, ce n'est pas vrai. Je me tourne vers Michael.

— C'est un peu personnel. Ça t'embête si... ?

Il retourne s'asseoir sur son lit et prend son ordinateur portable.

— Je l'ai déjà lu de toute façon.

Je reprends la lecture du dossier. La seule chose que ma mère m'ait jamais dite au sujet de mon cher vieux papa, c'est que je devrais me réjouir de ne pas le connaître. Je ne crois pas qu'elle se soit mariée. Elle n'a jamais prononcé le mot « mari » devant moi et ne s'est jamais désignée comme veuve.

Je poursuis ma lecture. D'autres détails sont faux. Je marmonne :

— On est de Kasisi, pas de Walikale.

Ils se sont trompés, aux Nations unies, ou elle leur a menti ? Si c'est le cas, dans quel but ? Troublée, je me remets à lire fébrilement.

Durant sa jeunesse, son village a été attaqué à plusieurs reprises par des milices antigouvernementales telles que Maï-Maï et le M23, ainsi que par des militaires du gouvernement. Les rebelles et les forces gouvernementales menaient des raids réguliers sur le village pour approvisionner leurs troupes en nourriture et en bétail. Souvent, des villageois étaient tués, blessés, forcés de s'enrôler ou réduits en esclavage...

Jusqu'ici, tout est normal. Cette histoire, tout le monde la connaît là-bas. Les soldats du gouvernement sont d'horribles bonhommes et les membres des milices ne valent pas mieux.

Lors d'une attaque particulièrement violente qui a coûté la vie à son mari, elle a dû fuir avec sa fille. Ensemble, elles ont gagné Bukavu...

Je m'interromps pour relire le paragraphe, m'assurer que je n'ai rien loupé.

— Ça ne va pas, je grommelle. Ils ont laissé de côté toute la partie sur... Ou alors elle ne leur a rien dit...

— Quoi ? fait Michael.

Je sursaute. Je suis si occupée à comparer les faits rapportés avec mes maigres souvenirs que j'ai failli oublier sa présence. Je tourne les yeux vers lui avant de reprendre ma lecture.

— Tu me rends dingue, Tina. Qu'est-ce que tu marmonnes dans ton coin ? Accouche.

Je lui dis ou pas ? Pour finir, je me contente de répondre :

— Ils ont mal orthographié le nom de notre village.

— C'est tout ?

Je baisse les yeux.

— Oui.

À quoi bon lui expliquer que ce qui est écrit dans ces pages ne correspond pas à mes souvenirs ? Je ne peux pas lui faire confiance et puis ça n'a sans doute aucun rapport avec le meurtre de ma mère.

Mais il ne me croit pas.

— Tina, si tu vois quelque chose qui pourrait nous aider à éclaircir...

— Tu t'es fait virer de ton école, pas vrai ?

Comme je l'espérais, ma question abrupte le prend de court.

— C'est pour ça que tu es à Sangui, hein ? Tu n'es pas en vacances.

— Je… je ne me suis pas fait virer, non. C'est juste un renvoi temporaire.

— Pourquoi ?

Il se tait, serre les dents avant de répondre :

— Je me suis battu. Tu changes de sujet, là.

— On aime taper sur les autres ? Tel père, tel fils, on dirait, je rétorque en parcourant le reste de la page.

Il n'y a pas grand-chose d'autre à signaler dans ce compte rendu. Il contient des détails de notre arrivée à Sangui mais il n'est mentionné nulle part que ma mère a trouvé du travail chez M. Greyhill. Il est seulement précisé qu'elle subsistait grâce aux dons d'une église et en gardant des enfants de temps à autre. Cet entretien a forcément eu lieu avant qu'elle ne commence à travailler chez lui. Ou alors elle a aussi omis ce détail-là.

— L'autre type m'avait traité de sale métis.

Je relève la tête. Son masque est tombé. Ça crève les yeux qu'il est en colère. Je rougis sans raison et détourne le regard, comme si c'était moi qui l'avais insulté.

— Alors il l'avait mérité.

Michael referme son ordinateur en soupirant.

— Ça suffit pour ce soir, non ? Il est presque 3 heures du matin et mes parents sont censés arriver tôt demain. Ils seront là avant la messe, pour le petit déjeuner.

Un frisson me parcourt la nuque. J'avais presque oublié que dans quelques heures, je vais me retrouver face à M. Greyhill. Je suis à deux doigts de suggérer que je n'ai qu'à me cacher dans le placard en espérant que la bonne ne viendra pas faire le ménage quand Michael déclare :

— J'ai déjà réfléchi à une histoire : je vais dire à mes parents que je suis tombé sur toi à l'aéroport.

— Mais je n'y ai jamais mis les pieds !

— Toi aussi, tu es en pension et tu rentres pour les vacances.

Je réprime un ricanement.

— Moi, en pension ? Mais Michael, je n'ai pas dépassé l'école primaire ! Si je sais lire, c'est parce que je vole des livres aux riches.

— Tu préfères leur expliquer ce que tu as fait à Sangui pendant toutes ces années ?

— Je n'ai qu'à dire… je ne sais pas, moi… que je vivais chez des cousins ?

— Tout sera plus simple si on te rend respectable. Rien de tel qu'un pensionnat européen pour impressionner ma mère. (Michael m'examine de la tête aux pieds.) Il va falloir cacher ces tatouages. Et on va parler à mon père en premier. Il voudra que tu restes et il forcera la main à ma mère.

Je lève un sourcil.

— Pourquoi il voudrait que je reste ?

Michael pousse un soupir exaspéré.

— Parce qu'il était inquiet, lui aussi, quand tu es partie. Il se fait du souci pour toi et pour Kiki.

— C'est ça.

Michael ignore ma remarque.

— Comme je viens de le dire, on se le met d'abord dans la poche ou ma mère va trouver un moyen de se débarrasser de toi. Tu sais comment elle est. Elle veut passer pour plus blanche que mon père.

Je me souviens. Comment oublier les regards qu'elle jetait à ma mère ou à moi quand elle me surprenait en train de jouer avec son fils ? La famille de Mme Greyhill appartient à l'aristocratie locale. Ils ont surtout fait fortune dans l'immobilier mais ils sont aussi impliqués dans la politique, les médias, le commerce maritime. Elle ne voit pas d'un très bon œil la racaille réfugiée comme moi.

Sans oublier que son mari a eu un enfant avec ma mère.

Ah ça, on va s'amuser !

— Je pense que tu devrais dire que tu fréquentes une école parisienne, lâche Michael d'un ton pensif. Ils ne vont jamais à Paris. Tu peux raconter ce que tu veux, que tu as obtenu une bourse, comme Kiki. Tu parles français, pas vrai ?

— Non, j'ai quitté le Congo à cinq ans.

— Bon… aucune importance. Mes parents ne parlent pas français non plus.

— Mais je ne connais pas la vie d'une pensionnaire. Ni Paris, d'ailleurs. Et je n'ai rien à me mettre.

Michael balaie d'un geste mes protestations.

— Tu n'as qu'à t'en tenir aux clichés. Les Parisiens sont mal élevés. Tu veux faire du droit. L'enseignement est intéressant mais les cours d'histoire sont trop eurocentriques.

J'ouvre de grands yeux.

— Euro quoi ?

— Jenny a plein de vêtements. Le placard de ta chambre est rempli de ses affaires. Tu n'as qu'à te servir ; elle en a tellement que personne ne s'en apercevra.

Je proteste, les poings sur les hanches :

— Non, je vais rentrer chez moi et tu n'auras qu'à me retrouver quelque part.

L'idée de jouer la comédie ne me plaît déjà pas beaucoup, mais rester sous le même toit que M. Greyhill pendant une semaine ? Je finirais par l'étrangler.

Michael secoue la tête.

— Ma mère m'a déjà fait savoir que j'étais privé de sortie à cause de mon renvoi. Je pourrai peut-être m'échapper pendant quelques heures mais le reste du temps, je serai coincé ici.

— Je ne sais pas si…

Je dois penser à la première partie de mon plan. Je ne sais pas si j'ai réussi à voler toutes les données sur ce disque dur. J'ai raconté à Big Boy que je préférais rester ici au cas où je devrais retourner dans le bureau de Greyhill. C'est ma seule chance de réussir.

— Allez, dit Michael. C'est juste pour quelques jours. Le temps de démêler cette affaire et je te promets que tu pourras retrouver ton ancienne vie… et ton ancienne odeur.

— Hé !

Je le fusille du regard. Il m'adresse un petit sourire.

— Tu ne sens pas très bon.

Je ravale une réplique cinglante. Une jeune fille élevée au pensionnat ne mettrait jamais son poing dans la figure de quelqu'un, même si c'est mérité. Je vais être obligée de rester pour obtenir ces données. Ensuite je réévaluerai la situation. Pour être tout à fait honnête, peut-être qu'au fond de moi, je ne suis pas mécontente de jouer un mauvais tour aux Greyhill. Je me lève et en me dirigeant vers la porte, je lance :

— Je vais y réfléchir. Si je suis encore là demain matin, tu auras ta réponse.

— Un marché est un marché, Tina, rétorque Michael d'un ton désinvolte, mais je sens une pointe d'agacement dans sa voix. Tu ne peux pas partir comme ça. Si tu veux mettre la main sur Mwika et sur cette vidéo, tu vas devoir rester ici et aller jusqu'au bout avec moi.

Je parcours des yeux sa chambre et je me demande comment je vais composer avec tout ça : sa jolie maison, ses gadgets, son pensionnat chic, son don pour faire des promesses et passer des accords, son père… J'ai l'estomac noué.

— D'accord. Eurocentrique, tu disais ?

13

Après mon installation chez les Greyhill avec ma mère, les autres employées nous ont parlé du figuier étrangleur qui ombrageait nos petites habitations. Michael et moi, on s'amusait à escalader ses branches noueuses pendant que ma mère et les autres écossaient des haricots.

— Quand il est jeune et frêle, expliqua une des femmes ce jour-là, le figuier étrangleur s'accroche à un arbre robuste et fier qui a la tête dans les nuages. Il le berce de ses chants, le caresse, le nourrit de ses figues sucrées, l'enlace de ses branches. Avec le temps, son étreinte se resserre et il finit par éclipser complètement l'autre arbre pour s'épanouir dans la lumière. Quand celui-ci comprend enfin que le figuier l'étouffe, il est trop tard. On en voit même parfois qui pourrissent et qui meurent. Le figuier étrangleur est plus malin mais il est malfaisant, conclut la femme.

— Non, objecta ma mère en tirant d'un coup sec sur le tablier noué autour de son ventre arrondi, ce qui fit voler les cosses de ses haricots.

Aussitôt, les poules se jetèrent à ses pieds pour les picorer, comme des disciples en adoration devant une déesse.

— Il n'est pas malfaisant, poursuivit-elle. C'est juste un arbre. Il trouve un moyen de survivre.

Je me réveille en sursaut. Pendant quelques instants, j'ai du mal à me rappeler où je suis. Je m'extirpe d'un enchevêtrement de couvertures et de draps. Il est tard. J'ai dormi trop longtemps dans ce lit trop confortable. D'après le rayon de soleil qui entre par la fenêtre, c'est le milieu de la matinée.

Une forte odeur de café et de toast frit dans le beurre flotte dans la chambre. J'entends des voix. Je comprends que les Greyhill sont rentrés et mes entrailles se tordent comme des asticots. Je me maudis d'avoir dormi si tard. Ça ne faisait pas partie du plan. Je devais me lever de bonne heure et me préparer à rencontrer les Greyhill. Là, je vais débarquer des heures après tout le monde avec la marque de l'oreiller sur la figure.

Michael a mentionné que ses parents prendraient le petit déjeuner puis qu'ils iraient directement à l'église. Je pourrais peut-être les éviter avant leur départ ? Non, ça éveillerait les soupçons et puis, si je dois rester ici, je finirai bien par les croiser.

J'enfile mon jean et mon tee-shirt, et j'essaie de discipliner mes cheveux. En me dirigeant vers la porte, je passe devant un miroir. Je m'arrête net. Oh la la…

— Tu ne trompes personne, Tina.

J'ai des cernes sous les yeux. Mes cheveux coupés court sont propres mais aplatis d'un côté. Mes vêtements noirs et informes me donnent précisément l'air de la voleuse que je suis, à des années-lumière d'une gentille pensionnaire.

Michael a dit que sa sœur entreposait ses vêtements dans le placard de la chambre. Avec un soupir, je me déshabille et j'ouvre les portes du placard.

Celui-ci est plein à craquer de robes, de hauts et de jeans griffés. Les paillettes cohabitent avec les fleurs, le fluo avec l'imprimé léopard, la soie rubis avec le coton d'un blanc virginal. Je passe en revue un arc-en-ciel de robes à imprimé *kanga* traditionnel. Des chaussures alignées par dizaines sur le sol, avec des talons de dix centimètres et des lanières dorées. Certaines n'ont visiblement jamais été portées.

Sachant pertinemment que je risque de ne jamais en ressortir, je plonge dans le placard de Jenny. Elle a deux ans de moins que moi et j'ai le souvenir d'une gamine au visage poisseux qui nous suivait sans cesse, Michael et moi, en nous demandant de l'inclure dans nos jeux. Mais ce n'est pas la garde-robe d'une enfant. Je suppose qu'à quatorze ans, elle a déjà le corps de femme que je n'aurai jamais. Ces robes exigent des formes et des courbes. Je passe en revue les cintres et repère un chemisier vert qui cachera mes tatouages, ainsi qu'un jean sans paillettes sur les poches. Ces vêtements sont beaucoup plus moulants que ceux que je porte d'habitude et je tire sur le tissu fin du chemisier, gênée par tout ce qu'ils révèlent de mon anatomie. Mais ce sont apparemment les plus sobres que Jenny possède, ce qui explique peut-être pourquoi je les ai trouvés tout au fond du placard.

Au moins, je suis déjà lavée. J'ai pris un bain la veille avant d'aller me coucher, et je dois reconnaître que c'est un luxe auquel je pourrais m'habituer. Sur mon toit, je me lave avec l'eau de pluie que je collecte dans un seau. Ce n'est pas si mal mais l'eau chaude du robinet est tout de même un petit miracle, et avec ce qui m'attend, j'ai bien besoin d'un peu de magie.

J'ai utilisé à peu près tous les produits parfumés que j'ai pu trouver dans cette salle de bains (certains même deux fois). J'ai compris pourquoi les riches ne sentent pas pareil. Il m'a fallu un temps fou pour laver et démêler mes cheveux. Pour ôter la crasse sous mes ongles, j'ai dû les brosser jusqu'à ce que mes doigts me fassent mal. J'étais mortifiée à la pensée que Mme Greyhill puisse détecter l'odeur de la rue sur moi. En sortant de la salle de bains, j'ai vu l'auréole de crasse que j'avais laissée autour de la porcelaine blanche du lavabo.

Une fois habillée, je planque mes vieux vêtements sous le lit en espérant que la bonne n'ira pas faire le ménage jusque-là, puis je me tourne vers le miroir pour examiner le résultat. Pas terrible, il faut bien l'admettre. Je redresse les épaules et remets de l'ordre dans mes cheveux. Des tresses conviendraient mieux mais je vais devoir me débrouiller avec une coupe afro courte. Je vérifie qu'aucun de mes tatouages n'est visible et je plaque un sourire enjoué sur mes lèvres.

J'ai des manières. J'aime bien parler des garçons avec mes copines. Je sais à quelle université je veux aller.

Pendant quelques secondes, je me sens désespérée. Dans mes yeux, je vois la panique de l'animal sauvage qui cherche à fuir, toutes griffes dehors.

Je sors la photo de ma mère de ma poche pour la regarder puis je me scrute de nouveau dans le miroir. Je me penche pour chercher un peu d'elle dans mon reflet.

— Tu peux le faire, je murmure. Tu n'as qu'à sourire et mentir.

Et sur cette petite phrase d'encouragement, je glisse la photo dans ma poche et je sors dans le couloir.

Juste avant d'entrer dans la salle à manger, j'entends le bruit étouffé d'une conversation et le tintement de l'argenterie sur de la porcelaine. Mon cœur se met à battre plus fort.

Mme Greyhill est en train de dire :

— Évidemment, il aurait mieux valu que Michael demande la permission avant de l'amener ici mais…

Je me retourne en entendant des pas derrière moi.

— Tu as fait la grasse matinée, dit Michael.

Les sourcils froncés, je tire sur les manches de mon chemisier.

— Quelle heure il est ?

— Presque 10 heures. Viens, lance-t-il en s'efforçant de sourire. Ils t'attendent.

Il me prend par le coude et sans autre cérémonie, m'entraîne vers la salle à manger. Il se racle la gorge pour annoncer ma présence. Et soudain je me tiens devant les Greyhill, comme une paysanne qu'on présente au roi et à la reine. Pendant quelques secondes, personne ne bouge.

M. Greyhill, qui allait porter sa tasse de café à ses lèvres, suspend son geste. Il porte un costume et une cravate. Il me dévisage comme si j'étais un monstre à deux têtes. Mme Greyhill, avec ses cheveux parfaitement lissés et ses perles aux oreilles, est exactement telle que je me la rappelle, belle et sévère. Peut-être un peu plus pincée. Sur le visage de cette femme, la politesse le dispute à la méchanceté. La table en acajou brille comme des flots noirs ; le cristal et la porcelaine du petit déjeuner qui s'y reflètent me font penser à des petits bateaux blancs.

Tout à coup, je sens la sueur me chatouiller la nuque et j'ai peur qu'on voie mon cœur tambouriner sous mon chemisier.

À ce moment, M. Greyhill se lève et s'avance vers moi.

Je reste clouée sur place. J'ai l'impression qu'il lui faut une éternité pour contourner la table. Mme Greyhill l'observe. Il est très pâle. Grand et large d'épaules, il a une mâchoire carrée et des yeux enfoncés du même limpide que ceux de Michael. Si limpides que c'en est presque troublant.

Il me tend la main. Je la lui serre, les paumes moites, en essayant de me rappeler que je dois respirer. Il est là, devant moi. Sa main est dans la mienne. Je sens l'odeur de son eau de toilette hors de prix. Je pourrais prendre un couteau sur la table et le plonger dans sa poitrine. Près de moi, Michael se crispe.

— Bonjour, Christina, dit enfin M. Greyhill. Nous sommes très contents que tu sois là.

Je m'entends répondre :

— Merci beaucoup de m'accueillir.

Michael déplace une chaise en me bousculant un peu et je sursaute. Quand il s'éclaircit la voix, je comprends enfin ce qu'il essaie de faire et je le laisse glisser la chaise sous moi. C'est comme ça qu'on fait d'habitude ? Je me sens si bête. Mon regard se pose sur les assiettes devant moi, toutes bordées d'un liseré doré. Oh la la ! pourquoi y a-t-il autant de couverts ?

Mme Greyhill m'observe en prenant une minuscule gorgée de son thé noir.

— Clotilde, dit-elle. Tu veux servir notre invitée, je te prie ?

Une bonne apparaît aussitôt à ma droite et s'exécute en s'efforçant de ne pas me regarder du coin de l'œil. La nouvelle s'est déjà répandue que la fille de la domestique assassinée a refait surface. Clotilde dispose des œufs, un toast et un fruit sur mon assiette. Tandis qu'elle verse du thé dans ma tasse, je vois Michael prendre ostensiblement sa serviette et la déplier sur ses genoux. Je fais comme lui.

— Je..., commence M. Greyhill avant de se tourner vers sa femme. Nous sommes très contents de te voir. Ça fait très longtemps.

Je réponds au prix d'un effort :

— Merci, monsieur Greyhill. Moi aussi, je suis contente. Merci de m'héberger.

Michael lance un regard nerveux à sa mère. Je me sens ridicule et comme je ne sais pas quoi faire, je m'empare de ma tasse de thé. Il est brûlant et je recrache une partie de ma gorgée sur le devant de mon chemisier. Je rougis d'embarras.

— Michael nous a dit que tu restais avec nous quelques jours ? lance Mme Greyhill en me regardant batailler avec ma serviette, les sourcils levés.

— Si ça ne vous dérange pas.

— Eh bien, Michael est censé nous prévenir avant d'inviter des gens...

— Bien sûr que ça ne nous dérange pas, la coupe M. Greyhill précipitamment.

Son visage ne donne aucune indication de ce qu'il pense de ma présence chez lui.

— Oui, tu es la bienvenue, murmure Mme Greyhill avec un petit sourire. *Karibu.* Mais chez qui comptais-tu rester au départ ?

— Ma tante, je bredouille.

— Sa cousine, répond Michael en même temps.

Nous échangeons un regard et je bégaye :

— C'est ma cousine mais je l'appelle tatie.

— Je l'ai persuadée de rester ici à la place, ajoute Michael.

« Comment elle fait ça ? » je me demande en regardant, fascinée, Mme Greyhill sourire en même temps que ses yeux lancent des éclairs.

— Tu es en vacances ? s'enquiert-elle.

— Euh… oui, madame.

— C'est drôle. Je me demande pourquoi Michael et Jenny n'ont pas les mêmes.

Je lui adresse un haussement d'épaules que j'espère innocent.

— Je crois qu'elles sont spécifiques à la France.

— Ah. Je vois. Les Français aiment ça, les vacances, n'est-ce pas ? Ils n'ont pas la culture du travail.

Franchement, j'aimerais qu'elle arrête de me zieuter comme ça.

— Oui, madame.

Je baisse les yeux sur mon assiette, l'air très concentrée comme si je n'avais vu d'œuf auparavant. J'essuie encore une fois mes paumes moites sur mes cuisses en m'efforçant de penser à ma petite sœur. Elle s'en sortirait très bien ici. Elle saurait comment se comporter. Les nonnes sont strictes et je parie qu'elles lui ont appris les bonnes manières de table. À moins que ce soit dans son ADN, qu'elle sache naturellement comment s'asseoir au petit déjeuner avec son père, quel couvert choisir, comment parler aux Greyhill sur un pied d'égalité.

Je devrais manger quelque chose. Je prends une fourchette avant de m'apercevoir qu'elles sont toutes légèrement différentes les unes des autres. Je lance un autre regard à Michael et prends la même que lui.

Avec des gestes délicats, Mme Greyhill pousse sa nourriture dans son assiette.

— C'est un joli chemisier que tu portes. Je crois que Jenny a exactement le même.

La fourchette m'échappe des mains et tombe bruyamment dans l'assiette. Des auréoles de sueur commencent à se former au niveau de mes aisselles.

— Je…

Michael intervient.

— La compagnie a perdu la valise de Tina, maman. Je lui ai dit d'emprunter quelque chose à Jenny.

Le regard de Mme Greyhill se pose sur la tache de thé que je viens de faire au niveau de la poitrine.

— Prends tout ce dont tu as besoin, intervient M. Greyhill en jetant un regard appuyé à sa femme. Je t'en prie, Christina, fais comme chez toi.

— Merci. Je ne sais pas trop quand ils me livreront mes affaires…

— S'ils les retrouvent, lance Michael. Je suis tombé sur elle devant le bureau de réclamation, elle avait l'air d'un chiot égaré.

Je sens que ma nervosité laisse place à un sentiment de colère. Je m'y accroche et je souris à Michael.

— Je n'étais pas perdue, c'était juste mes bagages.

Mme Greyhill arrête de me fixer pour consulter la délicate montre en or qui orne son poignet.

— Christina, tu veux te joindre à nous pour la messe ?

Là encore, Michael répond pour moi :

— Je ne crois pas que Christina soit partante pour aller à l'église. On va rester ici.

Mme Greyhill bat de ses longs cils, visiblement faux.

— J'aimerais que vous veniez avec nous, Michael. Christina peut emprunter des vêtements à Jenny.

— Laisse-les rester ici s'ils le souhaitent, Sandrine, intervient M. Greyhill.

Je vois bien que Mme Greyhill a envie de protester, mais pas devant moi.

— Michael, dit M. Greyhill, les yeux fixés sur son journal.

Michael se raidit sur sa chaise.

— Oui, papa ?

— Tu profiteras de cette journée pour terminer tes devoirs.

— Je... il y a beaucoup de...

M. Greyhill secoue son journal et lance un regard à son fils par-dessus les gros titres.

— Oui, papa.

Dans le silence qui suit, Mme Greyhill parvient à retrouver son sourire.

— Alors, Christina ? Michael nous a dit que tu avais obtenu une bourse pour étudier à l'étranger ? C'est une chance pour toi.

J'acquiesce en regardant Michael.

— Moi-même j'ai encore du mal à y croire.

— Et ta sœur Catherine ? Comment va-t-elle ? demande M. Greyhill en reposant son journal pour remuer son café avec des gestes précautionneux.

Sa question me prend par surprise. Je n'avais même pas réfléchi à ce que j'allais dire au sujet de Kiki. J'ai envie de me gifler. Pour finir, je réponds :

— Elle va à l'école ici, à Sangui. Elle a obtenu une bourse, elle aussi.

— Vous avez toutes les deux été prises en charge par un bienfaiteur anonyme, lance Mme Greyhill. À la bonne heure ! La plupart des orphelins n'ont pas cette chance.

Je résiste à l'envie de grimper sur la table en acajou pour l'étrangler.

— C'est vrai, madame.

— On s'est demandé ce qui vous était arrivé à toutes les deux, lâche M. Greyhill.

J'essaie de garder mon sang-froid :

— J'aurais dû écrire. Mais quand ma mère… je voulais juste oublier.

Je mobilise tous mes efforts pour leur faire mon sourire de petite fille courageuse. Pendant une fraction de seconde, M. Greyhill semble perdre contenance et son visage s'affaisse.

— Bien sûr.

Mme Greyhill ne bouge pas mais je vois saillir les tendons de son cou.

— Clotilde, dit-elle, assez fort pour me faire sursauter.

Clotilde passe la tête dans l'embrasure de la porte avec un peu trop d'empressement. Je comprends aussitôt qu'elle nous espionnait. Je vais devoir être prudente à l'avenir.

Elle s'avance avec la théière mais Mme Greyhill l'arrête d'un geste.

— Dis au chauffeur que nous sommes prêts. J'attendrai dans le vestibule.

Sans accorder un autre regard à son mari ou à son fils, elle se lève et sort de la pièce dans un claquement sec de talons.

L'écho furieux de ses pas qui s'éloignent me donne un petit frisson de satisfaction. M. Greyhill s'essuie la bouche avec sa serviette, ses épaules s'affaissent pendant une fraction de seconde et il se lève à son tour.

Prise d'une brusque inspiration, je me lève au moment où ils sortent, comme je l'ai vu faire dans les films. Michael me regarde comme s'il était inquiet de ce que j'allais faire.

Mais je me contente de sourire. Après tout, je suis une jeune fille bien élevée.

— Bonne messe, monsieur Greyhill.

— Merci, Christina, dit-il avant de quitter la pièce à son tour.

Puis j'ajoute tout bas, les yeux fixés sur sa chaise à présent vide :

— Dites une prière pour ma mère.

14

Règle numéro onze : pour avancer, il faut parfois revenir en arrière.

Ma mère disait souvent que j'avais besoin de modèles. Je crois qu'elle voulait parler des saints. Pour les voleurs, les héros sont plutôt Robin des Bois ou Catwoman. Et il y en a d'autres : Phoolan Devi, la reine des bandits en Inde ; Ching Shih, une pirate cantonaise à la tête de trois cents bateaux dans la mer de Chine méridionale. Ces femmes n'étaient pas des héroïnes ordinaires. C'étaient aussi des meurtrières. Elles n'étaient pas connues pour leur honnêteté. Mais ceux qui s'imaginent qu'elles n'avaient pas de règles et qu'elles ne savaient pas distinguer le bien du mal se trompent lourdement.

Qu'est-ce que mes héroïnes ont en commun ? Eh bien, ce sont de bonnes voleuses, bien sûr, sinon elles ne seraient pas célèbres. Mais leur seconde caractéristique commune est qu'elles ont un monstre prisonnier à l'intérieur d'elles. Des furies qui les poussent à vouloir faire couler le sang. Des créatures griffues, recouvertes d'écailles, nées à une époque où le monde allait si mal que tout était possible, même la création de monstres.

À un moment donné, quelqu'un leur a fait du mal. Mariées de force à douze ans. Vendues comme prostituées pour payer les dettes de leur père. Traitées comme des objets. Battues, presque brisées. Presque.

Skinny dit que chaque action entraîne une réaction. Les actions de mes héroïnes ne sont pas extrêmes. Elles font juste ce qu'il faut pour rétablir l'équilibre dans l'univers. Elles reviennent en arrière pour pouvoir avancer.

Chez les Goondas, on fait mettre aux filles une minijupe et on les envoie au coin de la rue ou, quand elles ont de la chance, faire des courses. Mais M. Omoko a demandé à Big Boy de faire une exception pour moi et j'ai suivi l'entraînement des garçons pour devenir l'un de ses soldats.

J'ai décidé de me fixer des objectifs simples avant de savoir précisément comment j'allais me venger. Dans l'immédiat, j'allais courir plus vite, grimper plus haut, me battre avec plus de fougue, devenir plus maligne, plus invisible que n'importe quel autre Goonda.

J'ai quitté l'entrepôt pour un meilleur squat : mon toit. Les Goondas ne savent toujours pas où je vis et je n'ai pas l'intention de le leur révéler. Je voulais être sûre de ne plus jamais me réveiller avec les mains de l'un d'eux dans mes poches. Mais je revenais tous les matins, j'étais la première à commencer l'entraînement de Big Boy : techniques de combat, armes, stratégie. On était plus une armée qu'un gang.

D'abord, je me suis fait massacrer comme les autres. Mais peu à peu, j'ai appris à donner des coups bas, réagir vite, guetter les bruits de pas derrière moi. J'ai appris à faire mal et à ne pas montrer quand je souffre. L'entraînement était douloureux, mais au bout d'un moment je me suis rendu compte que je préférais la souffrance à la sensation de vide. Le monstre en moi s'est nourri de violence, il a pris des forces. Je me le représentais sous la forme d'un tigre vert avec d'énormes dents. Il faisait tranquillement les cent pas dans ma cage thoracique en se léchant les babines.

Une bonne partie de l'entraînement reposait sur l'apprentissage général de la violence. On nous demandait d'observer les plus vieux, de prendre exemple sur eux. Ils allaient voir les commerçants. Si ces derniers ne donnaient pas quelques billets, on leur cassait les doigts, on détruisait leurs stocks ou on regardait leurs filles d'un air lourd de sous-entendus. Je les ai accompagnés quelques fois mais Big Boy ne trouvait pas mes interventions très convaincantes. Le plus souvent, les gens se moquaient de la frêle gamine que j'étais.

Alors je me suis demandé comment tirer profit de mon sexe et de ma petite taille. J'ai commencé à m'entraîner à reproduire les gestes des pickpockets. Chaque jour, j'ai passé des heures à me contorsionner dans des positions inimaginables pour essayer de passer entre les barreaux d'une fenêtre. J'ai décidé de montrer à Big Boy ce dont j'étais capable. Il trouverait peut-être un meilleur moyen de m'utiliser ?

Le premier endroit où j'ai réussi à m'introduire était la maison d'un prêteur sur gages. Ma mission ne consistait pas à voler quoi que ce soit mais à laisser un message sur le mur du salon : « Hello la famille, dites à Baba de payer. Bisous, les Goondas ». Ça a marché. Il a payé le lendemain. Il a apporté l'argent lui-même à l'entrepôt. J'avais trouvé ma spécialité. Il y avait assez de Goondas pour casser des bras et des vitres. Moi, je serais le scalpel. Aux autres les battes de base-ball.

J'ai perfectionné mes talents de voleuse. Je suis passée à l'argent, aux bijoux, aux appareils électroniques. Et bientôt, quand je me déplaçais avec une précision chorégraphiée dans un magasin plongé dans la pénombre, dans la maison douillette d'un commerçant ou au milieu d'une foule pour atteindre ma cible, je m'apercevais que je m'étais trouvée. J'étais une personne nouvelle. Une voleuse. Solide, forte, invaincue.

Quand le moment est venu de me faire tatouer, je n'ai pas hésité. Ma première requête a été une roue sur un bras et une épée sur l'autre comme sur la carte de sainte Catherine de ma mère. J'en ai eu d'autres par la suite, mais ces deux-là étaient les seuls qui comptaient vraiment.

Je devais toujours m'entraîner avec les autres gars. Il fallait courir, grimper, se battre. Parfois, M. Omoko assistait à l'entraînement. Chaque fois, les garçons en faisaient des tonnes. Omoko avait un escadron de gardes du corps et ils cherchaient tous à en faire partie. Il y avait des milliers d'histoires qui circulaient au sujet de l'argent, des voitures et des filles que ces gars-là obtenaient, mais il ne sélectionnait que les meilleurs.

Big Boy nous demandait de nous battre devant lui et je détestais ça. Je savais me débrouiller face aux garçons mais j'avais l'impression d'être un singe au bout d'une corde, à qui on ordonne de danser. Les autres Goondas pensaient que j'étais folle de ne pas vouloir lécher les bottes de M. Omoko mais je m'en fichais. Il savait que je ne voulais pas faire partie de ses gardes du corps. On avait eu notre conversation. Ma destinée allait prendre une autre direction.

Par la suite, M. Omoko m'a rarement adressé la parole, mais ça m'était égal. Son silence me tenait lieu d'approbation et c'était tout ce dont j'avais besoin. Je répétais mon rôle. Une fois que j'ai prouvé mes talents, Omoko m'a assigné des tâches particulières. C'était Big Boy qui était chargé de me faire passer le message. Au début, c'était facile : je devais m'introduire dans un magasin à la nuit tombée. Prendre des gens en filature, leur faire les poches. Puis ça s'est corsé : entrer dans des maisons dotées d'un système de surveillance, humain ou électronique. Ouvrir un coffre-fort. Dérober des informations. Quand son informaticien est tombé pour avoir tenté de pirater la boîte mail d'un politicien, j'ai dit : « Laissez-moi essayer. Je connais un type, c'est un génie de l'informatique et il me doit une faveur. »

Je ne me suis jamais fait prendre. Pas une seule fois.

Jusqu'à ce fameux jour.

15

Pendant que ses parents sont à l'église, Michael et moi passons en revue les éléments que nous connaissons dans l'espoir qu'avec un regard neuf, nous trouverons de nouveaux indices sur le meurtre de ma mère. C'est une belle journée ensoleillée mais on se cloître dans la chambre de Michael, les volets fermés. C'est un peu trop de précautions mais ça vaut mieux qu'une bonne faisant irruption dans la pièce ou un jardinier nous espionnant du dehors. Je parie qu'ils s'imaginent qu'on fricote ensemble, surtout depuis la scène que Michael a jouée devant les vigiles hier soir, mais ça ne fait rien. Ils peuvent penser que je me tape le garçon de la maisonnée, c'est le cadet de mes soucis.

Après avoir vérifié les horaires du ferry, je sais que je dois retrouver Skinny à 15 heures. M'éclipser seule pendant quelques heures alors que je viens à peine d'arriver risque d'être mal perçu.

— On devrait reconstituer la scène comme si on jouait une pièce, suggère Michael au bout d'un moment.

Comme je ne réponds pas, il insiste :

— Le tueur a dû arriver par le tunnel. Les autres caméras n'ont filmé que mon père et ta mère ce soir-là. Alors comment il s'y est pris pour entrer ?

— Bonne question. Il a dû passer par la porte d'entrée, vu que c'est ton père.

— Tina…

— D'accord. Je ne sais pas comment le mystérieux tueur s'y est pris. Mais il est entré comme par magie et il a tué ma mère. (Je penche la tête.) Ou elle. Une maîtresse jalouse, peut-être ? Combien il en a, exactement ?

Michael fronce les sourcils.

— Ce n'est pas une blague.

— Crois-moi, je suis au courant. OK, le meurtrier-slash-maîtresse-jalouse commet son crime. Pan. Et ensuite ?

— Il ou elle retourne dans le tunnel.

— Et ensuite ? Il escalade le mur d'enceinte ?

— Tu y es bien arrivée, toi.

Je dois reconnaître qu'il a raison.

— Mais j'avais une échelle et quelqu'un pour désactiver la clôture électrique.

— Alors ça signifie que c'est possible, conclut Michael avec un air suffisant qui m'agace au plus haut point.

— Bon, d'accord. Mais un tir de pistolet, ça fait du bruit. Une fois le coup parti, les vigiles auraient dû arriver en courant, non ? Comment ils ont fait pour ne pas l'attraper ?

— Eh bien, c'est ce que je…

— Ou alors ils l'ont pris. Et ton père l'a tué. Il l'a découpé en petits morceaux qu'il a jetés aux requins. C'est une hypothèse.

Michael me lance un regard noir.

— Pour ma mère ça ne change pas grand-chose mais en ce qui vous concerne, ton père et toi, ça s'arrange, non ?

— Mon père ne découpe pas les gens en morceaux.

— Non, je te l'accorde. Il paye des gens pour le faire à sa place. Il faut bien que les requins bouffent, pas vrai ?

— Peut-être qu'on devrait réfléchir au mobile plutôt qu'à la façon dont ils se sont débarrassés du corps.

— J'essayais juste d'aider.

Michael soupire.

— Bon, on va dresser une liste de suspects. Qui étaient les ennemis de ta mère ?

Mon sourire moqueur s'évanouit.

— Ton père.

Michael soupire de nouveau mais sa voix ne tremble pas.

— Et au Congo ?

— Comme je l'ai dit, ton père.

— Mais de quoi tu parles ?

Je le regarde en plissant les yeux.

— Ils se sont rencontrés là-bas. Elle le connaissait d'avant.

Michael fronce les sourcils.

— Attends. Tu sous-entends qu'ils étaient ennemis au Congo ?

— Elle savait des choses sur Extracta. De sales histoires. C'est ce qu'elle menaçait de raconter à la presse.

— Mais s'ils étaient ennemis, pourquoi serait-elle venue ici du Congo pour lui demander du travail ? Et pourquoi aurait-il accepté de l'accueillir ?

— Je… (Je secoue la tête.) Elle est venue ici parce que… Écoute, je ne sais pas pourquoi on a atterri chez toi. Peut-être qu'il l'a forcée à travailler pour lui.

— Ça ne tient pas debout. Elle ne t'aurait pas amenée ici si c'était dangereux. Et il ne l'a pas forcée à… tu sais… Kiki.

Michael baisse les yeux.

— Il ne l'a pas forcée à coucher avec lui. Tu peux le dire.

Michael commence à s'agiter.

— Moi aussi, je les ai vus s'embrasser. Il n'y avait pas d'autre femme. Ils avaient l'air de… bien s'aimer.

Je croise les bras, mal à l'aise ; je déteste le tour qu'a pris la conversation.

— Quelqu'un d'autre ? demande Michael, qui a l'air aussi mal à l'aise que moi.

Je hausse les épaules.

— Je ne sais pas. Je ne crois pas.

— Qu'est-ce qu'elle a fait avant de venir à Sangui ? Elle avait des problèmes ou…

— Elle était infirmière. Elle aidait les gens.

— Les infirmières peuvent avoir des ennemis. Tu n'as aucune idée, rien ?

— Non. Je ne sais pas.

Je me lève et je commence à faire les cent pas. Si elle avait des ennemis, comment pourrais-je le savoir ? Seul Donatien, le journaliste, a pu me parler de sa vie là-bas. Mais il n'en connaît que des bribes. Importantes, d'accord, mais insuffisantes. Quant à ma mère, elle n'a jamais évoqué le Congo devant moi. Quand j'y repense, elle donnait l'impression qu'il n'y avait rien à dire ni à penser sur elle.

Michael ajoute : PASSÉ D'ANJU YVETTE AU CONGO ? à une liste de questions qu'il est en train de rédiger.

— Tu connais quelqu'un que tu pourrais interroger à son sujet ?

Je ne réponds pas tout de suite.

— Oui, peut-être.

— Qui ça ?

Donatien allait-il reconnaître Michael ? Probablement pas. Michael passe le plus clair de son temps en Suisse et il paraît que Mme Greyhill met un point d'honneur à tenir ses enfants à l'écart de la presse. Moi-même, j'ai eu du mal à le reconnaître.

— Je vais lui envoyer un texto. Il acceptera peut-être de nous rencontrer.

Pendant que je pianote sur mon téléphone, Michael demande :

— Et la fille avec ta mère sur la photo ?

Je secoue la tête.

— Je te l'ai déjà dit, je ne sais pas qui c'est.

Ma mère semblait si heureuse sur cette photo. Elles devaient être amies. Comment faire pour la retrouver ? Donatien la connaîtrait-il ?

— Est-ce qu'on épluche le rapport de police ? lance Michael.

Je fais la grimace.

— D'accord mais je l'ai fait des centaines de fois et ça n'a rien donné, je t'assure.

Je me sers de son ordinateur pour accéder à mes fichiers en ligne et je lui tends l'appareil pour qu'il puisse les consulter.

— C'est tout ? demande-t-il après quelques secondes.

— Étonnant, hein ? De quoi redonner foi dans le système judiciaire de Sangui.

— Ils n'ont même pas épelé le mot « rapport » correctement. Il manque un « p ».

— Attends d'avoir vu la page consacrée aux analyses. Vide.

Je marche jusqu'à la fenêtre et je jette un œil à travers les persiennes. Je ne peux pas regarder ce document ; ça me met trop en colère. Le compte rendu de l'interrogatoire entre l'officier de police, M. Greyhill et David Mwika ne tient même pas sur une page. Et c'est pire avec les formulaires. La plupart n'ont même pas été remplis. Il manque les signatures des responsables. Il y a trois photos : le corps de ma mère, un gros plan de la blessure et, pour une raison que je ne m'explique pas, la tête de buffle suspendue au-dessus du manteau de la cheminée.

Je lâche d'un ton amer :

— C'est peut-être le buffle l'assassin.

— Tu as souligné deux noms ici... Qui sont ces gens ?

Je reviens sur mes pas pour voir de quoi parle Michael.

— D'après Mwika et ton père, à part les employés, ce sont les deux seules personnes présentes ce jour-là. J'ai fait des recherches sur eux. Joseph Gicanda est un général de l'armée rwandaise. Et Ali Abdirahman, un riche Somalien qui possède une compagnie de transport maritime. Extracta fait appel à eux pour acheminer des minerais depuis Sangui vers la Chine ou Dubaï.

— Il y a un rapport avec ta mère ?

— Pas que je sache.

— Peut-être qu'elle a appris quelque chose sur un de ces types, suggère Michael. Et qu'il l'a découvert. On devrait creuser davantage de ce côté-là. (Il écrit les noms des deux hommes sur sa liste et se tapote le menton avec son stylo.) Qui travaillait parmi les employés ce jour-là ?

— Tu crois qu'une bonne ou un jardinier l'aurait tuée ?

Michael réfléchit.

— Probablement pas. Mon père n'aurait jamais accepté de les couvrir. Il les aurait livrés à la police.

— Peut-être qu'il a tué le coupable et qu'il s'est débarrassé du corps.

Michael jette son stylo sur sa feuille de papier.

— *Ngai*, tu penses vraiment que mon père est un monstre, hein ?

Je ne réponds pas.

— De toute façon, je ne sais pas qui travaillait ce jour-là. Elle ne fréquentait pas beaucoup les autres domestiques, d'après mes souvenirs.

— Tu ne l'as jamais vue discuter avec quelqu'un ? Un jardinier ? Un des vigiles ?

Je secoue la tête.

— Peut-être avec les autres bonnes, mais jamais avec un homme.

— Tu étais jeune. Tu n'as peut-être pas remarqué.

Je lui lance un regard noir.

— *Ngai*, tu penses vraiment que ma mère était une traînée, pas vrai ?

— Je n'ai jamais dit…

— Laisse tomber.

Je retourne à la fenêtre pour regarder à travers les persiennes. Michael continue à éplucher le fichier mais je ne me donne pas cette peine. Je le connais déjà par cœur.

Sur la page suivante, il verra la liste complète de toutes les personnes présentes chez les Greyhill ce jour-là : M. Greyhill, Mwika, la cuisinière, qui devait avoir au moins cent ans. Deux autres bonnes, un jardinier, un chauffeur et quatre vigiles. Tous les autres avaient pris leur soirée. Kiki et moi ne figurons pas sur la liste, même si on était là. Je suppose que les enfants illégitimes de la bonne ne comptent pas. L'officier a précisé que Mme Greyhill et les enfants étaient partis la veille pour passer la nuit dans leur maison de vacances plus au nord sur la côte. La cuisinière l'a confirmé.

Puis viennent les notes de l'officier de police. Avec une pauvreté de détails remarquable, il retranscrit la version des faits de M. Greyhill : il a entendu un coup de feu mais il lui a fallu quelques minutes pour traverser la propriété. L'officier lui a demandé pourquoi il n'avait pas alerté le service de sécurité en premier lieu et il a répondu qu'il n'en savait rien. Même cet imbécile de flic a dû trouver ça bizarre, parce qu'il y a un petit point d'interrogation juste à côté de la réponse.

Quand M. Greyhill découvre le corps de ma mère, elle est déjà morte. Aucune mention du tunnel. Aucune mention de ce qu'il aurait pu advenir de l'assassin. L'arme du crime est le pistolet qui se trouvait dans un tiroir du bureau de Greyhill. Il pense que c'est un cambrioleur qui a tiré, mais rien n'a été volé et il n'y a aucun enregistrement vidéo de l'intrus. Est-ce mentionné dans le rapport de police ? Bien sûr que non.

Mwika fait à peu près la même déclaration que son patron, à un détail près. J'attends que Michael arrive à ce stade de sa lecture.

Ça ne loupe pas : bientôt, il relève la tête.

— D'après Mwika, il y a eu une coupure d'électricité quelques minutes avant le meurtre.

J'acquiesce.

— Et les caméras de surveillance se sont éteintes. Mais elles se rallument juste au moment où Mwika se trouve dans le poste de sécurité, pile à l'instant où ton père dit avoir entendu le coup de feu.

— C'est pratique pour Mwika, tu ne trouves pas ? dit Michael.

Je rétorque :

— C'est toi qui fais barrage entre lui et moi. J'adorerais lui poser quelques questions.

Michael se renfrogne.

— J'y travaille, OK ?

— Eh bien, mets les bouchées doubles.

Mon téléphone vibre : un texto. Donatien m'a répondu. *Retrouve-moi à Samaki Joint dans une heure.*

Parfait. Nous irons le voir puis je m'éclipserai pour rejoindre Skinny. Je dis en enfilant mes chaussures :

— Viens. On ne va pas élucider quoi que ce soit en restant ici.

— Je t'ai déjà dit que j'étais puni, marmonne Michael sans faire mine de se lever. Mes parents vont rentrer d'une minute à l'autre.

Il consulte sa montre. Je ne peux pas m'empêcher de me demander combien j'en tirerais.

— Tu veux qu'on avance ou pas ? Le type qui a connu ma mère peut nous rejoindre quelque part, mais il faut qu'on parte immédiatement.

Michael regarde son ordinateur portable et les feuilles de papier éparpillées sur le sol. Il n'y a rien de plus ici. Il sait qu'à moins de pêcher d'autres informations on est dans une impasse.

— Je vais m'attirer de sacrés problèmes, grommelle-t-il en me suivant dans le couloir.

16

— Où est-ce qu'on va ? demande Michael en sortant de la maison. Qui on doit voir ?

Je réponds en empruntant l'allée qui mène à la grille :

— Il faut trouver un taxi qui nous emmènera en ville.

— J'ai un chauffeur.

— Tu lui fais confiance ? Il ne va pas dire à ton père où on est allés ?

Michael fronce les sourcils et j'ai la réponse à ma question. Il regarde autour de lui et semble parvenir à une décision.

— Bon, attends-moi ici.

Tandis qu'il s'éloigne, je vérifie l'heure sur mon téléphone. Je ne sais pas comment je vais faire pour me débarrasser de lui. Hors de question que je l'emmène voir Skinny. Et si je l'envoyais faire une course ? On pourrait convenir de se retrouver ici plus tard. Mais je doute qu'il soit d'accord…

Mes pensées sont interrompues par le grondement d'un moteur. Je lève les yeux et reste bouche bée.

— Tu plaisantes ?

Michael s'avance dans ma direction, juché sur une énorme moto rouge vif de marque européenne, le visage dissimulé sous un casque. On est bien loin des *piki-piki* qui transportent les gens et les marchandises d'un bout à l'autre de la ville.

— Tes parents te laissent conduire ce machin ?

Michael ôte son casque.

— Gardons ça pour nous. C'est la moto de mon père. Il l'a achetée quand il a fait sa crise de la quarantaine. Il ne s'en sert jamais. Il me tuerait s'il apprenait que je l'ai prise. Il ne sait même pas que je sais la conduire.

— Tu sais au moins ?

— Évidemment.

— Les gardes ne vont pas cafter ?

— J'achète leur silence.

— Tu m'étonnes. Tu pourrais peut-être te contenter d'acheter le silence de ton chauffeur ?

Il sourit d'un air moqueur.

— Tu as peur ?

— Non. Donne-moi ça, dis-je en prenant le casque qu'il me tend.

J'ai l'impression d'avoir une marmite sur la tête. Personne n'en porte sur les *piki-piki*. Michael me fait signe d'approcher et attache une sangle sous mon menton. Il presse un bouton sur son casque et j'entends sa voix aussi distinctement que s'il me parlait à l'oreille.

— C'est pareil qu'un *piki-piki*… sauf que ça va plus vite.

— Je ne m'inquiète pas.

Je monte derrière lui en me répétant : *C'est comme un* piki-piki.

D'une secousse, Michael pousse la moto vers l'avant.

— Accroche-toi bien.

J'obéis. Je peux agripper la selle d'une main mais je dois glisser l'autre bras autour de sa taille. J'ai une conscience aiguë de son corps contre le mien. Il me montre où poser mes pieds puis se retourne. Mon casque cogne contre le sien.

— Prête ?

J'ai le ventre noué. J'ai peur que ma voix me trahisse alors je hoche la tête.

La moto s'élance vers la grille et dévale la rue. J'agrippe sa taille des deux mains et pense bêtement : *Ça va trop vite !*

Le moteur d'un *piki-piki* bourdonne comme un insecte et ils vont à peine plus vite qu'un vélo. Mais cette machine est un guépard qui fonce derrière sa proie et je n'ai qu'une idée en tête : m'accrocher de toutes mes forces. Dans le premier virage, je serre les cuisses sans plus penser que je touche Michael.

— Penche-toi dans les virages ! me crie-t-il, et j'essaie de suivre ses mouvements.

Les belles demeures du Ring défilent à toute allure de part et d'autre de la route. Je pousse un petit cri quand Michael double une voiture qui traîne un peu.

— Ça va, là derrière ?

— Oui !

La route est sinueuse mais au moins elle n'est pas criblée d'ornières comme la plupart des rues de Sangui. Au bout de quelques minutes je commence à m'habituer à la vitesse, mon cœur affolé se calme, la peur laisse place à l'exaltation. Je prends conscience que je m'accroche si fort à Michael que j'en ai les mains engourdies. Je desserre mon étreinte et il laisse échapper un soupir, comme si je lui avais comprimé les poumons jusqu'à maintenant.

— Qu'est-ce que tu penses de la balade ? demande-t-il.

— Ça va vite !

Il rit.

— Tu n'as encore rien vu !

— Non ! N'accélère pas !

Michael relâche les gaz.

— Désolé. À moto, je me sens… vivant. (Il s'interrompt et je m'étonne de l'hésitation qui perce dans sa voix.) J'aurais pensé que ça te plairait.

Je fais l'inventaire de mes émotions. Le vent souffle autour de moi, le soleil me chauffe les bras et les jambes tandis que je regarde défiler les flamboyants qui bordent la route. Leurs fleurs forment un tapis de neige violette sur le sol. C'est beau, et je vois ce qu'il veut dire quand il parle de se sentir vivant. Il y a deux jours, en entrant chez lui, j'ai éprouvé la même chose. J'avais l'impression que personne au monde ne pouvait me dire ce que je devais faire ; j'étais sûre de moi. Alors je réponds :

— Ça me plaît, oui.

17

En arrivant en ville, on est obligés de ralentir et aussitôt, je commence à transpirer sous mon casque. Je n'avais pas mesuré à quel point il fait plus frais sur les hauteurs du Ring. En bas, c'est beaucoup moins drôle de se faufiler dans la circulation. La moto soulève des nuages de poussière sur la route défoncée. Plus on se rapproche du port, plus c'est embouteillé. Je vois des vélos, des poules, des gamins, des chèvres et tout un tas de gens qui s'arrêtent pour regarder passer le bolide rouge, ébahis.

Je donne des indications à Michael, qui file à travers les rues animées. On doit traverser le pont puis s'enfoncer dans les rues étroites et sinueuses de la vieille ville. En roulant dans Biashara Street, on passe même devant l'école de Kiki. J'entends les filles rire et crier dans la cour, et je tends le cou pour apercevoir ma petite sœur. Mais je ne la vois pas. Et dans le cas contraire, qu'est-ce que je lui dirais ? « Salut, frangine ! Tu te souviens de ton demi-frère, Michael ? C'est son père qui a tué maman. Allez, salut ! »

C'est ça. Elle ne saura jamais rien. Jamais.

Installée à l'arrière de la moto, je trouve à la vieille ville ces airs de carte postale qu'elle doit revêtir pour les touristes, avec son dédale de rues en pente bordées de bâtiments en pierre jaune, ses palmiers ondulant sous la brise, ses mangues disposées en pyramides sur le marché, ses régimes de bananes et ses grappes de piments suspendues comme des guirlandes au-dessus des étals. Je regarde déambuler des hommes en long *kanzu* blanc à la mine austère et des femmes vêtues de *kanga* imprimés ou de *buibui* qui claquent au vent comme des voiles noires. Le ciel est d'un bleu limpide au-dessus de ma tête ; et la mer, turquoise en contrebas. Vu d'ici, on dirait le paradis.

On arrive aux abords du marché aux poissons quand Michael s'éclaircit la voix.

— Est-ce que tu vas te décider à me dire qui on va voir ?

On passe devant la grande mosquée verte située au centre de la vieille ville. Sur le parvis du musée dédié à la culture swahili, des marchands ambulants essaient de fourguer leurs babioles aux touristes : des colliers rasta et des sarongs de mauvaise facture, des éléphants et des impalas en bois rigoureusement alignés sur des couvertures massaï. Michael double un très vieil homme assis sur le dos d'un âne qui tire une charrette transportant du charbon. Ni l'homme ni l'âne ne semblent pressés d'aller quelque part.

— Tourne à gauche ici.

Mais Michael s'arrête dans un coin tranquille qui donne sur le port.

— Qu'est-ce que tu fais ?

Pour toute réponse, il enlève son casque et se retourne sur son siège. J'ôte mon casque à mon tour.

— D'accord. Il s'appelle Donatien.

— Qui c'est ? Un Goonda ? Je n'aime pas avancer à l'aveugle comme ça.

Je réprime un gloussement.

— Non, ce n'est pas un Goonda. C'est juste un type qui a connu ma mère. Allez, on va être en retard.

— Comment il l'a connue ?

Je me mords les lèvres.

— Tu ne diras rien, OK ? Il me tuera s'il découvre que je t'ai parlé de lui.

— D'accord…

— Et s'il lui arrive quelque chose, je le saurai.

— Tu crois que je vais le donner à bouffer aux requins ? Écoute, tu ne vas peut-être pas me croire, mais je n'ai encore jamais tué personne et je te promets de ne pas commencer aujourd'hui.

Je me débats avec la sangle de mon casque.

— C'est un journaliste.

— Un journaliste ? répète Michael d'une voix stridente. Tu vas lui filer les données volées sur l'ordinateur de mon père ?

— Mais non !

Pas encore, en tout cas. Je veille à ne pas détourner le regard, pour qu'il ne voie pas que je lui mens.

— Il n'enquête plus sur ce genre de sujet. Il s'est attiré trop de problèmes.

Mais je parie qu'un article sur le père de Michael le remettrait en selle.

Donatien ne sait pas que je suis sur le point de lui proposer le pactole, mais je ne doute pas une seconde qu'il sauterait sur l'occasion de démolir Extracta et son responsable en Afrique de l'Est. Il rêve de les faire tomber depuis que Greyhill a ruiné sa carrière mais il dit toujours qu'il a besoin de preuves. De vraies preuves, pas juste des spéculations. Ce sont précisément ces spéculations qui lui ont causé des problèmes.

J'ai retrouvé sa trace deux ans après être tombée sur un de ses articles dans le plus gros journal de Sangui, suite à la mort de ma mère. Il osait demander pourquoi son meurtre n'avait pas fait l'objet d'une enquête en insinuant que la police cherchait à couvrir le principal suspect, M. Greyhill. Ces insinuations lui avaient coûté sa place et il était sûr qu'avec toutes ses relations, Greyhill était derrière tout ça.

De toute façon, je me serais mise à la recherche de Donatien, mais ce qui avait titillé ma curiosité en premier lieu, c'était le ton qu'il employait pour parler de ma mère. Un ton furieux. On aurait dit qu'il la connaissait.

J'ai appris que c'était le cas.

Michael est encore tendu, je le vois bien. Il faut que je file. Je songe à sauter de la moto mais ça pourrait nous retarder encore plus.

— Et comment il a connu ta mère ?

Je réponds à contrecœur :

— Il voulait écrire un article sur Extracta au Congo et sur le fait qu'ils achètent de l'or aux milices au lieu de l'extraire eux-mêmes. Ma mère était une de ses sources.

Ça m'a pris du temps mais on peut avoir n'importe qui à l'usure pour peu qu'on fasse le pied de grue assez longtemps devant sa maison, son lieu de travail, ses bars préférés. Donatien a fini par jeter l'éponge : il a accepté de me parler. Je crois qu'il se sentait un peu seul. Il a d'abord fallu le convaincre de mon identité, et alors il s'est ouvert à moi. Il m'a dit l'avoir connue onze ans plus tôt à Kasisi, mon village natal. Elle était d'accord pour l'aider à écrire son article.

Michael plisse les yeux.

— Une source ? Qu'est-ce qu'elle lui a raconté exactement ?

Je jette un regard désemparé vers notre destination.

— Écoute, une fois qu'il est parti, Donatien ne s'arrête plus de parler. Il adore évoquer le Congo et les minerais qui alimentent les guerres, mais il est un peu susceptible. Bref, tu me laisses poser les questions, OK ? On peut y aller maintenant ?

Michael regarde le port où des boutres aux voiles blanches se balancent au gré du courant. Au loin, un ferry ventru se traîne vers la côte dans un brouillard de diesel bleu. Même d'ici, on distingue la rouille sur sa coque et la foule agglutinée au bastingage. Je me retiens de crier qu'on perd du temps. Pour finir, Michael coiffe son casque et remet le moteur en marche.

Le restaurant est un endroit fréquenté et bruyant, qui sent la friture et le massala. On y trouve plein de pêcheurs installés à des tables en plastique, la plupart occupés à dilapider l'argent qu'ils ont gagné grâce à leurs prises du matin. En voyant la tête de Michael, je ne peux pas m'empêcher d'ironiser :

— Un conseil, remonte tes jupes. C'est moins propre que les lieux que tu fréquentes d'habitude.

— Ça va, je suis déjà sorti de chez moi !

— J'en suis sûre. Maintenant, écoute-moi. (Je baisse la voix.) Quoi qu'il arrive, ne donne pas ton identité à Donatien, d'accord ? Je ne pense pas qu'il va te reconnaître. Mieux encore : n'ouvre pas la bouche.

— Super, marmonne Michael. Alors je reste là les bras croisés ?

— Fais ce que je te dis, c'est chez moi ici. Tu es juste mon invité.

Michael sur les talons, je m'avance dans la salle en frôlant un haut-parleur qui diffuse de la rumba. Des prostituées en minijupe sont agglutinées dans un coin du bar. Elles rejettent leurs tresses en arrière et m'observent attentivement pour s'assurer que je n'envahis pas leur territoire. Aux odeurs de cuisine s'ajoutent celle de la bière et la puanteur des hommes qui dorment au fond de leur bateau.

Je me fiche du bruit et de l'odeur. Ici c'est plus tranquille finalement que toutes les arrière-salles miteuses qu'aurait pu choisir Donatien comme lieu de rendez-vous régulier. Il n'aime pourtant pas ces endroits. Il dit qu'il y a trop de serveurs oisifs avec les oreilles qui traînent.

Donatien est déjà assis à sa table habituelle, dans un coin sombre du patio.

— Qui c'est ? demande-t-il en désignant Michael d'un signe de tête avant même qu'on ait eu le temps de s'asseoir.

Donatien est le seul *mzungu* ici, à l'exception de Michael, mais malgré sa peau blanche il semble parfaitement à l'aise. Des bouteilles de bière vide traînent sur la table. Une assiette de poissons frits est posée devant lui ; il en a déjà mangé plusieurs dont il ne reste que les arêtes.

— Ne fais pas attention à lui.

— Tu sais que je ne parle pas aux étrangers, Tina.

— C'est un ami. Tout va bien, il est réglo.

— Tu n'as pas d'amis.

— Pfff, merci, Donatien ! C'est un réfugié qui vient d'arriver. Je lui fais visiter la ville.

— Il n'a pas la tête d'un réfugié.

Par là, Donatien sous-entend qu'il est trop blanc mais il n'ose pas préciser sa pensée.

— Je sais. C'est ce que je me tue à lui dire.

— Vous êtes journaliste et vous refusez de parler aux inconnus ? demande Michael.

Je lui lance un regard mauvais pour lui intimer l'ordre de se taire.

— Je ne suis pas vraiment journaliste, réplique Donatien. Je m'occupe de la page des sports.

Il prononce le mot « sports » comme si c'était un gros mot.

— C'est du journalisme quand même, lâche Michael.

Donatien répond par un grognement dédaigneux et regarde s'il lui reste de la bière. Il lève sa bouteille à l'intention du serveur pour en commander une autre.

— En parlant de ça, je ne peux pas rester longtemps. J'ai un championnat de cricket à couvrir dans une heure. (Il désigne son assiette.) Vous prenez quelque chose ?

— Juste un soda.

Donatien appelle le serveur en faisant claquer ses doigts graisseux.

— *Sampson, leta Tuska baridi sana. Na soda mbili.*

Un homme lui apporte une bière dont il teste la fraîcheur en tâtant la bouteille avant de le laisser la décapsuler. Puis le serveur dépose deux Fanta devant Michael et moi. Je lui donne un coup de pied sous la table avant qu'il puisse essuyer le goulot de sa bouteille avec sa manche.

Donatien prend une gorgée de bière puis se remet à dépiauter son poisson avec les doigts comme n'importe quel gars du coin. Il le mange avec des piments et de l'*ugali*, une purée de maïs chaude. Après avoir englouti une énorme bouchée, il rote bruyamment sans un mot d'excuse.

— Vous avez tort. C'est le meilleur poisson de la ville.

J'explique à Michael :

— Donatien est français. Il est un peu difficile avec la bouffe.

— Belge, corrige Donatien. Combien de fois il faut que je te le répète ? Je déteste ces connards de Français. (Il me regarde de ses yeux injectés de sang.) Alors, demi-portion ? Quoi de neuf ?

Je sors la photo de ma poche et je demande en désignant la fille à côté de ma mère :

— Tu sais qui c'est ?

Donatien plisse les yeux, s'essuie les mains et prend la photo pour la regarder de plus près.

— Aucune idée.

J'essaie de ne pas montrer ma déception.

— Tu es sûr ? C'était sur son ordinateur.

— Qui ça ? Quel ordinateur ?

— Tu sais très bien de qui je parle. Ne me regarde pas comme ça.

— Tina, tu n'as pas fait de bêtise, hein ? Si tu es allée…

— Quoi, tu crois que j'ai réussi à entrer chez lui ? (Je pouffe en m'efforçant d'ignorer l'air ébahi de Michael.) Je suis douée mais pas à ce point. Quelqu'un a piraté son ordi pour moi. Tu es sûr de ne pas la connaître ?

— De quand date cette photo ? demande Donatien en examinant de nouveau les visages souriants des deux jeunes filles. Ta mère fait très jeune là-dessus. (Il jette un regard suspicieux à Michael avant de poursuivre.) Elles portent un uniforme de collégienne. Cette photo a été prise bien avant notre rencontre.

Il me rend la photo que je glisse précautionneusement dans ma poche. J'attends qu'il ait pris une autre bouchée de poisson pour tenter ma chance.

— Je continue de me demander : comment ma mère savait tout ce qu'elle t'a dit ? (Je poursuis malgré le regard hostile de Donatien.) Comment une simple infirmière pouvait connaître quelqu'un comme…

— Tina…

— Comme qui tu sais ?

Donatien touche la cicatrice sur son cou.

— Si tu veux discuter, Christina, il va falloir que ton nouveau copain dégage.

Je me tourne vers Michael et je lui montre la porte d'un signe de tête. Il n'a pas l'air content mais il se lève et se dirige vers la sortie. Donatien le regarde s'éloigner.

Je me penche vers lui.

— Donatien ?

Il passe les doigts sur les marques de son cou, à l'endroit où la chair a été recousue.

— Tu lui fais confiance ? Tu ne devrais pas parler devant n'importe qui, Tina.

— Je sais. T'as raison. T'inquiète, c'est un brave garçon un peu naïf. Je ne sais même pas pourquoi je me le coltine. (J'attends que Donatien ait pris une autre gorgée de sa bière avant de poursuivre.) Alors ? Comment elle a connu M. Greyhill ?

Donatien repose lentement sa bouteille. Des mouches s'agglutinent sur les yeux de son poisson mais il n'a pas l'air de s'en soucier.

— Qu'est-ce que tu fabriques, Tina ? Pourquoi toutes ces questions ?

— Je veux juste… Pourquoi tu ne me dis pas comment elle était au courant pour les combines d'Extracta ?

J'ai déjà tenté cette approche, sans grand succès. Donatien pourrait me parler toute la journée des rebelles qui fourguent de l'or arraché à la terre par des esclaves, et des sociétés louches comme Extracta qui leur vendent des armes en échange, mais chaque fois que j'oriente la conversation sur ma mère et sur les raisons qui l'ont poussée à se confier à lui, ou sur la façon dont elle a découvert les accords entre Extracta et ces milices, je me heurte à un mur.

— Ce n'est pas à moi de te le dire, lâche-t-il.

— Alors je vais devoir attendre d'être morte pour pouvoir le lui demander ?

Il fait la grimace.

— On s'en fiche de savoir comment elle était au courant. Elle savait, c'est tout !

Je vois trembler la commissure de ses lèvres, comme si les mots ne demandaient qu'à sortir. J'attends. Et au moment où je m'apprête à laisser tomber, il dit en se passant la main sur le visage :

— Elle n'aurait jamais dû accepter de m'aider.

Ce n'est pas la réponse à ma question mais c'est déjà quelque chose. Je me penche un peu plus.

— Parce que Greyhill l'a appris et qu'il a essayé de te tuer ?

Il m'a parlé de ce jour-là à Kasisi, juste avant notre départ. Ma mère était censée le rejoindre à son hôtel pour l'emmener dans la jungle, là où avaient lieu les échanges d'or et d'armes. Il avait prévu de se cacher pour prendre des photos. Ce soir-là, en entendant frapper à sa porte, il est allé ouvrir en croyant que c'était elle. Mais sur le seuil, il a trouvé deux types armés de *pangas*, ces longues machettes qui servent à tailler les broussailles. Ou la chair. Donatien m'a parlé des tas de fois de tout le sang qu'il a fallu lui transfuser (plus d'un litre) et du nombre de points pour le recoudre (quarante-trois). Ensuite, il n'a plus entendu parler de ma mère jusqu'à ce qu'elle le contacte, la veille de sa mort, cinq ans plus tard.

Entre-temps, maman et moi avions eu nos propres problèmes.

Mais je n'ai pas envie d'y penser dans l'immédiat. Je veux en savoir plus sur M. Greyhill.

— Pourquoi avoir attendu tout ce temps pour la liquider, Donatien ? Et pourquoi elle est allée le trouver ici alors que c'étaient ses petits copains de la milice qui l'avaient chassée du Congo ?

Il me dévisage sans répondre.

— Allez, Donatien ! Je ne suis plus une gamine ! Je peux encaisser ! (Je baisse la voix.) Tu peux me parler ou je peux aller lui poser directement la question. Crois-moi, j'en suis capable. Je suis fatiguée de tâtonner dans le noir.

Je sens qu'il pèse le pour et le contre, mais pour finir il répond :

— Ce n'est peut-être pas lui qui l'a liquidée.

J'attends la suite mais il se tait.

— Je ne comprends pas. Qui…

— Il y avait d'autres personnes impliquées dans cette affaire. Ce n'était pas Greyhill qui s'occupait de ces échanges.

— Hein ? Mais tu as dit…

— J'ai dit que ta mère avait assisté aux transactions dans la jungle, et que c'est comme ça qu'elle a su qu'ils troquaient de l'or contre des armes ou des billets de banque. Mais quand je lui ai demandé si c'était un Américain blanc qui procédait aux échanges, elle m'a répondu non. C'est moi qui pensais que Roland Greyhill était le cerveau de l'affaire, et je le lui ai dit.

Donatien ne me regarde pas dans les yeux. Pourquoi se montre-t-il aussi évasif sur le rôle qu'il a joué dans cette histoire ?

— Alors elle ne l'a pas connu au Congo ? Qui s'occupait de ces échanges ?

Donatien pince les lèvres.

— Elle ne me l'a pas dit. Elle a juste précisé que c'était un Kenyan.

— Tu as découvert qui c'était par la suite ?

— Non, répond Donatien. (Il se redresse et son regard se pose sur la mer derrière moi.) Tu sais déjà tout ça. J'ai laissé tomber l'enquête. Je ne l'ai reprise qu'après le meurtre de ta mère.

Soudain, je me sens écrasée par tout ce que j'ignore. Qui était ma mère, exactement ? Que faisait-elle ? Elle était infirmière. C'est tout ce qu'elle m'a dit. C'est tout ce que je peux répondre à Michael quand il m'interroge. Mais comment elle a pu en apprendre autant sur l'or sale ? Comment elle a su quand et où les échanges avaient lieu ? D'après Donatien, ces hommes se donnaient rendez-vous dans un lieu secret au cœur de la jungle. J'ai la cervelle en ébullition. Je n'arrive pas à me faire une image claire de ma mère. Comment est-ce possible d'en savoir si peu sur sa personnalité et sur ce qui s'est passé au Congo ? Une question me revient sans cesse à l'esprit. Je me mords la lèvre.

— Elle n'a pas participé à ces combines, hein ?

Donatien reporte le regard sur moi.

— Non, absolument pas.

— Qu'est-ce qui te fait dire ça ?

— Elle n'aurait jamais accepté.

— Qu'est-ce que t'en sais ? (Je tape du poing sur la table.) Tu la connaissais à peine ! Moi-même je ne la connaissais pas !

Il fait mine de me prendre le bras puis semble se raviser.

— Écoute, Tina, je l'admets. La même pensée m'a traversé l'esprit. Quand elle m'a appelé, peu avant sa mort, j'ai refusé de la rencontrer. Je n'avais plus entendu parler d'elle depuis le jour où j'avais failli y laisser ma peau. (Il me regarde d'un air coupable.) Je croyais que c'était elle qui avait envoyé ces types à mon hôtel.

Je ne bouge pas.

— Tu la soupçonnais ?

Il hoche la tête et poursuit :

— Mais quand elle s'est manifestée, je l'ai questionnée là-dessus et elle m'a... convaincu. Non... (Il me fait taire d'un geste.) Fais-moi confiance, point. Elle n'a pas pu me rejoindre à mon hôtel et ce n'est pas sa faute. Elle n'est pour rien dans ce qui m'est arrivé. Des hommes sont venus la chercher cette nuit-là, comme pour moi. Toi-même, tu me l'as dit.

C'est vrai. Un souvenir ressurgit du fond de ma mémoire : une langue de feu aussi haute que la cime des arbres. Je me frotte les yeux pour chasser cette image. Je ne veux pas y penser maintenant. J'en reviens à la même question :

— Alors pourquoi elle est allée trouver Greyhill en arrivant ici si c'est lui qui a envoyé ces hommes ?

— Comment et pourquoi ta mère a fini par travailler pour lui, ça je n'en sais rien. Elle n'a pas voulu m'expliquer. Mais je suis sûr que si elle l'a fait, c'était pour une bonne raison. Elle a dû sentir qu'il le fallait, que c'était le meilleur moyen d'assurer ta sécurité. Ta mère était... Eh bien, elle était comme toi. Dure mais avec un bon fond. (Il plisse les yeux.) Pourquoi toutes ces questions, Tina ? Il se passe quelque chose ? Tu as l'air de mauvais poil.

Je le dévisage puis je laisse mon regard errer sur l'eau en songeant à mes projets concernant la famille Greyhill.

— Tu ne me connais pas. Je ne suis pas si gentille.

Il ouvre la bouche pour protester mais je le devance en m'efforçant de réprimer l'émotion qui me submerge :

— Écoute, je veux juste être sûre que c'est bien lui qui l'a tuée. C'est tout.

Donatien pousse un gros soupir. Il fait tourner sa bouteille sur la table en laissant des traces d'humidité sur le bois. Il doit penser, comme moi, que ma mère s'est plantée quand elle s'imaginait nous mettre en sécurité.

— C'est Greyhill qui l'a tuée, Tina. Si j'ai une certitude, c'est celle-là. Elle m'a contacté parce qu'elle voulait me parler de lui et ça s'est mal fini pour elle. S'il y en avait un qui avait intérêt à ce qu'elle ne parle pas, c'était bien lui.

Je sais déjà tout ça mais je me surprends à répondre :

— Il me faut une preuve.

— Et comment tu vas… ? (Il fronce les sourcils et soudain je vois à son regard qu'il a compris.) Oh ! Le gamin. Je savais bien que sa tête me disait quelque chose. C'est…

Ses yeux s'écarquillent de frayeur.

— Ne t'occupe pas de lui.

Il se penche pour m'agripper le bras.

— C'est Michael Greyhill, c'est ça ? demande-t-il dans un souffle. Tina, qu'est-ce que tu fabriques avec lui ? Qu'est-ce que tu fous, bon sang ?

— Je t'ai dit de ne pas t'en occuper.

Je fais mine de me lever mais il me serre le bras de plus belle.

— Il ne faut pas jouer avec ces gens-là, Tina. Ce sont des assassins. Pense à ta mère. Je ne sais pas ce que tu manigances avec lui mais il faut arrêter tout de suite.

Je me dégage d'un mouvement brusque.

— J'apprécie tout ce que tu as fait pour moi, Donatien. Vraiment, je t'assure. Mais je pense à ma mère, justement.

— Tina…

— Faut que j'y aille. Je te tiens au courant.

Et je m'éloigne avant qu'il puisse me retenir.

18

À l'âge de sept ans, je suis entrée à l'école. Pas la même que Michael (lui fréquentait un établissement qui coûtait une petite fortune) mais une bonne école quand même, et située tout près du Ring. Je suis sûre que c'est Greyhill qui a payé mes frais de scolarité. Tous les matins, un bus venait me chercher au coin de la rue et me ramenait le soir. Les professeurs étaient gentils et qualifiés. J'ai appris à lire, à compter, à chanter l'hymne national kenyan. On dessinait avec de vrais crayons et on jouait au ballon dans l'herbe. C'était un cadre très agréable, j'avais de la chance.

Pourtant, je détestais y aller.

Je détestais laisser ma mère et Kiki. Tous les jours, je me cachais ou je feignais d'être malade, et tous les jours ma mère me traînait jusqu'à l'arrêt de bus, insensible aux larmes de crocodile qui roulaient sur mes joues.

— Tu es trop grande pour faire des caprices, me disait-elle, et ses yeux lançaient des éclairs.

On attendait le bus au coin de la rue. Kiki posée sur sa hanche, elle me disait que j'avais de la chance d'aller à l'école.

— Tu sais combien d'enfants aimeraient être à ta place ? Dans mon école, il y avait des cours de musique. Une piscine. Je faisais de la gymnastique l'après-midi. De la gymnastique !

Kiki n'avait qu'un an à l'époque et elle ne comprenait pas pourquoi le fait d'aller à l'école me mettait dans un état pareil, mais sa bouche tremblait comme la mienne, ce qui énervait d'autant plus ma mère.

— Ne pleure pas ! Tu vas faire pleurer ta sœur et je n'ai pas le temps !

Quand Kiki a eu deux ans, ma mère a décidé qu'elle était assez grande pour y aller avec moi. Il y avait une école maternelle qui jouxtait la mienne.

— C'est comme ça, il faut qu'elle y aille, a dit ma mère.

Ce n'était pas négociable. Mais le premier jour, quand elle a voulu la faire monter dans le bus avec moi, Kiki a piqué une crise. Elle s'est mise à hurler comme si on voulait l'assassiner. Elle ne voulait pas quitter ma mère. Je me suis assise à ma place dans le bus et j'ai vu le chauffeur nous regarder toutes les trois puis consulter sa montre. Maman a essayé de calmer Kiki et de la faire asseoir mais rien n'y faisait. Elle se tortillait en poussant des cris suraigus. Je les regardais, impuissante. Je n'en voulais pas à Kiki. Moi non plus, je ne voulais pas y aller dans leur école, avec leurs chansons débiles et leur grimper à la corde. Je voulais rester jouer dans le jardin des Greyhill, escalader le figuier étrangleur. Je me serais faite toute petite, et Kiki aussi.

J'étais sur le point de le dire quand j'ai vu le visage de ma mère. J'étais trop jeune pour deviner sa pensée mais j'ai compris qu'il valait mieux la fermer. On aurait dit qu'elle se tenait au bord d'un précipice et qu'elle regardait tout en bas. J'ai compris que Kiki devait venir avec moi. Que si ma mère retournait chez les Greyhill avec sa fille cramponnée à sa jupe, elle aurait des ennuis. Mme Greyhill avait peut-être tapé du poing sur la table. Ma mère risquait peut-être sa place, et la nôtre avec. Le fait de nous tenir à l'écart, au moins pour un petit moment, faisait peut-être partie d'un accord passé avec ses employeurs. Bien sûr, je ne comprenais pas tout ça à l'époque ; mais l'expression de son visage m'a fait honte. Pour elle, je devais cesser d'agir comme un bébé.

J'ai dit en tendant les bras vers ma sœur :

— Je m'en occupe. Viens, Kiki, tu vas voir comme c'est chouette l'école.

Kiki s'est tue, elle a reniflé un peu en fixant ma mère de ses grands yeux couleur ambre.

— École ?

J'ai plaqué un sourire sur mes lèvres.

— C'est super, tu verras ! Les maîtresses sont très gentilles, il y a des balançoires, des toboggans et on te donnera un goûter ! Viens t'asseoir à côté de moi !

— Goûter ?

Elle a laissé ma mère l'installer sur le même siège que moi, sous les regards des autres enfants et du chauffeur de bus, qui pianotait sur son volant, l'air agacé. Elle était si petite que ses pieds n'atteignaient pas le bord du siège. J'ai attaché la ceinture autour de nous deux.

— Tu vas te faire beaucoup d'amis.

Je n'en doutais pas un seul instant. Tout le monde adorait Kiki, son sourire rayonnant, ses grosses joues. Tout le monde ou presque.

— Je serai là quand vous rentrerez, a dit ma mère avant que la porte du bus se referme.

Debout sur le trottoir, elle nous a regardées partir. Vêtue de son uniforme, elle était déjà prête pour aller travailler.

Je lance à Michael :

— Tu peux me déposer ici.

Nous sommes arrivés à une intersection où se dresse un nouveau centre commercial, le Paradise Island. Les voitures et les passants se pressent autour de nous. Malgré les questions incessantes de Michael, je n'ai pas prononcé un mot depuis qu'on est remontés sur la moto. Je n'arrête pas de repenser aux paroles de Donatien : « *C'est Greyhill qui l'a tuée… Si j'ai une certitude, c'est celle-là.* »

Quoi qu'il dise, il n'en est pas sûr. Et moi non plus. M. Greyhill trempe dans des affaires louches, ça oui. Ma mère et lui étaient proches. Peut-être que Michael a raison et qu'elle a découvert quelque chose au sujet de ses associés. Peut-être même que c'est lui qui lui en a parlé. Et si elle avait prévu de remettre à Donatien des informations qui auraient incriminé quelqu'un d'autre ? Dans ce cas, comment savoir qui ? Est-ce qu'on a vérifié toutes les vidéos de surveillance prises le jour où elle a été tuée ? Peut-être que quelqu'un d'autre que Gicanda et Abdirahman est passé, quelqu'un que Greyhill et Mwika n'ont pas mentionné devant les flics. Il faut que je réexamine le rapport de police.

— Ça ne fait pas partie du plan, Tina.

Je m'arrache à mes réflexions.

— Arrête-toi !

On est à quelques pâtés de maisons de mon toit et je n'ai pas envie que Michael aille plus loin. Il franchit le carrefour.

— Range-toi, je te dis ! Il faut que je voie mon associé.

Michael ralentit et tourne dans une rue plus tranquille. Il gare la moto devant un complexe d'appartements cossu et ôte son casque.

— On s'était entendus pour que je vienne avec toi. On est censés mener cette enquête ensemble.

J'enlève mon casque à mon tour.

— Tu es toujours fâché d'avoir été chassé de la table ? Je t'ai dit que je t'expliquerais tout plus tard…

— On s'était mis d'accord pour bosser ensemble. Tu n'as pas le droit de t'éclipser.

— Il faut que je parle à mon associé ; il attend de mes nouvelles. Ça n'a rien à voir avec « l'enquête », dis-je en mimant des guillemets avec les doigts.

— Je viens quand même avec toi.

Je tente une autre approche.

— Tu veux rentrer chez toi ? Je croyais que tu étais puni et que tu devais faire tes devoirs ou je ne sais quoi.

— Je ne rentre pas sans toi.

— Je ne t'emmène pas avec moi.

— Je ne te demandais pas la permission.

Tandis qu'on se défie du regard, j'envisage de descendre de la moto et de prendre mes jambes à mon cou. Je n'aurais aucun mal à me débarrasser de lui et à retourner plus tard chez les Greyhill. Mais je cours le risque qu'il me chasse de la maison et je ne suis vraiment pas d'humeur. Si je loupe Skinny, je vais devoir attendre un autre message crypté pour convenir d'un rendez-vous avec lui, et on n'a pas le temps.

Soudain, j'ai une idée. Je soupire.

— D'accord. C'est par là.

Je le guide dans le dédale des rues, loin de la vieille ville et à l'écart de la foule. Nous arrivons dans des rues bordées d'immeubles en construction, certains couverts d'échafaudages où des ouvriers s'activent comme des fourmis, mais la plupart sont restés dans une espèce d'entre-deux avec leurs étages en béton gris ouverts à tous les vents. Leurs propriétaires reviendront quand ils auront assez d'argent pour construire un étage supplémentaire *polepole*, lentement. Mon immeuble à moi n'a pas été approché depuis des années, ce qui me convient parfaitement.

— Là-bas, dis-je en désignant l'entrée du parking souterrain.

Je descends de moto et jette un œil au bas de la rue pour m'assurer qu'il n'y a personne. Il ne faudrait pas qu'on voie cet engin rutilant s'engouffrer à l'intérieur du parking. Je pousse une grille rouillée et Michael manœuvre son deux-roues sous mes directives. Je le guide dans les profondeurs du parking et lui montre où se garer. Il coupe le moteur et le silence qui suit est assourdissant. Après lui avoir fait signe de me suivre, je presse le pas en direction d'une porte dotée d'un écriteau : *HATARI !* (« DANGER ! ») et je déverrouille le cadenas à combinaison qui en protège l'accès.

Dans le garage, il y a juste assez de lumière pour se repérer mais à l'intérieur du local d'entretien, il fait noir comme dans un four. Je progresse à tâtons et derrière moi, j'entends Michael se cogner contre un échafaudage. Je trouve l'objet dont j'ai besoin puis son bras, et je le guide vers l'autre bout de la pièce en le tenant par le poignet. J'ouvre la porte et la lumière du jour s'engouffre à l'intérieur.

Michael me suit dans une autre pièce beaucoup plus petite aux murs bétonnés et lève les yeux. Nous sommes dans la cage étroite où devrait se trouver l'ascenseur de service.

— Bon, voilà ce qui va se passer. Comme je suis d'humeur généreuse, je ne vais pas te laisser tout seul dans ce parking mal éclairé.

— Qu'est-ce que…

Il est beaucoup trop lent pour moi. Pendant qu'on marchait, j'ai déjà glissé autour de son poignet un bracelet des menottes que j'ai trouvées dans le local. Très vite, j'attache l'autre à un gros tuyau.

Michael ouvre de grands yeux.

— Tu ne vas pas me faire ça !

— Eh si. Ne t'inquiète pas, je reviens dans dix minutes. Je ne vais pas te laisser moisir ici pendant des heures, contrairement à ce que tu as fait avec moi.

— Ces menottes, elles viennent de chez moi ? Comment tu…

— Non, celles-ci sont à moi. J'en ai quelques paires qui me servent à m'entraîner.

— Tu vas me laisser ici ?

— Je ne vais pas loin. C'est juste là-haut. (Michael ouvre la bouche pour protester mais je continue.) T'inquiète, je ne vais pas m'enfuir. Où tu veux que j'aille ?

Il regarde autour de lui.

— Je vais crier, je te préviens. C'est ta cachette, pas vrai ? Tu ne voulais pas qu'on me voie entrer ?

Je plisse les yeux.

— T'as pas intérêt.

— Ah ouais ? Si tu me laisses ici, je hurle. Essaie pour voir. J'en ai marre, Tina.

Il inspire à fond et ouvre la bouche.

— Attends ! (Je regarde autour de moi, bien consciente que sa voix risque de se répercuter sur les murs.) D'accord !

Écoute, avant, donne-moi juste quelques minutes pour parler à Skinny en privé. Tu peux m'accorder ça ?

— Ton copain s'appelle Skinny ?

— Mon associé.

Michael me jauge du regard, comme si ce n'était pas lui qui avait les mains entravées par des menottes.

— Cinq minutes.

— Dix.

— Et ensuite ? Tu me jettes la clé ?

— Ensuite je redescends et on rentre chez toi.

— Non, je veux voir ce Skinny. (Il attend.) J'ai de bons poumons, Tina. Tu veux voir ?

— D'accord, d'accord, je te lance la clé.

Michael consulte sa montre.

— Dix minutes et je commence à hurler.

— T'es vraiment un emmerdeur.

Michael réprime un sourire.

— Et comment tu vas t'y prendre pour monter ?

Les murs sont humides et couverts d'une crasse verdâtre, mais il y a juste assez d'armatures en acier qui dépassent du béton pour grimper. Je me hisse sur la première.

— Il faut vraiment que je te fasse un dessin ? Essaie de deviner tout seul.

Skinny sursaute quand j'émerge de la cage d'ascenseur. Je demande avant même d'avoir repris mon souffle :

— Tu as réussi à tout récupérer ?

— Bon sang, Tina, ta mère ne t'a jamais appris qu'il faut dire *hodi* quand on arrive ? (Il me lance un regard noir par-dessus l'écran de son ordinateur.) J'ai failli avoir une crise cardiaque !

En le voyant, si merveilleusement normal, je ne peux m'empêcher de sourire malgré tout ce qui s'est passé.

— Il me semble qu'on n'est pas censé s'annoncer en rentrant chez soi, Skinny.

Skinny ne bouge pas du fauteuil en toile dans lequel il est avachi. C'est mon seul élément de mobilier à l'exception du vieux matelas usé qui traîne dans un coin. À vrai dire, je ne reçois pas beaucoup. Mais je me suis attachée à ce fauteuil, que j'ai volé sous le porche d'un restaurant *mzungu* où on sert aux touristes de l'autruche et du crocodile. Je réprime une bouffée d'agacement en voyant que Skinny se l'est approprié, comme chaque fois qu'il vient, et je m'assieds sur un parpaing.

Les doigts de Skinny ne cessent de pianoter sur les touches de son clavier, même quand il demande :

— Où est passé Jolicœur ? Je croyais que vous étiez censés rester chez lui, tous les deux.

— Il m'attend en bas. Il... euh... veut te rencontrer. Tu as réussi à transférer les données ?

— Tu l'as amené ici ? Tu es folle ! (Skinny m'examine de la tête aux pieds.) Et c'est quoi ces fringues ?

Je sens mes joues s'empourprer et machinalement, je lisse le devant de mon chemisier vert. Je résiste à l'envie de lui rappeler qu'il porte un *kitenge* jaune imprimé de grille-pain, des chaussures à semelles compensées et un bandeau sur la tête. Je suis sûre que sa tenue serait parfaite pour un défilé à Lagos, mais entre ses vêtements tape-à-l'œil et la moto rouge, ma cachette en est de moins en moins une.

— Concentre-toi, Skinny ! Qu'est-ce que tu as trouvé sur son disque dur ?

— Ne crie pas ! réplique-t-il en faisant la grimace. Je n'ai pas dormi depuis trente-six heures et je carbure à la caféine pour ne pas m'écrouler. Fais gaffe, je vais peut-être me transformer en Hulk et te jeter du toit de cet immeuble.

Je l'observe plus attentivement.

— Tu n'as pas dormi ?

Skinny ôte ses lunettes et se frotte les yeux.

— Tes copains les Goondas m'ont fait bosser toute la nuit. Je suis parti il y a deux heures.

J'éprouve un pincement de culpabilité. Skinny a déjà trop trempé dans cette sale histoire.

— Big Boy était censé te laisser rentrer chez toi.

— Eh bien, c'est ce qu'il a fait, marmonne Skinny. Il a juste pris son temps.

Il vide le contenu d'une canette de boisson énergisante posée à côté de lui.

Je n'ai pas envie de lui poser la question mais je parie que sa mère a flippé en ne le voyant pas rentrer. La prochaine fois, je vais me faire taper sur les doigts. Franchement, elle le traite comme un gamin de cinq ans. Elle ne m'aime pas beaucoup mais d'un autre côté, Skinny rapporte beaucoup plus d'argent à la maison qu'elle n'en gagnera jamais avec son thé. Cinq enfants, ça fait un paquet de bouches à nourrir, surtout pour une mère célibataire et réfugiée. Et puis le fait qu'il soit un ami des Goondas leur garantit une protection.

Skinny remet ses lunettes.

— Big Boy voulait voir ce qu'on pouvait tirer de ce disque dur et ce n'était pas facile avec La Fouine qui l'ouvrait sans arrêt. Quand il ne se foutait pas de moi, il critiquait le fait que tu sois restée chez les Greyhill. Il pense que tu les as vendus.

— Il ferait mieux de s'occuper de ses fesses, celui-là. Je n'essaie pas de doubler les Goondas. Je n'ai pas envie de mourir. Ils ne t'ont pas suivi jusqu'ici, hein ?

— Je ne crois pas. J'ai essayé de brouiller les pistes.

— Bon… et qu'est-ce qu'on a ?

— Seulement quinze pour cent de la mémoire du disque dur.

Je pousse un juron et regarde en direction de la cage d'ascenseur. Je baisse la voix, même si je suis à peu près sûre que Michael ne peut pas nous entendre.

— Je vais devoir retourner dans le bureau de Greyhill et tout recommencer, c'est ça ?

— Si tu veux tout, oui.

Je réfléchis quelques instants.

— Écoute, Michael croit qu'on a récupéré toutes les données… ou qu'on a de quoi faire tomber son père, en tout cas. En partant de là, j'ai pu passer un accord avec lui pour qu'il me laisse sortir de cette cellule. Il s'imagine que je ne dirai rien à la presse s'il parvient à prouver que son père n'a pas tué ma mère.

Skinny me dévisage d'un air ahuri.

— Quoi ? Pourquoi tu as accepté ? Greyhill a tué ta mère ; tu l'as toujours dit.

Je jette un autre regard derrière moi avant de me pencher vers lui.

— Je sais, je sais. Mais écoute-moi. Il y a une vidéo, Skinny. M. Greyhill a fait installer dans son bureau une caméra qui a filmé tout ce qui s'est passé cette nuit-là.

— Hein ? Il n'y avait pas de caméra dans le réseau que j'ai hacké.

— Je sais. Ce devait être une installation indépendante du reste. Bref, l'enregistrement de la nuit du meurtre a disparu. David Mwika est parti avec. Mais Michael prétend savoir où il est.

— Et tu le crois ?

Je n'arrive pas à regarder Skinny dans les yeux quand je réponds que Michael tient cette information de son père. Je me sens trop ridicule.

— Oui, je sais. Mais bon, on a le temps, pas vrai ? Une fois que j'aurai mis la main sur toutes les données, il te faudra quelques jours pour les décrypter. Imagine un peu, Skinny. Une vidéo. La preuve, une fois pour toutes, que c'est Greyhill qui l'a tuée.

— Et où est ce Mwika ?

Je me rassieds.

— Michael ne veut pas me le dire. Il pense que je vais m'enfuir pour me mettre à sa recherche. (Je baisse la tête.) Il a raison, bien sûr...

Skinny me fait taire d'un geste.

— Laisse-moi vérifier que j'ai bien compris. Tu as conclu un marché avec ce type, quitte à faire attendre M. Omoko pendant que tu joues les détectives ?

— Non. Omoko est déjà d'accord pour attendre une semaine de plus. C'est le temps qu'il te faudra pour travailler, de toute manière. Et il sait que les comptes bancaires de Greyhill font partie de ce qui doit être décrypté. J'ai juste profité de ce délai pour passer un accord avec Michael... Et puis, tu sais, je m'étais dit que je devrais peut-être retourner dans le bureau de Greyhill, et j'ai vu juste.

Skinny observe un silence, le temps d'encaisser la nouvelle, puis il lance :

— Et si j'avais réussi à tout transférer, hein ?

J'évite son regard.

— Eh bien, ce n'est pas le cas, alors arrête de te plaindre. Cette fois, je vais y arriver. Oh ! et il me faut une nouvelle clé USB. Tu en as une ? Michael a cassé l'autre.

Skinny ne répond pas.

— Mais cet accord, ça ne change rien, pas vrai ? Tu donnes au journaliste ce qui l'intéresse, je pirate les comptes bancaires, les Goondas prennent leur argent, tu fais ce que tu veux de Greyhill, et ça je ne veux pas le savoir. La boue. Le fric. Le sang.

Je mordille l'ongle de mon pouce.

— Oui. Dès que j'aurai vu la vidéo.

— On s'en fiche de cette vidéo. Tu es avec moi sur ce coup-là ? (Skinny parle très lentement.) Omoko attend son fric. Si on ne le lui donne pas, ils te tueront. Puis ils me tueront. Puis ils reviendront te tuer pour être sûrs que tu as bien compris le message.

— Je sais. Le plan n'a pas changé. Sur cette vidéo, on verra Greyhill tuer ma mère, et alors je serai cent pour cent sûre, une bonne fois pour toutes.

Skinny ouvre la bouche pour protester mais une voix l'interrompt.

— Tina !

Skinny se tourne vers la cage d'ascenseur.

— C'est lui ?

Je m'avance vers le trou et je regarde en bas.

— Chut !

Les yeux de Michael brillent dans l'obscurité.

— Jette-moi la clé !

— Ça ne fait pas dix minutes !

Michael désigne sa montre.

— Si.

Avec un juron, je vais chercher la clé dans sa cachette, entre les pages d'un de mes livres. Je la lance sans prendre la peine de vérifier qu'il ne se la prend pas en pleine poire et je reviens vers Skinny.

— Ne t'inquiète pas, tout ira bien. Maintenant, vite, avant qu'il monte, il y a quelque chose qui vaut le coup dans les quinze pour cent de données que tu as pu transférer ?

Skinny a l'air encore mal fichu mais il se redresse un peu.

— Jusqu'à présent, j'ai trouvé une ou deux infos juteuses.

Il désigne le charabia qui s'affiche sur son écran. Je n'y comprends rien ; autant essayer de déchiffrer des hiéroglyphes.

— Qu'est-ce que je suis en train de regarder, exactement ?

— Bon, ça c'est de l'argent en provenance de Chine et de Dubaï qui a fini sur les comptes bancaires d'Extracta.

Je siffle entre mes dents.

— Ce sont les montants exacts ? Je ne suis même pas sûre de savoir compter jusque-là.

— Tout ça est parfaitement légal. Mais regarde. (Il passe à une autre page.) Encore un virement, mais celui-là sur le compte d'un fabricant d'armes basé en Afrique du Sud, pour du « conseil en sécurité ». Sauf qu'ils facturent leurs prétendus honoraires de consultants une bonne centaine de milliers de dollars américains.

— Et alors ?

— Alors, d'après ces factures, ils expédient leurs « conseils » dans des caisses en bois qui pèsent plusieurs tonnes.

Je jette un coup d'œil par-dessus mon épaule mais Michael n'est toujours pas arrivé.

— Tu penses qu'il importe des armes ?

J'ai du mal à contenir mon excitation.

— J'en mettrais ma main au feu.

— Et tu as la preuve que ces armes ont été livrées à des milices ou échangées contre de l'or ? Autre chose concernant Kasisi ?

— Non, pas encore.

Mon sourire s'évanouit.

— Rien ?

— Ça, ce n'est pas rien ! s'agace-t-il en désignant l'écran de son ordinateur.

— Tu as raison. (Je secoue la tête.) Désolée. Est-ce que Big Boy et La Fouine sont au courant ?

— Non, ils n'ont pas la moindre idée de ce que je fais. Je leur ai dit que je n'avais encore rien pu décrypter.

— Bien. Mais ils savent qu'on n'a pas pu tout transférer et que je vais devoir y retourner ?

— Oui.

Je m'apprête à aller vérifier où en est Michael mais Skinny me retient par le bras.

— Tina, écoute, ça devient compliqué. Oublie cette vidéo. Tu sais qui a tué ta mère. Peut-être qu'on devrait essayer de limiter la casse. Je vais trouver un autre moyen de pirater les comptes de Greyhill. Tu n'es pas obligée de retourner là-bas.

— Je… Non. Il nous faut tout. On ne peut pas se contenter de faire tomber Greyhill.

Skinny me dévisage longuement.

— Tu commences à douter qu'il l'ait tuée ?

Je me lève.

— Non. Je veux juste… On a le temps. Big Boy nous a donné une semaine.

Skinny semble toujours dubitatif.

— Je n'aime pas ça.

Je croise les bras.

— Je ne peux pas t'obliger à continuer. Tu veux arrêter ? Je peux parler à Big Boy.

Il ricane.

— Et qui va décrypter les données de Greyhill ?

Je ne réponds pas. Il sait que je ne connais personne d'autre qui puisse le faire à sa place.

Il soupire, fouille le contenu de son sac et en sort une clé USB.

— Ne la perds pas, celle-là. Je n'en ai plus et en fabriquer une autre me prendrait une bonne semaine.

— Il a aussi mon oreillette.

— Tu n'en as pas besoin si tu n'as pas à faire des acrobaties pour entrer. Sers-toi de ton téléphone comme d'habitude. La clé USB se connecte directement dessus.

Je glisse la clé dans ma poche.

— Ce soir, minuit. Je vais demander à Big Boy de te conduire. Et je veillerai à ce qu'il laisse La Fouine à la maison.

Skinny paraît soulagé.

— Bien.

Je me balance d'un pied sur l'autre.

— Et… merci pour tout.

Soudain, Skinny se racle la gorge, le regard posé sur quelque chose derrière moi.

— Salut, beau gosse, dit-il dans sa barbe.

Je me retourne et vois Michael se hisser hors du trou.

— Enfin !

Il s'essuie le front avec sa manche.

— Les escaliers, ça existe.

— Tina ne veut pas d'intrus dans son nid, réplique Skinny. Elle a bloqué l'escalier. Il m'a fallu des mois pour grimper jusqu'ici en moins d'une demi-heure.

— Attends. Tu vis ici ? me demande Michael.

Je lance un regard noir à Skinny.

Pendant un bref instant, je vois mon chez-moi à travers les yeux de Michael : des murs en béton nu avec des trous à la place des fenêtres et des portes. Des bâches en plastique déchirées, suspendues comme des rideaux, pour me protéger de la pluie. Un matelas crasseux, un petit réchaud à gaz. Ma pile de livres volés dans un coin, gorgés d'humidité. Un fil pour étendre mon linge. De la saleté dans les coins.

Je devrais me moquer de ce qu'il pense, ce n'est pas comme si je l'avais invité. Mais quelque chose dans sa façon de regarder les lieux me donne l'impression d'être mise à nu. Je vois bien qu'il n'a pas remarqué la vue imprenable sur la ville, ni la sécurité des lieux. Tout ce qu'il voit, de ses yeux de fils à papa, c'est une pauvre petite réfugiée vivant dans un immeuble en construction.

Je marmonne :

— On n'a pas tous les moyens de vivre dans le Ring.

— C'est un appartement-terrasse, ajoute Skinny. Ou ça pourrait l'être un jour.

— Non, je voulais juste dire… (Michael semble à court de mots.) Toute seule ?

— Oui.

Il reste silencieux pendant quelques secondes puis semble revenir à lui. Il s'avance vers Skinny, la main tendue. Si les manières et la tenue de mon associé le désarçonnent, il a suffisamment d'éducation pour ne pas le montrer.

— Tu dois être, euh… Skinny. Moi c'est Michael Greyhill.

— Je sais qui tu es, *habibi*, répond Skinny en lui serrant la main.

— Alors, dit Michael en regardant l'ordinateur de Skinny, l'air très concentré, tout à coup. C'est là que tu stockes toutes ces saloperies sur mon père ?

Skinny me lance un regard affolé. Michael examine la machine puis l'emplacement d'une fenêtre. Skinny, qui devine aussitôt ses pensées, serre son ordinateur contre sa poitrine.

— J'ai fait des copies ! Ne touche pas à Priscilla !

Je m'interpose.

— Doucement, Mikey. Comme tu n'arrêtes pas de me le rappeler, on a passé un accord.

Michael ne bouge pas. Son regard sombre me glace le sang.

— Qu'est-ce que tu as trouvé ? demande-t-il.

— Euh… je n'ai pas eu le temps de tout décrypter, répond Skinny d'une voix tremblante.

— Ça ne se fait pas en cinq minutes. (Je prends Michael par le bras et j'essaie de l'entraîner à l'écart, mais je n'arrive pas à le faire bouger d'un centimètre.) Il nous tiendra informés de ses progrès. Viens. Tu as fait la connaissance de Skinny. Maintenant, il faut qu'on y aille. Il se fait tard et ta mère va être furax.

Michael nous dévisage tour à tour et pendant quelques secondes très gênantes, j'ai l'impression qu'il lit dans mes pensées.

— Tina, si tu m'as menti au sujet de ces données…

— Ne t'inquiète pas, intervient Skinny. On a tout ce qu'il nous faut. Et ce que j'ai vu jusque-là n'est pas joli joli. Blanchiment d'or, achat d'armes… Ton père est mouillé jusqu'au cou dans une sale affaire.

Le visage de Michael s'assombrit.

— Laisse-moi voir.

Skinny réprime un mouvement de recul.

— Pas encore, dis-je en essayant de cacher ma nervosité : qu'est-ce qui m'a pris de laisser monter chez moi le fils Greyhill ? Ce n'est pas prévu dans notre accord. Si tu réussis à prouver que ton père n'a pas tué ma mère, alors tu pourras tout récupérer. D'ici là, pas touche.

Michael me dévisage puis reporte son attention sur Skinny. Il est plus grand et plus costaud que nous, et je ne suis pas sûre de pouvoir m'interposer s'il décide de jeter l'ordinateur, ou Skinny, du haut de l'immeuble.

— Et si là-dedans il y avait quelque chose qui pouvait nous aider à retrouver l'assassin de ta mère ? demande-t-il.

— Skinny me préviendra s'il a du nouveau, pas vrai, Skinny ?

Je me prépare à me jeter sur Michael au moindre mouvement suspect. Je ne vais certainement pas le laisser s'en prendre à Skinny ou à son ordinateur. Mais soudain, la colère de Michael semble se dissiper, laissant place à son masque d'impassibilité. Il regarde la ville derrière Skinny.

— T'as raison, Tina. Il faut qu'on y aille.

À ces mots, il se dirige vers la cage d'ascenseur. Je soupire et lance à Skinny :

— À plus tard.

Je regarde Michael descendre dans le trou. Je sens encore l'adrénaline courir dans mes veines. Skinny me jette un regard lourd de sous-entendus et murmure :

— Fais attention à toi.

Je hoche la tête avant de suivre Michael.

19

On arrive chez les Greyhill en fin d'après-midi. Michael m'ordonne de monter dans ma chambre pendant qu'il se fait passer un savon par sa mère. Ça me convient tout à fait. Plus j'échappe au regard de Mme Greyhill, mieux je me porte. Je suis sûre qu'elle se fera un plaisir de mettre l'escapade de Michael sur le compte de ma mauvaise influence. Et puis, je dois passer un coup de fil.

Je m'enferme à nouveau dans ma salle de bains et je sors mon téléphone de ma poche. Avant de redescendre de mon toit avec Michael, j'avais relevé trois appels en absence et cinq textos de La Fouine. Maintenant je vois six appels manqués : quatre de La Fouine et deux de Donatien. La peur au ventre, je compose le numéro de Big Boy.

— J'ai appris que tu étais en ville aujourd'hui, dit-il sans préambule, d'une voix calme et grave.

J'essaie de maîtriser le tremblement de ma voix.

— Ah oui ?

— La Fouine t'a vue passer sur une belle moto, en direction de la vieille ville.

— Je… Ça faisait partie du plan. J'étais partie chercher une nouvelle clé USB chez Skinny.

Je me répète que je dois rester calme, contrôler ma voix. *Tu n'as rien fait de mal, Tina.*

— Il m'a dit qu'on n'avait pas pu transférer tout le disque dur de Greyhill. Il faut que j'y retourne ce soir pour finir le boulot. (J'hésite.) Tu peux le conduire jusqu'ici pour qu'il s'occupe de la technique ?

J'attends une réponse qui ne vient pas.

— Je suis désolée, Big Boy. Je voulais te raconter ce qui se passait mais je n'ai pas pu me débarrasser de Michael avant.

Big Boy se tait. C'est ce qu'on appelle le dilemme du prisonnier ; il essaie de vérifier que je suis réglo avec lui.

— D'accord. Je vais le conduire, dit-il enfin.

— Merci. Et, euh… sans La Fouine.

— Pourquoi ? demande-t-il d'un ton suspicieux.

— Tu sais comment il est avec Skinny. Il lui dit des trucs qui le rendent nerveux. On n'a pas besoin de ça.

Big Boy soupire.

— D'accord. Mais cette fois, tu vas jusqu'au bout. Pas de fiasco.

— Pas de fiasco.

Je compte les secondes avant qu'il ajoute :

— Et on ne se balade pas sans permission, OK, Tina ? *Mdosi* Omoko n'aime pas les entourloupes. Mets-toi au travail. Donne-lui ce qu'il veut.

— Promis.

— Sinon, Tina…

— Oui ?

— Ne reviens pas.

Je glisse le chemisier vert avec mes vieux vêtements sous le lit de la chambre d'amis et je me trouve autre chose à porter. Une fois douchée, je redescends au rez-de-chaussée. J'entends encore Michael se faire remonter les bretelles par sa mère dans le salon. Je sors tremper mes pieds dans la piscine.

Depuis le patio des Greyhill qui offre une vue imprenable sur la ville et sur l'océan, on ne peut pas voir les habitations des domestiques, qui sont cachées par des massifs de thévétias et de frangipaniers, mais je sais que notre ancien logement se trouve là-bas, tout au bout de la rangée de maisonnettes. J'ai envie d'aller y jeter un coup d'œil mais de nouveaux employés y vivent désormais. Je peux encore me représenter le lit étroit que je partageais avec Kiki, notre petit canapé avachi sous le minuscule portrait encadré de sainte Catherine, la cour en terre battue où ma mère et les autres bonnes cuisinaient ou étendaient le linge. Je me demande si la cabane que j'ai aménagée sous les bougainvillées pour Kiki et moi existe encore. Sa poupée de chiffon, celle qui a fait couler tant de larmes parce que je n'ai pas voulu retourner la chercher après notre départ, se trouve peut-être encore là-bas, sous les feuilles.

Kiki est née dans notre petit cottage. Hormis l'école religieuse, c'est le seul foyer qu'elle ait connu. Si les autres domestiques trouvaient bizarre de ne pas avoir pu ramener leurs enfants, qu'ils avaient dû laisser chez un parent dans leur village natal ou à Sangui, ils n'ont jamais fait de commentaire. De mon côté, je n'ai jamais pensé à poser des questions jusqu'à ce qu'il n'y ait plus personne pour y répondre.

Je me demande ce que Mme Greyhill a dit quand elle a su que maman attendait un autre enfant sans père. Je me demande si elle avait déjà remarqué les regards que son époux lançait à ma mère. Je me demande ce qu'elle a pensé quand Kiki est arrivée avec sa peau claire, si elle a exhumé des photos de sa propre fille bébé pour les comparer, tenter de se convaincre que son mari ne pouvait pas être aussi idiot, ni aussi cruel.

J'ai tant de questions sans réponse.

Mme Greyhill finit par libérer Michael parce qu'elle doit se rendre à un dîner avec son mari. Michael ne me répète pas ce qu'elle lui a dit, et je ne pose pas de questions.

Après leur départ, on se réfugie à l'étage mais Michael laisse la porte de sa chambre ouverte. Les bonnes ont reçu l'ordre de nous surveiller et elles passent trop souvent pour nous permettre d'évoquer « l'enquête », comme Michael continue de l'appeler. On essaie de parler à voix basse mais ça finit par devenir si frustrant que je décide d'aller me coucher.

Je laisse Michael en train d'éplucher le rapport de police et le dossier des Nations unies tout en prenant des notes. Je lui ai répété le plus gros de ce que Donatien m'a raconté, en insistant sur le fait qu'il est convaincu de la culpabilité de Greyhill. Je passe sous silence sa mise en garde concernant Michael.

Une fois dans ma chambre, j'envoie à Skinny un texto pour lui demander de m'appeler quand Big Boy et lui se mettront en route, puis je m'allonge sur le lit. Je sors de ma poche la photo de ma mère et je fixe son visage jusqu'à ce qu'il devienne flou. Bientôt, son sourire devient trop radieux, ses tresses trop emberlificotées. En arrière-plan, des épines ont poussé sur la vigne en fleur, les sarments commencent à s'enrouler autour des bras des collégiennes, tels des serpents qui tentent d'étouffer leur proie. L'autre fille parle à l'oreille de ma mère et elles éclatent de rire. « Tina, dit maman, viens ici. »

J'essaie de lui expliquer que je ne peux pas mais mes lèvres sont scellées. J'ai envie d'aller vers elle mais mes bras et mes jambes sont entravés par la vigne.

Tina !

Elle se met à rire puis elle renverse la tête en arrière et son hilarité laisse place à un hurlement.

Je me réveille en sursaut. Pendant un bref instant, je me débats dans l'obscurité. J'entends encore son cri, sauf que ce n'en est pas un : c'est juste mon téléphone qui vibre. Je fouille le lit pour mettre la main dessus. J'ai des fourmis dans les bras.

— Skinny ?

— Enfin !

— Quelle heure il est ?

— Minuit ! Ça fait une demi-heure que j'essaie de te joindre. Tu es trop occupée avec ton prince charmant ?

— *Mavi !* Je me suis endormie.

— Super. Je vois que tu prends la situation au sérieux. T'es réveillée maintenant ? Prête à y retourner ?

J'allume une lampe et je cligne des yeux.

— Oui.

J'ai encore des images de mon rêve qui défilent devant les yeux. Je frissonne.

— Donne-moi une seconde. Où est Big Boy ?

— Derrière le volant. Il est furieux que tu n'aies pas répondu au téléphone.

Je me donne des petites claques sur les joues pour me réveiller.

— Tu peux pirater les caméras de surveillance pour t'assurer que tout le monde est couché ?

— Je suis déjà sur le coup.

J'entends Skinny pianoter sur le clavier de son ordinateur. En attendant, je me dégote des vêtements noirs dans la penderie de Jenny.

— Alors ?

— On ne t'a jamais dit que la patience est une grande qualité ?

Je réplique en calant mon téléphone contre mon oreille pour me changer :

— Si, ma mère, un million de fois.

— On voit que tu as retenu la leçon. Bon, Michael n'est pas sorti de sa chambre et les Greyhill ne sont pas dans la leur. J'ai l'impression qu'il manque une voiture dans le garage.

— Parfait. Ils doivent encore être à leur dîner.

— Je vais essayer de localiser leur GPS en piratant la société de sécurité qui s'occupe de leur bagnole. Ne quitte pas.

Je me tourne vers le miroir et m'aperçois avec horreur qu'une énorme bouche rouge orne le devant de mon tee-shirt noir. J'imagine la réaction de Skinny s'il pouvait me voir en ce moment même.

Mais ce n'est pas un défilé de mode, c'est un cambriolage.

— Skinny ? Tu es prêt ? J'y vais.

— Attends ! Tu n'as pas envie de vérifier qu'ils ne sont pas dans l'allée ?

J'attends, fébrile. Les secondes qui passent me semblent durer une éternité. Enfin, Skinny dit :

— Ils sont à Miambu, à quelques kilomètres d'ici. Bon, à partir de maintenant, je branche les caméras à l'intérieur sur les mêmes images en boucle.

— D'accord, j'y vais.

— Juste une seconde. Big Boy veut te parler.

J'entends le téléphone changer de mains puis la voix grave de Big Boy. Je m'attends à ce qu'il m'engueule une fois de plus mais il se contente de dire :

— Écoute-moi bien, Tina. Dès que tu as fini, tu sors d'ici et tu reprends une vie normale.

Je réponds après une hésitation :

— OK. Je vous rappelle quand je suis dans le bureau.

Après avoir mis mon téléphone dans ma poche, je me glisse dans le couloir. Il n'y a pas de lumière sous la porte de Michael. Le cœur battant, j'avance à pas de loup dans la maison silencieuse comme un tombeau. Une décharge familière d'adrénaline me donne le sourire. Soudain, j'ai l'impression d'être à ma place. Voilà ce que je sais faire. Voilà qui je suis. Une voleuse, et une bonne avec ça. Cette fois, je ne partirai pas avant de m'être emparée de tous les secrets de M. Greyhill.

20

Deux minutes plus tard, j'ai crocheté la serrure de la porte et je suis à l'intérieur. *Trop simple !* Je rappelle Skinny. Sa voix grésille sur la ligne.

— Assure-toi que Jolicœur ne va pas te surprendre encore une fois.

Je ricane.

— Jolicœur ?

— Je dis ce que je vois, ma fille. Ce garçon en pince pour toi.

Je proteste en me demandant si Big Boy nous écoute :

— Tu l'as vu deux minutes.

Je traverse la pièce plongée dans la pénombre en m'éclairant avec mon téléphone et j'allume la lampe posée sur le bureau.

— … oublies que je… génie… donc… très perspicace. (La réponse de Skinny me parvient par bribes.)… dommage… faire exploser sa famille. Vous… joli couple tous les deux.

— Tu dis juste ça parce que tu es trop loin pour que je te mette mon poing dans la figure.

En m'installant dans le grand fauteuil de Greyhill, j'éprouve un pincement de culpabilité. Mais je jette un œil vers le canapé en cuir. La pensée de ma mère ravive ma colère et le moment passe.

Il ne me faut pas longtemps pour accéder à l'ordinateur de Greyhill et à son disque dur. Bientôt, Skinny fait défiler des captures d'écran comme un prestidigitateur effectuant un tour de cartes.

— Viens voir papa, dit-il. (Après quelques secondes, il soupire bruyamment.) Le signal est toujours faible. J'ai essayé de booster le débit mais ça n'a pas marché.

Il s'adresse plus à lui-même qu'à moi, et je me retourne pour examiner la bibliothèque pendant qu'il travaille. Le téléphone calé entre l'épaule et l'oreille, je tâte les rangées de livres. Rien n'indique la présence d'une porte secrète ou d'une caméra de surveillance. Je déplace quelques bouquins, manipule les statuettes en bois de guerriers massaï qui s'alignent sur une étagère. Rien ne bouge.

Je reporte le regard vers l'ordinateur. L'écran affiche d'interminables lignes de code.

— Garde… téléphone près… ordinateur, Tina. Je… fermer le traceur GPS, dit Skinny. Il ralentit trop le… Big Boy… s'ils arrivent.

Je pose mon téléphone à côté de l'ordinateur et continue à fouiller la bibliothèque. Où est cette caméra ? Et comment Michael a ouvert cette porte ? Quand il est entré, j'étais trop occupée à regarder la photo de ma mère pour remarquer sa présence, et encore moins la façon dont il s'y est pris pour arriver jusqu'à moi. Je ne vois rien qui ressemble à un loquet. En commençant par le bas, je repasse en revue toutes les étagères. J'en suis aux statuettes massaï quand j'entends la voix étouffée de Skinny crier mon nom.

J'attrape mon téléphone et le colle à mon oreille.

— Quoi ?

— La voiture des Greyhill… Elle vient d'entrer dans la propriété !

Je pousse un juron et vois un minuscule écran apparaître sur l'ordinateur.

— C'est quoi ?

On dirait une vidéo de surveillance.

— Le couloir qui mène au bureau. Garde un œil dessus !

— Combien de temps il te faut ?

— Plus que j'en ai… moi voir ce que je peux faire.

Je jette un regard désemparé autour de moi. Fichue pièce sans fenêtres ! M. Greyhill n'entrera peut-être pas dans son bureau mais je n'ai aucune envie de m'attarder. Il faut que j'aie le temps de sortir de la pièce et de regagner ma chambre sans être vue.

— Magne-toi, Skinny.

— Tu ne m'aides pas, là, grommelle-t-il.

Je garde les yeux fixés sur la vidéo du couloir. Il est désert. Pour l'instant. Si M. Greyhill apparaît sur l'écran, ça signifie qu'il me reste environ dix secondes avant de me faire pincer. À moins que… Je repose le téléphone à côté de l'ordinateur et me plante à nouveau devant la bibliothèque. Il doit exister un moyen de l'ouvrir, cette satanée porte. Je me retourne pour tâtonner sous le bureau. Soudain, j'entends Big Boy qui dit :

— Trop tard. (Je prends mon téléphone d'une main en continuant à fouiller la pièce de l'autre.) On les voit entrer… caméras. Greyhill… d'un instant à l'autre. Sors, Tina.

Skinny doit être encore en train de travailler. Des fichiers s'ouvrent et se ferment à toute allure sur l'écran.

— Est-ce qu'il a tout transféré ?

— Tu peux revenir plus tard, dit Big Boy.

Je ne réponds pas, mes doigts glissent sur le panneau en bois du bureau. Il doit y avoir un levier, un bouton ou…

— Ça y est !

J'appuie sur le minuscule interrupteur et la bibliothèque coulisse sans bruit. Un souffle d'air glacial s'engouffre dans la pièce.

— J'ai réussi à ouvrir la porte secrète !

— Oh, bonne nouvelle ! s'exclame Skinny dans le téléphone.

Je reporte le regard sur l'écran. M. Greyhill est dans le couloir.

Je demande :

— Tu as fini ?

— Presque… *Mavi.*

— Hein ?

L'écran d'ordinateur s'éteint.

Skinny laisse échapper un juron sonore. Soudain, un lapin de dessin animé apparaît sur l'écran et s'exclame en agitant l'index : « Non, non, non ! »

— Qu'est-ce que… ?

J'entends Skinny se remettre à taper sur le clavier. D'autres lapins apparaissent sur l'écran. Je me penche pour débrancher la clé USB.

— J'y vais.

— Attends ! crie Skinny. C'est une fork bomb ! Il va savoir que quelqu'un est entré ici !

Les lapins sautent partout sur l'écran et le chœur de « Non, non, non ! » s'intensifie.

— On n'a pas le temps.

Je lève les yeux en entendant le bruit d'une clé qui tourne dans la serrure.

— OK, vas-y maintenant ! crie Skinny.

Je débranche la clé. L'écran s'éteint et je referme le clapet de l'ordinateur d'un coup sec. Je jette la machine et le disque dur dans le tiroir du bureau puis me glisse derrière la bibliothèque. J'ai juste le temps de la refermer avant que la porte du bureau ne s'ouvre. Le corps plaqué contre le mur imprégné d'humidité, j'écoute, le cœur battant. D'une main tremblante, je colle le téléphone à mon oreille. Entre deux grésillements, j'entends Skinny respirer comme un asthmatique.

— … Tina ? murmure-t-il. Tu vas bien ?

— J'ai réussi. Je suis dans le tunnel.

Skinny pousse un soupir de soulagement.

— Maintenant je me rapp… pourquoi… toi la voleuse et moi… nerd… crois que je vais… une attaque.

— Chut. T'as réussi à tout avoir ?

— Je crois… Faut que… vérifie.

Je me sers de mon téléphone pour éclairer l'écran près de la porte et j'appuie sur des boutons jusqu'à ce qu'il s'allume. Le tunnel baigne dans une lueur grise.

— Qu'est-ce que… fais là ? demande Big Boy. Tu peux sortir ?… autre issue ?

— Une seconde. Je peux le voir sur l'écran de surveillance.

Je me tais tandis que Greyhill s'avance dans le champ de la caméra et s'assied à son bureau. Il sort son ordinateur du tiroir puis le disque dur. Je retiens mon souffle. J'attends de voir s'il a remarqué quelque chose mais on dirait que non. Il s'est servi un verre qu'il pose à côté de l'ordinateur. Je ne distingue que l'arrière de son crâne. Il se frotte les yeux puis défait son nœud de cravate et ses boutons de manchette. Je le vois sortir son téléphone de sa poche et le rapprocher de son oreille.

Skinny a cessé d'hyperventiler.

— Est-ce qu'il y a… prise USB sur l'écran ? demande-t-il à voix basse.

J'hésite et j'entends Big Boy me dire :

— Vas-y,

Je trouve la prise en question et j'y branche la clé.

— Ça marche ? Vous voyez quelque chose ?

— Oui, répond Skinny. Mets le son.

J'appuie sur le bouton volume et j'entends M. Greyhill parler au téléphone :

— Oui, bien sûr.

Il tape sur son ordinateur mais son dos masque l'écran.

Je demande à Skinny dans un souffle :

— Tu crois qu'il a vu les lapins ?

— Non, j'ai nettoyé tout ça. En voilà, un bon moyen de mettre le souk.

— Chut !

Je me penche vers l'écran.

— Comme la fois précédente, dit M. Greyhill de sa voix glaciale. Ne laissez pas Huan-Xi vous donner du fil à retordre avec les tarifs. Il sait que ce n'est pas la peine de tenter quoi que ce soit… D'accord. Non, je serai à la mine, vous devrez régler ça sans moi. La seule sur le territoire de Walikale, près de Kasisi. Non, c'est la ville la plus proche ; la mine est encore à dix kilomètres plus loin dans les montagnes. Il n'y a que les téléphones satellites qui captent là-bas.

Un frisson me parcourt le dos. Kasisi, mon village natal.

— C'est la mine d'étain. Ils l'apportent là-bas. Je veux récupérer les échantillons moi-même… Je ne veux pas que quelqu'un d'autre s'en charge. Et j'ai d'autres affaires là-bas… Il faut que j'aille voir ce nouveau « comptoir » qui essaie de se développer dans la région. Non, je ne suis pas inquiet. C'est juste qu'on a plus de mal à se débarrasser de lui que des autres… Non, les rebelles ne sont pas si bêtes. Ils resteront de notre côté. Ils savent qu'ils peuvent compter sur nous. Personne ne va leur procurer ce qu'ils veulent au prix que nous leur offrons… Oui, j'ai essayé, mais ce nouveau chef a monté sa petite armée, apparemment. Et ses opérations laissent à penser qu'il… Aucune importance. Non, ce n'est rien… Ne vous inquiétez pas, je m'en occupe.

Sa dernière phrase me donne la chair de poule. Il parle comme Big Boy quand il a décidé d'éliminer quelqu'un de gênant.

Greyhill poursuit :

— Chicago n'a vraiment pas besoin de savoir… Non, et il vaut mieux que vous ne sachiez rien non plus. C'est comme ça que ça fonctionne ici. On pourrait penser que les milices en ont assez de se battre mais… Bien sûr, l'offre tient toujours, mais personne n'a l'air de vouloir mener les affaires de cette façon… Je n'arrête pas de leur répéter que ce serait plus profitable mais… pas dans cette vie.

Je tends l'oreille en m'efforçant de reconstituer les pièces du puzzle.

— Oui, on travaille avec ce qu'on a. Si c'est nécessaire, j'arrangerai une rencontre avec le général à Kigali avant de retourner à Sangui. Non, ça ce sont les détails que vous n'avez pas besoin de connaître… Non, le général rwandais. Je ne fais pas affaire avec ces salauds de Congolais. Armée, milices, la plupart du temps ils ne savent même pas dans quel camp ils sont, alors à quoi bon se donner du mal ?

Un général rwandais. Je me demande si c'est Gicanda, le type dont le nom figure dans le rapport de police.

— Il faut juste continuer à graisser les bonnes pattes. Ajoutez une petite bouteille de Johnnie Walker... Apportez une valise. Je devrais peut-être emporter quelques stock-options. (Un bruit bizarre franchit ses lèvres, et il me faut quelques secondes pour comprendre que c'est un gloussement.) D'accord... Je vous contacterai dès mon retour. Mmm, pareil pour vous. Bonne nuit.

Il raccroche et repose son téléphone, prend une gorgée de son verre non sans avoir fait tinter les glaçons. Pendant quelques secondes, il ne bouge pas. Puis il ouvre le tiroir de son bureau et je vois étinceler un objet en métal.

C'est le pistolet.

Hébétée, je le regarde retourner l'arme dans ses mains.

— Qu'est-ce qu'il fait ? chuchote Skinny dans mon oreille.

— Je ne sais pas.

Avec des gestes presque tendres, Greyhill tient le pistolet dans ses mains pendant quelques secondes puis il le repose dans le tiroir. Jusqu'à présent, son fauteuil masquait l'écran de l'ordinateur mais il s'adosse et soudain, je vois ce qu'il est en train de regarder. Mon cœur s'arrête.

C'est la photo de ma mère et de son amie.

Je serre les poings comme pour fracasser l'écran et la faire disparaître. Je sens un grognement presque animal monter dans ma gorge.

À ce moment-là, on frappe à la porte. Greyhill sursaute et moi aussi. Il presse une touche du clavier et la photo de ma mère disparaît.

— Oui ?

La porte du bureau s'entrouvre.

— Tu viens bientôt te coucher, mon chéri ? demande Mme Greyhill.

— Dans deux minutes.

Elle referme la porte et M. Greyhill rabat le clapet de l'ordinateur. Il fait mine de la suivre mais arrivé devant la porte, il se retourne et regarde dans ma direction. Je m'éloigne de l'écran éclairé, même si je sais qu'il ne peut pas me voir. Ses yeux enfoncés étincèlent comme de la glace.

Je retiens mon souffle.

Il garde les yeux fixés sur ma cachette pendant un long moment puis se détourne et sort de la pièce.

Je pousse un gros soupir de soulagement. Skinny et Big Boy se taisent à l'autre bout du fil. Je me décide à rompre le silence, les dents serrées :

— Comment j'efface ?

Skinny me fait appuyer sur plusieurs boutons jusqu'à ce que je trouve ce que je cherchais : les traces de ma présence dans la pièce. Dans quelques secondes, je devrai me frayer un chemin jusqu'à la porte dans l'obscurité. Je n'apparaîtrai pas sur la vidéo pour peu que je n'allume pas la lumière. Il n'y aura plus aucune trace de mon passage.

ÊTES-VOUS SÛR DE VOULOIR SUPPRIMER ?

Sur l'écran s'affiche le visage de M. Greyhill, figé devant la porte.

J'appuie sur le mot OUI.

21

Je me réveille à l'aube dans un silence de mort.

C'est troublant.

En temps normal, le matin, sur mon toit, j'entends le bruit de la circulation dans la ville ou le chœur nasillard des ibis. Mais hier soir, j'ai oublié d'ouvrir la fenêtre avant de m'effondrer dans mon lit, et l'atmosphère me semble confinée, pesamment silencieuse. Même après avoir écarté les rideaux et ouvert la fenêtre, je n'entends que le pépiement poli des oiseaux dans le jardin. Ils laissent beaucoup de place aux pensées qui se bousculent dans ma tête.

Comme je n'ai pas de messages de Skinny au sujet du transfert de fichiers d'hier soir, je lui envoie un texto contenant un unique point d'interrogation. Il est probablement trop tôt pour espérer qu'il soit réveillé, surtout s'il a veillé tard pour décrypter les données. J'espère juste que Big Boy l'a laissé rentrer chez lui.

Je m'habille et je passe la tête dans l'embrasure de ma porte pour voir si Michael est levé, mais sa porte est toujours fermée. Je descends l'escalier, et en entendant Mme Greyhill donner des ordres aux domestiques dans la cuisine, je prends la direction du patio. Le soleil n'a pas encore émergé de la brume et le jardin baigne dans une clarté laiteuse. Des passereaux au plumage irisé surgissent çà et là du brouillard et volètent de fleur en fleur. Je m'adosse à la rambarde pendant une minute pour les regarder. Je sens l'humidité et la fraîcheur de la nuit monter de la terre.

Des bribes de la conversation téléphonique de M. Greyhill me reviennent en mémoire. Il doit se rendre dans une mine d'étain près de Kasisi avec des échantillons de quelque chose. De l'or sans doute, non ? Et il doit aller voir un « comptoir ». Donatien a déjà employé ce mot français devant moi ; il fait référence aux intermédiaires qui achètent du minerai d'or aux milices pour l'acheminer illégalement vers d'autres pays. Pour la plupart, ce sont des escrocs à la petite semaine. Peut-être que celui-ci est employé par une autre société minière qui essaie de marcher sur les plates-bandes de Greyhill ? D'après ce que j'ai compris, il a l'intention de l'éliminer. Ou de laisser un général rwandais s'en occuper à sa place… Ça ne sent pas bon, en tout cas, et je m'y perds un peu.

Est-ce que les données du disque dur vont me permettre d'y voir plus clair ? Je sens mes épaules se contracter. Et s'il n'y avait rien d'autre d'intéressant ? Si Skinny n'arrivait pas à les décrypter ? S'il n'y avait pas assez de matière à donner à Donatien ? Qu'est-ce que je vais faire ? Passer à l'étape suivante ou…

— Bonjour, Christina.

Je sursaute. Je me retourne et je vois M. Greyhill s'avancer vers moi avec deux tasses de thé dans les mains. Il semble prêt à partir travailler avec sa cravate en soie, ses cheveux poivre et sel aplatis sur son crâne. Il vient se poster près de la rambarde, juste à côté de moi, si près que je pourrais toucher le tissu raide de sa manche.

— Bonjour, monsieur.

Il me tend une tasse.

— Merci.

— C'est calme ici, n'est-ce pas ? (Il embrasse le jardin du regard.) J'aime bien venir là le matin, avant d'aller travailler. Ça m'éclaircit les idées.

Je suis son regard ; le toit de mon ancien logement dépasse des arbres.

— Oui, monsieur.

Il sirote son thé et je l'imite. La vapeur qui se dégage de nos tasses et les oiseaux dans les arbres sont les seuls éléments mobiles. J'essaie de trouver des choses à dire mais tout ce qui me vient à l'esprit, c'est : *Assassin. Assassin. Assassin.* Est-ce qu'il sait que c'est moi qui l'ai interrompu la veille de la mort de ma mère, alors qu'il avait les mains autour de sa gorge ? C'était là-bas, sous cet arbre. Je meurs d'envie de lui demander de quoi il parlait au téléphone hier soir. *De quelles choses, de quels gens vous devez vous « occuper » aujourd'hui, monsieur Greyhill ?*

Enfin, il rompt le silence.

— Tu sais que tu peux rester ici aussi longtemps que tu le souhaites.

Je risque un œil vers lui, vers son visage rasé de près, étonnée par la douceur de sa voix.

— Merci, monsieur. Mais il faut que je retourne en cours dans quelques jours.

— Oui, bien sûr. Tu as dit que tu allais à quelle école, déjà ?

— Je n'ai rien dit. Le lycée Alexandre à Paris.

— Je vois. Tu aimes Paris ?

J'essaie de me rappeler ce que Michael m'a dit.

— Les gens sont mal élevés.

Il esquisse un petit sourire.

— Tu reviens ici souvent ? À Sangui, je veux dire.

— Non, monsieur.

— Je suis sûr que ça doit te faire un drôle d'effet d'être rentrée.

Et comment !

— Oui, monsieur.

M. Greyhill garde les yeux fixés sur le jardin.

— Les premières années que j'ai passées en Afrique, j'avais hâte de rentrer aux États-Unis. Chaque période de vacances, chaque visite à la maison-mère de Chicago étaient un soulagement. En Amérique, il y a de bonnes routes, des feux rouges aux carrefours et dans la plupart des endroits, on peut se promener la nuit sans être inquiété.

Je le regarde, intriguée malgré moi.

— Mais avec le temps, quand j'y retournais, ce pays me semblait de plus en plus bizarre. Je le trouvais trop froid, trop aseptisé. Les magasins étaient remplis de choses inutiles qu'on ne pouvait acheter que dans des quantités absurdes. Les gens ne comprenaient pas pourquoi je ne voulais pas rentrer. Moi-même, je ne comprenais pas vraiment. J'écourtais de plus en plus mes séjours. C'était il y a vingt ans. Aujourd'hui, j'y vais seulement si mon travail m'y oblige et je n'y reste jamais plus longtemps que nécessaire.

Il boit une gorgée de son thé.

— Sangui est une ville dure. Je n'ai pas besoin de te convaincre, j'en suis sûr. C'est un peu comme le Far West tel que je l'imagine. Le crime et la corruption y sont omniprésents, mais on peut aussi y faire fortune pour peu qu'on soit malin. C'est une ville à la fois vieille et neuve, les centres commerciaux y côtoient les mosquées séculaires. Des paysans massaï mènent leur troupeau au bord des autoroutes. Il y a des gens partout, et tant d'énergie. Tant de vie. Je ne suis pas sûr que mes enfants comprennent ça.

Il fronce les sourcils, contemple les articulations de ses mains.

— C'est drôle. On choisit rarement l'endroit où notre âme se sentira chez elle.

Il retombe dans le silence. Je suis troublée. Qui est cet homme, capable de tant d'insensibilité au téléphone hier soir, quand il s'agit d'éliminer la concurrence, et qui maintenant parle avec tant d'affection de sa ville d'adoption ?

Il se tourne vers moi.

— Tu sais, Christina, ce qui s'est passé ici avec ta mère…

Je me raidis. Du coin de l'œil, je vois son visage altéré par une légère grimace. Après un long silence, il pose la main sur mon épaule.

— C'est horrible. Je suis vraiment désolé.

Il me faut toute ma force de volonté pour ne pas le repousser. Sa main est lourde et chaude sur mon épaule, je me sens frissonner à son contact.

Je murmure, les yeux fixés sur le toit de mon ancienne maison :

— Oui. Je sais.

— Si je peux faire quelque chose…

Il ôte sa main comme s'il sentait ma haine sous ses doigts, et quand je le regarde, son visage est dénué de toute émotion. Je m'aperçois que Michael tient ça de son père, cette capacité à porter un masque.

— … il te suffit de demander, conclut M. Greyhill.

Il me faut quelques instants pour trouver la force de sourire.

— Merci, monsieur, je n'y manquerai pas.

Il se détourne et s'éloigne. Bientôt la brume va se dissiper ; et les contours du monde, se dessiner avec netteté. Mais pour l'heure, ils se fondent dans le matin gris, et j'ai beau plisser les yeux, tout est trouble devant moi.

22

J'en ai tellement marre de la chambre de Michael que je pourrais hurler. Si je dois rester dans cette maison un jour de plus, je vais commencer à casser des objets, histoire d'en finir avec toute cette perfection. J'attends désespérément un signe de Skinny mais après cinq messages sans réponse, il se contente de m'envoyer le texto suivant : *LAISSE-MOI TRANQUILLE NOM DE DIEU TOUT VA BIEN MAIS J'AI PAS FINI.*

Michael est fatigué de me voir faire les cent pas sur la moquette de sa chambre, mais il est trop poli pour se plaindre, alors il tapote son stylo contre sa joue au rythme de mes allées et venues, les yeux baissés vers ses notes.

Je l'entends tourner des pages.

— Donc d'après Donatien, ta mère et lui étaient censés se retrouver le 24 avril pour prendre ces photos, c'est ça ? Mais elle ne s'est pas montrée. (Il fouille dans le dossier des Nations unies.) Puis toi et ta mère, vous êtes entrées au Kenya le 10 mai. (Il repose le dossier.) Qu'est-ce qui s'est passé entre-temps ? Tu te souviens ?

— Non, pas vraiment.

— Mais il s'est passé quelque chose qui aurait pu l'empêcher de retrouver Donatien comme prévu, la pousser à quitter le Congo et à venir trouver mon père ?

Le dos tourné à Michael, je me tais pendant quelques secondes.

— Je n'ai pas envie d'en parler.

Il se redresse sur son lit.

— Parler de quoi ? Qu'est-ce qui s'est passé, Tina ?

— Ce… Ça n'a rien à voir avec son meurtre.

— Comment tu le sais ? Allez, l'enquête piétine, là, et chaque détail compte. Regarde-moi.

Je me tourne vers lui à contrecœur.

— On a été séparées. Juste avant de partir.

Penché vers moi, Michael attend que je poursuive. Du bout des doigts, je lisse le bord de la jupe que j'ai empruntée à Jenny.

— C'est écrit dans le dossier : chaque fois que la milice et les soldats de l'armée congolaise attaquaient notre village, on devait aller se cacher dans la forêt. Ils sont venus juste avant notre départ, et elle m'a envoyée devant. (Je sens ma gorge se nouer et j'inspire à fond pour me calmer.) Je suis restée seule dans la jungle pendant un bon moment.

— Un bon moment ?

Je hausse les épaules.

— J'avais cinq ans, je ne m'en souviens pas très bien. Quelques jours ?

Michael écarquille les yeux.

— Tu ne m'en avais jamais parlé.

Je sens la colère m'envahir.

— Elle ne m'a pas abandonnée. Elle a fini par venir me chercher.

— Mais… quelques jours ? Où était-elle ?

Je lui tourne de nouveau le dos.

— Je ne sais pas. Elle ne me l'a pas dit. Je crois qu'elle en a parlé à Donatien mais il n'a rien voulu savoir, lui non plus. Et je le répète, je ne m'en souviens pas bien. Elle a fini par me trouver dans la forêt et on est parties. Fin de l'histoire.

— Mais elle ne t'a jamais raconté où elle était allée ?

Je secoue la tête. Michael réfléchit en silence. Enfin, il pousse un gros soupir.

— Peut-être qu'on prend l'histoire dans le mauvais sens. Et s'il était arrivé quelque chose et qu'elle était allée chercher de l'aide auprès de mon père ? Peut-être qu'il la protégeait.

— Pourquoi il aurait fait ça ?

— Pour obtenir quelque chose d'elle, peut-être. (Il croise mon regard et fait la grimace.) Non, pas ça. Autre chose. De l'or ?

— Il en a plein. Qu'est-ce qu'elle aurait pu rapporter de Kasisi qu'il ne pouvait pas se procurer tout seul ? Il avait l'or, le pouvoir. Elle n'avait que moi.

— Des infos ? suggère Michael d'un ton pensif en prenant des notes.

— Ça avait peut-être quelque chose à voir avec les milices ? Ou avec quelqu'un qui travaillait pour lui ? Donatien m'a dit que ton père n'achetait pas directement l'or aux miliciens. C'était un Kenyan qui s'en chargeait. C'est lui que ma mère avait vu s'occuper des transactions dans la jungle. Tu as une idée de qui ça pourrait être ?

Michael s'arrête d'écrire.

— Attends, tu sous-entends qu'elle n'a jamais vu mon père au Congo ?

— Je… je croyais que si.

— Tu croyais ?

— Jusqu'à hier, Donatien n'avait jamais été très clair sur ce point. Mais ça ne change rien à ce que ton père a fait ! Le Kenyan agissait sous ses ordres. Et elle savait que ton père était le cerveau derrière tout ça. C'est Donatien qui le lui a dit.

— Mais elle ne l'a jamais vu de ses propres yeux faire quelque chose de mal ?

— Ne va pas t'imaginer qu'il est innocent ! (Je me redresse.) Attends. Mwika ! Ça aurait pu être lui qui s'occupait des transactions ! Il est kenyan, non ?

Michael semble dubitatif.

— Il y a beaucoup de Kenyans, Tina. Je ne sais pas... Il aurait été obligé de s'absenter souvent, non ? Mwika était toujours là, avec mon père ou avec nous.

Mais Mwika me semble l'hypothèse la plus probable. Un serviteur loyal, dévoué à son maître.

— Hé ! J'ai une super idée. Posons-lui la question !

D'un geste rageur, Michael écrit quelque chose sur sa feuille.

— J'y travaille.

Mon enthousiasme retombe aussitôt.

— Est-ce que tu essaies vraiment ?

— Évidemment ! Ce n'est pas facile d'entrer en contact avec lui.

— Tu es sûr de savoir où il est ?

— Oui ! J'ai entendu mon père parler au téléphone de la société qui l'emploie ces temps-ci.

Mon cœur se met à battre plus vite.

— Elle est où, cette société ?

Michael me dévisage longuement avant de répondre :

— C'est une société de surveillance basée au Congo, qui s'appelle First Solutions.

— First Solutions. Super ! On peut le retrouver facilement !

Michael fronce les sourcils.

— Tu m'as entendue ? J'ai essayé d'entrer en contact avec eux mais je n'ai pu avoir personne.

Michael a l'air frustré mais il ne sait pas ce dont Skinny le magicien est capable.

J'entends mon téléphone vibrer.

— Enfin, dis-je en voyant que c'est un message de Skinny. Faut que j'y aille.

Je me lève.

— Hein ? Non ! (Michael se lève à son tour.) Je n'ai pas le droit de sortir de la maison. Ma mère m'a privé de sortie jusqu'à l'âge de quatre-vingts ans.

Pendant un moment je l'observe sans un mot et j'ai envie de dire : « C'est drôle… Toi tu as une mère pour te punir. » Mais on dirait la réplique d'un film.

— Je ne te demande pas la permission. Il faut que je voie Skinny.

Je glisse mon téléphone dans ma poche et j'ajoute en le voyant froncer les sourcils :

— Je reviens.

— Au moins, laisse un des chauffeurs te conduire.

— Pour s'assurer que je ne vais pas m'enfuir ?

Michael ne répond pas.

— D'accord mais je veux qu'il me dépose à Saint-Raphaël et qu'il m'attende. S'il me suit, je le saurai et je lui crèverai ses pneus.

— Arrête de jouer les Goondas, Tina.

J'imagine qu'il plaisante mais sa blague me laisse de marbre.

— Je suis une Goonda, gros malin. Il va falloir t'habituer.

Quand j'arrive sur le toit, Skinny est déjà là, assis dans le fauteuil en toile, comme à son habitude. Aujourd'hui, sa tenue est plus discrète : il porte une veste en cuir clouté et un pantalon couleur crème (c'est sans doute l'adjectif qu'il emploierait). Ses ongles sont peints en bleu lavande.

— J'espère que tu n'as rien oublié là-bas, lance-t-il, parce que tu n'y retournes pas. Ce sont les ordres de Big Boy. Tu restes ici avec moi. On a fini, ça y est.

— Ah oui ? dis-je en m'avançant vers lui. On a tout ?

— Oui. Encore quelques jours de décryptage et on passe à mon étape préférée de ton super projet de vengeance. (Il fait craquer ostensiblement ses doigts.) On liquide ses comptes en banque ! J'ai déjà choisi le sac que je vais me payer avec ma part : une pochette Louboutin en cuir verni rouge. C'est l'accessoire le plus gay que j'aie jamais vu. Ma mère va faire une attaque et me supplier de ne pas la porter en dehors de la maison mais je m'en fiche. Je la mettrai tous les jours à mon bras, j'en suis dingue.

— Mmmm.

Il finit par me regarder.

— Quoi ? Dis quelque chose, Tina. Tu me rends nerveux.

— Non non, tout va bien. (Je baisse les yeux, soudain très intéressée par une piqûre de moustique sur mon bras.) Hé, tu as entendu parler d'une société de surveillance appelée First Solutions et basée au Congo ? Michael pense que

Mwika travaille pour eux. Tu pourrais faire des recherches pour moi ?

— Tu sais où il est ?

— Oui mais je n'en sais pas plus. On arrivera peut-être à le retrouver avant Michael.

Skinny me dévisage longuement puis soupire.

— D'accord. Je vais l'ajouter à ta facture. Approche, ingrate. Je veux te montrer un truc que j'ai trouvé.

— De la bonne info croustillante sur notre vilain monsieur ?

— Oh oui ! Tu sais, cet autre paiement que je t'ai montré hier et qui ne l'incriminait pas ?

— Celui qui a été versé sur un compte en Afrique du Sud pour des prétendus conseils en sécurité ?

— Oui. Eh bien, j'ai trouvé le code d'accès. (De son ongle bleu, Skinny montre quelque chose sur l'écran.) Voilà ce qu'il s'est payé en réalité : deux tonnes de munitions légères. Ce que tu vois là, c'est la liste figurant sur la facture. Ce mec est un traficant d'armes très bien organisé. On va le faire tomber, c'est sûr.

— Super. Est-ce qu'on a réussi à établir un lien avec les milices ?

— J'y travaille. Je n'ai pas encore décrypté le plus gros. Mais je sais qu'on tient quelque chose si tout est aussi détaillé. C'est là que tu commences à danser de joie. Vas-y, fais voir.

— Youpi ! (J'agite vaguement les mains.) Désolée.

Skinny me considère pendant quelques instants puis demande :

— Qu'est-ce qui ne va pas chez toi ?

Mon sourire s'évanouit.

— Si tu repères d'autres virements effectués sur le compte de Mwika, tu me préviendras ?

— Des virements ?

— Hors salaire. Je pense que pour Greyhill, Mwika était un peu plus qu'un vigile.

— D'accord, je vais regarder. (Il marque une pause.) C'est quoi le nom de la société qui l'emploie ?

— First Solutions. Pourquoi ?

Skinny tape à toute allure sur son clavier.

— Je suis sûr d'avoir vu passer ce nom.

J'attends fébrilement pendant qu'il fait sa recherche.

— Voilà, dit-il enfin. Je savais bien que ça me disait quelque chose. Deux virements de trente-cinq mille dollars américains.

Je me penche pour voir ce qu'il est en train de me montrer.

— À First Solutions ?

— On dirait que oui. Il y a deux ans, à deux jours d'intervalle.

Mon cerveau s'emballe.

— Tu es sûr ?

— Oui. Enfin, d'après ça, oui.

— Est-ce que tu peux voir où est allé le versement ? Tu pourrais retrouver Mwika ?

Skinny promène le doigt sur l'écran.

— Western Union, à Walikale.

— C'est près de Kasisi, dis-je, le cœur battant.

— Il y a un numéro de téléphone. C'est peut-être celui de Mwika.

Skinny le recopie sur un bout de papier qu'il me tend. Je me lève, les yeux baissés vers la succession de chiffres. Le numéro de téléphone de Mwika. Il vit à Walikale. Enfin, des réponses ! Mais... je me dirige vers la fenêtre. C'est M. Greyhill qui a émis ces versements. Est-ce que ça signifie que Mwika travaillait pour lui ? Ou ce sont des bakchich ? Je m'arrête net. Peut-être que Mwika a revendu la vidéo à M. Greyhill. Dans ce cas, je suis fichue. Je n'ai plus rien. Si cette vidéo était la preuve que Greyhill a tué ma mère, elle n'existe plus.

Je demande à Skinny :

— Tu as trouvé des fichiers vidéo là-dedans ?

— Voyons, Tina... Tu ne crois pas que si j'avais trouvé une vidéo du meurtre de ta mère, je te l'aurais dit ?

Alors c'est qu'elle n'existe plus, à moins que M. Greyhill ne l'ait jamais achetée. Je continue à faire les cent pas.

— Hé, avant que tu te replonges dans tes pensées, tu veux voir le dernier truc que j'ai trouvé ? lance Skinny.

Je viens me poster derrière lui pour regarder l'écran, le cerveau toujours en ébullition.

— La photo de ma mère ?

— Je l'ai regardée plus attentivement après avoir vu Greyhill bloquer dessus la nuit dernière. Juste pour pouvoir la rayer de la liste, quoi. Je ne m'attendais vraiment pas à trouver quelque chose. Mais regarde.

D'un clic de souris, il fait disparaître ma mère et son amie, leurs visages remplacés par ce qui ressemble à l'image scannée d'une page de carnet couverte de tables et de schémas tracés à la main.

Je me penche vers l'écran.

— C'est quoi ?

— Je ne sais pas exactement mais ce qui est sûr, c'est qu'on a dissimulé des données dans le signal numérique.

— Hein ?

Skinny soupire pour me signifier que mon cas est désespéré.

— Ne fatigue pas ton petit cerveau inutilement. C'est juste une façon de cacher un truc. Il n'y a que moi qui peux comprendre ces machins-là.

Je me penche pour examiner la minuscule écriture. L'image n'est pas très bonne : elle est pixelisée et difficile à déchiffrer. Avec un frisson d'excitation, je parviens tout de même à repérer Kasisi dans le titre. Je suis du doigt les colonnes du texte.

— On dirait un document de compta. C'est un autre rapport de ses transactions secrètes ?

— Je ne crois pas. Toute sa paperasse est informatisée. Je vois mal un type comme lui utiliser du papier et un crayon, pas toi ? (Skinny me tend l'ordinateur et se lève pour s'étirer.) Tu m'as apporté à manger comme je te l'ai demandé ? Tikka massala avec un supplément de *pili-pili* ?

Je marmonne en lui prenant son siège :

— J'y vais dans une minute, promis.

On dirait une page arrachée dans un carnet, qui a été pliée en quatre à plusieurs reprises. Elle comprend six colonnes. La première contient des mots bizarres : TERMINATOR, UGLY TWIN, SLIMMY, EARWAX. On dirait des surnoms de Goondas. Les membres d'une milice, peut-être ? Les colonnes suivantes sont remplies de chiffres. L'une d'elles s'intitule INTÉRÊTS MOBILES.

Je fais défiler le document sur l'écran. Il y a une autre page semblable à la première. Puis encore une autre, celle-ci barrée d'une grande traînée noire. Les pages sont scannées en noir et blanc mais cette trace ressemble à du sang séché.

— Pourquoi vouloir cacher ce truc ? Qu'est-ce que c'est ?

— Deux mots, Tina : tikka massala.

— D'accord, d'accord, je grommelle mais je reste assise à cogiter.

Et « intérêts mobiles », ça veut dire quoi ? J'ouvre une nouvelle fenêtre sur l'ordinateur de Skinny et je fais une recherche sur Internet. Je n'obtiens que des publicités pour téléphones portables. Je fixe longuement le curseur clignotant du champ de recherche avant de taper : « Kasisi, Congo ».

L'écran affiche un point minuscule sur la carte du pays, situé à une intersection routière et cerné par la végétation. Je zoome et une vingtaine de constructions apparaissent. Je me demande où se trouve mon ancienne maison ; je m'en souviens mais je serais incapable de la situer. Des routes menant à des taches au milieu de la végétation, qui doivent être des fermes, gravissent la montagne. Mais elles ne s'aventurent pas très loin. Au-delà, il n'y a rien hormis des arbres sur des dizaines et des dizaines de kilomètres. C'est la forêt tropicale congolaise. Terra incognita.

Je contemple l'immensité verte jusqu'à ce que ma vue se brouille. Je me souviens d'avoir levé les yeux vers la canopée, aussi haute que l'immeuble au sommet duquel je me tiens aujourd'hui. Je me souviens d'un cours d'eau glacée. De fleurs. De singes, de calaos, de musaraignes. D'antilopes au pas léger, de cochons de brousse nerveux. De mille-pattes et de papillons aussi gros que ma main. En me concentrant, je peux me rappeler l'odeur musquée des feuilles en décomposition.

Quelque part dans ce désert de verdure, des miliciens tracent d'étroits sentiers dans la végétation, le fusil sur l'épaule. Ils portent autour du cou, suspendues à un lien, des amulettes qui battent contre leur cœur.

Je me frotte les yeux et je reporte mon attention sur les pages secrètes du carnet. Je me dis qu'elles n'ont pas forcément un rapport avec ma mère.

Et pourtant, j'en suis convaincue. M. Greyhill les a cachées à l'intérieur de cette photo. On y trouve le nom du village que nous avons fui. Il y a forcément un lien. Je ne sais pas encore lequel, voilà tout.

Je m'entends dire :

— Il faut que j'aille là-bas.

Skinny tourne la tête. Il sait que je ne parle pas du vendeur de tikka massala.

— Où ça ?

Cette idée me déstabilise autant que lui mais maintenant que je l'ai formulée tout haut, c'est une évidence : c'est le seul moyen de découvrir ce qui est arrivé à ma mère là-bas, de comprendre qui elle était vraiment, de savoir ce qu'elle a rapporté de cette forêt obscure. Sangui n'a plus rien à m'offrir. Il n'y a plus personne qui puisse m'apprendre quelque chose ici. Pour pouvoir avancer, il faut que je revienne en arrière.

Michael a raison. Je dois être sûre que c'est Greyhill qui l'a tuée. Si David Mwika et sa vidéo sont encore là-bas, je dois les retrouver. Le cas échéant, ce qui a chassé ma mère de chez elle et l'a poussée à aller voir Greyhill se trouve peut-être encore là-bas, caché sous les feuilles. Il va falloir que je creuse.

Je comprends maintenant que je tends vers cette décision depuis la seconde où j'ai vu le visage de ma mère sur cette photo, la première nuit dans le bureau de Greyhill. L'idée de retourner sur les lieux que j'ai fuis avec elle me terrifie, mais je ressens dans chaque parcelle de mon corps la nécessité de le faire. Je dois examiner toute l'affaire d'un regard neuf.

Être sûre à cent pour cent.

Pour moi. Et aussi pour elle.

Je désigne la carte d'un signe de tête.

— Là-bas. Chez moi. Au Congo.

23

Skinny prend plutôt bien la nouvelle.

— Pas question. Pas. Question. Tu es folle ou quoi ? Tu ne peux pas retourner là-bas. (Il tape littéralement du pied par terre.) Je te l'interdis !

— Skinny, arrête ta crise d'hystérie. J'y vais, un point c'est tout.

Je me lève en cherchant des yeux ce que je pourrais emporter avec moi.

— Mais on tient quelque chose, là ! Tu ne veux plus le faire tomber ? Et ton plan ? La boue, le fric, le sang… c'est fini ?

— Je ne te demande pas de m'accompagner.

— Ce n'est pas la question ! Tu trouves que c'est dangereux d'être une voleuse à Sangui ? Là-bas, c'est le Mordor !

— Mordor ? Je vais à Kasisi.

Skinny lève les bras au ciel.

— Non, le Mordor comme dans *Le Seigneur des anneaux*, l'Œil de Sauron ! Tu connais la définition du mal ?

— Je ne comprends rien à ce que tu me racontes. C'est un truc de nerd ?

— Oui, c'est… Aucune importance. Écoute-moi. Tu ne vas pas retourner au Congo comme ça. À ton avis, pourquoi nos parents nous ont fait quitter cet endroit de malheur ?

— Allez, tu exagères. Il y a encore plein de gens qui vivent là-bas, tu sais.

— Ouais, des seigneurs de guerre ! Des miliciens !

Je glisse mon deuxième meilleur couteau dans mon sac à dos. Mon pull. Une bouteille en plastique que je remplis d'eau de pluie.

— Il y a aussi des gens normaux. Des fermiers, par exemple.

Je regarde autour de moi en essayant d'afficher un air calme et détendu. Je ne veux pas qu'il s'aperçoive que l'idée d'aller là-bas me terrifie autant que lui. Qu'est-ce qu'on emporte quand on est sur le point de se jeter dans la gueule du loup ? J'ajoute une boîte de haricots à mon nécessaire de voyage.

Skinny se tait quelques instants et je vois bien qu'il cherche les bons arguments pour me raisonner.

— Tina, je t'en prie, ne fais pas ça.

Je fais mine de me concentrer sur le contenu de mon sac.

— Je n'ai pas le choix, Skinny. C'est là-bas que vit Mwika. Greyhill y va souvent. Le meurtre de ma mère, mon pays natal… tout est imbriqué. Et toi, continue à décrypter, OK ?

Skinny me regarde comme si je venais de lui donner le plus gros choc de sa vie.

— Qu'est-ce que tu vas raconter à Big Boy ?

J'hésite. Big Boy a dit à Skinny que mon séjour chez les Greyhill était terminé.

— Je vais trouver quelque chose. Je n'ai qu'à lui dire que je ne peux pas sortir du Ring sans éveiller les soupçons de Michael. Je reviendrai dans quelques jours, avant même que tu aies fini de tout décrypter. Il ne saura même pas que je suis partie.

Skinny secoue la tête sans prononcer un mot.

Ce que je ne lui dis pas c'est que, malgré la peur que peut m'inspirer Big Boy, j'en suis au stade où je me fiche pas mal de ce qu'il me fera s'il découvre que j'ai quitté la ville. J'ai d'autres priorités.

Ça fait du bien de dormir dans son lit. Même la culpabilité que j'éprouve à chaque coup de fil du chauffeur puis de Michael (jusqu'à ce que je décide d'éteindre mon téléphone) ne parvient pas à entamer ma détermination. Je suis soulagée d'être chez moi, de retrouver mes affaires, mes odeurs, les lumières de ma ville dispersées comme des diamants volés sur du velours noir.

Je songe à aller voir Kiki mais elle ne s'attend pas à ma visite et il faudrait que je frappe à la fenêtre du dortoir. Je n'ai pas envie de lui causer des problèmes. On n'est que lundi et je me dis que je serai rentrée avant vendredi.

Je me réveille avant l'aube, en proie au stress mais aussi à l'excitation. Je passe enfin à l'action.

Il ne me faut pas longtemps pour me préparer. Je me brosse les dents et je glisse des épingles dans mes cheveux. Je cache tout l'argent nécessaire pour le voyage dans la doublure de ma veste puis je pousse un bloc de béton dans un coin de la pièce principale et je monte dessus. Je glisse la main dans une lézarde du mur et j'en sors un sachet en plastique. Après avoir soufflé sur la poussière, j'examine la carte de prière et le visage de sainte Catherine, la roue cassée près d'elle, l'épée à ses pieds, la branche de palmier dans sa main.

Parfois, j'ai l'impression d'avoir hérité de la moitié de sainte Catherine. Kiki a gardé son nom et sa gentillesse. Moi, j'ai reçu sa souffrance et son combat.

Je replie le sachet en plastique autour de la carte et je la glisse dans mon sac à dos avec la photo de ma mère. Un jour peut-être, j'ajouterai à l'épée et à la roue qui ornent mes bras une branche majestueuse de palmier. Mais ce n'est pas pour tout de suite.

À la gare routière règne une espèce de chaos organisé. Vendeurs à la sauvette, voyageurs, rabatteurs et pickpockets se pressent sous le soleil matinal. Des campagnards égarés serrent leurs bagages contre eux pour compter furtivement les billets qu'ils ont cachés dans leurs sous-vêtements. Les hommes et les femmes aux yeux de lynx qui travaillent pour les compagnies de bus ou tiennent les étals du marché les observent d'un air à la fois dédaigneux et plein de convoitise.

Je salue quelques pickpockets en leur signifiant d'un geste que je ne travaille pas aujourd'hui. Ils ont l'air soulagés.

Et c'est là que je les repère dans la cohue.

L'un, vêtu d'un pantalon à carreaux et d'un chapeau vert anis, scrute la foule. L'autre essaie de convaincre les gens autour de lui qu'il passe sa vie dans les gares routières, alors que n'importe quel idiot peut deviner que c'est un *sonko* qui ne prend jamais le bus. C'est dans sa façon d'être ; il évite de toucher les choses autour de lui. Et puis il a la peau plus claire que tout le monde, à l'exception de l'albinos aveugle qui fait la manche en agitant sa boîte en fer sous le nez des passants.

Je m'avance vers eux.

— Qu'est-ce que vous fichez là ?

Michael a le culot de paraître soulagé de me voir.

— On t'attendait, évidemment, répond Skinny en gonflant la poitrine.

Il essaie de fanfaronner mais renonce aussitôt devant mon regard noir.

— Comment vous avez fait pour me retrouver ?

— J'ai localisé le GPS de ton téléphone, dit Skinny en jetant un sac de voyage sur son épaule.

— Pourquoi ? (Je lance un coup d'œil suspicieux à son sac.) Et toi, Michael, qu'est-ce que tu fais là ?

Skinny et Michael échangent un regard. Je me tourne vers Skinny.

— Tu l'as appelé ? Tu lui as dit ?

Le poing sur la hanche, Skinny me fixe d'un air indigné.

— Il faut bien que quelqu'un veille sur toi et moi je ne suis pas taillé pour ce genre de truc viril.

— Je peux veiller sur moi toute seule ! Je n'ai pas besoin d'hommes virils collés à mes basques !

— C'est ce que tu crois. Toi, petit poisson, tu t'apprêtes à nager au milieu d'un banc de requins. Homme, femme, peu importe ; l'union fait la force, comme on dit.

Michael n'a toujours pas dit un mot. Je m'en prends à lui.

— Et je suppose que tu as accepté de venir juste pour être sûr que je respecte ma part du marché ?

Ses yeux étincèlent.

— C'est toi qui t'es enfuie, alors ne viens pas me prendre de haut !

Les bras croisés, j'essaie de le foudroyer du regard mais ce n'est pas aussi intimidant que je le voudrais, étant donné que je mesure une tête de moins que lui.

— Tu penses sérieusement que tu vas pouvoir me suivre ?

— Je ne vais pas me contenter de te suivre, réplique Michael. Je veux y aller. J'ai passé un accord et je m'y tiens. Je veux savoir qui a tué ta mère. Si pour ça il faut que j'aille au Congo retrouver Mwika, eh bien soit. Mais oui, je veux aussi m'assurer que tu ne vas pas mettre les voiles.

Les dents serrées, je rétorque :

— Je n'avais pas l'intention de sortir les infos sur ton père. En tout cas, pas encore. Je ne suis pas revenue sur ma parole.

— On s'était mis d'accord pour travailler ensemble.

— Tu n'es pas puni, toi ?

— Qu'est-ce que ça peut bien te faire ?

On se regarde en chiens de faïence jusqu'à ce que Skinny lâche en levant les yeux au ciel :

— *Ngai*, on dirait deux coqs en train de se disputer une poule. Vous avez fini de bomber le torse ? Non, parce que le temps presse, là, et un long voyage nous attend.

— Je n'ai pas envie d'être là quand son père enverra sa petite milice privée à ses trousses !

— Tu n'as pas à t'occuper de mon père.

— Ah oui ? Je parie que ma mère pensait comme toi.

Skinny chausse ses lunettes de soleil avant de s'interposer.

— Bon, on y va ? C'est quel bus ?

Je soupire.

— Alors c'est ça ? Vous venez tous les deux ?

Michael acquiesce.

— Je ne suis pas venu ici pour prendre l'air, *habibi*, lance Skinny en agitant la main pour chasser les vapeurs des pots d'échappement.

— D'accord. Je suppose que je ne peux pas vous empêcher de venir. Mais je ne prends pas le bus, je vous préviens.

— Tu as commandé une voiture ? demande Skinny d'un ton plein d'espoir.

— Non.

— Dans ce cas, miss agence de voyages, quel moyen de transport tu suggères ?

Je resserre les sangles de mon sac à dos.

— Celui des réfugiés.

Skinny suit mon regard et en reste bouche bée.

— Tu plaisantes, pas vrai ? Un camion de bananes ?

Je souris.

— À moins que tu possèdes un avion privé et que tu m'aies caché ça.

— Le père de Michael a un hélico, proteste Skinny.

Michael croise les bras.

— Il y a une grosse différence entre emprunter la moto de mon père pour aller faire un tour et lui piquer son hélico. D'ailleurs, il est parti avec.

Il me lance un regard insistant. Est-ce qu'il sait que je suis au courant du voyage de son père ?

— Je déteste les camions de bananes, grommelle Skinny. J'ai juré de ne plus jamais y monter.

— Alors prends le bus et attends-toi à te faire plumer par les gardes-frontières. Au fait, il y a trois frontières à traverser. Moi, je choisis le camion.

Skinny ôte son chapeau, lui lance un coup d'œil penaud et le glisse dans son sac.

— Je l'enlève mais sache que c'est le seul truc pas glamour que je ferai jamais pour toi, Tina.

Excédée, je m'exclame :

— Mais moi je ne t'oblige à rien ! C'est toi qui as envie de venir. Tu n'as qu'à rester ici.

Skinny me jette un drôle de regard.

— Je n'ai pas envie de venir, figure-toi.

— Alors je ne comprends pas.

Il ouvre la bouche pour répondre, se ravise en secouant la tête et se dirige vers la file de camions. Même Michael me fait une drôle de grimace comme s'il avait honte pour moi. Au moment de suivre Skinny, il lance :

— Pour une fille aussi maligne, parfois tu te conduis vraiment comme une idiote.

24

Règle numéro douze : être toujours prêt à fuir.

À un moment donné dans la vie, on doit tous échapper à quelque chose. L'essentiel, c'est de ne pas se laisser surprendre. Certains ont un passage secret gardé par un monstre, des voitures et des hélicos pour les emmener très loin, un passeport et des comptes bancaires en Europe. Voire une moto.

D'autres n'ont que leurs pieds. Dans notre cas, j'espère qu'une grosse bonne femme au volant d'un camion nous prendra en pitié.

Mais d'habitude, ce genre de chose ne se produit pas deux fois.

Ma mère et moi avons quitté le Congo à l'arrière d'un camion transportant des bananes.

Après être sorties de la forêt, nous avons pris la direction de Goma, au nord du lac Kivu. Je ne me souviens pas bien de cette partie du voyage mais là-bas, il y avait trop de soldats dans les rues et des coups de feu éclataient à n'importe quelle heure du jour et de la nuit. Nous avons dormi plusieurs nuits d'affilée à même le sol dans la maison d'un pasteur avec une douzaine d'autres corps fourbus et couverts de bleus. Un matin, notre hôte nous a annoncé que les combats s'intensifiaient et que nous devions partir. Il a réussi à dégoter un volontaire pour nous emmener, un chauffeur de camion borgne et bedonnant qui, de son œil valide, a lorgné ma mère de la tête aux pieds et dit en souriant qu'il voulait bien nous emmener où on voulait. Nous avons remercié le pasteur et après son départ, ma mère a trouvé un autre camion, lui aussi chargé de bananes, mais conduit par une énorme femme au regard féroce, appelée Paula Kubwa.

Apparemment, beaucoup de réfugiés voulaient quitter le pays à bord de son camion. On disait d'elle qu'elle était la fille d'un chef de milice et que ni les soldats ni la police ne l'impressionnaient. Elle payait son droit de passage aux postes-frontières comme tout le monde et reprenait tranquillement sa route, mais si un homme avait le malheur de lui chercher des noises, il mordait aussitôt la poussière sous les rires de ses amis.

Ce n'était pas facile d'être admis dans le camion de Paula Kubwa. Ma mère m'a dit plus tard que nous devions toujours l'inclure dans nos prières du soir parce qu'elle nous avait choisies parmi une foule de réfugiés. Elle était notre Moïse écartant les eaux de la mer Rouge pour nous faire gagner la terre promise. Je ne suis pas sûre de me rappeler son visage ; je l'ai peut-être recréé en m'inspirant des récits de ma mère. Dans ma tête, cette femme est une montagne, une créature merveilleuse et terrifiante, pareille à un ange armé d'une épée.

Je suis à peu près sûre qu'elle n'avait pas besoin de nos prières.

J'imagine que Skinny, Michael et moi aurions pu prendre un bus et trouver un moyen de passer la frontière, mais l'idée de rester assise pendant huit heures dans un espace confiné avec tous ces corps et leurs bagages me rend malade. Tout le monde mange, pète et parle trop fort, les petits mouillent leur pantalon parce que le chauffeur refuse de s'arrêter, les gens sont pratiquement assis les uns sur les autres. À l'avant, un écran trop petit diffuse un film de kung-fu piraté, le volume poussé à fond. Des poulets de contrebande courent dans l'allée en caquetant bruyamment jusqu'à ce qu'un pauvre type les attrape par le cou et les glisse sous sa veste pour les faire taire.

J'aime bien la foule, surtout quand il s'agit de lui faire les poches, mais je dois pouvoir m'échapper en toute circonstance. Je préfère payer quelques pièces de plus et m'asseoir à l'arrière d'un camion plein de marchandises. C'est peut-être moins confortable mais au moins je peux sentir le vent dans mes cheveux.

Un jour, parce que je suis orpheline et qu'il n'y avait personne pour m'en empêcher, je suis allée jusqu'à la frontière entre le Kenya et l'Ouganda. J'avais pour projet de contourner le lac Victoria par le nord pour me rendre au Congo. Sur une impulsion, je suis montée à bord d'un bus et je me suis mêlée à une famille de dix enfants braillards et remuants pressés par un père complètement dépassé. Je voulais partir loin, voir du pays, ne plus jamais revenir.

Mais juste avant de franchir la ligne invisible qui sépare le Kenya de son voisin, je me suis dégonflée. Un pas de plus et je serais brusquement retombée dans l'illégalité. Mes papiers de réfugiée seraient devenus inutiles.

On les appelle « camions de bananes » alors que ces gros engins à plateau transportent toutes sortes de marchandises (huiles alimentaires, ustensiles, médicaments, objets de fabrication chinoise) depuis Sangui jusqu'au Congo. Ils transportent aussi des matières premières (bois, charbon) et des personnes. Parfois même un peu d'or de contrebande si le chauffeur s'estime capable de franchir tous les postes-frontières sans se faire prendre. Mais le plus souvent, ce sont des réfugiés qu'on trouve dans ces camions, parce qu'ils sont plus faciles à cacher que de l'or et que personne n'aura envie de les voler.

Les camions forment une longue file des deux côtés de l'autoroute délabrée. On dirait des vaches parties de bonne heure pour rejoindre leur pâturage et qui seront de retour à l'étable à la nuit tombée. Lors de ce fameux voyage, j'ai décidé de ne pas prendre le bus pour rentrer à Sangui. Le chauffeur de camion qui avait accepté de m'emmener m'a demandé pourquoi je ne voulais pas m'asseoir à l'avant, puisque j'avais des papiers en règle pour voyager au Kenya. J'ai répondu que c'était comme ça, point. Il a haussé les épaules avant de m'annoncer le tarif (presque aussi élevé que le prix d'un trajet en bus). Au passage, il a précisé que si je n'avais pas l'argent, il y avait d'autres moyens de s'arranger. Quand j'ai sorti les billets de ma poche, il a regardé mes cuisses d'un air déçu.

Je cherche une grosse femme parmi les chauffeurs mais il n'y a que des hommes. On prendra un autre itinéraire, cette fois : il faudra traverser la Tanzanie et le Rwanda en contournant le lac Victoria par le sud. Il y a plus de frontières à franchir dans ce sens-là mais c'est le chemin le plus court jusqu'à Goma. On veut un bon chauffeur avec un bon camion qui ne risque pas de tomber en panne, et un collègue qui prendra le volant à la nuit tombée pour ne pas perdre des heures précieuses. Mais d'abord il faudra discuter avec les rabatteurs, ces types qui négocient le trajet moyennant un petit pourcentage. Ils jouent des coudes dans la foule en s'égosillant, nous font signe de les suivre, nous prennent par le bras.

Une fois les négociations faites, on nous présente notre chauffeur. Il jette un coup d'œil dans notre direction, passe un savon au rabatteur et le laisse avoir le dernier mot. Leur dispute est de courte durée et se solde par le départ du rabatteur qui s'éloigne en levant les bras au ciel.

— Quel âge t'as ? me demande le chauffeur.

— Dix-huit ans.

— *Kwani ?* Dix-huit ans, mon œil. Reviens quand t'en auras douze.

Il fait mine de s'en aller.

— D'accord, j'ai seize ans.

Il m'examine puis son regard se pose sur Skinny, son pantalon à carreaux, et la peau claire de Michael. Je vois bien qu'il pèse le pour et le contre. On a des têtes de fugitifs. Si j'étais lui, je n'aurais pas envie de nous emmener non plus. Il sait déjà qu'il risque d'avoir des ennuis aux postes-frontières.

— On peut payer plus cher, dit Michael.

Le chauffeur regarde autour de lui avant de s'approcher de nous. À voix basse, il donne son tarif à Michael, une somme ridicule. Voyant qu'il est prêt à accepter, j'interviens. J'ai ma fierté, tout de même.

— On te donne la moitié.

Le chauffeur sait que mon prix est honnête.
— Soyez prêts dans vingt minutes.

Sous la supervision du chauffeur, un garçon charge d'énormes bidons d'huile à bord du camion. C'est un bon investissement : une fois vidés de leur contenu, ces bidons serviront à transporter de l'eau. D'énormes marmites en aluminium importées directement de Chine côtoient des caisses remplies de grosses plaques rectangulaires de savon qui seront découpées en cubes comme des plaquettes de beurre avant d'être vendues. Il y a aussi des sandales en caoutchouc, des chaussures pour dame de seconde main, des maillots de foot, du chewing-gum, des cigarettes, des gazous en plastique. Toutes ces marchandises s'entassent à l'arrière sous l'œil inquiet du chauffeur qui vérifie, les sourcils froncés, que le camion ne penche pas trop. Il doit encore nous caser, ne l'oublions pas.

Pendant qu'on attend notre tour, je m'éloigne de quelques pas pour appeler l'école de Kiki. Je sais que je serai bientôt de retour mais je me sens coupable de partir sans avoir au moins pris de ses nouvelles.

— Les jeunes filles n'ont pas le droit de prendre des appels sauf en cas d'urgence, me dit une voix sévère à l'autre bout du fil. C'en est une ?

— Pas vraiment, mais…

— Pas d'appel sauf en cas d'urgence, me répète la femme avant de raccrocher.

J'insulte la nonne à voix basse et recompose le numéro. Ça sonne dans le vide.

Je n'aime pas l'idée de quitter Sangui, et encore moins le pays, sans avoir parlé à Kiki. Et si je ne rentrais pas vendredi ? L'imaginer en train de m'attendre dans les sanitaires me serre le cœur. Mais je ne vois pas ce que je peux faire. J'essaie de chasser le mauvais pressentiment que j'éprouve depuis que j'ai passé ce coup de fil mais l'impression persiste tout le reste de la journée.

Nous ne sommes pas les seuls passagers. À l'heure du départ, je me retrouve au cœur d'une mêlée traînant des valises pleines à craquer, des gens qui tentent de monter à l'arrière du camion à la dernière minute, sans avoir payé les rabatteurs. Le visage en sueur, le nôtre essaie de repousser les intrus en les frappant. Je me faufile parmi la foule pour rejoindre le camion en poussant Michael devant moi, Skinny sur les talons. Le rabatteur nous laisse monter, non sans s'être frotté l'entrejambe contre ma cuisse. Il ricane devant mon air ébahi en me soufflant son haleine fétide au visage.

Au total, nous sommes six à avoir payé notre trajet. Une personne de plus, et l'arrière du camion raclait le sol. Je suis la seule fille. Les trois hommes qui nous rejoignent sont si grands et maigres qu'ils me font penser à des tiges de maïs. Ils ont l'air épuisés. L'un d'eux a proposé ses services de vigile en échange du prix du trajet. Il surveille attentivement les environs pour s'assurer que personne ne vole les marchandises amoncelées à l'arrière du camion pendant qu'on patiente dans les embouteillages, à la sortie de la ville. Les deux autres s'endorment immédiatement. Le « vigile » est si maigre et si frêle que j'ai du mal à croire qu'il pourrait barrer la route à un éventuel pillard. À vrai dire, j'ai même peur qu'un de ces hommes squelettiques s'envole comme une feuille de papier si le camion accélère trop brusquement.

Michael a trop de questions qui lui brûlent les lèvres.

Il les pose l'une après l'autre aux hommes-squelettes qui répondent d'un ton grave, presque professoral. Et de fait, il découvre rapidement que ces trois hommes enseignaient autrefois dans des écoles congolaises, et qu'à présent ils travaillent comme porteurs dans les marchés de Sangui. Ils vont au Congo pour s'assurer de la bonne marche de leur ferme et, sur le chemin du retour, voir leur femme et leurs enfants qui vivent dans un camp de réfugiés au Rwanda. Ils ne sont pas les bienvenus au Congo, expliquent-ils à Michael, qui aussitôt les presse d'autres questions. Qui ne veut pas d'eux là-bas ? Pourquoi ? Qui combat qui ?

Sa curiosité me met mal à l'aise mais les trois hommes lui répondent volontiers.

L'homme-squelette numéro un lui explique :

— C'est compliqué : à la base le problème, c'est que c'est un très grand pays peuplé de gens très différents, avec des langues et des histoires différentes. Tu sais, jadis, le roi de Belgique considérait tout le Congo comme sa propriété. Imagine un peu ! Tout : les gens, les arbres, les minerais, jusqu'à l'air qu'on respire… Cet homme, qui se trouvait à des milliers de kilomètres, estimait que c'était à lui.

— Nos ancêtres ont ri jusqu'à ce que les Belges leur coupent la langue, intervient l'homme-squelette numéro deux.

— Il en a fallu, du temps et du sang versé, pour obtenir notre indépendance, poursuit l'homme-squelette numéro un. Nous avons hérité d'un espace immense doté de frontières. Ces hommes avaient divisé les terres de nos ancêtres et rassemblé des communautés sous une même nation. Créer un seul Congo, comme le voudrait notre gouvernement, est une chose quasi impossible, surtout à l'est, là d'où nous venons.

Le gouvernement est trop loin. Nous ne savons rien des gens installés dans la capitale. Autrefois, nos aïeux régnaient sur les terres du Rwanda. C'était avant les frontières, avant le roi de Belgique, avant les Français et les Américains.

L'homme-squelette numéro trois sourit.

— C'est une longue histoire. Il nous faudrait une semaine pour bien la raconter. Et tu as demandé qui combattait qui. (Il se tourne vers ses amis.) Qui c'est, en ce moment ?

— Les Maï-Maï.

— M23.

— L'armée.

— Ils se battent les uns contre les autres ? demande Michael.

— Bah, ça dépend des jours. Où vous allez, vous ?

— À Walikale.

Les hommes secouent la tête.

— Ils en ont des costauds, là-bas.

— FDLR.

— CNDP.

— FARDC, M23…

— Plus trois Maï-Maï différents.

J'échange un regard avec Michael avant de m'exclamer :

— Un vrai charabia !

Parmi tous ces noms, seuls deux me sont familiers : Maï-Maï et M23. J'essaie de me rappeler ce que Donatien m'a raconté au sujet de ces différents groupes et de leurs alliances, mais c'est difficile. Ils sont si nombreux !

Michael est sur le point de poser une autre question mais l'homme-squelette numéro trois le fait taire d'un geste.

— Restez loin des armes. Tous ces gens se valent ! Y compris l'armée. Même ceux de ma tribu. Des gangs de trente, cinquante hommes menés par un seul chef. Parfois ils ne sont même pas de la même tribu. Un jour, ce sont des rebelles et celui d'après, des soldats du gouvernement, pour peu que leur chef ait passé un accord. Puis, du jour au lendemain, ils redeviennent des rebelles en changeant de nom. Mon neveu fait partie de ces gens-là. Il m'a tout raconté.

— Ton neveu ? Ce gamin ? demande l'homme-squelette numéro un, l'air désemparé.

Son compagnon baisse la tête.

— Je sais. J'ai essayé de le raisonner mais ces jeunes, ils n'écoutent rien. Ils ne veulent ni aller à l'école ni travailler à la ferme. Ils veulent juste boire, tirer sur des cibles et coucher avec des femmes.

— Quelles fermes ? Quelles écoles ? proteste l'homme-squelette numéro deux. Il y en a qui ont été abattus dans leur champ ! Ils enrôlent les gosses à la sortie de l'école, leur mettent un fusil dans les mains. Ou alors, comme moi, tu te crèves à faire pousser de quoi nourrir ta famille et les soldats viennent tout te prendre !

Les hommes enchaînent dans leur langue et le ton monte jusqu'à ce que l'un d'eux se souvienne qu'on les écoute toujours.

— Les chefs prétendent qu'ils se battent pour la liberté mais on voit bien que tout ce qui les intéresse, c'est faire couler le sang ou amasser de l'or. Les jeunes qui les suivent ne sont que des enfants pour la plupart. Mon pauvre neveu. C'était un bon garçon…

Un par un, les hommes ferment les yeux en songeant à d'autres neveux, à des fils, à des frères. Et pendant un long moment, ils sont trop tristes pour parler.

25

— Skinny prétend que tu lui as sauvé la vie, lance Michael.

Ça fait six heures qu'on roule. Les hommes-squelettes font la sieste, adossés aux marchandises. J'ai réussi à me faire une place entre un carton de paquets de chewing-gums et une caisse de sandales. On n'est pas si mal. Le soleil est encore chaud mais une légère brise rafraîchit l'atmosphère et j'aime la vue de ce patchwork de terres agricoles qui s'étendent sur les collines de part et d'autre de la route. Je n'arrive pas à me sortir de la tête les voix lasses des hommes-squelettes. À les entendre, on ne peut rien contre la guerre et ça ne finira jamais. Peut-être que je réagirais pareil si je n'avais connu que ça. Ma mère avait coutume de dire qu'on s'habitue à tout.

Michael attend que je dise quelque chose. Affalé sur un sac de sucre, il semble tellement à l'aise avec ses bras repliés sous la nuque que c'en est agaçant.

Je regarde Skinny qui ronfle, la bouche ouverte, emmailloté dans un *kanga*.

— C'est un peu exagéré. J'ai juste distribué quelques coups de poing à des gamins qui s'en prenaient à lui.

— Il m'a raconté qu'ils allaient le jeter dans une rivière.

— Il s'en serait tiré s'il avait su nager.

— Alors tu lui as bel et bien sauvé la vie.

Je hausse les épaules.

— Il exagère. Ce n'était pas grand-chose. J'en ai frappé un au visage et il s'est mis à saigner. C'était juste une bande d'abrutis qui l'insultaient et cherchaient à lui faire peur. Ils se sont tous barrés en courant à la première goutte de sang versée.

Michael ricane.

— J'aurais aimé voir ça.

Je me surprends à glousser aussi.

— C'était assez beau à voir.

On dépasse un homme qui mène un troupeau sur le bord de la route. Il fait avancer les bêtes en leur fouettant la croupe à l'aide d'un long bâton. Le camion passe près de lui sans même ralentir et je retiens mon souffle en voyant une vache faire une embardée, mais l'homme lui frappe le flanc pile au bon endroit et elle échappe à la mort de justesse.

Alors que l'homme et ses vaches disparaissent dans le lointain, Michael demande :

— Ce voyage, ce n'est pas que Mwika, hein ? Tu veux aller au Congo parce que mon père y est.

— Tu es au courant pour son déplacement ?

— Il m'a prévenu. Il doit y aller régulièrement pour vérifier des trucs. Et toi, comment tu sais ?

— Je… j'ai mes sources.

— Et ces sources, elles ne se cacheraient pas dans un tunnel secret, par hasard ?

Je sens mes joues s'empourprer.

— Je… j'ai effacé l'enregistrement vidéo. Comment tu sais ?

— Alors tu es retournée là-bas…

J'attends qu'il se mette en colère mais il se contente de demander :

— Tu crois qu'en le suivant, tu vas savoir s'il a tué ta mère ?

Je l'observe. Je sais ce qu'il est en train de faire. S'il ne me reproche pas d'être encore allée fureter derrière son dos, c'est parce qu'il espère que je vais m'ouvrir à lui, partager mes réflexions comme il le fait avec moi. Mais je n'ai pas l'habitude.

— Je ne sais pas.

Au moins, je suis honnête.

— Tu as un plan à l'arrivée ?

— Trouver Mwika.

Il acquiesce.

— Skinny m'a dit que mon père lui avait transféré de l'argent il y a deux ans.

Je relève les yeux vers lui.

— Tu sais pourquoi ?

Michael secoue la tête. J'ai envie de lui demander s'il pense que c'était pour récupérer la vidéo mais en voyant l'expression de son visage je me tais. On le saura bien assez tôt. Pour la première fois, j'en viens à me demander si ce n'est pas plus difficile pour lui que pour moi. Ma mère est morte depuis longtemps et si la douleur est toujours là, elle s'est émoussée au fil des années. Mais qu'est-ce que je ressentirais si je découvrais que c'était une personne horrible, à l'instar de Michael avec son père ?

Ne sois pas désolée pour lui, Tina. Pense à maman. Tu t'es donné trop de mal pour en arriver là.

Une pensée en amenant une autre, je songe à l'autre fille sur la photo. Peut-être qu'elle vit toujours à Kasisi et qu'on pourra la rencontrer. À moins que ma mère ait eu d'autres amis, voire de la famille à qui on pourrait aussi s'adresser. Est-ce que j'ai des grands-parents, des oncles, des tantes ? Ma mère ne m'a jamais parlé d'eux. Le dossier des Nations unies mentionne qu'elle est enfant unique et que ses parents sont morts. Mais si elle a menti au sujet de son mariage, elle a peut-être menti sur le reste aussi. Je me sens fébrile à la perspective de retrouver des parents à Kasisi. À quoi ressembleraient-ils ? Que penseraient-ils de moi ?

Je contemple mes tatouages et mon excitation retombe un peu. J'ai le pressentiment qu'ils ne seront pas bien vus là-bas. Et que les filles porteront des robes. Beurk.

Je tire sur un lacet qui dépasse d'un sac de chaussures.

— Où tu leur as dit que tu allais, à tes parents ? Tu es dans la mouise ou pas ? Est-ce qu'ils vont envoyer des gens à tes trousses ?

Michael regarde les collines défiler.

— Je leur ai dit que je voulais retourner à l'école, qu'ils devaient me laisser repartir plus tôt. J'ai demandé à un ami d'appeler ma mère en se faisant passer pour le proviseur. J'ai dit au chauffeur de me déposer à l'aéroport.

— Ils t'ont cru ?

— Après mon renvoi, ma mère était folle de rage. Elle a menacé de suspendre nos donations sous prétexte que ce n'était pas juste de me punir avec la même sévérité que le type qui a proféré des insultes racistes. Je lui ai dit que ses menaces avaient fonctionné.

— Et c'est vrai ?

Michael contemple ses bras et soudain, il me vient à l'esprit que si, selon mes propres critères, il a la peau claire, il ne doit probablement pas être perçu ainsi en Suisse.

— Non.

On reste silencieux un moment. Je tire sur le *kanga* que Skinny m'a prêté pour me couvrir. Ils ont tous des proverbes imprimés sur le tissu. Sur le mien, on peut lire : *WACHE WASEME.* « Laisse-les parler. »

— Je leur ai raconté que tu avais décidé d'aller vivre chez une cousine, reprend Michael.

Je n'ai même pas pensé que ses parents pouvaient se demander où j'étais. Je n'ai pas l'habitude de demander la permission pour me rendre quelque part.

— Merci.

Il hoche la tête.

— Et comme je t'ai couverte, j'ai le droit de te poser une question.

Je réponds d'un ton circonspect :

— Vas-y

— Parle-moi de tes tatouages.

Je ne m'y attendais pas, à celle-là. J'aurais cru qu'il me demanderait pourquoi je me suis enfuie après la mort de ma mère.

— Il n'y a pas grand-chose à en dire. Tous les Goondas en ont.

— Pourquoi ?

— Je ne sais pas, c'est comme ça.

— Tu as toujours été chez les Goondas, depuis que tu es partie ?

— Oui.

— Tu as toujours été une voleuse ? (Il regarde ses mains.) Tu n'as jamais été obligée de…

— De quoi ? De vendre mon corps ? Non.

— Ce n'est pas ce que j'aurais…

— Les hommes s'imaginent toujours que c'est le seul moyen pour une femme de survivre dans la rue. Ouvrir les jambes, c'est tout ce qu'on apprend aux filles…

— Désolé, je ne…

— Et même si je l'avais fait, ce ne sont pas tes oignons.

Michael lève les mains en signe de capitulation.

— On est d'accord.

Le silence retombe pendant quelques instants puis il demande :

— Alors, qu'est-ce qu'ils signifient, ces tatouages ?

Je regarde les champs qui défilent, les cultures en terrasse qui s'étendent jusqu'au sommet des collines, parsemées ici et là de cabanes en terre. J'essaie de réfléchir à une réponse.

— Pour les Goondas, c'est un moyen de se souvenir. D'une bonne bagarre, d'un bon casse, d'une mort. C'est un peu raconter son histoire, mais sur la peau et pas sur le papier.

Je remonte la manche de mon tee-shirt pour lui montrer la tête de léopard que j'ai sur l'épaule. Les taches du félin s'étendent jusqu'à mon bras et mon omoplate, où elles deviennent des oiseaux prenant leur envol.

— Je me suis fait tatouer celui-là après mon premier vrai cambriolage.

Michael ne dit rien mais se penche pour mieux entendre.

— Je me croyais maligne. Je me trouvais agile comme un léopard. Tu savais que c'était le félin le plus répandu ? C'est juste qu'on ne le voit pas. Il peut te suivre comme ton ombre pendant des kilomètres sans que tu t'aperçoives de rien.

Michael semble amusé.

— Oui, je sais. C'est cucul. Mais j'avais treize ans.

— Treize ans ! Et les autres ?

Je lui raconte que je me suis fait faire mes brassards swahili après avoir dérobé une célèbre émeraude à la jeune épouse d'un cheikh koweïtien. Ils passaient leur lune de miel dans l'hôtel le plus luxueux de Sangui et j'avais eu l'occasion d'admirer les tatouages au henné que la mariée avait sur les bras. Les miens s'entrelacent autour de l'épée sur mon bras gauche et de la roue sur mon bras droit.

— Et cette roue, qu'est-ce qu'elle symbolise ?

— Ça, c'est personnel.

— Elle est bizarre. Elle a des pointes. Et on dirait qu'elle fait écho à l'épée sur ton autre bras, qui est tatouée exactement au même endroit.

— Tu es très observateur.

— Et… ?

— Et ça ne te regarde toujours pas. Tu veux te faire tatouer, toi aussi ? Je connais un type très doué qui s'appelle Spike…

Michael sourit en se massant le bras.

— Ma mère me tuerait. (Cette idée semble l'enchanter.) Un jour, peut-être.

Il contemple la cicatrice pâle en forme de croissant de lune qui se détache sur l'intérieur de son bras gauche. Je lance :

— On voit toujours ta cicatrice.

Son regard se pose sur mon propre bras et ma propre cicatrice, cernée par les tatouages. Je ne sais toujours pas pourquoi j'ai demandé à Spike de ne pas tatouer cet endroit-là. Michael se penche pour promener le doigt dessus et je sens un frisson remonter le long de mon bras en même temps que mes joues s'empourprent.

Il scrute mon visage.

— Oui. Il faut croire que moi aussi, j'ai mon histoire tatouée sur la peau.

À ces mots, il s'allonge de nouveau et ferme les yeux.

C'est la nuit. Pour tenter de trouver le sommeil, on se recroqueville comme on peut sous nos minces couvertures et les bâches que le chauffeur nous a données. Je m'éveille quelque part en Tanzanie, blottie entre Michael et Skinny qui dorment profondément. Les étoiles de la Voie lactée brillent intensément dans le ciel noir. J'envisage de changer de place mais il fait froid et avant d'avoir réussi à me décider, je me rendors jusqu'au matin.

Vers midi, on laisse la Tanzanie derrière nous. Puis le Rwanda.

Le chauffeur nous fait descendre avant d'arriver au poste-frontière. On doit couper par la brousse, en empruntant des sentiers battus. Là aussi, il y a des hommes qui montent la garde mais eux s'en fichent des allées et venues. La seule chose qui les intéresse, c'est l'argent. Ils n'acceptent pas de marchander. Si tu ne peux pas payer ce qu'ils demandent, ils te poussent sur le côté et font signe à la personne suivante dans la file, qui a déjà sorti son argent.

— Bienvenue au Congo, dit l'un d'eux après avoir compté nos billets.

Il porte un AK-47 en bandoulière par-dessus un maillot de foot bleu. Il nous fait signe d'avancer.

Une fois les postes-frontières à bonne distance, on remonte dans le camion, qui continue son périple.

Après Goma, les routes étroites laissent place à des pistes en terre rouge cahoteuses qui rendent tout sommeil impossible et bientôt, le camion s'enfonce dans la forêt. Des singes au regard triste déboulent de temps à autre sur la piste, et l'air est frais et humide. Les villages qu'on traverse surgissent de la terre, comme des champignons après la pluie, puis se fondent dans les arbres ou les herbes hautes avec la même soudaineté, à tel point qu'on se demande si on n'a pas rêvé.

Parfois, la route serpente entre des arbres qui masquent presque toute la lumière du soleil, et à d'autres moments elle longe des précipices. Parfois, on voit les restes pulvérisés d'un camion en contrebas ; de la vigne s'enroule déjà autour de la carcasse comme si la jungle était une bête capable d'absorber tout ce qu'elle touche.

Les hommes-squelettes annoncent qu'on est presque arrivés.

26

— Kasisi, dit l'un des hommes au moment où le camion s'arrête enfin sur le côté de la piste.

Je cherche autour de moi un détail familier mais cet endroit ne m'évoque pas plus de souvenirs que les autres villages paisibles qu'on a traversés. Quelques constructions à un étage s'agglutinent aux intersections. Autrefois peintes en blanc dans un bel élan d'optimisme, leurs façades sont désormais constellées de terre rouge. La rue est pleine de gens, de poules, de chiens et d'ordures. J'entrevois un marché un peu plus loin, des hommes à vélo qui vont et viennent, des femmes portant des corbeilles en plastique remplies de fruits en équilibre sur la tête. Une odeur de *mandazi* fait gargouiller mon estomac.

Je saute du camion et je me joins aux hommes-squelettes qui s'étirent pour soulager leurs muscles courbaturés après ces deux jours passés sur la route. Le voyage a duré plus longtemps que prévu. On est mercredi en fin d'après-midi et je m'inquiète à l'idée de ne pas être rentrée à temps pour mon rendez-vous hebdomadaire avec Kiki. Mais peut-être qu'avec un peu de chance on retrouvera facilement Mwika ?

Michael va demander au chauffeur de lui indiquer un hôtel pendant que Skinny serre son sac griffé contre lui, l'air éploré.

— Allez, souris, *habibi* ! Tu n'es pas content d'être rentré au pays ? Qui sait ? Ils ont peut-être ouvert un magasin Prada en ton absence.

— Ne me parle pas. Hé ! Ouste !

Une chèvre intriguée mordille le pantalon de Skinny.

Je me demande si Greyhill est arrivé. S'est-il rendu directement à la mine ou a-t-il décidé de faire un petit tour en ville avant ? Je l'imagine mal s'encanailler ici.

J'entends Michael remercier le chauffeur. À son retour, il est presque guilleret.

— Il dit que le meilleur point de chute est la pension attenante à l'hôpital de la mission. C'est là que séjournent les types des Nations unies quand ils passent dans le coin. Il y a l'électricité et tout. Tous les *piki-piki* savent où c'est. Ils pourront nous emmener.

Je sens mes cheveux se dresser sur ma nuque. Un hôpital ? C'est peut-être là que ma mère travaillait comme infirmière. Quant à l'hôtel, ce doit être celui où logeait Donatien.

— Avant, il faut juste changer de l'argent, poursuit Michael en regardant autour de lui. L'hôtel n'accepte que les francs.

— T'inquiète, dis-je. Des sous, j'en ai.

— Tu as déjà changé de l'argent ? T'es rapide.

Skinny me lance un regard appuyé. Je tapote la liasse de billets que j'ai cachée dans ma ceinture.

— Eh ouais !

Au moment de monter dans le camion, pendant que le rabatteur se collait à moi, je me suis débrouillée pour récupérer l'argent de Michael plus les intérêts. La plus grande partie de ce fric était en vieux francs congolais.

— Et j'ai même appris quelque chose sur ta mère, ajoute Michael, l'air visiblement content de lui, tandis qu'on se dirige vers un *piki-piki*. Le type qui discutait avec le chauffeur connaissait son nom. Il m'a dit qu'il pouvait nous montrer l'étal de ton cousin au marché.

Je manque de trébucher.

— Tu as parlé de ma mère à un étranger ?

Le sourire de Michael s'évanouit.

— Hein ? Je pensais que tu serais contente. C'est pour ça qu'on est ici, non ? Pour retrouver des gens qui la connaissaient...

— Mais on n'a pas besoin d'annoncer notre présence !

Je regarde autour de moi. On a déjà attiré l'attention : Skinny avec sa tenue, qui nous fait signe de monter sur les engins de mort qu'il a réquisitionnés. Moi et mes vêtements de ville ; je ferais mieux de porter une jupe pour me fondre dans le décor mais c'est hors de question. Et Michael, avec sa peau claire, ses yeux verts et son allure beaucoup trop proprette.

J'enfourche une moto qui semble tenir avec des bouts de ficelle.

— Tu es le pire détective de la terre. Allez, en route. Il va bientôt faire nuit.

On cherche vainement le gérant de l'hôtel pour réserver des chambres. Il faut croire qu'ils n'ont pas eu beaucoup de travailleurs des Nations unies ces derniers temps, parce que la religieuse à qui on s'adresse explique en se tordant les mains qu'ils manquent de meubles. J'échange un regard avec Skinny et Michael mais à ce stade, un toit et quatre murs feront l'affaire. On se risque quand même à demander s'ils ont des couvertures à nous fournir, et avant de retourner à ses occupations, elle nous répond que le responsable peut sans doute se débrouiller pour en trouver. Tandis qu'elle s'éloigne, je remarque une tache de sang au bas de sa robe.

Pendant que les garçons patientent, je vais jeter un œil au bâtiment. Il fait nuit mais toutes les lumières sont éteintes. Le coassement des grenouilles et les stridulations des insectes sont presque assourdissants. J'ai cru entendre Michael dire qu'ils avaient l'électricité ici mais elle est peut-être réservée à l'hôpital. Je passe près d'une piscine transformée en potager. Les chambres donnent sur le bassin, la terrasse et ce qui devait être un restaurant, aujourd'hui à l'abandon, avec des tables et des chaises cassées alignées contre un mur et un toit en paille sans doute rempli de vermine. Les yeux fixés sur les plants de tomates et de maïs, je me demande si j'ai déjà vu cet endroit.

Quelque part au-delà du jardin, j'entends un cri de femme. Je tourne la tête en direction du bruit et vois de la lumière filtrer à travers la haie. Je marche vers elle et aperçois une allée bétonnée entre deux bâtiments longs et bas percés de fenêtres à barreaux. Je m'engouffre par une porte ouverte et pénètre dans une pièce remplie de lits. J'en compte une cinquantaine, et autant – voire plus – de paillasses sur le sol. Pas étonnant que la nonne ait déploré le manque de meubles. Je la vois de l'autre côté de la pièce qui se prépare à faire une injection. Cachée dans la pénombre, j'entends la femme crier de nouveau. Elle se trouve quelque part à ma droite, dans une autre salle desservie par un long couloir.

— *Habari ya jioni*, dit une voix derrière moi, et je me retourne brusquement.

Une sœur plus âgée portant d'épaisses lunettes m'observe depuis le seuil d'un petit bureau encombré. Je lui retourne son bonsoir et me fige, les bras ballants, sans savoir si je dois partir ou rester. La femme crie toujours.

— Ne t'inquiète pas, dit la nonne devant mon air épouvanté. Elle est en train d'accoucher. Tout ira bien. Elle est jeune et robuste.

J'acquiesce en buvant ses paroles, charmée par son accent swahili. Elle a la voix de ma mère. J'ai perdu mon accent à force de vivre à Sangui. Bien sûr, il y a plein de réfugiés qui parlent le swahili congolais là-bas, mais le phrasé de cette femme recèle quelque chose de très familier. Je déglutis péniblement.

— Désolée, je ne voulais pas vous déranger. Je vais partir.

— Non, tu peux rester, ma fille. Il y a quelqu'un de ta famille ici ?

Des papillons de nuit viennent se cogner à l'ampoule suspendue au plafond, formant un halo clignotant au-dessus de sa tête.

— Je suis une cliente de la pension.

Elle lève les sourcils.

— Oh ? Nous n'avons plus beaucoup de visiteurs. Tu sembles très jeune pour voyager seule. Tu es accompagnée, j'espère ?

Je hoche la tête.

— Bien. Les jeunes filles de ton âge ne devraient pas se promener seules dans le village.

— Je sais prendre soin de moi.

Ma réponse semble l'étonner mais contrairement à la plupart des gens, elle ne fait pas de commentaire sur ma silhouette chétive.

— Tu n'es pas d'ici, n'est-ce pas ?

— À vrai dire si, mais je suis partie il y a longtemps.

— *Karibu.* Bienvenue au bercail. (Elle sourit et les rides de son visage me rappellent l'aspect rugueux du bois ; décidément, sa tête me plaît.) Je m'appelle sœur Dorothée. Puisque tu es là, tu peux peut-être m'aider.

— Oh ! euh…

Je lance un regard vers les malades en me demandant en quoi je pourrais lui être utile.

Elle sourit.

— Approche… Ils ne vont pas te mordre. J'ai besoin d'une bonne paire de bras. Comment tu t'appelles, ma fille ?

Elle retourne dans le bureau et en rapporte une grosse pile de couvertures en polyester. Avant même de songer à lui donner un faux nom, je réponds :

— Christina.

— C'est très joli. Il fait froid la nuit et nous avons de nouveaux patients qui en auront bien besoin.

Je prends la pile de couvertures en me demandant si je dois en voler une ou deux au cas où et je suis la religieuse après avoir jeté un dernier regard vers la pension.

Sœur Dorothée se penche vers une jeune femme étendue sur un lit juste au-delà du seuil. Elle garde ses mains bandées posées sur la poitrine tandis que la religieuse lui parle à voix basse. Sœur Dorothée prend une couverture sur ma pile et borde la jeune femme en lissant les plis du tissu. Elle ferme les yeux sans avoir lancé un regard dans ma direction.

On passe au lit suivant, où est allongée une vieille femme aux cheveux gris, si frêle et si desséchée qu'elle disparaît dans les draps. Elle dort et, assis à son chevet, un bambin aux grands yeux noirs suce son pouce. Son regard se pose sur moi. Il a l'air bien portant mais je ne peux m'empêcher de me demander où est sa mère. Sœur Dorothée prend une autre couverture sur la pile ; soudain, je me sens très coupable d'avoir songé à en voler une. On passe au patient suivant, une femme assise dans son lit qui nous regarde approcher.

— C'est la nouvelle infirmière ? demande-t-elle à sœur Dorothée en me désignant d'un signe de tête.

— Non, elle est juste de passage, répond la sœur.

Les narines de la femme se dilatent. Elle dit quelques mots en français que je ne comprends pas, mais le sens de ses paroles est assez clair à sa façon de me montrer du doigt et de me chasser avec de grands gestes.

— Qu'est-ce qu'elle a dit ?

Sœur Dorothée prend une couverture sur la pile avant de répondre en swahili :

— Que tu es très jolie. Elle a toujours peur que la milice débarque ; elle s'imagine que les jolies filles attirent les soldats. Allons, Georgette, on en a déjà parlé. Il faut se détendre ou tu ne guériras pas. Ne fais pas attention à elle. Elle est la bienvenue autant que toi.

Sœur Dorothée poursuit sa conversation avec Georgette tandis que je m'éloigne de quelques pas en essayant de ne pas tendre l'oreille. Georgette remue péniblement dans son lit et répond en français. Je parviens tout de même à comprendre qu'elle a encore mal.

Sœur Dorothée hoche la tête et tâte son front.

— Je vais te chercher de l'aspirine, dit-elle avant de passer au lit suivant.

Je demande :

— Il n'y a que des femmes ici ?

— Non, il y a aussi des hommes et des jeunes garçons. Ils sont dans l'autre aile, à l'exception des tout-petits qui sont autorisés à rester ici.

La femme qui occupe le lit suivant dort, elle aussi, et Dorothée déplie une couverture pour la couvrir. Elle dégage une odeur bizarre, métallique, qui me rappelle celle d'un étal de boucherie. Je réprime un mouvement de recul. Son visage est en grande partie dissimulé sous un bandage et la chair encore visible semble enflée et mutilée. Les sourcils froncés, la religieuse prend le poignet de la femme pour lui tâter le pouls.

— On nous l'a amenée aujourd'hui avec trois autres, dit-elle en désignant deux lits près du mur.

Les trois patientes semblent dormir, le visage immobile. Les pansements blancs sur leurs bras et sur leur visage contrastent avec leur peau noire. Malgré ses ecchymoses, je vois bien que la fille étendue sur le dernier lit est à peine plus âgée que moi.

— La quatrième n'a pas survécu à l'opération, ajoute sœur Dorothée. (Elle glisse le bras de la femme sous la couverture.) On les a trouvées en bordure d'un champ. Elles sont toutes sous sédatifs mais on n'en a pas assez pour terminer la journée. Demain sera difficile.

— Qu'est-ce qui leur est arrivé ?

Sœur Dorothée me dévisage et pendant un bref instant, j'ai l'impression qu'elle ne m'a pas entendue. Puis son regard erre dans la pièce, se pose sur les corps immobiles et les visages figés. Quelques femmes alitées nous regardent mais la plupart fixent le plafond ou sont roulées en boule dans leur lit. La religieuse finit par répondre à voix basse afin que moi seule puisse entendre :

— La même chose qu'à toutes les autres. La guerre.

En m'asseyant à la table du dîner avec les religieuses après la prière du soir, j'ai la tête pleine d'images de corps meurtris. Je suis contente que Michael et Skinny ne me mêlent pas à leur discussion : ils se disputent pour savoir si l'animal qu'ils ont vu traverser le jardin est un chat errant ou une civette. Apparemment, l'un porte chance et pas l'autre. Je ne me donne pas la peine de demander ce qu'est une civette. Je devrais peut-être ; cet endroit aurait bien besoin d'un petit coup de pouce.

Nous nous serrons autour de la table avec un prêtre et une douzaine de nonnes. L'électricité a été coupée dans le bâtiment et nous dînons à la lueur tremblotante de lampes à huile. Les sœurs nous expliquent que comme elles ne reçoivent plus grand-monde, l'hôtel-restaurant a été quasiment vidé de son contenu et les objets ou meubles utiles réquisitionnés. Mais elles ont encore une cuisine à leur disposition et après avoir dit le bénédicité, elles nous servent des bols fumants de *dengu*, de *sukuma* et de *matoke*.

— Ce sont juste des haricots, des légumes verts et des bananes, dis-je à Michael qui n'a pas l'air de savoir ce qu'il doit faire de son bol. Ne sois pas grossier.

Michael goûte son plat du bout des lèvres, pousse un grognement approbateur et l'engloutit aussitôt. Les bavardages des religieuses réchauffent l'atmosphère autour de la table et bientôt, je commence à me sentir un peu mieux. La fatigue du voyage finit par nous rattraper. Skinny dodeline de la tête au-dessus de son bol.

— Vous êtes des étudiants ? s'enquiert le prêtre, père Fidèle. Qu'est-ce qui vous amène à Kasisi ?

Il semble jeune : ses joues ont gardé la rondeur de l'enfance et il a l'air aimable.

Les bavardages cessent et bientôt, on n'entend plus que le raclement des cuillères dans les bols tandis que les sœurs, le visage tourné vers nous, attendent notre réponse. Je m'éclaircis la voix et m'essuie la bouche avec le dos de la main.

— Oui. On fait un... voyage d'études.

— On aimerait discuter avec les villageois de leurs pratiques agricoles, renchérit Michael. On suit un cours de conservation de la nature.

Skinny tousse et je hoche la tête en souriant, reconnaissante à Michael de son à-propos.

— C'est une lourde tâche, il me semble, pour des élèves du secondaire. Et vous voyagez sans accompagnateurs ?

— Nous sommes inscrits à l'université, répond Skinny.

Une des sœurs les plus âgées intervient :

— Ce n'est pas si étonnant. Moi-même, j'ai voyagé seule dans le cadre de mes études quand j'avais leur âge.

— C'était avant que les routes soient infestées de rebelles, objecte une autre religieuse.

— Ces jours-ci, il y aurait eu de nouveaux raids sur des villages situés plus au nord, ajoute sœur Dorothée.

Je m'efforce de la rassurer :

— Nous sommes très prudents. Nous dormons chez des prêtres ou des pasteurs.

— Vous devriez aussi faire attention à eux, dit une nonne, et les autres éclatent de rire.

Une sœur plus âgée, sans doute une des responsables de la congrégation, lui lance un regard sévère et elle murmure une excuse.

— Ce n'est pas faux, dit le père Fidèle, hilare, lui aussi. Nous prierons pour que votre voyage se passe bien.

— Euh… merci.

— Sœur Dorothée nous a dit que tu étais d'ici, Christina ? lance le prêtre.

Je me tortille sur ma chaise. J'aurais bien voulu avoir la présence d'esprit de répondre autre chose à la religieuse mais il est trop tard maintenant.

— Oui. Je suis partie avec ma mère quand j'avais cinq ans, il y a onze ans environ.

J'hésite et lance un regard à Michael et à Skinny, qui attendent la suite. Est-ce que je peux poser des questions sur ma mère ? Ces femmes sont des religieuses. Elles sont là pour prendre soin des villageois. Je sens l'espoir renaître un peu. Et après tout, si je me tais, je vais peut-être laisser passer ma chance.

Je dis d'une voix mal assurée en scrutant leurs visages :

— Elle était infirmière. Elle a peut-être travaillé ici.

— Oh ? Comment s'appelait-elle ?

Je prends une grande inspiration.

— Anju Yvette Masika.

Un silence de mort accueille ma réponse. Regardant autour de moi, je vois des yeux écarquillés, des gestes suspendus. Une des sœurs esquisse un signe de croix sur sa poitrine. Mon cœur se serre. Puis, de manière tout aussi soudaine, la gêne se dissipe et chacun se remet à manger comme si rien ne s'était passé. Mais je vois sœur Dorothée échanger un regard avec la sœur plus âgée avant de se pencher de nouveau sur son bol.

— Vous l'avez connue ? demande Michael, avec la subtilité qui le caractérise.

J'ai envie de lui donner un coup de pied sous la table mais j'ai peur de confondre son genou avec celui d'une sœur.

Quelques dîneuses secouent la tête. Aucune ne se donne la peine de justifier sa réaction et, après s'être raclé la gorge, le prêtre demande à être resservi. On se démène pour le satisfaire puis la conversation dérive vers la diminution alarmante du stock de médicaments. On essaie de déterminer s'il faut envoyer quelqu'un à Goma pour le réapprovisionner et si la saison de la malaria sera mauvaise cette année. Je lance un coup d'œil à Skinny qui lève un sourcil à mon intention. Quelqu'un sait quelque chose ici.

27

J'envisage d'aller parler à sœur Dorothée après le dîner, mais une jeune femme qui travaille à l'hôpital me devance et la prend par le bras avant même qu'elle se soit levée de table. Les autres religieuses s'éloignent discrètement par petits groupes de deux ou trois sans que j'aie pu les questionner sur ma mère. On nous distribue des lampes à huile et je suis Michael et Skinny, en proie à un sentiment de malaise mêlé d'épuisement.

Les chambres sont humides et délabrées. Des geckos s'agglutinent sous le halo des lampes en poussant des cris inquiets. Il n'y a pas de lit mais on nous a trouvé deux chaises et des lits de camp qui me rappellent celui sur lequel j'ai dormi dans le « donjon » des Greyhill.

Je m'attends à ce que Michael fasse la fine bouche mais il lâche son sac sur son lit et lance :

— Enfin on va se reposer !

Skinny essaie un interrupteur dans la chambre de Michael mais il ne se passe rien.

— Mon ordinateur ne va pas tenir longtemps sans électricité.

— J'espère que ton cerveau ne va pas se dessécher sans son quota d'écrans.

Il fait la grimace.

— T'inquiète, chérie, ma cervelle a encore des kilomètres de batterie devant elle. C'est pour mon ordi que je m'inquiète. J'essaierai de le charger demain. J'ai emporté un petit panneau solaire. Mais je ne pourrai pas travailler beaucoup d'ici là.

— Qu'est-ce qui s'est passé au dîner ? demande Michael.

— Aucune idée. Mais visiblement, ils ont bien connu ma mère.

Je me mordille pensivement un ongle.

— Le village n'est pas grand. Tout le monde connaît tout le monde par ici.

— Ils étaient bizarres, tout de même, dit Skinny en allumant son ordinateur.

— C'est quoi le plan pour demain ? s'enquiert Michael. La dernière fois qu'on a vu Mwika, c'était à Walikale, qui se trouve à quelques heures de route d'ici. Est-ce qu'on y va ou on reste un peu dans le village pour enquêter ?

— Skinny, tu peux te servir du numéro de téléphone qu'on a trouvé dans les fichiers de Greyhill pour le retrouver ? Je n'ai pas envie de partir si on n'a pas une piste solide.

J'ignore le regard noir que me lance Michael quand je fais allusion aux données volées à son père.

— Je vais essayer. Je suppose que First Solutions n'est pas le genre de boîte qui a pignon sur rue.

Michael secoue la tête.

— Si seulement c'était aussi simple. Je ne sais même pas où cette société est basée. On dirait qu'ils passent leur temps à envoyer les gens dans des directions différentes. J'ai essayé de les contacter plusieurs jours d'affilée mais ça ne répond pas au téléphone. J'ai laissé des dizaines de messages. Tu as peut-être un autre numéro.

— Qu'est-ce que tu leur as raconté ? demande Skinny, les yeux fixés sur son écran.

— Hein ?

Skinny lève les yeux au ciel.

— Tu leur as dit qui tu étais ?

— Ça va pas, non ?

Skinny ne semble pas du tout impressionné.

— Donne-moi ce que tu as trouvé sur eux et je vais voir ce que je peux faire. Il y a bien quelqu'un qui sait où envoyer l'argent de Mwika.

Michael se tourne vers moi.

— Et nous, qu'est-ce qu'on fait pendant ce temps-là ?

— Elle est loin, la mine d'Extracta ? On pourrait aller y jeter un œil.

— Tu tiens vraiment à aller là-bas ? On ne devrait pas plutôt rester ici au cas où Skinny retrouverait Mwika ?

— On n'a pas fait tout ce chemin pour attendre les bras croisés !

— On est venus ici pour lui, non ? On n'a pas besoin de s'occuper du reste.

Je me lève.

— Je veux découvrir ce que ma mère savait sur ton père et qu'elle avait l'intention de révéler à Donatien.

Du coin de l'œil, je vois les épaules de Michael se raidir. Il ne dit rien.

— Et le fichier caché dans la photo de ta mère ? suggère Skinny. Vous pourriez peut-être essayer de déchiffrer ce qui est écrit. Ce doit être important.

— Quel fichier caché ? demande Michael.

Je jette à Skinny un regard lourd de reproche.

— Euh… rien, bredouille-t-il en se réfugiant derrière son écran.

Michael se tourne vers moi.

— Quel fichier ? répète-t-il.

— Ce… c'était dans les données de ton père. J'ai préféré ne pas t'en parler tout de suite. Ça n'a peut-être rien à voir avec ma mère.

— Montre, dit-il d'un ton impérieux.

Skinny m'interroge du regard et je réponds en soupirant :

— Vas-y.

Il affiche sur son écran la liste de noms et de chiffres et tourne l'ordinateur vers Michael.

— Qu'est-ce que c'est ? demande-t-il, les yeux brillants. Et quand t'avais prévu de m'en parler ?

— Je t'en parle, là, non ? Et puis je n'en sais pas plus que toi. Ce sont juste des chiffres et des noms.

Michael désigne l'écran.

— « Intérêts mobiles ». Tu sais ce que ça veut dire ?

— Non.

Il me foudroie du regard.

— Eh bien, si tu me l'avais montré avant, ce fichier, j'aurais pu te l'expliquer.

Je demande avec une pointe d'impatience :

— Qu'est-ce que c'est ?

Michael m'observe d'un air incrédule, ouvre la bouche pour protester mais se ravise, et répond en secouant la tête :

— C'est la société de transport qu'employait Extracta pour acheminer le minerai jusqu'à ce que mon père découvre qu'ils le volaient.

— Comment tu sais tout ça ?

— Il y a eu un esclandre à la maison parce que la famille de ma mère possède des parts dans cette société, répond-il, le visage toujours crispé de colère.

— Effectivement, c'est bon à savoir.

— Tu ne peux pas continuer à me cacher des choses comme ça, Tina.

— Arrête de faire le gamin. Je ne suis pas obligée de tout te dire.

— Il le faut bien si tu veux que je t'aide à retrouver l'assassin de ta mère !

Je braque un index sur lui.

— Je pense toujours que c'est ton père qui l'a tuée, alors ne t'étonne pas si je ne te dis pas tout !

— Doucement, les enfants ! lance Skinny en s'interposant. Ça suffit pour ce soir. Je crois qu'on a passé trop de temps dans ce camion et qu'il est l'heure d'aller se coucher. Vous reprendrez la discussion demain.

— D'accord.

Je sors de la pièce en emportant une lampe à huile. Derrière moi, je les entends qui poursuivent la discussion. Je claque la porte de ma chambre. Michael ne devrait même pas être là. J'aurais aussi pu me débrouiller toute seule.

Oui, mais je ne sais toujours pas où est Mwika…

Je me laisse choir sur mon lit et, les yeux fixés sur le plafond, je sens la colère monter.

Dans le silence de ma chambre, je prends conscience du vacarme assourdissant des grenouilles et des insectes au-dehors. La pluie se met à tambouriner sur le toit en tôle de la pension, tel un déluge de pierres minuscules. À la faible lueur de la lampe, j'examine la carte de prière de ma mère puis sa photo : quelque chose me dit qu'elles sont liées, mais de quelle manière ? La photo est toute froissée à force de voyager dans ma poche, mais le visage et les yeux de ma mère me semblent plus nets que jamais. La fille près d'elle m'est vaguement familière, mais c'est comme essayer d'attraper les fils d'une toile d'araignée. Ils se dissolvent sous mes doigts. À une époque, cette fille a compté pour ma mère. De toute évidence, elles étaient proches. Je sens la colère m'envahir de nouveau. Je devrais savoir qui est cette personne. Pourquoi ma mère ne m'a jamais parlé d'elle ?

Le poids de tout ce que j'ignore m'écrase. Je fais tout ça pour elle alors qu'elle n'a jamais pris la peine de me raconter quoi que ce soit. Qu'est-ce qu'elle s'imaginait ? Que je n'aurais pas envie de savoir ? C'est mon histoire aussi et j'ai la drôle d'impression qu'elle a tout gardé pour elle, le bon comme le mauvais. Ses amis, sa famille. MA famille. Pour la première fois depuis longtemps, je songe à mon père. Qui était-il ? Peut-être qu'il est ici lui aussi, dans ce village. Qui sait ? Et si je l'avais croisé dans la rue ?

Je regarde sainte Catherine, ses joues roses, son regard pensif, plus imperturbable que jamais, et je respire à fond pour me calmer. Une odeur puissante de terre humide et de feuilles en décomposition emplit mes poumons. Il faut que je dorme. J'éteins la lampe et m'allonge sur mon lit, la photo et la carte posées sur la poitrine. Je n'entends plus les voix de Michael et de Skinny, couvertes par le vacarme des insectes. Ce bruit m'est familier, ce qui n'a rien d'étonnant. J'ai dû entendre ces mêmes insectes, ou leurs ancêtres, dans ma petite enfance.

J'aimerais que Kiki voie cet endroit, à des lieues de ce qu'on imagine du Congo quand on vit à Sangui. Je sais que c'est dangereux ici, mais c'est plein d'insectes et de grenouilles qui vont leur petit bonhomme de chemin. Quand il va pleuvoir, les gens s'inquiètent, comme ailleurs, de savoir comment ils vont rentrer du marché. Je pense à tous les bergers qu'on a vus marcher au bord de la route, aux femmes qui travaillent dans les champs, aux enfants qui jouaient dans la cour de l'école, dans un des villages que nous avons traversés. Des millions de petits drames se jouent ici, comme partout ailleurs. La guerre ne peut pas tout interrompre. Je veux que Kiki voie cet endroit parce qu'il fait partie de ce que nous sommes. Quand j'ai quitté Sangui il y a deux jours, je ne pensais pas lui parler de ce voyage, mais je devrais peut-être le faire. Sans quoi je finirai, comme ma mère, par cacher des choses à ma famille parce que je crois tout savoir mieux que tout le monde. Quand même, Kiki est trop jeune. Si elle me demande la raison de ma venue ici, qu'est-ce que je vais lui répondre ? Que je voulais punir son père d'avoir tué notre mère ? Ça bouillonne dans ma tête. Pourtant, ce voyage n'est pas qu'une histoire de vengeance et de mort. Il y a aussi des coassements de grenouilles et de gentilles bonnes sœurs.

Je m'aperçois que je commence à somnoler, mes pensées dérivent au hasard. Soudain, je prends conscience que je n'entends pas que la pluie qui tambourine sur le toit : quelqu'un frappe doucement à ma porte. Je me redresse en glissant la photo et la carte dans ma poche.

— Qui est là ?

Je m'apprête à dire à Michael et à Skinny que je ne suis pas d'humeur à faire la paix quand une voix de femme répond :

— Sœur Dorothée.

Je me lève d'un bond pour aller ouvrir. Dans la pénombre, je distingue à peine ses traits.

— Attendez, je vais chercher ma lampe.

— Non, pas de lumière. Suis-moi.

Je me glisse hors de la pièce sans prendre la peine d'enfiler mes chaussures et je la suis dans la galerie. Des gouttes de pluie m'éclaboussent les chevilles et me font frissonner. Au début, je pense qu'elle me ramène à l'hôpital, où brûlent encore quelques lampes à kérosène, mais elle bifurque en direction d'une petite chapelle.

Ici, loin des lumières de l'hôpital, c'est le noir complet. Elle traverse la pelouse sous une pluie battante. Le tonnerre gronde et la boue s'immisce entre mes doigts de pied. Au lieu d'entrer par la porte principale, elle contourne la chapelle, s'arrête devant une porte cadenassée, prend une clé à sa ceinture et, après l'avoir introduite dans la serrure, me pousse à l'intérieur.

J'essuie mon visage trempé avec ma manche. J'entends craquer une allumette ; une flamme surgit des ténèbres et je vois enfin le visage de sœur Dorothée à la lumière d'un cierge. Dans la chapelle déserte, je distingue juste quelques bancs alignés et des vitraux constellés de pluie.

— Désolée pour tout ce mystère, dit-elle en ouvrant une autre porte située derrière l'autel, qui mène à une petite pièce.

À l'intérieur, il fait froid comme dans une cave et ça sent le renfermé. Des caisses poussiéreuses et des bouteilles de vin de messe s'alignent le long des murs, mais il y a encore assez de place pour une petite table et deux chaises.

Sœur Dorothée ferme la porte derrière nous et s'assied avec un soupir las.

— Si j'avais su qui tu étais, je t'aurais conseillé de prendre garde à ce que tu dis dans ce village.

— Qui j'étais ?

— Ta mère.

J'agrippe le bord de la table.

— Quoi, ma mère ? Vous la connaissiez ? Ce soir au dîner, tout le monde se comportait de façon…

— Assieds-toi, me dit-elle, et je prends place en face d'elle.

Elle m'adresse un sourire las.

— Ça faisait longtemps que je n'avais pas entendu prononcer le nom d'Anju. (Ses yeux brillent dans l'obscurité ; elle scrute mon visage comme si elle y cherchait une ressemblance avec ma mère.) Tu es née ici. À l'hôpital. Tu ne savais pas ça, hein ?

Ses mots me font l'effet d'un coup de poing dans l'estomac.

— Ah bon ?

— Tu as tapé dans le mille. Ta mère travaillait ici, poursuit sœur Dorothée en touchant la croix d'argent pendue à son cou. Elle a suivi sa formation d'infirmière dans cet hôpital. À une époque, elle a même envisagé d'entrer dans les ordres.

Elle se tait, tire sur sa croix d'un air absent.

— Ma mère, bonne sœur ? Qu'est-ce qui s'est passé ? S'il vous plaît, vous savez quelque chose ? J'essaie de découvrir qui l'a tuée. Sœur Dorothée relève brusquement la tête et je me penche vers elle pour demander :

— Vous savez qu'elle a été assassinée ?

— Oui. Les nouvelles de Sangui nous parviennent. C'est la raison de ta présence ici ? Tu es à la poursuite de son fantôme ?

— Ce… c'est son assassin que je recherche. (Je contemple mes doigts sales posés sur mes genoux.) Je veux le faire payer pour ce qu'il a fait.

Sœur Dorothée n'a pas l'air choquée, contrairement à ce que j'avais prévu. Elle étudie mon visage.

— Tu étais toute petite quand vous êtes parties. Tu as des souvenirs de ta vie ici ?

— Non.

— Aucun ?

Je hausse les épaules avant de répondre en évitant son regard :

— Quelques bribes. Je me rappelle m'être enfuie.

Pendant quelques instants, elle fixe le mur derrière moi, immobile, mais je sais qu'elle est sur le point de me faire une révélation. Je retiens mon souffle.

Quand elle prend enfin la parole, les mots semblent lui écorcher la bouche.

— Après vingt années passées à essayer de soigner les femmes et les enfants qu'on m'amène ici, je n'essaie plus de comprendre pourquoi le mal arrive, s'il y a une signification derrière tout ça, si c'est la volonté de Dieu… (Elle s'interrompt et fait la moue). Je ne peux pas agir comme si le mal n'était pas parmi nous. Je vais te dire quelque chose pour que tu sois plus prudente à l'avenir. (Ses yeux étincèlent.) Tu comprends ?

Je hoche lentement la tête. Non, je ne suis pas sûre de comprendre mais je n'ai pas envie de l'interrompre. Je veux qu'elle me raconte ce qu'elle sait.

Elle hoche la tête à son tour et reporte le regard sur le mur derrière moi.

— J'appréciais particulièrement ta mère. On n'est pas censées avoir de préférences mais que veux-tu, c'est comme ça. Elle est venue ici alors qu'elle n'avait que dix-huit ans, pour apprendre le métier d'infirmière. C'était une jeune fille très intelligente, curieuse de tout, avec une énergie incroyable. Elle serait devenue une religieuse hors pair.

La bouche de sœur Dorothée se met à trembler.

— Ils nous ont surprises dans notre sommeil. C'était la saison sèche, la saison des raids, et les rebelles attaquaient un village après l'autre. On se croyait en sécurité. Les soldats du gouvernement étaient censés nous protéger mais personne n'est venu malgré nos appels à l'aide.

Elle prend le temps d'inspirer profondément avant de poursuivre. Quand elle reprend la parole, elle parle d'une voix bizarre, détachée, comme si elle récitait un texte.

— Ils ont pris cinq femmes : quatre infirmières et une enseignante.

Je l'écoute, la bouche sèche.

— Elles n'ont pas donné signe de vie pendant trois mois. Deux d'entre elles ne sont jamais revenues. Parmi les trois autres, il y avait l'enseignante et elle est repartie aussitôt ; j'ignore ce qui lui est arrivé par la suite. Il y avait aussi une bonne amie de ta mère, une autre élève infirmière. (Sœur Dorothée lève les yeux vers moi.) Et enfin il y avait ta mère. Elle est revenue ici plus morte que vive, et enceinte de toi.

28

Pendant quelques secondes, je ne bouge pas. Sœur Dorothée me regarde attentivement mais ne dit mot. Elle attend. La pièce tangue autour de moi.

— Mon père se trouvait parmi les hommes qui l'ont emmenée ?

— Oui.

J'ai du mal à trouver les mots.

— Vous savez qui c'était ?

— Non. Il a dû y en avoir plusieurs qui…

Sœur Dorothée fait la grimace, détourne le regard.

Je retrouve mon souffle mais j'ai l'impression que je vais tourner de l'œil. Il n'y a pas une heure, je pensais à mon père, et là… Et moi qui croyais qu'il avait été son petit ami, un garçon dont elle n'avait pas envie de parler. Je n'aurais jamais imaginé que mon père soit un… un… Je n'arrive même pas à prononcer ce mot dans ma tête. Soudain, j'ai très chaud et envie de vomir. Je me penche, la tête dans les mains.

J'attends que les vagues de nausée refluent et quand je relève la tête, sœur Dorothée prend une bouteille de vin derrière elle, sur une étagère envahie par des toiles d'araignée, puis deux petits verres qu'elle remplit. Un coup de tonnerre rompt le silence et mes oreilles cessent de bourdonner. J'entends le murmure étouffé de la pluie. Je dis en fixant d'un air hébété le verre posé devant moi :

— Je croyais que les bonnes sœurs n'avaient pas le droit de boire.

— Nul ne peut prétendre à la gloire de Dieu. Je pense qu'il pardonnera à une vieille femme.

Elle porte le verre à ses lèvres. La perspective de boire de l'alcool me retourne l'estomac mais je prends le verre à mon tour et le vide d'un trait. Le vin est fort, il a une saveur aigre-douce mais il me réchauffe les entrailles. Il me vient à l'esprit que c'est ce que font les Goondas quand quelqu'un meurt : ils sortent une bouteille et boivent pour ne plus penser à rien. Les Goondas et les nonnes, buvant à la mémoire des morts ; j'étouffe un gloussement et je respire à fond pour me calmer.

Les mots de sœur Dorothée résonnent dans ma tête : *« Deux d'entre elles ne sont jamais revenues. Parmi les trois autres… »*

— L'autre élève infirmière qu'ils ont emmenée, est-ce qu'elle vit toujours à Kasisi ?

— Oui, répond sœur Dorothée. (Elle fronce les sourcils.) Catherine vit ici.

Ce nom me fait frissonner. Catherine… comme Kiki. Comme la sainte. Je sors la photo froissée de ma poche.

— C'est elle ?

Je désigne la fille qui pose à côté de ma mère, et qui semble prête à conquérir le monde. Le regard de la religieuse s'adoucit.

— Oui. C'est Catherine.

Mon cœur se met à battre plus fort.

— Je voudrais lui parler. Vous savez où elle habite ?

— Je ne sais pas si c'est une bonne idée...

— Pourquoi ?

Sœur Dorothée remplit de nouveau mon verre puis le sien.

— Catherine... a des difficultés.

— Qu'est-ce que vous voulez dire ?

Elle choisit ses mots avec soin.

— Retrouver une jeune fille qui a été enlevée par les milices est un grand moment de joie. C'est un peu comme ramener quelqu'un d'entre les morts. Mais la joie finit par se dissiper, et alors tout le monde demande à la jeune fille d'oublier. Or ce n'est pas possible. Certaines de ces femmes ont des problèmes médicaux. Elles souffrent ou ne peuvent pas avoir d'enfants. Elles rappellent constamment à la famille et au village qu'ils n'ont pas été capables d'éviter ce genre de drame. Les villageois finissent par les blâmer, par les accuser d'avoir rejoint le camp des rebelles, qui ne les ont renvoyées chez elles que pour espionner leurs voisins. Si elles ont des enfants, on les traite de fantômes ou de sorcières, on les accuse de porter le mal en elles.

Mon sang se glace. C'est de moi qu'elle parle.

— Certaines préfèrent s'en aller pour commencer une nouvelle vie. Et d'autres, voyant qu'elles ne peuvent ni travailler ni trouver un mari, se tournent vers d'autres moyens de subsistance. (Elle hésite.) Catherine... vend son corps.

J'ouvre de grands yeux.

— C'est une prostituée ? (La réponse à ma question se lit sur le visage de sœur Dorothée.) Les gens lui en veulent ? Mais elle n'avait rien demandé, elle !

— Les êtres humains sont des créatures complexes, ma fille. Ils ont parfois de drôles de façons de s'expliquer les choses quand ça tourne mal. Ils prennent des raccourcis qui leur permettent de mieux dormir la nuit et de se disculper.

Je fais tourner mon verre entre mes doigts.

— C'est nul.

— Je suis bien d'accord avec toi.

— Il faut que je parle à Catherine.

— Je ne crois pas que ce soit une bonne idée, répète sœur Dorothée.

Je regarde la pièce autour de moi comme si je la découvrais. Un endroit sombre, dépourvu de fenêtres. Secret.

— Ça n'a rien à voir avec le fait que ce soit une prostituée, pas vrai ? Vous ne voulez pas que je la voie. Pourquoi vous m'avez amenée ici ? Vous ne vouliez pas que les autres sœurs nous voient ensemble ?

Elle prend une gorgée de son verre.

— Elles et tous les autres. Parler peut attirer de sérieux ennuis. La dernière fois que j'ai vu ta mère, elle était avec un homme blanc qui séjournait à la pension. Nous avons appris par la suite qu'il était journaliste.

Donatien, je suppose.

— Je les ai surpris en grande conversation. Elle ne m'a pas dit de quoi ils parlaient mais elle semblait nerveuse. C'était une période chargée à la clinique alors je n'y ai pas repensé jusqu'au lendemain. Ce jour-là, le journaliste a failli se faire tuer et nous avons appris que votre maison avait été incendiée, et que vous aviez disparu toutes les deux. Quelques jours ont passé et des hommes sont venus ici la chercher. Ils croyaient qu'on la cachait.

— Quels hommes ?

Elle secoue la tête.

— Du genre pas commodes. Les mêmes que la fois d'avant. Des soldats de la milice. Ils se sont présentés à la grille et ils ont tiré des coups de feu en l'air. Les patients étaient terrifiés. Quand on leur a expliqué qu'on ne savait pas où elle était, ils ont commencé à frapper des gens et à briser des objets. Après leur passage, des rumeurs ont circulé au sujet de ta mère et du journaliste. Les gens avaient peur. La mère supérieure a renvoyé le journaliste à Sangui et nous a interdit de parler d'Anju.

— Quoi ? Vous avez fait comme si ma mère n'avait jamais existé ?

Sœur Dorothée soupire.

— Nous ne pourrions pas affronter toutes les horreurs que nous voyons chaque jour ici si nous ne nous sentions pas appelées par Dieu. Les sœurs, les hommes et les femmes qui travaillent dans cet hôpital sont des gens bien, Christina.

Une fois de plus, elle fixe le mur en béton gris.

— Mais la triste vérité, c'est qu'ici ceux qui choisissent de rester ne doivent pas poser trop de questions. Il ne faut pas nommer le diable, on ne sait jamais qui nous écoute, qui enregistre des informations pour les répéter aux miliciens en échange d'un époux ou d'un enfant qu'ils auraient pour projet d'emmener.

Elle me regarde. Je sens qu'elle voit ma mère à travers moi.

— Tu devrais t'en aller. Emmener tes amis loin d'ici. Rentrer à Sangui. Oublier tes projets de vengeance.

— Impossible.

Ma réponse ne semble pas l'étonner.

— Alors je prierai pour que Dieu te trouve et qu'il reste à tes côtés. (Elle vide son verre.) Mais parfois j'ai l'impression qu'il a déserté cet endroit depuis bien longtemps.

29

Règle numéro treize : ce qu'il y a de bien avec les mauvaises nouvelles, c'est qu'au moins elles sont vraies.

Et quand on a passé la moitié de sa vie à patauger au milieu des devinettes et des demi-vérités, tomber sur quelque chose de vrai, c'est comme trouver une île au beau milieu de l'océan.

Mais connaître la vérité ne m'a pas aidée à dormir cette nuit-là.

Ce garçon est censé m'indiquer la maison de Catherine mais accroupi dans la boue comme un crapaud, il refuse d'aller plus loin. Il désigne le chemin et, dans un mélange de swahili et d'une autre langue qui nous est inconnue, il nous explique qu'on n'a plus qu'à continuer tout droit.

— Cinq minutes.

— Hé, mais on t'a payé pour nous emmener là-bas ! proteste Skinny, une main posée sur la hanche tandis qu'il s'évente de l'autre.

Il sort son téléphone de sa poche pour le consulter encore une fois.

Je demande :

— Des nouvelles du type de First Solutions ?

Skinny a passé deux heures à faire des recherches hier soir et une heure au téléphone ce matin. Il espère que sa piste la plus fraîche va donner quelque chose. C'est dingue tous ces gens qui sortent du bois quand on leur agite quelques billets sous le nez.

J'aurais probablement dû lui demander de rester devant son ordinateur pour travailler, mais après que je lui ai raconté dans les grandes lignes ma conversation avec sœur Dorothée, il a insisté pour nous accompagner. Je n'ai pas eu la force de refuser. D'ailleurs, je ne lui aurais jamais parlé de Catherine s'il ne m'y avait pas forcée. En voyant ma tête au petit déjeuner, il a lancé :

— Soit tu as chopé un parasite intestinal, soit il se passe quelque chose.

En revanche, je n'ai rien dit à Michael. Tout ce qu'il sait, c'est que sœur Dorothée m'a confirmé que Catherine était l'amie de ma mère et qu'elle habitait dans les parages. De nous trois, il est le seul qui semble joyeux et reposé ; il marche devant nous comme un scout en patrouille.

— Toujours pas de réseau, grommelle Skinny en remettant le téléphone dans sa poche.

Pour couronner le tout, dans la forêt où on marche depuis près d'une heure, l'air est incroyablement chaud et humide. On dégouline. Un ruisseau boueux et gonflé par les pluies torrentielles d'hier soir coule dans une ravine à notre gauche, ajoutant à l'impression générale qu'on patauge littéralement dans cette jungle.

Ce matin, nous avons d'abord essayé de savoir, en prêtant oreille aux rumeurs, si Greyhill est dans les parages mais, sans poser directement la question aux gens dans la rue, c'est mission impossible. On avait pensé que l'arrivée en ville d'un riche *mzungu* provoquerait quelques remous mais on n'a rien entendu de particulier. D'après Michael, il se peut que son père séjourne dans un des logements mis à disposition par Extracta près d'une de ses mines. On a eu plus de chance avec l'adresse du lieu de travail de Catherine. On nous a indiqué un bar. Là-bas, le cuisinier qu'on a interrogé nous a répondu qu'elle n'était pas là mais, après un ou deux regards autour de lui, qu'il pouvait demander à son neveu de nous emmener jusque chez elle. Apparemment, c'était à cinq minutes de là.

J'essaie d'amadouer le gamin.

— Allez…

Il secoue énergiquement la tête. C'est un bon garçon. La maison de cette femme est un repaire de démons et il n'ira pas plus loin.

Michael essuie la sueur sur son front.

— C'est juste au bout, hein ? T'es sûr ?

Le gamin hoche la tête, trace une ligne droite dans la boue.

— Cinq minutes, répète-t-il.

Apparemment, ces cinq minutes signifiaient plutôt une bonne heure de marche. L'oncle du gamin nous avait pourtant assuré que la maison de Catherine se trouvait à cinq minutes du bar. Plutôt cinq kilomètres, oui.

— Allez, dis-je en agrippant le coude de Skinny. On y est presque. Ne fais pas cette tête. Je t'avais bien dit de ne pas mettre ces chaussures.

Le gamin attend qu'on ait fait quelques mètres puis s'éloigne en courant sur ses jambes rachitiques. Je ne suis vraiment pas convaincue qu'on va trouver la maison de Catherine comme on nous l'a promis et pourtant, au soulagement général, on quitte enfin la forêt. Au bas de la colline qu'on vient de gravir se trouve un champ écrasé de soleil où paissent des chèvres et des moutons, près d'une petite maison en torchis.

On s'arrête une minute, le temps de reprendre notre souffle.

— T'es sûre que c'est là ? murmure Skinny. Ça ne ressemble pas à un repaire de démons.

— Je crois que c'est la dernière maison au bout du chemin.

Au-delà du champ, les montagnes forment un mur de verdure. La maison ressemble à des dizaines d'autres qu'on a vues. Tout autour, la terre rouge a été balayée et de part et d'autre de la porte couverte d'un drap agité par la brise, des fuchsias fleurissent dans des boîtes en fer rouillées. De minuscules papillons blancs volètent au-dessus d'un tas de fumier dans un enclos soigneusement aménagé, à une trentaine de mètres de la maison. Au loin, je vois une petite fille étendre du linge sur des buissons parsemés de fleurs orange et roses. Le nom de cette plante me revient brusquement en mémoire : le lantana, aussi appelé « diable-dans-le-buisson ». Ce décor semble sortir d'une carte postale et je n'arrive pas à savoir s'il m'est familier ou si j'ai envie qu'il le soit.

J'appelle pour nous annoncer :

— *Hodi* !

J'ai les nerfs en pelote. Voilà. Je vais enfin rencontrer la mystérieuse fille de la photo.

Comme personne ne répond depuis la maison, je me dirige vers l'arrière du terrain, d'où me parvient une odeur de feu de bois. Skinny et Michael me suivent. Mais avant d'avoir pu contourner la maison, on entend des aboiements, et un énorme chien fauve surgit de l'autre côté, le poil hérissé. Skinny pousse un petit cri de frayeur et se réfugie derrière moi.

Une femme suit le molosse, et nos espoirs d'être protégés de cette bête enragée s'évanouissent à la vue de l'AK-47 qu'elle porte en bandoulière. Elle ne braque pas son fusil sur nous mais elle n'en a pas besoin. On recule tous les trois comme un seul homme.

— Qui êtes-vous ? Qu'est-ce que vous faites ici ? demande-t-elle. Askari !

En entendant son nom, le chien cesse d'aboyer mais reste auprès de sa maîtresse, le poil toujours hérissé.

Je retiens mon souffle. Le visage de cette femme ne me dit pas grand-chose. Il pourrait s'agir de la fille de la photo mais son expression est tellement différente que je n'en suis pas sûre.

— Euh… bonjour, lance Michael, le premier à émerger de sa stupeur ; malgré tout, il garde un œil sur le fusil. Je m'appelle Michael et voici mes amis, Christina et Skinny. On vient du village.

— Oui, et alors ?

— Euh… on voudrait vous parler.

La fille qui étendait le linge s'avance en courant vers nous, un autre gros chien à ses côtés. La femme nous dévisage tour à tour d'un air suspicieux.

— À quel sujet ?

Ça ne sert à rien de tourner autour du pot. Je fais un pas vers elle.

— Vous êtes Catherine ?

Comme je n'obtiens pas de réponse, je poursuis :

— C'est à propos de ma mère, Anju. Vous l'avez bien connue, non ?

La femme me regarde comme si je lui parlais en chinois puis son regard change brusquement.

— Anju ? Anju Yvette ?

La fille s'est arrêtée à quelques pas de nous et nous fixe. Elle a un corps anguleux, et doit avoir l'âge de Kiki. La femme tend la main vers elle, lui ordonne de rester en arrière.

— Oui, c'est bien elle. (Je fais un autre pas dans sa direction.) Peut-être qu'on…

— Non, dit Catherine d'une voix sourde et dangereuse. (Du canon de son fusil, elle montre la direction du village.) Aussi longtemps que je vivrai, je ne veux plus jamais entendre prononcer le nom de cette femme.

À ces mots, elle crache par terre.

— Maintenant, dégagez de chez moi et ne revenez pas.

On n'a pas eu d'autre choix que de tourner les talons. Michael a bien tenté de protester mais ses paroles ont été accueillies par un sifflement signalant aux chiens qu'ils pouvaient passer à l'attaque. Aussitôt, ils se sont remis à aboyer. Entre eux et le fusil, on ne pouvait pas ajouter grand-chose pour notre défense. Nous avons rapidement repris le chemin en sens inverse.

— Qu'est-ce que ta mère a bien pu lui faire ? demande Skinny en jetant un coup d'œil par-dessus son épaule.

— Je ne sais pas. (J'écrase du talon des broussailles qui poussent au milieu du sentier.) Je pensais qu'elles étaient amies.

Je n'étais pas préparée à la réaction de Catherine. Je pensais qu'elle serait contente de parler de ma mère, et je suis encore sous le choc. Je m'arrête brusquement et les garçons en font autant.

— On ne peut pas s'en aller comme ça. Il faut qu'on lui parle.

Michael semble dubitatif. Je sais qu'il cherche le lien entre Catherine et le meurtre de ma mère, mais je ne vais pas me lancer dans de grandes explications. Je sens qu'il faut que je parle à cette femme. Elle est peut-être la seule personne au monde à pouvoir me raconter les événements qui ont précédé ma naissance. C'était l'amie de ma mère et elles ont dû traverser les mêmes épreuves. Mon besoin de lui parler dépasse même mon envie de démasquer le meurtrier de ma mère. C'est plus profond, plus personnel.

Pourquoi refuse-t-elle de m'adresser la parole ?

Skinny met ses mains sur ses hanches.

— Je ne retourne pas là-bas. Cette bonne femme se prend pour Rambo. Qui possède un AK-47 à part les miliciens ?

À ce moment, son téléphone se met à vibrer. Il le sort de sa poche et pousse un grognement.

— Enfin un message !

— Combien t'as payé ce type de First Solutions pour qu'il accepte de te parler ? demande Michael.

— Moi ? Rien, répond Skinny en collant son téléphone à son oreille. Toi, par contre… Je me suis servi sur ton livret d'épargne mais c'était pour la bonne cause.

— Quoi ? Comment tu…

Je fais signe à Michael de se taire.

— Qu'est-ce qu'il dit ?

Skinny fronce les sourcils. Il pose un doigt sur sa bouche pour nous signifier d'attendre. Pendant qu'il est occupé à écouter le message, je me tourne vers Michael.

— Il faut qu'on parle à Catherine. C'était l'amie de ma mère. Elle sait… des trucs.

Michael fixe toujours Skinny d'un air furieux. Il répond dans un soupir :

— On pourrait peut-être convaincre sœur Dorothée de lui parler. (Il fronce les sourcils devant la mine dépitée de Skinny.) Qu'est-ce qu'il y a ?

Je me tourne à mon tour vers mon associé, qui éloigne le téléphone de son oreille.

— Mauvaise nouvelle. Mwika est mort.

Le contact de Skinny n'a pas fourni beaucoup de détails mais apparemment, Mwika s'est fait poignarder dans un bar il y a environ deux ans, près d'une mine de diamants dans le Katanga, où il travaillait.

— Mais il m'a laissé l'adresse mail de Mwika, ajoute Skinny en posant la main sur mon bras. Je vais essayer de pirater sa boîte. On y trouvera peut-être quelque chose d'intéressant.

Michael acquiesce.

— On ne devrait pas laisser tomber tout de suite.

Je me tourne vers lui :

— Comment ça se fait que tu ne sois pas au courant ? Mwika a été tué il y a deux ans, à l'époque où il a reçu de l'argent de Greyhill. Il doit y avoir un lien.

— Tu savais, en fait.

— Non ! (Michael fait un pas vers moi.) Bien sûr que non !

J'essaie de déchiffrer l'expression de son visage. Il semble aussi choqué que Skinny mais je suis bien placée pour savoir que les Greyhill sont de bons menteurs.

— Je n'arrive pas à croire que j'aie pu te faire confiance.

Sans attendre de réponse, je me détourne et me remets à marcher.

Plus de vidéo.

Le marché que j'ai conclu avec Michael reposait sur cet élément de preuve.

Jusqu'ici, ce voyage est un fiasco. La seule chose que j'ai découverte, c'est que ma mère a dû traverser des épreuves horribles, innommables, et que je suis le fruit d'un viol, un bébé qu'elle n'a jamais voulu, une enfant qui a détruit sa vie et qui, chaque jour de sa vie, devait lui rappeler ce qui lui était arrivé. Soudain, j'ai une envie dingue de voir ma sœur, pas pour lui raconter ce qui se passe, non, juste pour être avec elle, pour qu'elle me demande ce qui ne va pas, la tête penchée vers moi comme elle le fait parfois. Je ne réponds jamais mais j'aime bien qu'elle me pose la question. Or j'en aurais vraiment besoin en ce moment.

En rentrant à la pension, je m'enferme à double tour dans ma chambre, désemparée.

Par la fenêtre, j'entends Skinny expliquer à Michael qu'il doit me laisser tranquille, que j'ai besoin de temps. Je l'entends s'installer dans le jardin, vérifier son panneau solaire, allumer son ordinateur.

Et maintenant ? On rentre à la maison ? Je veux parler à Catherine mais comment m'y prendre ? Ce n'est pas en boudant seule dans ma chambre que je vais faire avancer les choses. Avec un soupir, je cherche mon téléphone dans mon sac. Je pourrais rappeler moi-même le contact de Skinny pour essayer d'obtenir plus d'infos. Mwika avait peut-être une maison, un endroit où il stockait ses affaires. Je suis sur le point de sortir mais je m'arrête net en voyant que j'ai raté une douzaine d'appels de La Fouine, et trois appels de numéros inconnus. Le plus inquiétant, c'est que j'en ai loupé un de Big Boy. Il m'a aussi envoyé un texto : *T'es où ? Rappelle.*

Je sens mon ventre se nouer. Alors que je contemple l'écran de mon téléphone en me demandant si je dois rappeler Big Boy et feindre d'être toujours à Sangui, il se met à vibrer. Je pousse un juron, certaine que c'est lui ou La Fouine, mais je ne reconnais pas le numéro. Je sais que je ne devrais sans doute pas répondre (ce doit être l'un d'eux qui m'appelle d'une autre ligne) mais j'ai un pressentiment bizarre.

— Allô ?

— Tina ? C'est toi ?

Je sens mes genoux se dérober sous moi et je suis à deux doigts de perdre l'équilibre.

— Kiki ? Tout va bien ?

— Ça fait des jours que j'essaie de te joindre !

— Qu'est-ce qu'il y a ? Qu'est-ce qui ne va pas ?

Je l'entends murmurer quelque chose à quelqu'un tout près d'elle.

— Hein ? Non, tout va bien. T'es où ?

J'entends des filles parler derrière elle. Les battements de mon cœur se calment et je m'essuie la bouche d'une main tremblante. Après avoir inspiré à fond, je m'efforce de répondre d'une voix normale :

— J'ai quitté la ville pour quelque temps.

— Hein ? Pourquoi ? T'es où ? Je t'entends mal.

— Je… j'avais des choses à faire. Mais c'est juste une affaire de quelques jours.

— Oh ! Mais tu seras là vendredi soir ?

— Je vais essayer. Si tu ne me vois pas, ne t'inquiète pas, OK ?

— Une fille m'a dit que quelqu'un m'avait demandée au téléphone. C'était toi, pas vrai ?

— Oui, on ne m'a pas laissée te parler.

— C'était sœur Agnès. Elle est super stricte avec le téléphone. Elle croit qu'on va appeler nos copains ou commander quelque chose à manger. Mais ma copine Simone a un portable qu'elle cache sous son matelas. Elle me l'a prêté pour que je t'appelle. Un type est venu, il m'a dit que tu n'étais plus en ville. J'étais inquiète, c'est pour ça que j'ai demandé à Simone de me prêter son téléphone.

— Quel type ?

— Euh… je sais pas son nom mais il est venu à l'école hier, pendant la récré. Il m'a dit qu'il était un ami à toi et que je devais t'appeler. (Elle se tait quelques instants.) Tina, c'était qui ? Pourquoi t'es partie de Sangui ? Tout va bien ?

— Oui, ça va. À quoi il ressemblait ?

— À un dur. Il avait des tatouages partout sur les bras, comme toi. Les autres filles l'ont trouvé mignon mais moi il me faisait penser à une fouine.

J'humecte mes lèvres sèches.

— Tu te souviens de ses tatouages ?

— Pas trop. Il en avait plein. Attends, si. Il avait une grosse tomate tatouée sur le dos de la main. Ça je m'en souviens.

Mon sang se glace. La Fouine. Il est venu parler à Kiki jusque dans son école. Je vais le tuer.

— Il m'a dit que si j'avais des nouvelles, je devais te dire de l'appeler. Ou si tu passes, je dois te donner un mot.

— Un mot ? Qu'est-ce que ça dit ?

— Attends, il est dans ma poche. C'est écrit : « Tina, tu perds du temps. Salue ta petite sœur pour nous. » Ça veut dire quoi ? (Un silence.) Il fait des fautes d'orthographe.

Je dois mettre ma main devant le combiné pour ne pas que Kiki m'entende respirer par à-coups. La Fouine a essayé de me joindre. Et comme je ne répondais pas au téléphone, il a voulu attirer mon attention. Il veut que je sache qu'il avait vu Kiki en personne. Qu'il sait où elle vit et comment l'atteindre. Mais comment il a fait pour la retrouver ? J'avais pourtant pris toutes les précautions…

— Tina ? Faut que j'y aille. Simone dit que je lui grille toutes ses unités.

Je bredouille :

— Oui… OK. Écoute, si ce mec revient à l'école, ne lui parle pas, tu m'entends ?

— Promis. (Soudain, sa voix tremble.) Mais tout va bien, dis ? Il ne va pas te faire du mal ?

— Non, non, ne t'inquiète pas. On se voit bientôt.

— Vendredi ?

— Vendredi. Je viendrai, c'est promis.

— Super. Bye !

J'éprouve l'envie soudaine de lui dire que je l'aime mais j'attends trop longtemps, les mots restent coincés dans ma gorge et elle raccroche.

30

Règle numéro quatorze : un malheur n'arrive jamais seul.

Vers le milieu de l'après-midi, Skinny, fatigué de supporter ma nervosité, me supplie d'aller m'occuper ailleurs pour le laisser travailler. Mais je ne sais pas quoi faire. Ce voyage était une mauvaise idée et maintenant ma sœur risque d'avoir des ennuis.

Il faudra partir très tôt demain matin si je veux être rentrée à temps pour voir Kiki. Je n'arrête pas de sortir mon téléphone de ma poche pour appeler Big Boy mais je change d'avis au dernier moment. Est-ce que je dois le convaincre que je suis toujours chez les Greyhill ? La Fouine a dit à ma sœur que j'avais quitté la ville. Comment il est au courant ? Si j'appelle, est-ce que Big Boy peut me localiser avec mon GPS ? Skinny a bien réussi à me retrouver à la gare routière. Big Boy pourrait tout à fait m'envoyer quelqu'un. Et là, je serais vraiment dans la mouise. Sans parler de Kiki. Michael m'arrache à mes pensées.

— Il faut retourner au village. On pourrait aller voir ton cousin, celui dont parlait le chauffeur. Et mon père est peut-être dans le coin maintenant.

Je remets mon téléphone dans ma poche et sors derrière Michael. Je réfléchirai à tout ça pendant le trajet. De toute manière, je n'ai rien à faire à l'hôtel à part énerver Skinny. Sœur Dorothée est trop occupée pour discuter et la boîte mail de Mwika est plus difficile à pirater que prévu. Skinny a passé un coup de fil au type de First Solutions mais ça n'a rien donné.

Au moins, aller au village me donne un but. Je me répète que Kiki est en sécurité à l'école mais je sais que ce n'est pas vrai. Si les Goondas savent où elle se trouve, ils peuvent s'en prendre à elle. J'aimerais pouvoir la faire surveiller par quelqu'un mais la seule personne en qui j'aie confiance est à l'hôtel, en train d'essayer de pirater la boîte mail de David Mwika. Et qu'est-ce qu'il pourrait bien faire pour protéger ma sœur des Goondas ?

En chemin vers le marché, je consulte mon téléphone pour m'assurer que Skinny n'a pas essayé de me joindre pendant le trajet en *piki-piki*. Rien de son côté mais j'ai encore reçu un appel de La Fouine.

— Écoute, dit Michael. Il faut que tu me croies. Je ne savais pas que Mwika était mort, sans quoi je n'aurais pas fait tout ce chemin pour venir jusqu'ici avec toi. Je ne t'aurais jamais laissée partir.

Il doit croire que mon comportement bizarre est dû au fait que je lui en veux encore. Sans répondre, je fixe le bas de la rue d'un air maussade. Dois-je lui parler de Kiki ? Non. C'est ma sœur, je vais régler ça toute seule. Il me répondrait sans doute qu'on a le même lien de parenté mais il peut dire ce qu'il veut, ce n'est pas pareil. J'appellerai Big Boy en rentrant à la pension. Je peux trouver un coin tranquille où personne ne m'entendra. Je réussirai à le convaincre que tout se passe comme prévu.

Il le faudra bien.

Quand on arrive, la petite échoppe de mon cousin est fermée. Et les gens qu'on croise au marché ne discutent pas de l'arrivée d'un riche étranger blanc dans leur petit village.

Je donne un grand coup de pied dans la porte de la boutique surmontée d'une enseigne au nom un peu trop ambitieux : À LA GRÂCE DE JÉSUS – SUPERMARCHÉ, effrayant au passage un chat famélique qui dormait à l'ombre de la bicoque en tôle, mais rien d'autre ne bouge.

Michael n'essaie même pas de me remonter le moral, ce qui vaut mieux car je suis à deux doigts de lui donner un coup de pied, à lui aussi. Sans un mot, on tourne au coin de la rue pour rebrousser chemin parmi des femmes accroupies près de leur récolte, des hommes en train de casser des pains de sucre en morceaux pour les donner à des enfants, des poulets en cage, des casseroles, des paniers en osier qui dégagent une odeur douceâtre, des quartiers de viande suspendus à des étals pour que les acheteurs puissent les examiner.

D'un air absent, Michael prend une mangue sur un étal, la soupèse doucement.

— Je suis aussi frustré que toi de ne pas avoir pu retrouver Mwika.

Je ricane.

— Comment je suis censé prouver que mon père n'a pas tué ta mère sans cette vidéo ? ajoute-t-il.

Le vendeur de mangues lorgne Michael par-dessus ses fruits empilés.

— Soit tu achètes cette mangue, soit tu arrêtes de la toucher, *kijana*.

— Désolé, dit Michael en reposant précipitamment le fruit.

Tandis qu'on s'éloigne, je lui lance un regard en coin.

— Tu ne savais vraiment pas qu'il était mort ? Tu n'aurais pas inventé cette histoire pour me distraire de mon but ?

Michael s'arrête et me retient par le bras pour me regarder droit dans les yeux.

— Non, je ne savais pas, je te le jure. Pourquoi je me serais donné autant de mal pour te suivre au Congo ? J'aurais pu me procurer l'ordinateur de Skinny depuis belle lurette. Ou vous donner à bouffer aux requins.

Il attend, s'efforce de sourire. Mes épaules s'affaissent. Je suis si fatiguée. Malgré moi, je souris à mon tour.

— D'accord, je te crois. Enfin, plus ou moins.

Michael me rend mon sourire.

— Allez, viens.

On n'a parcouru que quelques mètres quand j'éprouve la sensation bizarre d'être suivie. Je lève les yeux et je vois La Fouine disparaître au coin d'une ruelle. En tout cas, j'aurais juré que c'était lui. Le cœur battant, je m'engouffre à mon tour dans l'allée, mais il n'y a personne hormis une femme qui lave des casseroles derrière un restaurant.

— Quoi ? dit Michael en me rejoignant.

— Rien. J'ai cru voir quelqu'un.

— Qui ?

— Personne. Ce n'était pas lui.

La Fouine ne peut pas être ici. C'est parce que j'y pense que je le vois partout. J'aimerais bien qu'il soit là, d'ailleurs. Au moins, je n'aurais pas à craindre qu'il s'approche trop de Kiki.

Le vent s'est levé et des tourbillons de poussière se forment dans les ruelles. Des nuages s'amoncellent ; le ciel dégagé de ce matin n'est plus qu'un lointain souvenir. Les acheteurs et les marchands ambulants ont remarqué le changement de météo. Les femmes rajustent leur châle et rassemblent leurs affaires. Elles scrutent le ciel, attendent la dernière minute pour bâcher leurs étals.

Soudain, Michael saisit ma main et m'entraîne vers un stand surmonté d'une bâche bleue.

— Qu'est-ce que tu fais ?

Sous l'œil intrigué du vendeur, il contourne l'étal encombré de composants électroniques et lance un regard derrière lui.

— Je… rien.

J'essaie de le rassurer.

— Écoute, je n'ai vu personne en fin de compte. Ne t'inquiète pas.

Il continue d'observer les passants.

— Oui, je sais. Mais juste avant que tu dises avoir aperçu quelqu'un, j'avais l'impression que deux types nous suivaient. (Il baisse les yeux et se rend compte qu'il me tient toujours la main.) Désolé, dit-il en s'écartant précipitamment.

Sans raison particulière, je pique un fard. Je regrette de ne pas avoir lâché sa main la première. Je jette un coup d'œil autour de moi.

— Tu les vois maintenant ?

— Non.

— Il y a beaucoup de monde par ici. Il ne peut rien nous arriver.

Michael me dévisage.

— Tu dis ça comme si tu t'attendais à ce qu'il nous arrive quelque chose.

J'ignore sa remarque.

— Allez, viens. Rentrons avant que l'orage éclate.

On se dirige vers la rue en pressant le pas. Le ciel violet se fait menaçant. Au loin, je vois de grosses nuées grises déverser des torrents de pluie.

On se dirige vers l'endroit où on a trouvé des *piki-piki* hier. Une grosse goutte s'écrase sur mon visage et je vois le sol à mes pieds se consteller de pluie. Je me tourne vers Michael, qui regarde encore par-dessus son épaule.

— C'est rien, dit-il.

On se met à courir. J'aperçois des *piki-piki* au loin mais ils s'éparpillent déjà pour se mettre à l'abri ou pour prendre une course. Je jure à voix basse.

— T'es pas censée être une dure à cuire ? demande Michael d'un ton qui se veut badin, mais je perçois de l'inquiétude dans sa voix. Un peu de pluie ne devrait pas te faire peur.

— Le type en tee-shirt bleu et son pote au chapeau ?

— Oui, comment t'as…

— Arrête de les regarder. Ils vont comprendre qu'on les a repérés.

— Ce sont peut-être des pickpockets.

On accélère et je m'accroche à l'espoir de rattraper la dernière moto, qui semble prête à partir, mais une grosse femme se précipite, s'assied en amazone sur la selle et le conducteur démarre.

Je demande alors que la pluie redouble sur mon crâne :

— Ce sont les mêmes types que tu as vus au marché ?

— Oui.

— Alors ce ne sont pas des pickpockets. Ils t'auraient déjà détroussé là-bas.

— Moi ? Pourquoi moi ?

— Parce que de toute évidence, c'est toi le plus riche de nous deux. (Je ne lui laisse pas le temps de protester.)

Ne cours pas tout de suite. Comporte-toi normalement. Et ne te retourne pas ! (Je lui donne un coup de coude au moment où il s'apprête à tourner la tête.) Bon, un, deux, trois… maintenant !

Je pique un sprint, bientôt suivie de Michael. On bifurque dans une rue et tout à coup, on se retrouve dans un dédale de maisonnettes au toit de tôle. Le grondement du déluge couvre nos bruits de pas mais je suis sûre d'avoir entendu un cri derrière nous.

Je me baisse entre deux cahutes en faisant fuir quelques poules. Un vieil homme édenté proteste depuis le seuil de sa maison. Je suis trempée de la tête aux pieds à présent, et de petits ruisseaux de boue commencent à se déverser dans les ruelles. Je regarde derrière moi et ne vois personne, mais j'entends un autre cri. Michael sur les talons, je me glisse derrière des draps mouillés qui claquent sur des cordes à linge, saute par-dessus une charrette, tourne au coin d'une allée et atterris dans une impasse.

— Vas-y ! chuchote Michael en me faisant la courte échelle pour m'aider à gravir le mur branlant.

— Et toi ?

— Je vais me débrouiller ! File !

Il m'aide à franchir le mur et j'atterris de l'autre côté, dans une flaque de boue. Je l'entends essayer de gravir le mur à son tour, en même temps que quelqu'un crie :

— Les voilà !

Michael atterrit près de moi en étouffant un grognement. Apparemment, il s'est blessé à la main mais on n'a pas le temps d'examiner la plaie. On détale sans demander notre reste. On tourne au coin d'une autre rue. Michael serre sa main contre sa poitrine. J'entrevois un filet de sang en lui prenant le coude pour le pousser devant moi et on continue à courir en guettant un bruit de pas derrière nous. Sans crier gare, les cahutes laissent place au chantier d'un immeuble résidentiel qui semble beaucoup trop ambitieux pour un endroit aussi modeste. Manifestement, quelqu'un n'avait pas prévu que la saison des pluies transformerait le sol en marécage : le rez-de-chaussée du bâtiment est inondé. Des algues, des lentilles d'eau et des ordures flottent çà et là. Michael fait mine de rebrousser chemin mais je le rattrape par le bras.

— Par là !

On s'immerge dans l'eau pour franchir la porte de l'immeuble à l'abandon. On patauge sur quelques mètres et dans la pénombre j'aperçois un homme perché sur une espèce de plate-forme branlante en équilibre sur des blocs de béton. Il nous fixe de ses yeux jaunes, on sent qu'il s'apprête à nous chasser. Près de lui, je vois quelques affaires, l'équipement spartiate du squatteur.

Je chuchote à Michael :

— Donne ton portefeuille.

— Hein ?

— Donne !

Michael obéit et l'homme me regarde sortir une liasse de billets d'un air cupide. Je dis en lui agitant l'argent sous le nez :

— Tu ne nous as pas vus.

Après m'être assurée qu'il me regarde, je roule les billets dans ma main et pousse Michael dans l'eau, en direction d'un couloir desservant d'autres pièces qui, j'espère, débouchent sur une issue quelconque. On patauge avec de l'eau jusqu'aux genoux jusqu'à ce qu'on tombe sur une cage d'escalier.

Je désigne les marches d'un signe de tête et Michael me suit. On entend d'autres cris au-dehors. J'espère juste que nos poursuivants ne vont pas eux aussi proposer de l'argent au vagabond. On gravit les marches recouvertes de mousse et on pénètre dans une pièce percée d'une fenêtre qui donne sur l'entrée de l'immeuble. On s'accroupit de chaque côté, la pluie nous fouette le visage et je m'aperçois que mon cœur bat à tout rompre.

— Qui sont ces gens ? demande Michael à voix basse.

Je secoue la tête et risque un œil au-dehors. Je recule aussitôt.

— Ils sont juste en bas.

Michael risque un œil à son tour pendant que je cherche autour de moi un objet qui pourrait nous servir d'arme, mais je ne trouve qu'une vieille bouteille de bière.

Les hommes se tiennent au bord du marécage et se disputent pour savoir s'ils doivent poursuivre leur chemin ou entrer dans le bâtiment. J'entends l'un d'eux siffler pour attirer l'attention du squatteur et lui crier :

— *Mzee !* T'aurais pas vu passer deux gamins ? Ils m'ont volé mon téléphone !

Je ferme les yeux et retiens ma respiration.

J'entends un bruit d'éclaboussure ; ce doit être le vieux clochard qui descend de son perchoir et se dirige vers la porte.

— Par là, crie-t-il, et je prie pour que son doigt osseux désigne le chemin. Une fille et un garçon, hein ? Attrapez-les et donnez-leur une trempe pour moi !

J'entends des pas qui s'éloignent, j'attends quelques secondes puis je risque un autre coup d'œil au-dehors. Les deux types repartent en courant à travers un rideau de pluie.

Une tête apparaît en haut de l'escalier.

— Mon argent ! dit l'homme en tendant sa main osseuse.

Je me relève.

— D'accord, d'accord. Tu l'as bien mérité.

— Donne-lui tout, ajoute Michael.

Je tends son argent au vieil homme avec un sourire niais qui m'étonne moi-même. Il le serre contre lui avec un petit gloussement de joie.

— Deux minutes, dit-il en levant deux doigts. Deux minutes et vous : dehors !

Je ne sais pas d'où il vient mais le swahili n'est pas son fort.

— T'inquiète, *mzee*, on y va.

Il disparaît au bas des marches et je m'écroule à côté de Michael en attendant que mes jambes cessent de trembler.

Michael examine sa main qu'il a emmaillotée dans un coin de son tee-shirt pour arrêter le sang. Il a une grosse coupure au creux de la paume.

— Qui sont ces types ?

— Je ne sais pas. Laisse-moi regarder. (Je lui prends la main pour l'examiner à mon tour.) Il faut désinfecter tout ça. Une fois de retour à l'hôtel, on demandera aux infirmières de te faire quelques points.

Michael se tait. Je déchire le bout de son tee-shirt qu'il a déjà taché et j'enveloppe sa blessure dans ce bandage de fortune.

— Tu es sûre que tu ne sais pas ?

Je lève les yeux vers lui.

— Qu'est-ce que tu veux dire ?

— Tu me caches des choses au sujet de ta mère. Le fichier secret dissimulé dans sa photo… Catherine… Tu crois que je n'ai pas remarqué ton attitude bizarre ? Et qui tu as vu dans cette ruelle ?

Je ne réponds pas.

— Écoute, dit Michael en ôtant brusquement sa main de la mienne, on ne pourra pas élucider le meurtre de ta mère si on ne partage pas nos infos.

— À toi de faire le tri ! Moi, je ne suis toujours pas convaincue que ce n'est pas ton père qui l'a tuée.

Je sens que je perds mon sang-froid mais je m'étonne aussi du doute qui s'insinue en moi.

— Allons, Tina ! Quelqu'un nous a envoyé ces types. Cette personne a dû entendre dire qu'on posait beaucoup de questions au sujet de ta mère et ça ne lui plaît pas. Mon père n'a rien à voir là-dedans. Il n'aurait jamais lancé des hommes à mes trousses.

Je réplique d'un ton maussade :

— Qu'est-ce que tu en sais ? Ils auraient très bien pu te laisser tranquille et n'emmener que moi.

Michael est sur le point de répondre quand je sens mon téléphone vibrer dans ma poche.

— Allô ? Skinny ?

La voix de Skinny grésille à l'autre bout du fil.

— Vous feriez mieux de rappliquer. J'ai trouvé quelque chose dans la boîte mail de Mwika, il faut que vous voyiez ça.

— Quoi ?

— C'est une vidéo. Dépêchez-vous.

31

Comme nous ne trouvons pas de *piki-piki*, il nous faut une éternité pour rentrer à l'hôtel, surtout que nous devons ralentir pour nous cacher dans les buissons qui bordent la route chaque fois que quelqu'un arrive. Je ne sais pas si c'est parce que Michael est furieux, que sa main lui fait mal ou qu'il est juste impatient de voir la vidéo mais il ne m'adresse pas la parole pendant tout le trajet.

À notre arrivée, il fait nuit. On se précipite vers nos chambres, où on trouve Skinny en train de nous attendre.

— Tu devrais faire soigner ta main, dis-je à Michael.

— Pas avant d'avoir vu cette vidéo, répond-il d'un ton sans appel.

Je devrais insister – sa plaie a besoin d'être recousue – mais je ne dis rien. Moi-même, je n'en peux plus d'attendre.

Le temps que l'ordinateur de Skinny s'allume, je regarde autour de moi et constate qu'on nous a apporté des assiettes de *matoke* et de haricots. Prenant soudain conscience que je n'ai rien mangé depuis ce matin, je me jette sur l'une d'elles. J'avale quelques bouchées mais je dois être nerveuse car la nourriture me semble amère. Je repose mon assiette.

— La vidéo était dans la boîte mail de Mwika ? s'enquiert Michael.

— Il l'a envoyée à quelqu'un. Il en réclamait un demi-million.

Je demande :

— Qui était le destinataire ? Greyhill ?

Skinny fait la moue.

— Ça, je n'ai pas encore pu le vérifier. C'est une adresse bidon et je ne voulais pas utiliser toute ma batterie pour remonter jusqu'à lui. Je n'ai pas pu recharger jusqu'au bout et il m'en reste juste assez pour visionner la vidéo. L'hôpital a été privé d'électricité pendant toute la journée. Apparemment, il n'y a plus assez de fuel dans ce village pour faire fonctionner les groupes électrogènes.

Je l'écoute d'une oreille. Mes yeux sont fixés sur le fichier qu'il vient d'ouvrir sur l'écran.

— C'est la vidéo ?

— Oui. (Il s'interrompt au moment de cliquer sur « lecture ».) Mais ce n'est pas… Il ne faut pas…

— Montre !

Je me penche par-dessus son épaule pour démarrer la vidéo.

D'abord on ne voit que de la neige sur l'écran, ainsi que la date et l'heure du fichier : le jour du meurtre de ma mère, cinq ans plus tôt, à 1 h 13 du matin. Je sens mon cœur s'emballer quand une lumière s'allume, éclairant une pièce filmée en noir et blanc.

— C'est ça, c'est le bureau de Greyhill.

Mon cœur tambourine dans ma poitrine. C'est la vue qu'on voit de la caméra fixée sur la porte du passage secret, derrière la bibliothèque.

La caméra balaye le côté de la pièce et je comprends que quelqu'un vient d'ouvrir la porte du tunnel. Elle se referme, on voit de nouveau le bureau. Et là, debout dans la pièce, je reconnais ma mère, qui semble avoir surgi de nulle part.

Ma vue se brouille. Je cligne des yeux pour voir à travers mes larmes. Elle est venue du tunnel. J'avais raison. Quand elle disparaissait la nuit, c'était pour retrouver M. Greyhill dans son bureau.

Son uniforme austère de domestique ne parvient pas à masquer sa beauté. Elle contourne le bureau, ôte ses chaussures d'un coup de pied. Elle est beaucoup plus petite que dans mon souvenir, et frêle comme un roseau. En s'avançant lentement vers le canapé, elle libère ses tresses rassemblées en chignon sur sa nuque et les ébouriffe du bout des doigts. Elle ôte ses boucles d'oreilles qu'elle glisse dans sa poche.

J'ai du mal à respirer. Elle semble parfaitement à l'aise. Chez elle.

Je n'arrive pas à détourner les yeux.

L'angle de la caméra change de nouveau et ma mère disparaît. Je me redresse.

— Qu'est-ce…

La caméra reprend sa position initiale, on voit de nouveau la pièce. Il est là. Il l'a suivie dans le tunnel. Son assassin.

Mon visage est à quelques centimètres de l'écran. L'épaule de Michael est collée à la mienne, il essaie de voir lui aussi. Mais pour l'instant, on ne distingue que le dos de cet homme. À peine ai-je le temps de réaliser que sa peau et ses cheveux sont noirs qu'il braque un pistolet sur ma mère.

Elle se retourne. Je murmure :

— Non. Non. Va-t'en…

Son visage revêt une expression bizarre quand elle voit l'arme. On dirait qu'elle n'est pas étonnée. Qu'elle attendait ce moment. Elle l'observe pendant longtemps puis son visage se durcit et son regard se fait provocant.

Je laisse échapper un gémissement.

— Non…

— Arrête la vidéo ! s'exclame Michael, comme s'il venait de comprendre ce qui va se passer. Ne regarde pas, Tina.

D'un geste furieux, je frappe sa main pour l'éloigner du clavier.

— Tina…, dit-il d'un ton suppliant.

Sans un mot, ma mère s'avance vers son assassin et à cet instant…

Pan !

Elle recule en chancelant.

Je sens un cri de bête me déchirer la gorge. Je porte les mains à mon visage. Près de moi, Skinny suffoque. Mais je n'arrive pas à détourner les yeux. Je vois le sang couler sur son uniforme noir. Elle recule encore. Ses genoux se dérobent sous elle ; le canapé la rattrape.

Elle appuie la tête contre les coussins comme si elle s'accordait quelques secondes de répit. Et pendant quelques instants, rien ne se passe. Pendant près d'une minute, elle reste assise là, immobile. On voit sa poitrine s'abaisser et se soulever comme si elle venait de courir un cent mètres. L'assassin pose le pistolet sur le bureau de M. Greyhill, bien au milieu. Il continue à regarder ma mère sans jamais se tourner vers la caméra pour révéler son visage.

Le même bruit résonne dans ma gorge, qui se répète encore et encore.

Puis la caméra se déplace une nouvelle fois avant de réintégrer sa position initiale.

— Il est juste reparti par le tunnel, dit Michael d'une voix rauque. Je n'ai pas vu son visage, et vous ? C'était Mwika ?

Je suis incapable de répondre. Je me sens vaciller mais Skinny me rattrape.

Ma mère est en train de mourir sous mes yeux. Venez l'aider. Je vous en prie. À ce moment-là, derrière elle, la porte du bureau s'ouvre et je vois M. Greyhil se précipiter, tomber à genoux, appliquer les mains sur sa poitrine.

Je demande dans un murmure :

— Qu'est-ce qu'il fait ?

Du liquide noir s'écoule entre ses doigts.

C'en est trop. Ma vue se brouille encore. Je n'arrive plus à respirer. Les larmes coulent le long de mes joues et de mon cou. J'ai l'impression qu'on me presse le cœur contre un tamis. Pendant un bref instant, un espoir impossible enfle dans ma poitrine. Il va réussir à la sauver. Il va l'emmener à l'hôpital et elle va s'en tirer.

C'est là que je la vois relever la tête et ouvrir les yeux. Elle est toujours consciente. L'espace d'une seconde, je crois qu'elle va le repousser. Mais elle le regarde, pose la main sur sa joue. Il presse son visage contre cette main, le corps agité de tremblements. Puis la main de ma mère retombe et sa tête roule sur le coussin.

Ma mère est morte. Son esprit s'est détaché de son corps, elle est partie.

Je n'arrive plus à respirer.

J'entends prononcer mon nom. Je sens des mains se poser sur mes bras, sur mon dos. Je n'arrive plus à bouger.

Le monde tourbillonne autour de moi, des paillettes dansent à la limite de mon champ de vision.

32

Je ne me rappelle pas m'être levée ni être sortie de la pièce. Quand je reviens à moi, je suis assise dans l'herbe dehors et j'inspire de grandes bouffées d'air humide. Autour, tout est flou. Je vois le reflet de la lampe qui accroche des perles de pluie dans l'obscurité, les faisant ressembler à un million de minuscules épingles. Comme je n'arrive pas à me relever, je me roule en boule, les mains agrippées aux genoux.

J'entends des pas derrière moi. Sans me retourner, je sais que c'est Michael. Il reste longtemps silencieux, les yeux fixés sur mes épaules voûtées jusqu'à ce que, n'y tenant plus, je me tourne vers lui, les poings serrés :

— Quoi ? Qu'est-ce que tu veux que je dise ? Tu avais raison ! Ce n'est pas ton père ! Il ne l'a pas tuée ! Tu es content ?

— Tina…

Il me tend la main. Je me relève et pendant une seconde, j'ai l'impression que je vais tomber à la renverse.

— Ne me touche pas !

Il fait un pas vers moi, lentement. Je reste immobile sous la pluie battante. Mon corps tremble et me brûle comme si j'avais de la fièvre.

— Je suis désolé, Tina, dit-il. Tu n'aurais pas dû voir ça…

— Stop ! Tais-toi !

Il fait un autre pas vers moi.

— Ça ne change rien. C'était peut-être Mwika. Quoi qu'il en soit, on va trouver qui l'a tuée. Je vais t'aider.

— Je ne veux pas de ton aide ! Je me fiche pas mal de toi, de vous tous, de ton père, de Mwika, d'Omoko !

Michael paraît décontenancé et je me rappelle qu'il ne sait pas qui est M. Omoko. Je hurle comme une folle mais je m'en fiche.

— Retourne à l'intérieur, Tina. La pluie…

Il me prend le poignet.

— Lâche-moi.

J'essaie de me dégager mais il me serre fort la main. Je répète :

— Lâche-moi !

Je n'arrive pas à le regarder dans les yeux. Je suis en train de me noyer. J'ai besoin de m'asseoir. Si je ne m'assieds pas, je vais tomber.

— Tina. (Il se rapproche.) Regarde-moi. Je suis vraiment désolé…

Je suis coincée, je ne peux plus ni avancer ni reculer.

— Non, non…, je murmure.

L'ombre et la lumière se mélangent. La pluie me brûle la peau. Je n'arrive toujours pas à respirer.

— Ça va aller, souffle-t-il si bas que je l'entends à peine.

Son visage danse devant mes yeux. Je sens ses bras sous mes paumes, solides comme les branches d'un arbre.

— On ne va pas en rester là. On va trouver qui l'a tuée.

Il est si près que je sens la chaleur qui émane de lui sous le déluge. Ses yeux brillent. Je ne vois plus que son visage, doux et familier. J'ai le vertige. Mon corps cesse de se débattre. Mes paupières retombent. J'ai un goût bizarre, pâteux dans la bouche.

Attends, dit une petite voix dans ma tête. *Quelque chose ne va pas*. J'ouvre brusquement les yeux.

Je marmonne en repoussant maladroitement les bras de Michael :

— Non. Non…

— Tina, attends…

Mais je me détourne en titubant et m'enfuis dans la nuit noire.

33

Règle numéro quinze, que je tiens de ma mère : fuir.

« Ne reviens pas. Ne t'avise même pas de te retourner. Fuis comme si tu faisais la course et que tu cherchais à battre tous les garçons. Va dans la forêt et attends-moi au même endroit que d'habitude. Tu te souviens ? Tu retrouveras ? Bien. Pars, maintenant. Cours. »

À ce moment-là, elle m'a fait sortir par la fenêtre.

Courir la nuit dans une forêt n'est pas aussi facile que ça en a l'air. Le sol est inégal, il y a des troncs d'arbres un peu partout, des buissons de ronces et des créatures invisibles qui griffent et qui piquent. Aucune enfant n'y parviendrait. À moins qu'une odeur d'essence et de fumée ne flotte derrière elle, et que la seule lumière provienne des flammes qui montent de sa maison. Cette lumière n'a rien de réconfortant et elle décide de s'enfoncer encore plus dans la forêt. Malgré les épines et les ornières, elle cherche refuge dans l'obscurité parce que celle-ci vaut mieux que ce que l'enfant laisse derrière elle.

Je reste bêtement sous la pluie, comme un chien errant.

J'ai un point de côté et les pieds douloureux, mais je les sens à peine. Si je me suis arrêtée, c'est parce que je me tiens au bord d'un petit ravin. En contrebas, je vois briller les eaux noires, elles bouillonnent furieusement comme si elles grouillaient d'anguilles. J'enfonce les orteils dans la terre meuble au bord du trou, je joue avec l'idée de sauter, je n'ai pas envie de m'arrêter là.

Je me trouve dans la forêt mais je ne me rappelle pas comment je suis arrivée là. J'ai couru. Je le sais parce que j'ai les poumons en feu. Je n'entends que le clapotis du ruisseau, la pluie qui dégoutte des feuilles et les stridulations des insectes. Il devrait y avoir un pont ici. Mes pensées se forment lentement dans mon esprit, comme emprisonnées dans la boue qui glisse sous mes pieds et s'achemine vers le ruisseau. Ça fait combien de temps que je suis là ? Je recule. J'ai chaud, je transpire, mes pieds me font mal et soudain, un chemin caillouteux surgit de ma mémoire. J'ai l'impression d'avoir la tête enflée comme un melon ; posée en équilibre sur un bâton, elle penche sur le côté. Au-delà du ruisseau, j'aperçois une clairière. Une étendue d'herbe claire. La cabane sombre, à peine visible, est éclairée de manière sporadique par un éclair au loin.

Je perçois du mouvement dans les broussailles derrière moi. C'est sans doute le *mokélé-mbembé* qui émerge de l'eau sur ses pattes écailleuses. Il remue sa queue de dragon, passe sa langue sur ses dents de dragon, s'apprête à me dévorer toute crue.

Au même moment, mes genoux rencontrent le sol, et je sens une main agripper fermement mon coude. Un faisceau de lumière aveuglante se braque sur mon visage. Je murmure :

— Maman…

Je titube dans l'herbe basse ; elle me chatouille les chevilles.

Une tête apparaît, encadrée par une fenêtre et nimbée d'une lumière orangée. Le *mokélé-mbembé* ? Non, lui il n'a pas de cornes mais des oreilles. C'est un chien.

De l'eau glacée m'arrose les bras et les jambes.

Ma mère prononce mon prénom, Christina, comme si j'avais des ennuis ; et j'ai envie de lui répondre mais mes lèvres sont scellées.

Une odeur que je n'ai pas sentie depuis des années me parvient : celle des couvertures qui sèchent au soleil sur les buissons de lantana.

Puis plus rien.

Je m'éveille seule dans un lit avachi qui craque au moindre de mes mouvements. J'essaie de me redresser mais j'ai mal à la tête et pendant quelques secondes, ma vision se brouille. Quand je recouvre la vue, je vois des murs en planches recouverts de boue. Le sol en terre est dissimulé sous une paillasse d'herbe tissée. Une odeur de terre sèche et de feu de bois flotte dans l'air.

Autour de moi, les objets témoignent d'une présence féminine : des robes suspendues à des patères, des chaussures du dimanche soigneusement alignées près de la porte. Il y a aussi des manuels scolaires et une bible, un calendrier vieux de quatre ans, où l'on voit des enfants blancs patinant sur de la glace, juste à côté de la photo d'un couple âgé à la mine austère. Un AK-47 est accroché au-dessus de leurs têtes, hors de portée des enfants.

Le soleil brille à travers les interstices de la porte et des volets. Tout près, j'entends le chant des oiseaux et un peu plus loin, le bêlement des chèvres qui secouent leur cloche. Je me lève péniblement. Je porte toujours mes vêtements humides. Je me dirige à petits pas vers la porte, la bouche sèche.

J'entrouvre la porte. La lumière me fait cligner des yeux. Les marques sur le sol en terre rouge indiquent qu'on vient de balayer le seuil de la cabane. Au-delà, je vois l'étendue d'herbe puis la forêt. Je sors et aussitôt, le soleil me chauffe la peau.

Je sais où je suis.

— Catherine ?

Je m'éclaircis la voix avant de répéter mon appel. Soudain, un souvenir m'assaille : j'ai parcouru hier soir le chemin qui mène à sa maison. C'est elle qui m'a relevée, pas ma mère. Ma mémoire est brumeuse, pleine de blancs. Je suis prise d'un brusque malaise, d'une violente sensation de chaud-froid et je cours vomir dans un coin.

— Tu as bu hier soir ?

Quand les haut-le-cœur cessent, je m'essuie la bouche avec ma manche et me tourne vers la voix. Catherine a contourné la maison pour me rejoindre. Elle est en train d'essuyer une marmite en fer.

— Ou t'es enceinte ?

Je réponds vivement :

— Ni l'un ni l'autre.

Elle ricane.

— Quand tu as débarqué, tu n'avais pas l'air bien. Tu délirais à propos de ta mère.

J'essaie de me souvenir. Qu'est-ce qui s'est passé ? Est-ce qu'on m'aurait droguée ? La seule chose que j'aie mangée hier, c'est la nourriture que m'ont apportée les religieuses.

— Je n'ai pas bu. Peut-être que quelque chose m'a piquée.

— Une araignée ? suggère-t-elle d'un ton dubitatif.

— Où vous m'avez trouvée ?

Elle désigne le sommet de la colline. Je distingue un coin d'obscurité, à l'orée de la forêt ; à cet endroit, on dirait que le chemin bifurque vers le ruisseau.

— Tu essayais de retrouver ta ferme ?

— Ma ferme ? (Tout à coup, je comprends pourquoi sa maison me disait quelque chose ; je regarde vers le chemin.) On a vécu ici.

Malgré la chaleur et mes jambes engourdies, je me dirige vers le sentier. Catherine ne dit rien. Elle est peut-être en train de se moquer de moi, alors je me force à ne pas regarder en arrière. Une fois sur le chemin, je retrouve la fraîcheur de l'ombre mais je dois m'arrêter pour reprendre mon souffle et attendre que mon cœur cesse de battre dans mes oreilles. Entre deux halètements, je balbutie :

— Une araignée… ou un serpent…

— Ou alors on t'a empoisonnée, dit une petite voix.

Je lève les yeux et aperçois une gamine aux longues jambes. Soit elle est très discrète soit je suis toujours dans les vapes, car je ne les ai pas entendus arriver, elle et son chien jaune. Elle s'avance vers moi et me tend un bâton pour que je m'appuie dessus. On n'est pas très loin de l'endroit où le chemin plonge vers le ruisseau, dont le niveau a baissé durant la nuit. Je vois des pierres disposées près les unes des autres pour le traverser.

J'observe l'autre berge en m'efforçant de sonder ma mémoire. Le torchis s'effrite sur les murs de la cabane et le toit effondré par endroits est noirci par le feu. Il n'en reste pas grand-chose, de cette cahute. Les mauvaises herbes envahissent les fenêtres. Où est l'arbre où j'aimais grimper ? Et le jardin ? À une époque, nous avions des lapins et des poules. Ils sont partis depuis longtemps mais je tomberai peut-être sur un de leurs descendants retournés à l'état sauvage. Je franchis le ruisseau. Le chien me suit en s'ébrouant dans l'eau et me dépasse au moment où je grimpe sur la berge.

— Tu viens réclamer ta propriété ?

Je me retourne. Catherine se déplace agilement d'une pierre à l'autre derrière sa fille.

— Non.

Elle ignore la main que je lui tends.

— Je t'avais dit de ne pas revenir ici.

— Je sais.

Elle soupire, me devance et se dirige vers la cabane. Parvenue à quelques mètres des lieux, elle se fige, les poings sur les hanches. Sa fille poursuit sa route sur un chemin invisible caché dans les herbes hautes. Je me souviens maintenant : il y a un avocatier là-bas.

— Alors pourquoi tu es là ? demande Catherine.

Ce n'est pas une réponse mais c'est tout ce que je trouve à dire :

— Ma mère est morte.

Catherine ne réagit pas.

— Il y a cinq ans. Elle a été assassinée.

Toujours pas de réaction mais bizarrement je suis soulagée par ce silence, ce manque d'empathie. Je poursuis :

— Je croyais savoir qui l'avait tuée mais hier soir, j'ai découvert que je me trompais. Peut-être que je deviens folle.

J'essaie de sourire mais je n'y arrive pas.

Cinq années perdues à haïr M. Greyhill. À préparer ma vengeance. À me laisser guider par ma haine. La boue. Le fric. Le sang. C'était si facile. Et maintenant… j'ai l'impression d'avoir été amputée d'une jambe. J'essaie encore de marcher en oubliant que je l'ai perdue.

— Vous voulez savoir le plus bizarre ? (Je m'adresse à elle mais en fait, c'est à moi que je parle.) Je savais déjà que ce n'était pas lui, je crois.

Je hoche la tête. Catherine se tait toujours et je lui en suis reconnaissante.

Pourquoi ne pas continuer à haïr M. Greyhill ? Ce serait tellement plus simple. Reporter ma colère sur David Mwika ? Mwika est mort. Je ne pourrai jamais lui demander pourquoi il l'a fait. Si c'est bien lui qu'on voit sur la vidéo. À quoi me raccrocher désormais ? Je n'ai plus rien.

— Qui l'a tuée ? demande enfin Catherine.

Son visage ne trahit toujours pas d'émotion mais la douceur de sa voix me surprend et me transperce. Je me laisse glisser sur le sol. Le monde me semble trop éclairé ; il y a trop de lumière autour de moi.

— Je ne sais pas. Un vigile qui travaillait avec elle, peut-être ? Mais je… je ne sais pas pourquoi.

Je devrais rentrer chez moi. Quelle idée idiote d'avoir voulu revenir ici ! Je ne sais pas ce que je fais là. Je devrais rentrer retrouver Kiki… et quoi ? implorer le pardon de Big Boy ? Remettre à M. Omoko l'argent de Greyhill, comme je le lui ai promis ? J'ai ouvert une porte que je ne sais pas comment refermer. Si je continue, je vais causer la ruine de cet homme et de toute sa famille. Michael, sa sœur, sa mère, tout le monde. C'était l'idée de départ. Mais je ne peux plus faire ça, non. Pourtant, il le faut bien. M. Omoko attend. Les Goondas qui désobéissent aux ordres finissent au fond de la mer, enchaînés à un bloc de béton. Mais ils me tueront de toute manière, parce que je me suis enfuie comme la dernière des idiotes.

Je me masse les tempes pour chasser mon mal de tête.

Avec un grognement, Catherine s'assied par terre à côté de moi. Après avoir replié ses jambes sous elle, elle observe le chien qui vient de bondir sur quelque chose dans l'herbe et la gamine qui accourt pour voir de quoi il s'agit.

— Tu ne te souviens pas de moi, pas vrai ?

— Non. Mais vous connaissiez ma mère. Probablement mieux que moi.

Catherine sort un bout de papier de son tablier. Elle a des mains calleuses, abîmées par le travail. Elle déplie le papier et je m'aperçois qu'elle a pris la photo de ma mère et d'elle dans ma poche pendant que je dormais. Elle la contemple longuement avant de me la rendre.

— C'était ma meilleure amie.

Elle serre les terres. J'observe son visage plus jeune sur la photo, ses joues plus rondes, ses yeux plus brillants. La Catherine assise à côté de moi est encore séduisante mais ses yeux ont perdu leur éclat.

— Anju était ma cousine mais pour moi, elle était comme une sœur. On a grandi ensemble. Quand tu es née, je l'ai aidée.

Je regarde Catherine. Elle et sa fille sont ma seule famille à part Kiki. Et soudain, assise là dans l'herbe odorante et la fraîcheur qui émane du ruisseau, je suis assaillie par un souvenir : les rires de ma mère et d'une autre femme après que j'ai dit quelque chose. Cette autre femme, c'était elle, Catherine. Ma voix se brise quand je demande :

— Alors pourquoi vous la haïssez maintenant ?

Catherine soupire.

— Je ne crois pas que je la déteste encore.

— Mais hier…

— Hier, oui, je la détestais. Je l'aimais et elle m'a abandonnée. Oui, je l'ai haïe pour ça. Mais maintenant que je te vois… (Elle se détourne de moi pour regarder sa fille.) Maintenant, je crois que je comprends.

— S'il vous plaît, Catherine, comprendre quoi ? Moi je suis perdue.

Elle ébauche un sourire.

— Plus personne ne m'appelle Catherine à part les sœurs. C'est Cathi maintenant.

Je baisse les yeux.

— Catherine, c'est le nom de ma petite sœur mais personne ne l'appelle comme ça non plus. Elle, c'est Kiki.

— Ta sœur ? (Cathi semble surprise ; sa voix tremble.) Elle s'appelle Catherine ? Ta mère s'est mariée ?

J'hésite.

— Non.

Elle regarde de nouveau sa fille, qui essaie de cueillir un avocat avec un bâton. Cathi pose deux doigts sur sa bouche mais ne dit rien. Un fruit tombe de l'arbre ; la petite le ramasse, l'ajoute à sa cueillette qu'elle a déposée dans sa robe. Elle doit avoir le même âge que Kiki. Je demande à brûle-pourpoint :

— Ils vous ont emmenée, vous aussi, pas vrai ? Quand ils ont pris ma mère et qu'elle est tombée enceinte de moi…

Cathi fait mine de se lever. Je suis allée trop loin. J'ajoute à voix basse, en essayant de lui prendre le bras :

— Attendez… Je vous en prie. Je suis venue ici pour découvrir qui a tué ma mère, mais chaque fois que j'ai l'impression de me rapprocher de la vérité, tout devient encore plus confus. Aidez-moi. Il faut que je comprenne.

Son bras se raidit sous ma main. Je renonce. Mais elle prend deux longues inspirations et dit :

— La dernière fois que j'ai vu Anju, ta sœur n'était même pas née. Je ne sais pas qui l'a tuée.

— Mais vous l'avez mieux connue que personne ! Aidez-moi à comprendre ce qui lui est arrivé ici. Je suis persuadée que d'une manière ou d'une autre, tout ce qui s'est passé par la suite est lié à cet endroit, à votre enlèvement, à ce qu'elle a vu à ce moment-là, à ce qu'elle savait. Elle s'est enfuie d'ici et quelqu'un l'a peut-être suivie. Je ne sais pas pourquoi on l'a tuée mais… S'il vous plaît. J'ai l'impression de ne plus la connaître. Je crois même que je ne l'ai jamais connue. Dites-moi juste ce que vous pouvez me dire.

Je me penche pour la toucher de nouveau, j'ai peur de la perdre au profit des ténèbres qui rôdent autour d'elle, prêtes à l'emporter une fois de plus.

— S'il vous plaît, Cathi. Il faut que je rentre à Sangui mais je ne peux pas repartir d'ici avec le sentiment d'en savoir encore moins qu'à mon arrivée.

Cathi relève brusquement la tête, les yeux brillants.

— Et qu'est-ce que tu vas faire, hein ? Qu'est-ce que tu vas faire de mon histoire ? Je n'ai pas de réponses, moi ! Je ne sais pas qui a tué ta mère ! Je ne sais pas qui est le père de ma Ruth ! Je peux te raconter ce qu'on nous a fait, mais à quoi bon ? À quoi ça sert de raconter ? Il n'y a rien à tirer de ces quelques jours ! Nous avons vécu l'horreur mais personne n'a été puni ; ces hommes vivent toujours, quelque part dans la montagne, lance-t-elle en désignant la jungle d'un geste vague. Raconter, ça n'a jamais permis d'obtenir justice. Tu sais ce que je dois faire pour gagner ma croûte ?

Tous ces hommes qui viennent me voir dans les bars parce que personne ne veut me laisser vendre mes légumes sur le marché ? Non. Ce n'est pas une histoire qui se raconte. Ce n'est que de la souffrance.

Je crie :

— Et moi, vous croyez que je ne souffre pas, peut-être ?

— Tu ne sais rien de la souffrance. Tu n'es qu'une gamine. Tu n'as pas idée de ce que c'est.

Elle se mure dans le silence et on reste assises là, au milieu du bourdonnement des insectes, les yeux fixés sur les ruines calcinées de mon ancienne maison.

Pendant un bref moment, en plissant les yeux, je peux imaginer à quoi ça aurait ressemblé si on n'avait pas dû fuir : des rideaux aux fenêtres ; un pot de fleurs de chaque côté de la porte, comme chez Cathi ; ma mère en train d'étendre le linge. Je regarde au loin, dans la direction qu'a montrée Cathi, là où se trouvent d'après elle les hommes de la milice, au cœur de la forêt.

Je soupire.

— Je ne me souviens peut-être pas de vous. Mais je me souviens de cette nuit-là.

Cathi penche légèrement la tête vers moi et me regarde du coin de l'œil.

— J'avais cinq ans. Je me souviens des cris, et d'avoir vu le feu par la fenêtre. (J'enlace mes genoux.) Ma mère m'a tirée du lit, elle m'a fait sortir par la fenêtre à l'arrière de la maison, et elle m'a dit de courir.

La gorge nouée, je regarde les ruines en essayant de me rappeler dans quelle direction je suis partie.

— J'ai une bonne endurance. J'ai couru longtemps, jusqu'à notre point de rendez-vous, un coin près d'une rivière, où elle m'emmenait souvent. Vous connaissez peut-être. Là-bas, il y avait une petite grotte. Je me suis réfugiée à l'intérieur et j'ai attendu... J'ignore combien de temps. Plusieurs jours, je crois. J'ai mangé des plantes et des fruits qui m'ont rendue malade et j'ai bu l'eau croupie de la grotte. J'avais peur des animaux sauvages. J'avais peur que quelqu'un me trouve. J'avais peur que personne ne me trouve. J'entendais des hommes marcher dans la jungle. J'étais censée rester dans la grotte mais il allait bien falloir que je sorte pour me soulager. J'étais justement en train de le faire quand j'ai entendu les hommes arriver. Je n'ai pas eu le temps de retourner dans la grotte. Je suis restée accroupie dans mes salissures, à moitié enfouie sous les feuilles. J'avais peur qu'ils me marchent dessus ou qu'ils détectent l'odeur. L'un d'eux s'est approché si près que j'aurais pu défaire le lacet de sa botte. J'ai vu ses yeux. (Je regarde enfin Cathi.) Il m'aurait tuée comme ça, comme on respire, avec la même facilité.

On reste là, silencieuses. Les nuages roulent dans le ciel. Les cigales chantent dans l'air moite. Mes idées commencent à s'éclaircir un peu.

— Mais si j'ai passé plusieurs jours dans un trou, allongée dans ma propre merde, ce n'est pas pour rien. Quand ma mère est enfin venue me chercher, elle ne m'a rien dit. Et par la suite, elle n'a jamais reparlé de cette époque-là. Un jour, j'aurais fini par la questionner mais elle a été assassinée avant que j'aie pu le faire, et j'ai bien l'intention de découvrir pourquoi. Alors je vous le demande : aidez-moi à comprendre.

La fille de Cathi revient vers nous avec un sourire radieux et plein de fruits dans sa robe. Cathi la contemple longuement sans rien dire. Elle montre à sa mère tout ce qu'elle a cueilli en me jetant des regards à la dérobée. J'entrevois, telle une ombre qui rôde autour de nous, la femme qu'elle deviendra.

— Va les porter à *nyanya* Florence. Ses vieilles dents les aiment beaucoup. Et emmène le chien.

La gamine hoche la tête et s'éloigne en courant. On la suit des yeux jusqu'à ce qu'elle ait disparu au-delà du ruisseau. Le silence s'étire puis Cathi prend une grande inspiration et commence son récit.

34

Il était une fois deux jeunes filles qui vivaient dans un pays luxuriant, loin, très loin.

L'une était gaie et bruyante ; l'autre, calme et un peu austère. L'une aimait les garçons, l'autre préférait les livres. L'une était ronde comme une mangue et l'autre mince comme un fil. L'une était jolie, l'autre belle comme la lune.

Malgré leurs différences, elles étaient farouchement attachées l'une à l'autre et on les voyait toujours ensemble. À la fin du lycée, pour ne pas être séparées, elles décidèrent de suivre une formation d'infirmière dans l'hôpital du village. Elles travaillaient dur ; elles devinrent des femmes fortes et de bonnes soignantes.

Au cours de leur première année de formation, le fiancé de la plus gaie des deux offrit à son père cinq vaches en échange de sa main. Son amie était contente pour elle mais de son côté, elle avait décidé de consacrer son existence à Dieu. Chacune se réjouissait de la décision de l'autre mais en secret, au fond de leur cœur, elles auraient bien voulu ne jamais devoir se séparer.

Au cours de leur deuxième année à l'hôpital, le bruit se répandit qu'on avait trouvé de l'or dans les montagnes.

Chaque fois que le sujet revenait, les sœurs se signaient en disant : « Préparez-vous car nous avons déjà vu ce genre de chose se produire. La guerre arrive. »

Les premiers temps, ce n'était qu'un écho lointain, quelques disparitions, une pénurie de nourriture et de médicaments. Ça ne ressemblait pas vraiment à la guerre, plutôt à un hurlement éloigné de bêtes sauvages, un bruit effrayant mais irréel qu'on peut oublier en fermant la fenêtre.

Ainsi, malgré les avertissements des sœurs, les filles n'étaient pas préparées quand la guerre se présenta aux portes de l'hôpital. En même temps, elle progressait si vite ! Elles n'étaient pas prêtes à voir le sang couler, le matériel voler et les rires fuser face aux prières des sœurs. La guerre tua un prêtre, prit ce que bon lui semblait : les réserves de morphine, de nourriture en boîte. Et avant de partir, elle mit la main sur cinq jeunes femmes, dont ces deux-là qui ne voulaient pas être séparées. Elle dit : « Elles sont à moi » et les emmena dans la nuit noire.

C'était une nuit très sombre. Une nuit très sombre et interminable, qui dura sans doute plusieurs mois, mais elles auraient été bien en peine de savoir combien de temps exactement. Elles se repéraient en fonction de leurs règles, si bien que quand les saignements cessaient, compter devenait difficile.

Les seigneurs de guerre emmenèrent les femmes qu'ils avaient enlevées dans leur royaume au cœur des montagnes, là où les arbres masquent le ciel. À leur arrivée, elles s'aperçurent que certains de ces hommes étaient en réalité des gamins aux yeux rouges et à l'air hébété. Quand ils partaient combattre, ils glissaient des feuilles et des fleurs dans leurs cheveux pour se soustraire aux balles. Il y avait d'autres femmes dans le royaume des seigneurs de guerre, mais elles parlaient une langue étrangère et se mouvaient comme des fantômes.

Les hommes avaient choisi cet endroit parce que leur dieu vivait là, dans un trou sous la montagne. Chaque jour, ils y envoyaient les cinq femmes et leurs autres captifs pour gratter les flancs de leur divinité et en extraire des débris scintillants.

Et la nuit ? Chaque nuit, c'était l'enfer sous les traits d'un homme ou d'un garçon, cinq à six fois de suite. La plus gaie des deux fermait les yeux et laissait son âme dériver loin d'elle jusqu'à ce que ce soit fini.

Mais la guerre avait remarqué la beauté de la plus calme, qu'elle décida de réserver à un homme surnommé Numéro Deux, qui venait régulièrement leur rendre visite au royaume sur les ordres d'un homme blanc très puissant. Il arrivait en hélicoptère avec des armes et de l'argent. À chacune de ses visites, il demandait qu'on la lui amène. Personne n'avait le droit de la toucher sauf lui.

On racontait qu'il venait d'une ville appelée Sangui.

Sur ces cinq femmes :

L'une s'est enfuie, et les garçons lui ont tiré dans le dos en éclatant de rire.

La deuxième a bu l'eau souillée du trou malgré les supplications des autres et elle a succombé à la fièvre.

La troisième, une nonne qui avait été l'enseignante des deux jeunes filles, essayait autant que possible de distraire ses élèves de cet enfer. Mais le plus souvent, elle était impuissante.

Quant aux deux jeunes filles, elles survécurent seulement parce qu'elles ne voulaient pas mourir en laissant l'autre seule dans ce terrible royaume.

Un jour, les hommes furent pris en embuscade par d'autres combattants qui leur ressemblaient comme deux gouttes d'eau. Il y eut des échanges de tirs et des explosions qui firent trembler la terre. L'enseignante cria : « Fuyez ! » et les trois femmes coururent, encore et encore, jusqu'au village, jusqu'à l'hôpital où enfin – enfin ! – elles seraient en sécurité.

Après leur fuite, les deux amies s'attendaient que la vie reprenne son cours et au début, ce fut le cas.

Mais une fois sur pied, elles firent un constat étrange : il y avait comme une odeur dans l'air. Les gens s'écartaient autour d'elles. Les trois femmes flairaient le vent pour essayer de voir d'où ça venait. C'était nauséabond comme des toilettes au fond d'une cour, comme les souillures de l'hôpital, et ça s'intensifiait chaque fois qu'elles étaient ensemble. Pour finir, elles s'aperçurent que ce n'était pas le vent qui charriait cette odeur ; elle provenait d'elles, de chacun de leurs pores, elle imprégnait leurs cheveux, leur haleine.

Les femmes frottèrent encore et encore, elles burent du thé sucré mais quoi qu'elles fassent, l'enfer qu'elles avaient traversé s'accrochait à elles, faisait le vide autour d'elles, de par l'odeur âcre, gênante, omniprésente, impossible à éliminer dont il les avait imprégnées.

Un jour, le fiancé de la plus gaie reprit ses vaches. Plus tard, elles apprirent qu'il avait attendu une semaine pour les donner au père d'une autre fille.

Quant à la plus calme, son ventre grossissait à vue d'œil et pour finir, la mère supérieure la convoqua dans son bureau pour lui expliquer que la vie de recluse à laquelle elle aspirait ne pouvait pas convenir à une future mère.

L'enseignante qui avait pris la fuite avec elles partit pour Sangui, après leur avoir confié qu'elle ne savait plus à quoi ressemblait le visage de Dieu. Elle proposa aux deux jeunes filles de l'accompagner. La plus calme serait bien partie mais elle était déjà trop grosse pour voyager, et la plus gaie refusa de laisser son amie.

Un bébé naquit dans les cris et la souffrance. Elles l'appelèrent Christina.

Les deux jeunes femmes retournèrent dans la ferme de leurs parents. La plus gaie perdit, l'un après l'autre, sa mère et son père dans l'année qui suivit son retour. Le père de la plus calme était mort pendant sa captivité et depuis, sa mère déclinait.

La plus calme travaillait toujours comme infirmière à l'hôpital mais les mains de la plus gaie se mettaient à trembler dès qu'on amenait une autre femme brisée par la guerre. Elle essaya de vendre ses légumes au marché mais se lassa bien vite des regards que lui jetaient les autres vendeurs.

Elle dut se trouver une autre occupation. Elle n'aimait plus les garçons mais pour ce qu'elle avait à faire, elle n'était pas obligée de les aimer. Elle devait juste fermer les yeux et laisser son âme dériver loin d'elle.

Les deux jeunes femmes avaient beau toujours s'aimer, elles savaient que quelque chose s'était cassé et qu'on ne pourrait pas le réparer. Elles reportèrent toute leur attention sur le bébé, qui grandissait vite. La plus calme se surprenait à scruter le visage de sa fille. À d'autres moments, elle ne supportait même pas de la voir et dans ces moments-là, la plus gaie prenait la petite dans ses bras et s'éloignait en séchant ses larmes avec des baisers.

Les années passèrent. La guerre rôdait toujours dans la région, allant et venant comme les saisons. Parfois, elle volait du bétail, parfois ils la voyaient traîner dans les bars en ville. En l'entendant arriver, elles couraient se cacher dans la forêt, dans un lieu connu d'elles seules, et racontaient à l'enfant qu'elles partaient à l'aventure.

Un jour, la mère de la plus calme, qui se ratatinait à vue d'œil, refusa d'aller se cacher malgré les supplications de sa fille. À leur retour, elles trouvèrent la vieille femme immobile dans son lit. Elle semblait dormir. Elles lavèrent son corps ensanglanté dans le ruisseau et la vêtirent de son plus beau *kitenge* du dimanche. Elles l'enterrèrent sur la colline, auprès de son époux.

Après la mort de sa mère, la plus calme changea. Elle était toujours taiseuse, mais elle avait une lueur dans les yeux qui inquiétait son amie. Elle lui laissait de plus en plus souvent sa fille pour aller marcher seule dans la forêt. Elle revenait avec les pieds sales, des brindilles dans les cheveux et un regard de bête sauvage.

Cinq ans après la naissance de la petite, un homme blanc arriva au village et commença à poser des questions.

Ce n'était pas le premier Blanc à venir rôder dans le coin. La guerre avait amené des pilotes, des journalistes, des casques bleus qui suivaient les combats en spectateurs. Dieu sait que les affaires marchaient bien pour la plus gaie quand elle travaillait dans les bars à proximité des hôtels. La guerre amenait aussi des bienfaiteurs et des missionnaires qui semblaient à la fois perplexes et enthousiastes, et des hommes qui travaillaient pour les sociétés d'exploitation minière. Ces hommes-là se comportaient comme ces chiens qui n'aboient jamais mais mordent toujours.

Mais ce Blanc était différent des autres. Il posait trop de questions. Prononçait à voix haute des noms que tout le monde murmurait.

Quand la plus gaie apprit que la plus calme lui avait parlé, elle en fut terrifiée. Elle supplia son amie de ne plus communiquer avec lui, mais celle-ci lui répondit qu'elle en avait assez de se taire.

La guerre revint, comme l'avait prédit la plus gaie, le lendemain du jour où la plus calme avait parlé à l'homme blanc. Cette fois, elle n'était pas là pour le bétail. Elle venait chercher les deux filles, devenues des femmes entre-temps. Elle les pourchassa jusque dans la forêt, finit par les rattraper et dit : « Elles sont toujours à moi. »

Seule l'enfant parvint à s'échapper.

Cette fois, elles n'allèrent pas travailler dans le trou. Mais tous les soirs, c'était l'enfer qui recommençait. Les deux femmes étaient séparées et la plus gaie entendait les cris de l'autre. Et elle criait aussi. Elle envisagea de laisser son âme dériver loin et de ne plus la laisser revenir, mais elle ne put se résoudre à le faire car elle ne voulait pas abandonner son amie.

Mais quatre jours plus tard, la plus calme était partie.

Les hommes crièrent : « Où elle est allée ? Où elle est allée ? » Ils frappèrent la plus gaie, qui n'était plus si gaie d'ailleurs, enfoncèrent dans ses jambes les lames de leurs couteaux chauffées à blanc. La plus-si-gaie ne savait pas comment son amie s'était enfuie, ni où elle était allée. Elle savait juste que la plus calme, qui n'était plus si calme d'ailleurs, l'avait abandonnée.

Elle était seule dans ce terrible royaume.

Ils la battirent à mort. Mais comme ils ne se souciaient que de la plus-si-calme, ils finirent par se désintéresser d'elle et levèrent le camp en la laissant seule dans la forêt. Et quand elle comprit qu'elle n'allait pas mourir en fin de compte, elle rentra chez elle car c'était la seule chose à faire.

Une fois de retour, elle se retrouva seule avec la chose qui poussait dans son ventre. Quelle chose étrange, tout de même ; elle n'aurait pas dû survivre. Mais elle s'accrocha, ce qui était à la fois un grand malheur et une grande chance, car sans elle, elle aurait peut-être décidé de laisser son âme s'envoler pour de bon.

35

Une fois son récit terminé, Cathi se lève en époussetant la terre sur sa robe. Elle marche jusqu'à l'orée de la forêt et scrute les arbres comme si elle attendait la venue de quelqu'un.

L'après-midi touche à sa fin quand nous retrouvons notre voix, et si nous faisons l'effort de parler, c'est parce que Ruth est rentrée. Elle s'est fait tresser les cheveux par la petite-fille de *nyanya* Florence et elle veut qu'on la complimente, ce qui suffit à nous ramener toutes les deux dans le présent.

Je lui dis qu'elle est très jolie et elle me répond par un sourire. Elle ne ressemble pas à Kiki mais je ne peux m'empêcher de penser à ma sœur. Je sens un poids sur ma poitrine, le besoin irrépressible de protéger cette gamine que je viens de rencontrer. Cathi, ça doit la rendre folle d'imaginer que ce qu'elle a subi pourrait un jour arriver à sa fille. Elles habitent à bonne distance du village, à la lisière de la jungle, et Cathi sait que ces hommes y sont encore. Soudain, la présence de l'AK-47 et des deux gros chiens me paraît très raisonnable.

— Tu restes dîner, Christina ? demande Ruth.

— Je vais devoir rentrer à l'hôpital.

— Tu es toujours malade ?

— Non, je vais mieux. On dort à l'hôtel juste à côté.

Cathi fronce les sourcils.

— Il fera bientôt nuit. Tu devrais peut-être dormir ici.

Je refuse à contrecœur.

— Mes amis doivent se demander où je suis.

Et puis je dois penser à Kiki. Il faut que je rentre pour appeler Big Boy et prévenir d'autres visites de La Fouine. Je suis partie sous la pluie sans prendre le temps d'enfiler des chaussures ni d'emporter mon téléphone. De toute manière, je parie qu'il n'y a pas de réseau ici. Je suis déjà restée trop longtemps. Mais c'est dur de partir. Cathi a commencé à préparer le dîner et l'odeur d'ail, d'oignon et de piment qui flotte dans la pièce fait gargouiller mon ventre. C'est familier, cet endroit. Même si je ne m'en souviens pas vraiment, je m'y sens chez moi.

— Je pensais qu'ils viendraient te chercher et que tu retournerais au village avec eux, dit Cathi.

— Ça ira. Je n'ai pas besoin d'escorte.

— Je vais monter sur la colline et appeler le père Fidèle avec mon portable. Au moins, il peut te rejoindre à mi-chemin. Personne ne viendra t'importuner si tu es avec lui.

— Oh non, ne l'appelez pas ! Je suis sûre qu'il a d'autres chats à fouetter.

Mais Cathi ignore mes protestations et sort avec son téléphone à la main. Je l'entends parler avec le père Fidèle et bien que je n'aie rencontré cet homme qu'une seule fois, j'éprouve un élan d'affection pour lui. Il doit savoir ce que fait Cathi pour survivre et pourtant elle peut encore l'appeler à l'aide.

— Il arrive, dit-elle à son retour. Si tu restes sur le chemin, tu vas tomber sur lui.

Je me lève et me prépare à partir.

— Au revoir, Ruth.

— Au revoir, Christina.

Je sors de ma poche la photo de Cathi et de ma mère et je la lui tends.

— Gardez-la.

Catherine me la prend des mains comme si elle était aussi fragile qu'une aile de papillon et la glisse entre les pages de sa bible. Je m'efforce de retenir mes larmes.

— Merci, Cathi.

Elle pose la main sur l'épaule de Ruth. Elles m'observent avec les mêmes yeux brillants.

— Nous prierons pour Anju. Et pour toi.

— Tu reviendras nous voir ? demande Ruth d'une petite voix.

— Je l'espère.

— Tu es la bienvenue, dit Cathi. Tu es de notre famille.

Je me dépêche pour ne pas que le père Fidèle ait à s'aventurer trop loin pour me retrouver, mais le chemin est semé de gros cailloux et j'ai encore mal aux pieds. J'aurais dû accepter les sandales que Cathi me proposait mais je voyais bien que c'était son unique paire de chaussures. Alors je fais de mon mieux pour éviter les pierres. Il n'y a personne sur le chemin et je n'entends que le clapotis du ruisseau ainsi que le chant des oiseaux. Le soleil couchant darde ses derniers rayons à travers les branches. Pendant que je marche, les fils du douloureux récit de Cathi commencent à se démêler, les événements se relient les uns aux autres et viennent compléter ce que je savais déjà. Je commence à y voir plus clair.

J'organise tout en une espèce de frise chronologique où je sépare ce que je sais de ce que j'ignore.

Ma mère et Cathi ont été capturées par une milice et envoyées travailler dans une mine.

Ma mère a été choisie par Numéro Deux. Ce psychopathe est probablement mon père. Il a été envoyé ici par un Blanc, qui doit être M. Greyhill.

Ma mère et Cathi ont échappé à la milice. Je suis née. Le temps a passé.

Donatien est venu ici pour poser des questions, et ma mère a accepté de lui montrer l'endroit où avaient lieu les transactions.

Avant qu'elle ait pu le faire, la milice est revenue les reprendre, Cathi et elle. Elle m'a fait sortir par la fenêtre de notre maison et je me suis enfuie. Le même jour, quelqu'un a tenté d'assassiner Donatien.

J'ignore comment mais ma mère a réussi à échapper une seconde fois à la milice. Elle m'a retrouvée et nous avons quitté le Congo pour Sangui.

Ma mère a commencé à travailler pour Greyhill alors même que Donatien l'avait mise en garde contre lui, le Numéro Un, l'employeur de Numéro Deux. Pourquoi ? Pourquoi est-elle allée là-bas et pourquoi a-t-il accepté de l'embaucher ?

Kiki est née ; Greyhill est son père.

Ma mère a menacé de dénoncer Greyhill ; il a menacé de la tuer.

Ma mère a été assassinée dans la maison de Greyhill mais ce n'est pas lui qui a fait le coup. David Mwika, son responsable de la sécurité, détenait la vidéo du meurtre et il essayait de faire chanter quelqu'un avec. Qui ?

David Mwika pourrait être le meurtrier mais quel est son mobile ? Et si ce n'est pas lui, alors qui ? Et pourquoi ? L'assassin n'a rien pris, ce n'était pas un voleur. Il avait bel et bien prévu de tuer ma mère. Est-ce qu'il voulait l'empêcher de faire quelque chose ? Ou se venger d'elle ? À moins qu'il existe une tout autre raison ?

Je m'arrête pour regarder le ruisseau. Je viens de m'apercevoir que malgré les milliards de questions qui me trottent dans la tête, ce que j'ai vraiment besoin de savoir est tout simple. C'est la même question qui revient sans cesse : pourquoi ma mère est-elle allée voir M. Greyhill ? Pourquoi lui a-t-elle demandé du travail ? Et pourquoi a-t-il accepté qu'elle travaille chez lui, que je reste, pourquoi nous a-t-il hébergés ? Qu'est-ce qu'il avait à gagner ? Si je savais ça, je parviendrais peut-être à comprendre qui avait intérêt à ce qu'elle meure.

Ce ne sera pas facile mais je sais à qui je dois parler. Je dois retrouver Skinny, Michael et un téléphone. Je reprends ma route, déterminée.

Et là, je tombe sur le père Fidèle.

Je sursaute. Le clapotis du ruisseau a dû couvrir le bruit de ses pas. Je sens mes pieds s'enfoncer dans la boue de la berge et il me saisit la main pour m'éviter de tomber.

— Attention !

Je m'apprête à le remercier mais l'éclat de ses yeux m'en empêche. Je n'ai pas le temps de crier ; il m'attire contre lui et de son autre main, me colle un mouchoir sur la figure. J'essaie de me débattre mais une odeur âcre m'assaille et soudain, tout se met à tourner autour de moi. Puis c'est le noir complet.

36

— Bien, maintenant, rabats les deux pans du tissu devant pour qu'on puisse les nouer, m'a dit ma mère.

Nous étions juste devant notre cottage, au fond du jardin des Greyhill. C'était une journée chaude et ensoleillée, et j'entendais les autres domestiques vaquer à leurs occupations : les bavardages des bonnes, le *panga* du jardinier coupant les mauvaises herbes, le claquement d'un tapis suivi d'un éternuement. Une fête se préparait ce jour-là.

On avait besoin de ma mère là-bas et elle m'avait confié une tâche importante. Le buste penché en avant, je sentais Kiki gigoter dans mon dos. Les gestes sûrs de ma mère guidaient les miens pour rassembler les extrémités du *kanga* (une par-dessus l'épaule, l'autre autour de la taille) afin d'installer Kiki contre moi. Ce jour-là, j'allais porter ma petite sœur, l'emmener partout où j'allais. Ma mère m'avait expliqué que c'était une grosse responsabilité mais qu'à six ans et demi j'étais prête.

— Tu peux faire le nœud ? m'a-t-elle demandé.

Oui, j'en étais capable. Au premier essai, j'ai trop serré mais elle m'a aidée à recommencer. Dans mon dos, Kiki poussait de petits cris joyeux.

— Maintenant, redresse-toi lentement et prends garde à ce qu'elle ne glisse pas.

Ma mère a reculé d'un pas pour m'examiner. J'ai levé les yeux vers elle en attendant son verdict. Ces yeux-là voyaient tout. Le moindre pli de tissu, la moindre mèche s'échappant de mes tresses, la moindre égratignure sur mes genoux après avoir joué avec Michael, ma jupe d'occasion déjà trop courte pour moi. Elle repérerait le détail qui cloche, comme chaque fois.

Mais à ma grande surprise, elle s'est accroupie pour m'embrasser sur le front.

— Tu es ma grande fille, a-t-elle dit, et j'ai eu envie de capturer ce beau sourire, si rare et si radieux, de l'emprisonner dans mon poing pour pouvoir le réexaminer plus tard, une fois seule. Prends soin de ta sœur, a-t-elle ajouté.

— Promis, ai-je répondu.

Et j'ai tenu parole, ce jour-là et ceux qui ont suivi.

Une main me gifle. Ma tête valse d'avant en arrière. Le coup est assez violent pour m'arracher aux ténèbres qui m'entourent mais je ne comprends toujours pas ce qui se passe. Quelqu'un me hurle dans l'oreille.

— Tina ! Tina ! Réveille-toi !

J'ai l'impression d'avoir les paupières collées. Quand j'arrive enfin à ouvrir les yeux, je crois d'abord distinguer plusieurs personnes devant moi mais je comprends vite que je vois double. Je relève la tête au moment précis où on me balance de l'eau glacée en pleine figure. Je tousse et crache mais ça marche, je suis réveillée. Je cligne des yeux. La silhouette du type qui se tient devant moi se précise. Il a un seau à la main et un sourire de hyène sur les lèvres.

La Fouine.

J'essaie vainement de bouger. Mes mains sont attachées derrière mon dos et je comprends, après une ou deux secondes de confusion, que je suis ligotée à une chaise. Une fois ce point élucidé, je sens la morsure des liens sur mes poignets et mes chevilles. Je me trouve dans une espèce de tente. J'entends les oiseaux chanter au-dehors ; je suppose que c'est le matin. À l'exception d'une autre chaise, d'un lit de camp et de nous deux, la tente est vide. Sous mes pieds, le sol en terre nue est recouvert de feuilles mortes.

La Fouine éclate de rire.

— On dirait une poule qui est restée trop longtemps sous la pluie.

J'essaie de remuer les poignets. On m'a probablement ligotée avec du fil de fer, car j'ai déjà la peau bien entaillée.

Je demande d'une voix pâteuse :

— Où je suis ?

La Fouine me saisit le menton pour que je le regarde.

— C'est moi qui pose les questions, Tina.

Une odeur de mauvais ragoût s'échappe de son haleine tiède. Il a les yeux rouges, le regard un peu vague.

J'essaie de me dérober à sa main mais à part lui lancer un regard noir, je ne peux rien faire. La Fouine ? Ici ? Alors je n'avais pas rêvé au marché. J'emmagasine de la salive dans ma bouche et je crache dans sa main.

Il m'insulte et me gifle de sa main souillée. Juste au moment où il prend son élan pour me frapper plus fort, la tente s'ouvre et un homme pénètre à l'intérieur.

Je ne le reconnais pas tout de suite mais c'est juste parce qu'il n'a pas du tout l'air à sa place ici. Ça fait longtemps que je ne l'ai pas vu en chair et en os. Il semble avoir un peu vieilli, son visage rond commence à s'affaisser, ses tempes grisonnent. Il porte un polo à manches courtes et un pantalon en toile impeccablement repassés. On le croirait tout droit sorti d'un parcours de golf.

La Fouine hésite puis baisse la main.

— Monsieur Omoko. J'allais justement partir vous chercher, monsieur.

— Elle est réveillée, dit le chef des Goondas.

Il s'adresse à La Fouine mais c'est moi qu'il regarde.

— Oui, je viens de m'en occuper.

La Fouine s'efface pour le laisser s'avancer.

— Je vois ça, dit M. Omoko, les sourcils froncés.

Je me demande bien où est Big Boy. M. Omoko n'aurait jamais emmené La Fouine sans lui.

Le chef des Goondas s'assied en face de moi.

— Attends-nous dehors, monsieur La Fouine.

La Fouine lui lance un regard torve en catimini. M. Omoko a réussi à rendre son nom encore plus ridicule qu'il ne l'est déjà. Mais il sort de la tente sans un mot.

M. Omoko sort un mouchoir de sa poche et m'essuie le visage. Je n'ai pas d'autre choix que de le laisser faire. Après l'avoir remis dans sa poche, il lance :

— Tu as quitté la ville. Nous étions inquiets.

Son attitude ne trahit pas la moindre inquiétude, pourtant. Je commence à frissonner dans mon tee-shirt trempé.

— Je pensais que Big Boy ne me laisserait pas partir. Alors je n'ai pas demandé la permission.

— C'est vrai, il ne t'aurait pas laissée. Parce que je n'aurais jamais donné mon accord. (M. Omoko incline la tête d'un air narquois.) Qu'est-ce que tu fais ici, petite ? Pourquoi être partie alors que tu touchais au but ? Je croyais qu'on avait un plan. Boue, fric, sang.

— J'avais l'intention de rentrer avant que les données soient toutes décryptées et qu'on puisse s'attaquer aux comptes en banque.

Je me sens de plus en plus nerveuse face au regard fixe de M. Omoko. Je vois une lueur étinceler dans ses yeux comme la pointe d'un couteau.

— Oh ! mais ce n'est pas ce qui était prévu, n'est-ce pas ? Tu devais quitter la maison des Greyhill une fois les données transférées.

Je gigote sur ma chaise. Où sont Michael et Skinny ? Ils doivent être partis à ma recherche.

— Je n'aime pas qu'on me laisse dans l'incertitude, Tina, poursuit M. Omoko.

Et soudain il est si près de moi que je détourne la tête. J'éprouve une bouffée de panique comme s'il allait me mordre. Mais il se contente de demander :

— Pourquoi tu es ici ? Tu ne sais pas que c'est dangereux ?

— Je…

Il se radosse à sa chaise et je laisse échapper un soupir tremblant.

— Heureusement qu'on n'a eu aucun mal à retrouver ta trace.

— Écoutez, monsieur Omoko, les données qu'on a volées à M. Greyhill…

Omoko m'interrompt.

— C'est moi qui les ai. En tout cas, j'ai l'ordinateur de ton ami. Il n'y a pas que lui qui sait pirater un compte en banque. (Il examine ses ongles, sa grosse bague en or brille dans la pénombre de la tente.) Mais je n'aurai peut-être même pas besoin de me donner tout ce mal.

— Vous avez l'ordinateur de Skinny ? (Je sens une sueur glacée couler le long de ma nuque.) Je ne comprends pas. Il est ici ? Et Michael ?

M. Omoko a un sourire indulgent.

— Tu n'aimes pas suivre les règles, hein, Tina ? La plupart du temps, j'aime bien ça chez toi. Je te demande le fric de Greyhill et voilà ce que tu m'apportes. Ce n'est pas vraiment ce que j'attendais de toi.

— De quoi vous parlez ? Les comptes…

— De Michael.

Mon sang bat dans mes oreilles.

— Quoi, Michael ?

— Maintenant qu'il est là, je n'ai pas besoin de me fatiguer.

La gorge nouée, je scrute la toile de tente autour de moi comme si je pouvais voir à travers.

— Michael et Skinny sont ici ?

— Oui. Le prêtre était censé vous livrer tous ensemble mais apparemment il t'a loupée. Tu aimes bien partir en balade.

— Vous nous avez drogués.

— Non, ce n'est pas moi. J'ai des gens à mon service qui s'en sont chargés pour moi. C'est l'avantage d'être le patron. Le prêtre m'a donné un coup de main. Quand il m'a appelé pour me prévenir que tu étais à Kasisi, j'ai été tenté de ne pas le croire. Ma Tina, au Congo ? Il était censé faire en sorte que vous vous teniez tranquilles jusqu'à mon arrivée. Il a dû s'y reprendre à plusieurs fois mais il a fini par réussir. Il a eu de la chance que l'autre traînée l'appelle pour lui dire où tu étais.

— Vous avez payé le père Fidèle ?

— Nous avons un arrangement. Je laisse son hôpital tranquille et en échange, il me tient informé. Je suis sûr que notre petit marché lui pose un vrai cas de conscience mais c'est entre lui et le Tout-Puissant. Omoko se gratte le menton. Revenons à nos moutons. Notre plan a été un peu retardé mais il est encore sauvable. Je pense qu'il faudra renoncer à toute la première partie. De toute façon, ça n'a jamais été la priorité. Personne ne s'intéresse à ces articles ; on a déjà tout lu à ce sujet. Encore un colon blanc qui profite de l'Afrique. Au mieux, ça finira en dernière page. Passons directement au fric, si tu veux bien. Avec un petit changement de programme.

Ses yeux étincèlent.

— Au lieu de vider les comptes en banque de Greyhill de façon anonyme, on va s'amuser un peu. J'admets que c'est plus compliqué d'ajouter un kidnapping à notre projet de départ. Mais comme le boulot est déjà fait…

Il hausse les épaules.

— Je dois reconnaître que ça va me plaire de voir Greyhill se mettre à genoux pour qu'on lui rende son fils. Et ce sera plus agréable encore d'être là pour voir sa tête quand il virera une belle somme sur mon compte en banque pour le récupérer. (M. Omoko ne peut pas s'empêcher de sourire.) Ce sera presque aussi drôle que la troisième étape.

Je déglutis péniblement.

— Monsieur Omoko, on n'est pas obligés de…

Il se penche vers moi comme s'il s'apprêtait à me livrer une info juteuse.

— Troisième étape : le sang.

J'essaie de remuer les poignets pour défaire mes liens.

— Monsieur Omoko, je sais que je n'ai pas suivi les règles, mais est-ce qu'on pourrait en discuter ? Je ne pense pas que la troisième étape soit nécessaire et…

— De quoi tu veux qu'on parle ? La troisième étape est de loin la meilleure. Je sais que tu voulais t'en charger toi-même mais imagine un peu : une fois tous les virements effectués, il monte dans son hélicoptère avec son fils, et là…

Omoko lève un doigt en l'air, marque une pause pour renforcer l'effet dramatique. Il mime un soldat qui épaule un lance-roquettes et appuie sur la détente.

— Boum. On les fait exploser en plein vol. (Il fait un grand geste du bras.) Ce sera très théâtral.

Je n'arrive pas à détacher les yeux de son visage. A-t-il toujours été aussi fou ? Ou est-ce que j'étais trop accaparée par mon projet pour m'en apercevoir ? Il faut que je me sorte de là. Je continue à frotter mes poignets l'un contre l'autre dans l'espoir de me débarrasser de mes liens.

— Monsieur Omoko, je reprends de ma voix la plus raisonnable. M. Greyhill n'est pas aussi pourri que je le pensais. J'ai appris beaucoup de choses depuis que je suis ici. Je me suis trompée… Il n'a pas tué ma mère.

— Oh ! je sais.

J'arrête de remuer.

— Ah bon ? Comment ça ?

J'ai comme un déclic à ce moment-là. Je sens que je suis sur le point de découvrir la vérité. Je fixe Omoko avec intensité.

— Parce que c'est moi qui l'ai tuée, répond-il tranquillement.

Pendant quelques secondes, plus rien ne bouge. Je mets du temps à enregistrer ce qu'il dit, comme s'il me parlait dans une langue étrangère.

M. Omoko a tué ma mère.

Le sang me monte à la tête. C'est lui l'homme sur la vidéo.

— Tina, tu m'écoutes ? (Il claque des doigts pour me faire réagir.) Cet idiot de prêtre t'a grillé tous les neurones, ma parole, grommelle-t-il.

Il me donne une petite gifle et je sursaute, le corps traversé d'un shoot d'adrénaline.

Il me regarde droit dans les yeux.

— Si je te le dis, c'est parce que je veux que tu saches à qui tu as affaire. Tu vois, on ne m'échappe pas comme ça. Si on s'en prend à moi, on en paye le prix. Qu'est-ce qu'elle s'imaginait ta mère, cette petite villageoise de rien de tout ? Qu'elle allait pouvoir détruire ce que je m'étais donné tant de mal à construire et que je ne ferais rien ?

Quand je retrouve mon souffle, j'inspire à fond comme si j'avais eu la respiration coupée pendant un long moment.

— C'est vous Numéro Deux ?

Il fait la grimace.

— Ça ne m'a jamais plu, ce nom-là. Mais oui, avant j'étais le numéro deux de Greyhill.

— Ça veut dire que vous…

Omoko me fixe des yeux.

— Oui, dit-il avec une pointe d'impatience. Tu comprends maintenant ? Je suis ton père.

Je glisse vers les ténèbres. Je l'entends qui me parle mais j'ai l'impression qu'il s'adresse à une autre et que je suis là en spectatrice. Je le savais. Évidemment que je le savais ; c'est la conclusion logique de toute l'histoire. Mais il faut croire qu'au fond de moi je refusais de l'admettre parce que c'est trop dur à avaler.

— Une autre que toi serait déjà morte à cette heure-ci, poursuit-il. Je t'en veux de t'être enfuie, évidemment. Mais si j'ai pris soin de toi pendant tout ce temps, ce n'est pas pour te tuer maintenant. Je veux juste que tu saches de quoi je suis capable.

J'émerge enfin de ma stupeur, la voix réduite à un murmure.

— Vous, vous avez pris soin de moi ? Mais de quoi parlez-vous ?

— Pourquoi Big Boy t'a emmenée chez les Goondas, à ton avis ? Ce n'est pas parce qu'il s'intéressait à toi. Je lui ai demandé de te retrouver. Et pourquoi on ne t'a pas mise sur le trottoir avec les autres filles, hein ? Pourquoi on t'a laissée tranquille malgré ton insolence, ta différence ?

Son visage est si près du mien que je vois le réseau minuscule de veines dans ses yeux.

— Tu ne t'es pas rendu compte qu'on te traitait mieux que les autres ? Tu crois que c'est parce que Big Boy et sa bande d'idiots t'aimaient bien ? (Il rit.) Ce n'est pas comme ça que ça marche, Christina.

Des mensonges. Toute ma vie repose sur des mensonges.

La gorge nouée, je murmure :

— Vous avez tué ma mère.

— Ta mère est allée raconter à Greyhill que je le volais.

Ma voix se brise.

— Mais il fallait vraiment la tuer ?

Il me regarde comme une demeurée.

— Christina, dans ce genre d'affaire, la réputation c'est la clé de tout. De quoi j'aurais eu l'air si j'avais laissé une femme s'en sortir alors qu'elle avait tout fait foirer ? (Il observe un silence pour s'assurer que j'ai bien compris.) Elle était rusée, ta mère. Il faut lui accorder ça. Livrer mes secrets à Greyhill en échange de sa protection. Il m'a fallu du temps mais j'ai trouvé un moyen de leur donner la leçon qu'ils méritaient tous les deux.

J'essaie désespérément de retrouver mon souffle. J'ai l'impression de devenir folle, de quitter mon corps.

— Vous avez torturé ma mère. Vous l'avez violée. Ça ne vous a pas suffi ?

Omoko pousse un grognement.

— Elle a eu ce qu'elle méritait. Elle est allée parler à Greyhill de choses qui ne la concernaient pas. Mon or. Mes affaires. Je méritais chaque dollar gagné sur ce minerai et il le savait ! J'étais loyal. Je faisais tout ce qu'il me demandait. Je m'occupais de ces sauvages pour qu'il n'ait pas à se salir les mains.

Et soudain, le jour se fait dans mon esprit. Le fichier caché dans la photo. Elle avait remis à Greyhill la comptabilité secrète d'Omoko. Elle avait dû découvrir qu'il lui volait de l'or et elle cherchait des documents susceptibles de le faire tomber.

Omoko poursuit :

— Elle a empoisonné ma relation avec lui. Il s'est servi de ses contacts pour geler mes comptes bancaires. J'ai dû repartir de zéro. Tu crois que c'est facile ? Non. C'est du temps. Et de l'argent. Et du sang qu'il faut faire couler. Il m'en a fallu des efforts pour remonter la pente. (Il lève les yeux au ciel et ricane.) Les Goondas… Avant que je débarque, ce n'était qu'une bande d'abrutis qui se tapaient dessus comme à la préhistoire.

Je m'efforce d'écouter ce qu'Omoko me raconte mais une rage aveugle commence à m'obstruer l'esprit. Je sens que bientôt, il n'y aura plus aucune place pour le reste.

— Bien. (Omoko se lève après s'être donné une claque sur les genoux.) Je suis pressé, alors voilà ce qu'on va faire : on va appeler Roland Greyhill pour lui dire qu'on détient son fils. Je crois savoir qu'il est dans le coin et nous avons une connexion satellite, donc en théorie il peut facilement récupérer son gamin, du moment qu'il accepte de transférer son argent sur mes comptes. (Il s'apprête à sortir.) Même si on l'avait voulu, on n'aurait pas réussi à orchestrer un coup pareil.

Je relève la tête.

— On ?

Il s'arrête à l'entrée de la tente.

— Pardon ?

— Vous n'arrêtez pas de dire « on ». Vous espérez que je vais vous aider ?

Il me dévisage, l'air perplexe.

— Je suppose que ton rôle est terminé, si tu tiens à jouer sur les mots.

— Vous croyez vraiment que je vais suivre votre plan comme si je faisais encore partie de vos Goondas ?

Je sens que mes idées s'éclaircissent et que ma colère est sur le point d'exploser.

— Je vais vous tuer.

Portée par l'adrénaline qui court dans mes veines, je vais réussir à me démettre le pouce et à me libérer des liens qui m'emprisonnent les poignets. Je n'aurai pas la force suffisante pour l'étrangler mais je vais me pendre à son cou jusqu'à ce qu'il se rompe. J'appuie mon pouce contre la chaise et je commence à pousser.

— Non, je ne crois pas, dit Omoko d'une voix où perce la déception.

Il revient vers moi en sortant un téléphone de sa poche. Troublée, je suspends mon geste. Qu'est-ce qu'il fait ?

Il scrute l'écran.

— Saleté de machin, je deviens trop vieux pour lire. (Il sourit, extirpe de sa poche une paire de lunettes qu'il pose sur son nez.) C'est mieux. Tu sais, Christina, je ne voulais pas en arriver là mais il faut croire que je te connais mieux que tu ne l'imagines.

— De quoi vous parlez ?

Il tapote l'écran du doigt et le tourne vers moi pour que je puisse voir. Je plisse les yeux. La photo est un peu floue mais je comprends en un éclair. Et là, mes forces m'abandonnent aussitôt.

— Regarde la date. C'est celle d'aujourd'hui. Un vieux truc de kidnappeur. J'ai vu ça dans un film.

Il glousse en observant la photo et me désigne le journal qu'une main tatouée tient près de son visage. Je reconnais ces tatouages. Ce sont ceux de Big Boy.

— D'accord, on ne voit pas très bien. Mais fais-moi confiance. (M. Omoko range le téléphone dans sa poche.) Toi, je ne veux pas te tuer parce que mon sang coule dans tes veines. Mais elle, je m'en balance. Ce n'est pas ma fille. C'est sa bâtarde. S'il tenait vraiment à elle, elle aurait fait un bon otage, elle aussi, mais il ne donne pas l'impression d'avoir envie de s'en occuper, hein ? On peut difficilement en faire un objet de marchandage. Le garçon vaut beaucoup plus. Mais elle nous servira quand même à te tenir en laisse. Tu fais trop d'histoires, *kijana*. Ne va pas t'imaginer une seconde que tu peux changer le cours des choses cette fois-ci. Elle est là-bas, à Sangui. Il me suffit de passer un coup de fil. (Il m'examine.) Tu es quelqu'un de raisonnable mais parfois, il faut te rappeler à l'ordre. Tu as besoin de limites. Comme ta mère.

Je n'arrive pas à bouger. Je n'ai qu'une chose à l'esprit, la photo. Une main tatouée tenant un journal, l'autre braquant un pistolet sur sa tempe. Son regard terrifié.

Kiki.

37

Je suis à court de règles.

— Allez, Tina, secoue-toi. On va s'en tirer mais il faut qu'on réfléchisse à un plan… Tina ?

J'aimerais que Skinny arrête de me parler.

Je pose mon front sur mes genoux. Je sens ma sueur et l'odeur métallique du sang séché sur mes poignets. J'aimerais m'allonger par terre, coller ma joue contre le tapis de feuilles mortes et ne plus jamais me relever.

Je n'ai aucune idée de ce que je dois faire maintenant.

— Tina, dit Skinny en tournant la tête pour m'observer de son œil qui n'est pas enflé. Ils ne vont sans doute pas tarder à nous séparer. Moi, ils vont certainement me tuer ; je ne sers plus à rien, c'est Omoko qui le dit. On n'a pas beaucoup de temps. Il faut que tu me parles, que tu m'aides à décider de ce qu'on va faire.

On est enchaînés à un arbre comme des animaux. Après m'avoir montré la photo de Kiki, M. Omoko m'a laissée entre les mains de La Fouine, qui m'a fait défiler dans tout le campement avant de m'attacher à cet arbre avec Skinny. Il a gardé le silence jusqu'au départ de La Fouine mais maintenant on ne peut plus l'arrêter. Il me presse de sa voix un peu pâteuse à cause de sa lèvre fendue. On dirait qu'on lui a piétiné tout le côté gauche du visage.

J'ai compté cinq Goondas, les gardes du corps de M. Omoko, sa brigade d'élite : Yaya, Toofoh ou Toto – quelque chose dans le genre – et deux autres dont je ne connais pas le nom, mais je suis à peu près sûre que ce sont les types qui nous ont poursuivis hier. Plus La Fouine. Plus une trentaine de gars en treillis miteux. Il suffit d'examiner leur campement pour comprendre qu'ils sont là depuis un bout de temps. Les Goondas et les soldats de la milice ne se mélangent pas. La plupart somnolent, emmitouflés dans des couvertures crasseuses. Une poignée d'entre eux est occupée à nettoyer les armes ou à aiguiser les *pangas* dont ils se servent pour avancer dans la jungle. Le sol est jonché de détritus, et notamment de petits sacs en plastique qui ont contenu leurs tord-boyaux faits maison.

Je referme les yeux. Je me demande si ma mère a éprouvé le même désespoir paralysant, épais et visqueux comme du goudron, alors qu'elle attendait la mort, prisonnière des hommes de la milice. Le sang qui coule dans mes veines est celui d'un traître. D'un assassin. Omoko. Quelle part de moi-même ai-je héritée de lui ?

Skinny essaie encore.

— Ils ont Michael.

— Je sais.

— Et ça ne te donne pas envie de réagir ? s'exclame-t-il d'un ton furieux.

— On ne peut rien faire.

— Tina, je te jure que…

— C'est Omoko qui a tué ma mère.

Skinny se fige. Je repose la tête sur mes genoux.

— Quoi ? dit-il enfin.

Je ne me suis jamais sentie aussi fatiguée de toute ma vie mais je parviens à lui expliquer par fragments que M. Omoko était le numéro deux de Greyhill, qu'il a fait vivre un enfer à ma mère et que, comme il retient Kiki prisonnière, je ne risque pas de tenter un truc idiot. Comme essayer de sauver Michael, par exemple.

Quand j'ai fini, Skinny fixe le sol à ses pieds.

— Je ne… Alors tout ce temps, c'était lui ? C'est ton père ? Ton père a tué ta mère ?

Je lance d'une voix d'outre-tombe :

— Et maintenant il veut échanger Michael contre une rançon, puis les tuer tous les deux, son père et lui.

Je me tourne de façon à voir le campement du coin de l'œil. Je le vois de très loin, comme si j'étais un de ces oiseaux qui pépient au-dessus de nos têtes, perchés sur les branches des arbres. Comme si je pouvais m'envoler à tire-d'aile dans le ciel bleu.

— Tina. Écoute-moi. Il faut qu'on fasse quelque chose. Il doit y avoir un moyen de se tirer d'ici. Il faut juste qu'on y réfléchisse.

Je ne réponds pas. Que faire ? Je ne peux pas sauver Michael… M. Omoko s'en prendrait à Kiki. C'est aussi simple que ça. Je passe en revue les règles que je connais, j'en cherche une qui pourrait me donner un objectif, une direction à prendre. Rien.

Elles me semblent toutes ridicules, maintenant. Des épées en papier.

Je suis trop bête. C'était Omoko depuis le début. Ça a toujours été lui. Il dirigeait nos vies. Il a torturé ma mère, il m'a manipulée comme une marionnette et je l'ai laissé faire. Je ne suis qu'un pion pour lui.

— Allez, Tina. Essaie de réfléchir avec moi.

— On ne peut rien faire.

— Et si…

Je crie :

— Je t'ai dit qu'on ne pouvait rien faire !

Je vois bien qu'il est surpris et blessé par ma réaction mais je m'en fiche. J'ai mes propres blessures à panser.

— Alors ça y est, tu abandonnes ?

Je ne réponds rien.

— Tu vas le laisser gagner ? Tu ne vas rien tenter pour nous sortir de là ?

— Qu'est-ce que tu veux que je fasse ? Tu m'as prise pour qui ?

— Pour celle que tu es, Tina ! Une voleuse et une survivante, pas quelqu'un qui attend la mort en se tournant les pouces ! Quelqu'un qui agit selon ses propres règles !

Je sens des larmes brûlantes rouler sur mes joues mais je garde les yeux baissés.

— Je ne peux rien faire, Skinny. Tu ne comprends pas. Il va la tuer. Elle est tout ce que j'ai.

Pendant quelques secondes, je n'entends que la respiration saccadée de Skinny. Puis, à ma grande surprise, il ricane.

— Tu crois que tu es la seule à t'être jamais inquiétée pour les gens que tu aimes ? Tu es toute seule dans ta petite tête, hein ? Et moi, tu me vois ?

Je tourne enfin mon visage vers lui.

— Tu te rappelles ce que tu m'as dit au sujet de ta cicatrice ? demande-t-il.

— Ma cicatrice ?

Skinny désigne mon bras.

— Tu es peut-être très maligne mais tu te trompes souvent sur les gens. Cette cicatrice est là pour te le rappeler.

Je regarde la marque sur mon bras, cernée par tous ces tatouages.

Ma mère et moi n'étions à Sangui que depuis quelques mois. À l'époque, je commençais à peine à m'habituer au palais des Greyhill, un endroit régi par des règles tacites (notamment l'accès à certains endroits m'était interdit) qu'on m'enseignait à coup de fessées.

Debout à la limite du jardin et du quartier des domestiques, je regardais le fils de la maisonnée jouer au foot avec son ami. Ma mère m'avait défendu de lui parler ; je n'étais pas la bienvenue là-bas. Je devais me tenir à l'écart. Mais la perspective de jouer avec d'autres enfants était trop tentante. Depuis notre départ du Congo, je passais tout mon temps seule, sauf quand j'étais avec ma mère, et elle ne m'adressait quasiment jamais la parole. Après m'être assurée que personne ne me regardait, j'ai couru vers les deux garçons. Ça se passerait comme avec n'importe quels autres enfants : je me joindrais à eux sans que ça soulève de questions.

Mais l'ami du fils Greyhill, un gros garçon au nez retroussé, m'a fait trébucher alors que je courais après la balle. J'ai atterri sur la table chargée de biscuits et de jus de fruit qu'une domestique venait de dresser. En tombant, un verre a volé en éclats.

Le gros garçon s'est tordu de rire comme si ma chute était la chose la plus drôle qu'il ait jamais vue. En me relevant, j'ai vu que je m'étais coupée avec un bout de verre au creux du coude et que du sang coulait sur l'herbe.

— Tu n'as pas le droit de jouer avec nous ! Ta mère n'est qu'une bonniche et une traînée, a gloussé le garçon. C'est sa mère qui l'a dit à la mienne. Tu n'as pas de père et ta mère le fait avec n'importe qui.

À ces mots, il s'est mis à onduler des hanches pour illustrer son propos et, même si je ne comprenais pas de quoi il était question, je savais que c'était injurieux.

— Traî-née, traî-née, a-t-il chanté tandis que l'autre garçon l'observait en silence, l'air stupéfait.

À vingt mètres de là, un vigile venu voir d'où provenait le bruit a rebroussé chemin. Un jardinier a relevé la tête de son travail, l'air mal à l'aise, mais n'a pas fait mine de me venir en aide. J'ai entendu un bruit de pas en provenance de la maison, un claquement de talons se rapprochant de nous avec assurance.

En regardant le sang couler de mon bras, j'ai su de quoi ma mère avait essayé de me protéger. Je comprenais à présent la signification de ces mots : « pas la bienvenue ». Le fils de la maisonnée et son ami étaient des créatures radicalement différentes, de leurs ongles propres jusqu'aux lacets immaculés de leurs chaussures. Nous n'étions pas du même monde.

J'ai compris ce qui m'attendait. Je n'avais pas su rester à ma place et on allait m'y remettre. J'allais me faire gronder par ma mère. Ou pire, elle me traînerait sans un mot jusqu'à notre cottage puis elle retournerait travailler.

Et alors que je me tenais là dans l'attente de l'inévitable, le fils de la maisonnée s'est jeté sur son ami avec la férocité d'un tigre. Il l'a pris par surprise et l'autre a mis un moment à émerger de sa stupeur. Il l'a ensuite poussé à terre et lui a rendu ses coups. Le nez du petit Greyhill s'est mis à saigner.

À ce stade, le jardinier n'avait pas d'autre choix que de s'interposer. Avec des gestes calmes, il a séparé les deux gamins enragés. Le gros garçon s'est précipité, en larmes, vers une femme bouffie qui venait de sortir dans la véranda, Mme Greyhill sur les talons. C'était la première fois que je la voyais de près. Elle était d'une beauté froide et intimidante, dont on avait du mal à détourner le regard. Ses grands yeux se sont posés sur moi puis elle a regardé les débris de verre d'un air interrogateur.

J'ai attendu que son fils pointe le doigt sur moi. Mais, après avoir essuyé son nez ensanglanté sur sa manche, il a dit :

— C'est lui qui a commencé.

Puis il s'est dirigé vers la maison.

Plus tard, après le départ de l'ami, le fils Greyhill s'est dirigé vers l'endroit où je m'étais assise, devant les logements des domestiques. Il s'était nettoyé le visage mais son nez et ses yeux étaient enflés.

Je l'ai regardé approcher d'un air soupçonneux.

— Je ne m'étais jamais battu avant, a-t-il lancé.

Lui-même, il semblait un peu impressionné par son acte de bravoure.

— Pourquoi tu n'as pas cafté pour moi ?

Au lieu de répondre, il m'a montré son bras.

— Regarde, je me suis coupé, moi aussi.

Je me suis levée pour regarder. Il m'a montré le bandage qu'on lui avait fait. Peut-être même que c'était ma mère. Quant à moi, personne n'avait soigné ma coupure qui ne saignait plus. Sa plaie avait la forme d'un croissant de lune, la mienne d'une ligne droite, mais elles se trouvaient exactement au même endroit sur notre bras.

— Ça fait mal ? ai-je demandé.

— Non, et toi ?

— Plus maintenant.

— Tu veux jouer ?

— J'ai pas le droit.

— Pourquoi ?

J'y avais réfléchi et je n'en savais rien.

— C'est quoi ton nom ?

— Christina.

— Moi, c'est Michael. Allez, viens.

À ces mots, il s'est éloigné en courant. J'ai contemplé la plaie ouverte sur mon bras, j'y ai appuyé les doigts jusqu'à ce que ça fasse mal, pour me rappeler ce que je risquais. Ma mère pouvait facilement découvrir que je lui avais désobéi. Ce fils de riche finirait peut-être par s'en prendre à moi, comme son ami. J'aurais peut-être intérêt à me tenir à l'écart des ennuis, comme on me l'avait recommandé.

Mais il m'avait défendue à ses risques et périls, alors qu'il ne me connaissait même pas. Il m'avait vue alors que tout le monde agissait comme si je n'existais pas.

J'ai jeté un œil vers notre cottage puis vers le jardin où il m'attendait, et j'ai couru vers lui.

— Moi, je n'ai pas de cicatrice pour me rappeler que tu m'as sauvé la vie, dit Skinny. Ces gamins avaient bien conscience que je ne savais pas nager. Toi non plus, tu n'as pas de cicatrice pour te rappeler ce jour-là mais si ça peut t'aider à réfléchir, je vais t'en faire une, moi !

Il se rassied. On dirait qu'il attend que j'agisse de mon propre fait, comme on attend qu'un petit enfant prononce un mot pour la première fois. Et soudain je comprends ce qu'il cherche à me dire. C'est l'évidence même et il a raison. Quelle idiote je fais !

Je comprends que Skinny est mon ami. Et Michael aussi. Que ça me plaise ou non.

J'ai toutes ces règles en tête et je me comporte comme une je-sais-tout mais eux ont compris qu'en vrai, je suis paumée.

Mais ils s'en fichent. Ils sont là pour moi, ils me soutiennent. C'est pour moi qu'ils sont venus, c'est pour moi qu'ils sont restés. Michael veut peut-être avant tout laver le nom et l'honneur de son père, mais s'il est resté c'est aussi parce qu'il est toujours ce gamin qui a pris un coup de poing dans le nez par ma faute, il y a tant d'années. Quant à Skinny, c'est mon éternel complice, voilà pourquoi il est là.

Ce que je viens de comprendre n'a rien à voir avec une règle quelconque. C'est la vérité :

Ils existent pour moi. Et j'existe pour eux.

38

Je dis à voix basse :

— Tu es mon ami.

Skinny lève les yeux au ciel mais je vois bien qu'il est soulagé.

— Oui, Tina.

— Tu m'aimes.

— Oui, bon, ne t'emballe pas trop.

— Tu es là pour m'aider. C'est ce que tu essaies de me dire. Il faut qu'on sauve Michael. Ensemble. On peut y arriver.

— Voilà la Tina que je connais.

J'essuie mes larmes du dos de la main.

— Où est-ce qu'ils le gardent prisonnier ?

D'un signe de tête, Skinny désigne une tente à l'autre bout du campement.

— Je les ai vus l'emmener là-bas.

Deux soldats montent la garde, assis devant la tente. Malheureusement pour nous, ils n'ont pas l'air ivres, contrairement aux autres.

— Il est blessé ?

— Ça avait l'air d'aller. Il marchait.

Les yeux fixés sur la tente, on cherche une idée. Je balaye le campement du regard. Outre les tentes réservées à Michael et à Omoko, il y a celles qui contiennent le matériel ou servent à la cuisine. Je compte deux camions et trois motos tout-terrain. Je repère aussi des barils remplis d'eau ou plus vraisemblablement d'essence pour les véhicules, des armes, y compris…

— Des lance-roquettes. C'est avec ça qu'ils vont faire exploser l'hélico de M. Greyhill juste après le décollage. On pourrait essayer de les saboter.

Je désigne plusieurs caisses en bois d'aspect neuf. Skinny se redresse.

— C'est Omoko qui les a apportées. Je suis à peu près sûr que le chef de la milice lui a donné un sac rempli d'or en échange.

— Omoko fait affaire avec les milices. Ça n'a rien à voir avec les activités des Goondas. Il a repris le commerce de l'or. (Je me demande si c'est lui le « comptoir » dont parlait Greyhill ; je secoue la tête.) Mais ça ne nous intéresse pas dans l'immédiat. Ce qui compte, c'est qu'aucun Greyhill ne soit tué.

— Ce n'est pas en se débarrassant des lance-roquettes qu'on règlera le problème, objecte Skinny. Il trouvera bien une autre arme.

Il a raison. Je me creuse la cervelle.

Soudain, un cri s'élève. Je tourne la tête et vois deux hommes se jeter l'un sur l'autre. Apparemment, la tension qui règne entre les Goondas et les types de la milice est encore montée d'un cran. Je murmure à Skinny :

— Approche. Je crois que je peux atteindre tes mains.

Skinny jette un œil autour de lui mais tous les regards sont tournés vers les deux hommes qui se battent. Il se rapproche et je sens contre mes doigts la morsure du fil de fer sur sa peau poissée de sang.

— Ils n'auraient pas dû nous attacher ensemble.

— La Fouine n'a jamais été très futé, lâche-t-il. Mais c'est du fil de fer. Impossible de le détacher.

— Tu oublies que tu t'adresses à la reine des voleuses.

— Voleuse, oui. Pas magicienne.

— Et La Fouine a oublié que Big Boy m'avait appris quelques trucs.

Nos liens sont serrés mais après quelques tâtonnements, je m'aperçois que tout ce qu'il me faut, c'est un petit objet plat en métal. Par chance, j'ai toujours une épingle cachée dans les cheveux. Ces bonnes vieilles épingles, elles ne m'ont jamais fait défaut.

La mauvaise nouvelle, c'est que j'ai besoin de mes mains pour l'atteindre.

— Skinny, tu vas devoir récupérer l'épingle que j'ai dans les cheveux.

— Et comment je m'y prends ?

Je jette un œil vers l'attroupement au-dehors.

— En te servant de tes dents.

— T'es dingue ? Tu crois que personne ne va s'apercevoir que je te broute le crâne ?

— Ils ont le regard ailleurs. Dépêche-toi pendant qu'ils sont occupés.

— C'est une très mauvaise idée, marmonne Skinny mais il se tourne vers moi, et je le sens qui fourre son nez dans mes cheveux. Si tu savais comme je te déteste, là tout de suite.

— Il faut que tu mordes l'extrémité en plastique.

Il profère quelques mots inintelligibles et une seconde plus tard, je le sens tirer sur mes cheveux. Il recule avec une grimace, un bout de métal entre les dents. À ce moment précis, je vois un type de la milice regarder dans notre direction. Skinny referme la bouche sur l'épingle et se redresse précipitamment. Il a vraiment l'air coupable mais le soldat se contente de nous observer d'un sale œil pendant quelques secondes. Je sens des gouttes de sueur perler dans mon dos. Pour finir, le type semble satisfait de ce qu'il voit et il se tourne de nouveau vers le spectacle.

Skinny se penche en arrière pour recracher l'épingle, qui tombe par terre, tout près de mes doigts. Je la ramasse aussitôt, les yeux toujours fixés sur les deux hommes qui se battent, et je me rapproche autant que possible de Skinny. Lentement, j'enfonce l'extrémité de l'épingle dans la boucle du fil. Ce n'est pas facile avec mes doigts qui transpirent et pendant une seconde, je me dis que l'épingle est trop grosse. Mais soudain, j'entends Skinny pousser un soupir de soulagement : ça a marché !

— Approche tes mains pour que je défasse tes liens, dit-il.

J'hésite en regardant tour à tour la tente où Michael est retenu prisonnier, les barils d'essence, les motos et La Fouine. Une idée commence à germer dans mon esprit.

Je me redresse et glisse l'épingle dans ma poche.

— Non.

— Comment ça, non ?

— Écoute-moi sans m'interrompre et sans quitter des yeux ces deux andouilles qui se battent. Je crois que j'ai un plan.

39

Règle numéro seize : ne jamais s'arrêter.

C'est Big Boy qui m'a appris à me battre. Il me l'a répété des centaines de fois : « Arrête de remuer dans tous les sens, *kijana*. Rentre les coudes, baisse la tête et concentre-toi. Tu es petite mais tu es plus rapide et plus maligne. L'important, c'est de trouver l'angle d'attaque. La brèche dans les fondations. Tu te souviens de ce que je t'ai dit à propos des faiblesses ? Il faut les débusquer puis taper dedans et, surtout, ne jamais s'arrêter. Il faut aller au-delà de la fatigue. Même si tu vois la fin tout au bout. Même si ça paraît sans espoir. Ne jamais s'arrêter. »

Il m'a emmenée voir un combat de chiens et demandé de me focaliser sur une chienne pit-bull bringée plus petite et plus maigre que les autres. Je dois admettre que j'étais dubitative quand on l'a mise face à un gros mâle blanc couvert de cicatrices. Mais la cloche n'avait pas retenti qu'elle se jetait déjà sur le cou de l'autre chien et quand ils se sont roulés par terre, elle ne l'a plus lâché. Le combat s'est poursuivi et le cou blanc du chien a viré au rouge puis au noir avec la saleté, et son propriétaire a fait sonner la cloche avant qu'elle le tue. Je me souviens de l'avoir regardée lécher tranquillement ses blessures.

« Tu vois ? m'a dit Big Boy. Tu l'attrapes et tu ne le lâches plus. Tu frappes, encore et encore, bam, bam, bam, bam, jusqu'à ce qu'il n'y voie plus rien et qu'il s'écroule à tes pieds comme Goliath devant David. »

Skinny fronce les sourcils à mesure que je lui explique mon plan.

— Je n'aime pas ça. C'est trop risqué.

— Laisse-moi m'occuper de tout.

— Et si le téléphone n'a plus de batterie ? Ça fout tout en l'air.

— Un peu d'optimisme, Skinny.

Il soupire.

— Et si Big Boy refuse d'obéir ?

Je réponds d'un ton décidé, pour nous rassurer moi autant que lui !

— Il fera ce qu'on lui dit. Il n'y a pas d'autre moyen, de toute manière.

Il réfléchit une seconde et secoue la tête. Je respire à fond en essayant de dénouer mon dos et de me convaincre que c'est un boulot comme un autre. *J'entre, je prends ce dont j'ai besoin, je sors*. Et le tout sans laisser de trace.

Le duel est terminé. Les Goondas, moins nombreux, se sont retranchés dans un coin du campement sous les cris des soldats de la milice. De temps à autre, ils tournent la tête pour leur lancer des regards furieux. Le perdant, Toofoh ou Toto, applique un petit tas de feuilles humides sur son œil enflé.

Je tends le cou afin d'apercevoir La Fouine dans la mêlée et siffle à la façon des Goondas pour attirer son attention.

Aussitôt, cinq paires d'yeux se braquent sur moi. Je regarde La Fouine avec insistance pour lui signifier d'approcher et son regard noir laisse place à un petit sourire narquois. Il s'adresse aux autres gars qui éclatent de rire puis se dirige vers moi d'un pas nonchalant, un *panga* et un téléphone satellite pendus à la ceinture. Il a aussi glissé un pistolet à sa taille et c'est à se demander comment son arme est maintenue par ses hanches osseuses. Son tee-shirt portant l'inscription WAYNESVILLE SOFTBALL CHAMPIONS 1998 est taché de sueur.

— Fais gaffe à toi, Tina, dit Skinny dans un souffle. Il est déjà furax.

La Fouine vient se planter au-dessus de moi, de manière à ce que son arme et son entrejambe m'arrivent à hauteur d'œil. Je dis d'un ton tranquille, en évitant de lever les yeux :

— Il faut que j'aille aux toilettes.

Il sourit de plus belle.

— Tu veux que je t'accompagne ? Il va falloir demander gentiment.

Je suis bien obligée de lever les yeux.

— S'il te plaît, La Fouine.

Il se gratte distraitement le ventre sans cesser de me toiser et, pour finir, il se baisse pour me détacher. Il s'approche beaucoup plus qu'il ne faudrait et j'ai les yeux rivés sur les tatouages aux couleurs fanées qui ornent son maigre biceps, notamment celui d'une femme nue à califourchon sur un lion. Je parviens à dissimuler mon dégoût et inspire une grande bouffée d'air : je veux être sûre de sentir encore sur lui les vapeurs aigres de l'alcool blanc.

Je ne suis pas déçue.

Après une tentative infructueuse, La Fouine réussit à me détacher de l'arbre. J'ai toujours les mains ligotées dans le dos. Les yeux écarquillés de Skinny se posent tour à tour sur La Fouine et sur moi.

La Fouine le dévisage d'un air narquois.

— Tu veux mater ?

Skinny lui lance un coup d'œil horrifié. J'évite de regarder La Fouine, de peur que ma détermination faiblisse. Je sais ce qu'il a derrière la tête, il ne s'en cache pas. D'un signe de tête, il me désigne la forêt.

Je m'avance vers le feuillage dense des arbres en m'efforçant de ravaler ma peur. Je suis toujours pieds nus mais je commence à m'y habituer. Le sol est humide et mou sous mes pieds. La Fouine me talonne, son *panga* à la main.

— Ton petit copain est beaucoup moins mignon depuis que je lui ai refait le portrait, lance-t-il.

Je me fraie un chemin parmi la végétation, les branchages me griffent le visage et les bras.

— Si tu es gentille, je te laisserai peut-être lui dire au revoir, ajoute-t-il avec un bruit de succion répugnant. (Il éclate d'un rire d'ivrogne.) C'est bon, arrête-toi.

— Je vais juste là-bas, derrière cet arbre. D'ici, on voit toujours le campement.

— Tu crois qu'ils n'en ont jamais vu, peut-être ? rétorque La Fouine. Ici, ça ira. C'est assez loin.

Je me tourne vers lui en faisant mine de passer les bras au-dessus de ma tête pour dégrafer mon pantalon. Je lance d'un ton exaspéré :

— Il va falloir que tu me détaches.

Il me regarde sans rien dire.

— Tu veux que je me pisse dessus ?

Je sens la sueur dégouliner dans mon cou.

Pour finir, il s'avance vers moi et d'abord, je crois qu'il va dénouer mes liens mais il agrippe la taille de mon jean, défait la braguette et le baisse d'un coup sec.

Pendant quelques secondes, je me fige, à moitié nue devant lui. Je sens monter en moi un mélange de fureur et d'effroi.

La Fouine fixe mon entrejambe.

— Alors ?

Les joues en feu, je vais me réfugier derrière un arbre et m'accroupis en essayant désespérément de décider de ce qu'il faut faire ensuite, mais le regard de La Fouine m'a tellement secouée que je dois lutter pour rester concentrée. Pendant quelques secondes, j'ai l'impression d'avoir cinq ans à nouveau, de revivre ce moment horrible où j'ai dû me cacher dans la forêt pour échapper aux soldats. Je pense à ma mère. Elle a sans doute vécu la même chose quand ils l'ont capturée.

Comment j'ai pu penser que ça allait marcher ? Là-bas dans la clairière, je n'ai pas imaginé un seul instant que La Fouine n'allait pas me détacher pour que je puisse faire pipi. Une fois les mains libres, je n'aurais eu aucun mal à lui faire sa fête comme chaque fois qu'on s'entraînait chez les Goondas. Puis je l'aurais ligoté, j'aurais confisqué son arme et son téléphone. Mais il me vient brusquement à l'idée que lui aussi se souvient peut-être de ces entraînements. *Shonde.* Est-ce que je vais réussir à me libérer de mes liens maintenant ou est-ce que ça aussi, il l'a anticipé ? Par souci d'authenticité, j'essaie d'uriner.

J'ai presque fini quand il me saute dessus.

Il a contourné l'arbre au moment où j'essayais de retrouver l'équilibre. La force avec laquelle il me plaque au sol me prend de court. Soudain, tout devient blanc autour de moi et le temps s'arrête. Je sens sa main tâtonner vers son pantalon tandis qu'il m'ordonne de ne pas bouger en me soufflant son haleine fétide au visage. Je bredouille :

— Arrête ! Omoko va te tuer !

— Qu'il aille se faire voir !

Il est trop saoul et trop excité pour m'écouter. Je me débats pour me libérer de son étreinte mais clairement, il a le dessus. Il m'écrase la trachée de son bras. Cette fois, je ne vais pas pouvoir m'échapper. Je suffoque et renverse la tête en arrière en cherchant de l'aide autour de moi.

Et c'est alors que je la vois. Autour d'elle, tout semble s'être figé. Elle s'avance et s'agenouille près de moi.

Je vois de la sueur perler sur le cou de La Fouine. Je vois la tomate tatouée sur sa main. Je vois les particules de poussière qui dansent dans un rayon de lumière. Je n'arrive pas à voir le visage de ma mère mais je sens sa main effleurer mon front tandis qu'elle me chuchote à l'oreille : « Il faut briser la roue. »

Je cligne des yeux et le temps s'accélère. L'heure n'est pas à la réflexion alors je lui obéis.

Je prends mon élan et je donne un formidable coup de tête à La Fouine. J'entends un craquement horrible, suivi d'un hurlement. La Fouine se redresse, la main plaquée sur son nez, et ma petite voix intérieure me crie de déguerpir. Après m'être roulée en boule, je fais passer mes jambes dans le cercle de mes bras. J'essaie de retrouver mon souffle en donnant des coups de pied à La Fouine pour le repousser. Il est ivre et blessé mais il a encore des réflexes et bientôt, ses mains m'enserrent de nouveau la gorge ; je commence à voir de petites étoiles dans mon champ de vision.

— Je vais te tuer ! postillonne-t-il ; un filet de salive et de sang coule le long de son menton. Puis je vais trouver ta sœur et…

Je lui décoche un coup de genou dans l'entrejambe. Il se plie en deux avec un grognement de douleur et je le repousse loin de moi.

Je me redresse sur les genoux et je parviens à me relever en rajustant mon pantalon, mais au moment où je me jette sur son *panga*, qu'il a laissé tomber dans la mêlée, il m'agrippe les mollets et je tombe face contre terre. Mon genou cogne contre une pierre et je sens le choc se répercuter dans toute ma jambe. Je ramasse la pierre, qui est grosse comme mon poing, fais volte-face et l'abats de toutes mes forces sur sa tempe alors qu'il brandit le *panga* au-dessus de ma tête.

Il pousse un gémissement, ses yeux roulent dans leurs orbites et il s'affaisse sur le sol en laissant tomber la grosse machette qu'il tenait à la main. À califourchon sur lui, je le frappe avec ma pierre une deuxième fois, puis une troisième, et alors que je m'apprête à le frapper encore, je prends brusquement conscience de ce que je suis en train de faire.

J'essaie de m'imaginer à quoi je ressemble en ce moment même : couverte de sang, de terre et d'urine avec une pierre à la main, à deux doigts de fracasser le crâne de ce garçon.

La Fouine bat des paupières, un frisson lui traverse le corps puis il s'immobilise. Dressée au-dessus de lui, je tiens toujours mon projectile d'une main tremblante. Un sanglot s'échappe de ma gorge et je lâche la pierre.

Pendant quelques secondes, je le regarde, immobile, en m'efforçant de reprendre haleine. Il respire encore mais il a perdu connaissance. Autour de nous, les oiseaux se sont tus.

Je rajuste mon pantalon et défais mes liens à l'aide de l'épingle à cheveux. Je fourre le tout dans mes poches avec le téléphone de La Fouine, et je glisse le pistolet dans la taille de mon jean. Un arbre déraciné gît à quelques mètres de là. Je traîne le corps évanoui de La Fouine sur le sol. Skinny m'aidera à le transporter plus tard mais pour l'instant, c'est le mieux que je puisse faire. Je le pousse sous l'arbre et le recouvre avec des branchages et des feuilles. Il pourrait rester là pendant plusieurs jours sans que personne ne remarque sa présence. Je suis bien placée pour le savoir.

Avant de le couvrir entièrement, je prends une photo de son visage tuméfié avec le téléphone satellite. Puis je le fixe pendant quelques instants. Il semble si jeune, si fragile. Une vague de nausée me submerge et malgré mon estomac vide, je vomis dans les feuilles près de lui. Je l'observe jusqu'à ce que j'aie la certitude qu'il respire encore. Je me demande si je lui ai fracturé le crâne.

J'espère que non. J'ai besoin de lui.

40

Règle numéro dix-sept : les laisser se piéger tout seuls.

D'après Big Boy, il faut connaître les faiblesses de ses ennemis. Ça sonne comme une évidence. Ce qu'il a m'a aussi appris, et que les voleurs, les bandits et les rois avaient pigé avant lui, c'est que les points forts de l'ennemi peuvent aussi être ses plus grandes faiblesses. Prenez mon toit, par exemple. C'est une forteresse. Je m'y sens en sécurité. Un peu trop, même. Encerclez-le et il devient une prison.

Et donc, quand je réfléchis à ce qui constitue la plus grande force du roi des Goondas, la première chose qui me vient à l'esprit, c'est qu'il a des dizaines d'hommes à sa disposition.

La voilà, sa faiblesse : ses hommes.

Ou un en particulier.

Peut-être que j'ai encore un ami qui peut m'aider. Ou, à défaut d'un ami, quelqu'un dont je connais la principale faiblesse.

Je n'aime pas l'idée d'avoir à m'éloigner pour avoir une connexion satellite mais je suis encore à l'abri sous le couvert des arbres. Quand j'obtiens enfin du réseau, les doigts tremblants, je compose un numéro que je connais par cœur. On décroche aussitôt.

— La Fouine ?

— Non, ce n'est pas La Fouine, je réponds.

Un silence.

— Tina ? M. Omoko sait que tu m'appelles ?

— Ne raccroche pas.

— Je ne peux pas te parler, *kijana*.

— Attends, Big Boy.

— Écoute, dit-il d'un ton las, je sais pourquoi tu m'appelles mais je ne peux rien faire. Ça ne me plaît pas non plus. Mais ta sœur va bien. Il faut juste que tu fasses ce qu'il te demande.

— Impossible, Big Boy.

— Je vais raccrocher.

— Non ! Écoute, on va passer un accord, tous les deux.

— Tu n'es pas en position de négocier.

— Oh si !

Le téléphone glisse dans mes mains moites. J'ai du mal à empêcher ma voix de trembler mais je sais que je ne peux pas laisser transparaître ma peur au risque de tout faire foirer. Je sais que la partie va être longue. Je ne peux pas jouer toutes mes cartes en même temps.

— Omoko est mon père. Tu le savais ?

Big Boy ne répond pas.

— Il a violé ma mère, il l'a torturée. Il l'a tuée. Et maintenant c'est moi qui vais le tuer. Je vais lui prendre sa couronne pour te la donner.

Big Boy ne dit rien.

— Je sais que tu aimerais bien être à sa place. D'ailleurs, elle te revient de droit. Et tu me connais. Tu sais que je ne parle pas à la légère. Je vais faire ce que je dis. Mais… (Je marque une pause pour m'assurer que ma voix ne tremblera pas.) seulement si j'ai la garantie qu'il n'arrivera rien à ma sœur. Je veux que tu l'emmènes chez les Greyhill. Je ferai ce qu'il faudra pour que cette couronne te revienne une fois que je nous aurai débarrassés d'Omoko. C'est ta chance, Big Boy. Saisis-la.

— Tu dis n'importe quoi, Tina.

— Je crois que tu ferais mieux de m'écouter, Big Boy. Je sais que ça fait beaucoup de choses à intégrer d'un seul coup, mais c'est ton heure. Tu m'aides, je le bute et tu deviens le patron. Ce n'est pas plus compliqué que ça.

J'entends Big Boy soupirer à l'autre bout du fil.

— Où t'es, Tina ? Comment t'as eu ce téléphone ?

Je ferme les yeux et je me représente ma sœur, ligotée, morte de peur. J'ai beau détester La Fouine, je n'ai pas envie de faire ça à Big Boy. Big Boy est violent, impitoyable, effrayant. Il retient ma sœur prisonnière. Mais ces cinq dernières années, lui et les Goondas ont été ma seule famille à l'exception de Kiki. Il m'a appris à me battre et à me défendre. Pour nous autres Goondas, il est le seul adulte digne de confiance. On sait que si on est loyaux, il prendra soin de nous. C'est la loi. Ces gens-là forment une famille violente, dysfonctionnelle et folle à lier, mais c'est une famille quand même, et c'est la seule que j'aie. Si j'enfreins la loi, tout est fini. Il n'y a pas de retour possible.

Pourquoi ne se contente-t-il pas d'accepter mon offre ? Je sais qu'il veut régner à la place du roi. Il n'a qu'à relâcher Kiki. Ça ne lui plaît pas non plus de la retenir en otage, il me l'a dit. Et je n'aime pas l'idée de menacer la famille de quelqu'un pour arriver à mes fins.

Je tente le coup une dernière fois.

— Il n'a pas confiance en toi, Big Boy. Il te plantera un couteau dans le dos à la première occasion. Tu ne verras rien venir. Je n'ai pas envie qu'on en arrive là et toi encore moins que moi. Ce n'est pas bon pour les Goondas. Ce n'est bon pour personne.

— Comment tu as fait pour te procurer le téléphone de La Fouine, Tina ? demande-t-il à nouveau d'une voix sourde et menaçante. N'oublie pas que je détiens ta sœur. Je la regarde en ce moment même.

Je n'ai pas oublié. Ses mots sont le coup de pouce qu'il me fallait pour renforcer ma détermination. Au moment de répondre, je sais que ce que je vais dire va rompre à jamais mon lien avec les Goondas. Et ça ne me pose aucun problème.

— Il faut que tu prennes une décision, Big Boy. Tu veux régner sur les Goondas avec ton frère à tes côtés ? (Je marque une pause.) Ou tu veux être un moins-que-rien et te retrouver tout seul ?

Nous y voilà. Ma dernière carte : La Fouine.

— Je vais tuer Omoko. Avec le flingue de La Fouine. Ensuite, tu auras ta couronne. Tu pourras récupérer ton frère, moi ma sœur, et chacun s'en ira de son côté. Mais si tu refuses…

Le corps en proie à une tension extrême, j'attends la réponse de Big Boy. Son silence semble s'étirer indéfiniment. Pour finir, il dit :

— Je ne te crois pas. Tu bluffes.

— Je savais que tu dirais ça.

Je m'aperçois qu'à peu de chose près, ce sont les mots que m'a dits mon père tout à l'heure. Je suis comme lui. J'avale ma salive avant de poursuivre. Je sais que la vie de Kiki dépend de la violence et de la brutalité dont je suis capable en ce moment même. Je n'ai pas d'autre choix que de puiser en moi tout ce que j'ai hérité de lui. Je lance d'un ton tranquille :

— Je t'envoie une photo.

Quand, cachée derrière un arbre, je siffle pour attirer l'attention de Skinny, il tourne brusquement la tête dans ma direction et s'aperçoit trop tard de son erreur : un Goonda regarde lui aussi dans la direction du bruit et fronce les sourcils. Le type a vu que je manque toujours à l'appel. Je reste parfaitement immobile alors que Skinny transpire à grosses gouttes et semble au bord de la crise de nerfs.

Au bout d'un moment, le type qui observe Skinny fouille la poche de sa veste, en sort un sachet rempli d'alcool, l'ouvre, le vide d'un trait, le jette et reprend sa position initiale.

Je sens un rayon de soleil me chauffer le sommet du crâne. Le temps presse. Pour finir, Skinny tourne les yeux vers moi et je lui fais signe d'approcher.

Il secoue la tête, reporte le regard vers le campement. J'ai compris le message. Tout le monde est réveillé et semble s'ennuyer maintenant. À peine aura-t-il esquissé un pas qu'ils se lanceront à ses trousses. Je me mords la lèvre : que faire ? Je me rapproche en veillant à rester sous le couvert des arbres.

— Ça va ? chuchote-t-il.

Je hoche la tête même si je tremble encore.

— Il va le faire.

Maintenant que j'ai fichu en rogne un des types les plus dangereux de Sangui en prenant son frère en otage, il ne nous reste plus qu'à réussir l'impossible ou presque : libérer Michael. La deuxième étape du plan, c'est que Skinny parvienne à s'éclipser et qu'on porte La Fouine un peu plus loin dans la forêt pour le cacher. Puis Skinny prend le téléphone, contacte M. Greyhill et le met au courant de la situation. Après tout, si je vais subtiliser Michael et une moto au nez et à la barbe d'Omoko, il faut d'abord qu'on soit sûrs que l'hélico de Greyhill va nous attendre.

C'était l'idée de Skinny d'utiliser le GPS du téléphone satellite pour marquer l'endroit où on va cacher La Fouine et donner notre localisation à M. Greyhill. Skinny va lui demander de faire atterrir l'hélico le plus près possible de la route. Un des gardes de Greyhill devra aller récupérer La Fouine. Les autres se cacheront dans les fourrés au cas où il faudrait nous couvrir pendant notre trajet jusqu'à l'hélico.

Bon. Si Skinny réussit à convaincre M. Greyhill qu'on a besoin de lui, si j'arrive à sauver Michael, piquer une moto, créer une diversion, si on parvient à atteindre l'hélico sans se faire tuer en cours de route, mon plan est parfait.

Pour reprendre les mots de Skinny, la seule chose encore moins raisonnable serait de ne rien faire.

Bien sûr, si Skinny ne réussit pas à s'échapper, tout va foirer avant même d'avoir commencé. Je reporte mon attention sur lui. Il fronce les sourcils comme chaque fois qu'il manigance quelque chose.

— J'y vais en courant, chuchote-t-il.

— Pas encore… tu vas te faire prendre !

Il secoue imperceptiblement la tête.

— Ils sont bourrés. Et je cours vite.

J'hésite. C'est vrai, il court vite. Enfin, assez vite pour un nerd. Mais quand même… S'il se fait repérer, il est mort.

— Ça va marcher, dit-il d'un air pas très convaincu. Crée une diversion pour que je prenne un peu d'avance. Maintenant !

Je bredouille :

— Attends ! La diversion, c'est plus tard !

Mais il a déjà détalé en baissant la tête. Il faut que j'agisse avant qu'il se fasse repérer. Je ramasse un bâton et je le jette aussi loin que possible en direction de la tente-cuisine. Il atterrit sur une marmite, qui tombe en renversant un réchaud à gaz, lequel tombe à son tour sur une grosse pile d'assiettes en métal. Ça fait un boucan de tous les diables. Les hommes poussent des cris, se lèvent en titubant, la tête tournée vers le bruit. Skinny en profite pour piquer un sprint et ensemble, on atteint le couvert des arbres. Je suis terrifiée à la pensée qu'une main pourrait m'agripper par le col mais on parvient à rejoindre La Fouine sans que personne se soit lancé à notre poursuite.

— Qu'est-ce que tu lui as fait ? demande Skinny tandis que j'ôte les branchages qui cachent le visage de mon prisonnier.

— Il l'avait bien mérité, crois-moi.

J'attrape La Fouine par les jambes et Skinny le saisit par les aisselles, puis nous courons de toutes nos forces en direction du soleil levant. Je continue d'attendre que La Fouine se réveille et commence à se débattre, mais pour l'heure il ne bouge pas. Quand j'estime qu'on est assez loin, je m'arrête et je cherche des yeux un endroit convenable.

— Là-bas.

On dégouline de sueur. De la terre et des feuilles mortes s'accrochent à nos vêtements. On creuse à la va-vite une petite tranchée près d'un gros rocher. On y traîne le corps évanoui de La Fouine et je me sers des liens que je gardais dans ma poche pour lui attacher les mains à un jeune arbre qui pousse sous le rocher. Pendant que je le recouvre avec des branchages et des feuilles, Skinny marque notre localisation avec le GPS du téléphone.

— C'est comme creuser une tombe, dit-il enfin.

— Il ne va pas mourir, il est increvable.

Skinny examine le téléphone en fronçant les sourcils.

— Il n'y a pas de réseau ici. Je vais devoir me déplacer.

— Marche vers la route. Je crois que c'est par là.

— OK. On se retrouve dans l'hélico. Sois prudente, conclut-il le visage fermé.

Le campement est sens dessus dessous.

Ma diversion a bien fonctionné. Un peu trop bien, peut-être. À mon arrivée là-bas, une quarantaine de types courent dans tous les sens en se hurlant dessus, et la tente-cuisine est en feu.

Apparemment, le réchaud que j'ai renversé a explosé, ce qui n'est pas une très bonne nouvelle, étant donné que je comptais sur une explosion de ce genre pour couvrir ma fuite avec Michael. Mais peut-être que si j'arrive à le faire sortir rapidement, il y aura assez de pagaille pour nous laisser filer.

Le soldat qui se tient debout au milieu de la clairière et aboie des ordres doit être le chef. On dirait qu'il a compris que ses prisonniers se sont échappés. Je le vois attraper par le col deux types de la milice et les envoyer vers la forêt. Mais s'ils se lancent à notre poursuite, ils vont dans la mauvaise direction. C'est déjà une petite victoire. Je ne vois nulle part M. Omoko. J'espère de toutes mes forces qu'il n'est pas dans la tente avec Michael.

Les deux types qui montaient la garde devant sa tente sont partis éteindre le feu qui s'est propagé à un arbre. La fumée blanche provoquée par la combustion des feuilles est une véritable aubaine. Elle recouvre tout le campement d'une brume épaisse. J'attends d'être sûre qu'on ne m'a pas repérée et je me faufile jusqu'à l'arrière de la tente, où personne ou presque ne peut me voir depuis le campement. Je soulève le bas de la toile d'un centimètre et j'essaie de voir à l'intérieur. Il fait sombre et je ne distingue que des formes indistinctes. Il va falloir que je risque le tout pour le tout : dehors, je suis une cible facile. Après avoir jeté un rapide coup d'œil autour de moi, je me glisse à l'intérieur. Pendant un bref moment, je ne vois rien et la panique me gagne.

— Qui est là ?

Je chuchote en rampant jusqu'à Michael :

— Chut, c'est moi.

Une fois que mes yeux se sont habitués à l'obscurité, je constate qu'il a les yeux bandés, qu'il est ligoté et couvert de bleus mais sain et sauf. Ses mains sont attachées à un petit groupe électrogène. C'est sans doute le seul objet lourd qu'ils ont pu trouver.

— Tina, dit-il à voix basse. Ça va ? Où est Skinny ? Ils n'ont pas voulu me dire ce qu'ils avaient fait de vous.

— Je vais bien, Skinny aussi.

J'ôte le bandeau et il cligne des yeux dans la pénombre. J'ai l'impression qu'une éternité s'est écoulée depuis que je me suis enfuie de la pension et j'éprouve l'envie soudaine de le toucher pour m'assurer qu'il est bien là. Je m'accroupis pour examiner ses liens. Ce sont les mêmes que ceux qui emprisonnaient mes poignets, mais il en a aussi autour des chevilles. Quand je lui prends les mains, il laisse échapper un gémissement de douleur. Un de ses poignets est enflé, la peau violacée.

— Je crois qu'il est cassé, dit-il.

La mort dans l'âme, je m'assieds par terre pour l'examiner et je lâche un juron.

— *Mavi.*

— Mes jambes fonctionnent. Tu peux me faire sortir d'ici ?

Je demande avec un sourire forcé :

— Euh… il n'y a aucune chance que tu arrives à conduire une moto dans cet état, je suppose ?

Michael regarde ses mains. Il vient de comprendre.

— C'est ça ton plan d'évasion ?

— Et si moi j'essaie de conduire ?

— Si on avait le temps, je te montrerais, je suis sûr que tu peux y arriver, mais là… (Il regarde vers l'entrée de la tente ; d'après ce qu'on entend, c'est toujours la pagaille.) Fais-moi d'abord sortir d'ici, on va s'échapper à pied. Où est Skinny ?

— Il est parti chercher de l'aide. Si tout va bien, c'est ton père qui devrait nous la fournir. (Je lâche un autre juron.) Il est censé nous retrouver plus bas sur la route mais on ne peut pas semer ces types. Ils ont des camions et des motos.

— Est-ce qu'on peut passer par la forêt ?

Je réfléchis quelques secondes et secoue la tête.

— Ça va nous prendre trop de temps et il leur suffira de faire le tour pour nous cueillir juste avant qu'on ait atteint la route.

J'examine de nouveau ses liens. Je peux au moins détacher ses jambes tout en réfléchissant à un nouveau plan.

— Tina, qu'est-ce qui se passe ? Qui sont ces types ?

— C'est une longue histoire. Je t'expliquerai tout quand on sera tirés d'affaire.

— Je les entendus parler de…

Je l'interromps précipitamment :

— Quelqu'un arrive ! Il faut que je te remette ton bandeau.

— Non ! Tina !

Mais je replace déjà le bout de tissu crasseux sur ses yeux. Je prends une couverture posée sur le lit de camp et me précipite au fond de la tente, où se trouve une grosse caisse en bois. Je m'agenouille derrière et jette la couverture sur moi. C'est la pire cachette qui puisse exister mais à cet instant précis c'est la meilleure option que j'aie. Je me roule en boule et fais de mon mieux pour ressembler à un tas de linge sale. Avec un peu de chance, personne ne me remarquera dans le noir. J'ai envie de me donner des gifles de n'avoir pas pensé à prendre le *panga* de La Fouine. J'ai toujours son pistolet mais je préférerais me défendre de façon plus discrète. Rien de tel qu'un coup de feu tiré depuis la tente du prisonnier pour attirer les foudres d'une horde de soldats.

Un homme entre et se met à invectiver Michael. Apparemment, on lui a juste envoyé ce type pour vérifier qu'il était toujours là car il ressort aussitôt, après lui avoir rappelé que s'il bouge d'un cil ils n'hésiteront pas à le tuer, parce qu'il ne vaut pas « une crotte de singe ».

J'attends quelques instants avant de relever la tête.

— Charmant…

Michael soupire et réprime une grimace de douleur. Je me demande s'il a aussi quelques côtes cassées dont il aurait omis de me parler.

— Ils sont tous dingues. Celui-là, il n'arrête pas de me dire qu'il a hâte de voir le feu d'artifice. Je ne sais pas de quoi il parle mais chaque fois, il se marre.

Je me fige. Michael n'est pas au courant des projets d'Omoko.

— Hé, tu peux m'enlever ce truc ? J'en ai marre d'être dans le noir.

Je rampe jusqu'à lui. Dois-je lui révéler les projets d'Omoko ou éviter de perdre une minute de plus ?

— Merci, murmure-t-il quand je lui ôte son bandeau.

Je me fige, troublée par son regard posé sur moi. J'aimerais vraiment qu'il me pardonne de lui avoir crié dessus, de m'être enfuie et, surtout, de l'avoir entraîné dans ce guêpier, mais le temps presse. Je reporte mon attention sur ses liens et, après avoir sorti l'épingle à cheveux de ma poche, je me mets au travail.

— Pourquoi ces types nous ont faits prisonniers ?

— M. Omoko veut t'échanger contre une rançon.

L'épingle s'est tordue, je n'arrive pas à l'insérer dans la boucle. Je la mords pour essayer de lui donner une autre forme.

— Qui c'est ce M.Omoko ?

Il s'est passé tellement de choses. Je n'avais même pas mentionné le nom d'Omoko jusqu'à maintenant sauf à la pension, alors que j'étais en proie aux effets de la drogue. Je sors l'épingle de ma bouche pour l'examiner. Toujours pas droite.

— Je te raconterai tout ça plus tard mais pour l'instant, tu n'as qu'une chose à savoir : c'est le méchant qui a tué ma mère.

Je mords de nouveau l'épingle. Michael m'observe bouche bée.

— Hein ? Pourquoi ? Qui est…

— Et il a kidnappé ma sœur. (J'essaie d'insérer l'épingle dans la boucle des liens qui lui emprisonnent les chevilles ; ça ne veut pas rentrer mais c'est peut-être parce que mes mains se sont mises à trembler.) Je pense qu'elle est en sécurité maintenant mais….

Je secoue la tête, incapable de poursuivre.

— Notre sœur, tu veux dire.

Étonnée, je lève les yeux.

Une lueur farouche brille dans le regard de Michael mais j'y vois aussi de la vulnérabilité. Avant que je puisse les arrêter, deux grosses larmes roulent sur mes joues. Je murmure d'une voix nouée par l'émotion :

— Notre sœur.

Soudain, j'ai l'impression qu'on m'ouvre la poitrine en deux. Je baisse les yeux vers la cicatrice en forme de croissant de lune à peine visible au creux du bras de Michael. Lentement, ma main remonte de son poignet jusqu'à elle. Je le sens frissonner sous la caresse de mes doigts. J'ai la gorge tellement nouée que c'en est douloureux. Quand je lève les yeux vers lui, je m'aperçois que je sais enfin ce qu'il pense. Je ne m'étais pas trompée : il a des sentiments pour moi.

Il penche la tête et nos fronts se frôlent. Je dis en libérant un torrent de larmes :

— Je suis vraiment désolée.

— Il n'y a pas de quoi…

Je le fais taire d'un baiser. Je ne sais pas trop ce que je suis en train de faire. Pour une fois, je ne réfléchis pas aux conséquences. J'agis, c'est tout. Il me rend mon baiser, d'abord avec douceur puis avec avidité. Une sensation de chaleur remonte le long de mon dos et se propage à tout mon corps. Je prends son visage dans mes mains et je respire le parfum de sa peau.

Quand je recule, il dit en soupirant :

— J'attends ça depuis une éternité.

Je ris à travers mes larmes.

— Dommage que ce soit arrivé ici. (Je meurs d'envie de l'embrasser encore mais je sais que le temps presse.) Il faut se dépêcher.

Il acquiesce, l'air peu convaincu, et se penche en arrière pour me laisser travailler. J'ai presque réussi à le détacher quand il sursaute.

— Désolée, je sais que c'est douloureux…

— Chut. Tu entends ça ?

Je me fige aux aguets. J'étais si concentrée sur ce que je faisais que je n'ai pas entendu le vrombissement lointain d'un moteur qui semble se rapprocher…

— Un hélicoptère…

— C'est mon père ! s'exclame Michael avec un grand sourire.

Mais quelque chose ne va pas.

— Non, le bruit est trop proche. Skinny était censé lui dire de ne pas s'approcher du campement. Peut-être qu'il n'a pas réussi à le joindre.

Et s'ils avaient mis la main sur Skinny ? Tout est ma faute. Je me redresse d'un bond. Au-dehors, des cris nous annoncent que les hommes de la milice ont repéré l'appareil, eux aussi. Et je n'ai pas eu le temps d'expliquer à Michael que…

— C'est un piège, Michael ! Omoko veut abattre l'hélico dès que vous aurez décollé.

Le sourire de Michael s'évanouit.

— Quoi ? Mais…

— Il va vous tuer, ton père et toi.

— C'est l'heure, les gars ! crie une voix près de nous.

Michael tourne la tête vers l'entrée de la tente.

— Quelqu'un arrive.

Mes doigts se démènent pour venir à bout des fils.

— Allez, allez…

— C'est le garde qui revient ! Cache-toi ! dit Michael.

— Non ! Je peux…

— C'est trop tard, Tina ! Cache-toi ! Tu ne pourras pas m'aider si tu meurs !

Je vois une ombre se profiler derrière la toile de tente.

— Allez ! chuchote-t-il en me repoussant.

J'hésite une seconde de plus et, la mort dans l'âme, je vais de nouveau me réfugier derrière la caisse en tirant la couverture sur moi. Mon cœur bat la chamade. C'est juste le garde. Il jette un coup d'œil et il s'en va. J'ai encore le temps de détacher Michael et de m'enfuir avec lui.

Mais la voix familière qui s'élève depuis l'entrée de la tente anéantit mon dernier espoir.

— Bonjour, Michael, lance M. Omoko. Tu es prêt à nous faire tes adieux ?

41

— Il semble que Christina et son ami t'aient abandonné, ajoute-t-il. Je m'attendais presque à ne trouver personne en entrant ici.

Je suis sûre qu'il entend mon cœur tambouriner dans ma poitrine et qu'il cherche juste à jouer avec mes nerfs. D'un moment à l'autre, il va ordonner aux Goondas de fouiller la tente.

— Elle est venue ici ?

— Oui, répond Michael.

Je manque de m'étouffer.

— Elle m'a dit que vous reteniez Kiki en otage et qu'elle ne pouvait rien faire pour m'aider. Puis elle est repartie.

— Elle est maligne, dit Omoko après un silence.

Est-ce qu'il l'a cru ? Le ton de sa voix semble dubitatif.

— Patron, dit une autre voix près de l'entrée de la tente, le camion est prêt.

— OK, emmenez-le. On s'occupera des deux autres plus tard.

J'entends qu'on s'agite autour de moi puis un bruit de pas qui s'éloigne. Je peste intérieurement. J'aimerais tellement pouvoir faire quelque chose mais je sais que ça ne donnera rien de bon. J'attends que le camion démarre avant de sortir la tête de la couverture. La tente est vide, bien sûr. Je risque un œil au-dehors pour observer les allées et venues de la milice. Je ne vois qu'un seul homme qui me tourne le dos. Je prends le premier objet lourd que je trouve (une boîte de munitions) et je rampe à l'extérieur. Le type est en train de fumer une cigarette. Je prends mon élan et lui assène un grand coup sur la nuque. Il s'effondre avec un grognement.

— Hé !

Je fais volte-face. Un autre gars de la milice s'avance à ma droite. Je ne l'avais pas repéré depuis la tente. Je cours en direction de la forêt dans l'espoir qu'une fois là-bas, j'arriverai à le semer. Je l'entends appeler un de ses copains à la rescousse avant de s'élancer à ma poursuite. J'ai toujours l'arme de La Fouine en ma possession mais il fait très sombre sous le couvert des arbres : impossible de viser proprement. Je me fraie un chemin parmi la végétation ; la peur et l'adrénaline me donnent des ailes et à mon grand soulagement, je sens que la distance se creuse entre moi et mes poursuivants, qui s'enfoncent bruyamment dans la jungle.

Soudain, je m'aperçois que je ne cours pas dans la direction prise par Michael. Mes poumons sont sur le point d'exploser. Je ralentis un peu pour reprendre mon souffle puis je me remets à courir de plus belle en slalomant entre les arbres. J'ai les pieds en sang mais je continue d'avancer. Quand j'ai la certitude d'avoir semé les types de la milice, je m'arrête pour guetter le bruit de l'hélico. Je n'entends que le silence.

Je repars. La route doit être par là-bas. Je trébuche dans une ravine, enjambe des arbres déracinés et, au moment où je commence à paniquer, le sol descend en pente douce et j'aperçois une piste boueuse devant moi. Je ne m'arrête qu'une seconde, le temps de m'assurer que la voie est libre avant de rejoindre la route, les poumons en feu, et de piquer un sprint.

Je vais arriver trop tard. Ils seront partis avant que j'aie pu les rejoindre. Et une fois que l'hélico aura décollé…

Parvenue au sommet d'une colline, j'aperçois une clairière éclairée devant moi. Ce doit être là que l'hélicoptère a atterri. J'ai une montée d'adrénaline. Mais juste à ce moment-là, une forme noire surgit devant mes yeux.

J'étouffe un cri mais l'inconnu me saisit le bras en chuchotant mon prénom.

— Skinny !

— Chut ! dit-il avant de m'entraîner à l'écart de la route.

— Je croyais qu'ils t'avaient capturé.

Il me pousse vers une trouée entre les arbres. De là, on peut voir la clairière.

— Qu'est-ce qui s'est passé ? Je viens de voir Omoko arriver avec Michael. Tu n'as pas réussi à le libérer ?

— Non, je n'ai pas eu le temps.

On s'accroupit derrière un arbre. L'hélicoptère est posé comme une énorme guêpe noire sur l'herbe et les fleurs sauvages balayées par le vent. J'explique à Skinny :

— Il s'est cassé le poignet, il n'aurait pas pu conduire la moto.

Je ne distingue que deux silhouettes à l'intérieur de l'hélico. Mon regard balaye la clairière et soudain, mon sang se glace. Le camion de la milice est là, sous le couvert des arbres, entouré d'hommes armés d'AK-47. Un Goonda tient Michael par le bras. Ils attendent, debout à l'orée de la forêt, près de M. Omoko.

— Tu as pu parler à Greyhill ?

— J'ai l'impression que je m'y suis pris trop tard, répond Skinny avec une grimace. Je suis venu jusqu'ici pour passer l'appel mais je les ai entendus arriver derrière moi. J'ai dû courir sur la route pendant deux kilomètres environ avant d'obtenir un signal du côté de la maison de Catherine.

Je demande, étonnée :

— On est près de chez elle ?

— J'ai reconnu les lieux en sortant de la forêt.

Elle ne plaisantait pas quand elle affirmait que les milices se trouvaient un peu plus haut sur la route.

— J'ai appelé M. Greyhill trois fois de suite mais il n'a pas répondu, poursuit Skinny. J'ai fini par laisser un message. En entendant l'hélico, j'ai laissé tomber pour le suivre jusqu'ici. Je suis désolé, Tina.

Je secoue la tête en m'efforçant de refouler la panique qui m'envahit.

— Ce n'est pas ta faute.

Tout va de travers.

Je perçois du mouvement près de l'hélicoptère. Je vois Greyhill descendre de l'appareil, les yeux dissimulés derrière des lunettes de soleil. Je reporte le regard vers Michael. Si M. Greyhill connaît les véritables intentions d'Omoko, il n'en montre rien. Il boutonne sa veste comme s'il allait à un rendez-vous d'affaires. M. Omoko sort de la forêt et s'avance vers lui.

Je demande à Skinny :

— Tu as parlé à Catherine ?

— Elle est allée chercher de l'aide.

Skinny n'a pas l'air optimiste et on ne peut pas lui donner tort. Quel genre d'aide pourrait-elle trouver ? La police locale est sans doute à la solde de la milice. Une unité de l'armée accepterait peut-être d'intervenir ; encore faut-il la trouver et la convaincre.

Quand Omoko et Greyhill se retrouvent face à face, Omoko sourit en tendant la main à son ancien patron. Je n'entends pas ce qu'ils se disent mais le sourire de M. Omoko se crispe. Il donne une claque sur le bras de Greyhill et le conduit jusqu'à Michael. Les soldats de la milice ont installé une petite table et des chaises à l'orée de la forêt. Je compte quatre miliciens et deux Goondas mais je ne serais pas étonnée qu'il y en ait d'autres embusqués dans la jungle.

On amène Michael devant son père après avoir ôté le bandeau qui lui couvre les yeux. M. Greyhill fait mine de lui prendre le bras mais sur un mot d'Omoko, il suspend son geste. Même d'ici, sa fureur est palpable.

M. Omoko désigne la table sur laquelle on a installé un ordinateur portable, et les deux hommes s'asseyent. On emmène Michael à l'écart.

Je jette un coup d'œil derrière nous, comme si des renforts allaient apparaître en haut de la route. Je ne vois que des arbres.

Voilà, on y est. Personne ne va venir nous aider. Je dégaine mon pistolet.

— Tina, qu'est-ce que tu fais ?

Skinny me tire par la manche mais je me dégage d'une secousse.

Le pistolet pèse lourd dans ma main mais au moins c'est une arme de poing et pas un AK-47, sans quoi j'aurais dû l'abandonner en cours de route pour progresser plus vite.

Je vérifie le magasin : il contient six balles, plus une dans la chambre. Je fixe un point du regard, comme Michael me l'a appris quand nous étions enfants, et comme avec les Goondas quand on tirait sur des bouteilles de bière alignées le long de la digue. Je vise Omoko. Il sourit tandis que M. Greyhill rapproche l'ordinateur de lui et se met à pianoter sur le clavier. J'inspire à fond mais je n'arrive pas à empêcher mes mains de trembler.

— Je suis trop loin.

J'essuie sur mon épaule la sueur qui me coule sur les yeux.

— Tina…

— Il faut que je me rapproche.

Je m'enfonce dans la forêt, les yeux fixés sur les deux hommes assis à la table. Ils ne semblent pas à leur place dans ce décor ; on dirait qu'ils participent à un déjeuner d'affaires au milieu de nulle part. J'entends Skinny me suivre ; je me retourne pour lui faire signe de revenir sur ses pas. Je veux qu'il se tienne à distance pour être sûre de ne pas être repérée. Je cours entre les arbres sans faire le moindre bruit ; je découvre que quand on a l'habitude de cambrioler des maisons, on sait se déplacer facilement dans la jungle.

La clairière est vaste, il me faut un bon moment pour en faire le tour avant d'émerger à pas de loup derrière eux. Je gravis la colline qui surplombe le camion de la milice puis je redescends à travers bois et je me hisse sur une sorte de promontoire rocheux d'où je peux les épier, accroupie dans l'herbe. Les hommes attendent, alignés, les Goondas d'un côté, la milice de l'autre. M. Greyhill tape sur le clavier de l'ordinateur et M. Omoko semble captivé par ce qu'il voit sur l'écran. Je m'attendais à trouver des hommes dans la forêt pour protéger les arrières de leur chef, mais je ne distingue aucun signe de vie dans la végétation. C'est un coup de chance, mais qu'est-ce que je dois faire maintenant ? Tirer sur les miliciens, sur les Goondas, sur M. Omoko ? Prier pour qu'ils ne tuent pas Michael ? Je me suis rapprochée mais ils sont toujours trop nombreux pour moi. Je sens le désespoir m'envahir.

En entendant une brindille craquer derrière moi, je fais volte-face, le cœur battant, le pistolet à la main.

Skinny a déjà les mains levées, la bouche tordue par une grimace d'excuse. Je pose un doigt sur mes lèvres et lui fais signe de se baisser. Il rampe jusqu'à moi et risque un coup d'œil en bas.

Je peux lire la peur sur son visage. Si une fusillade éclate, c'est Michael qui en fera les frais. Et Skinny n'est même pas armé. J'essaie de contrôler ma respiration. *Réfléchis, Tina, réfléchis, il y a forcément un moyen.* Pourquoi ce n'est pas comme dans les films, pourquoi je ne surgis pas du bois en mitraillant les méchants sans que leur prisonnier ait la moindre égratignure ?

J'aurais déjà de la chance si j'arrivais à toucher Omoko. Mais je n'ai pas d'autre plan. Je vois M. Greyhill s'interrompre, le doigt figé au-dessus d'une touche du clavier. M. Omoko sourit comme un lion qui s'apprête à fondre sur sa proie. Bientôt la transaction sera terminée, Michael et M. Greyhill monteront dans l'hélicoptère. Je m'allonge à plat ventre, appuyée sur les coudes, et lève le pistolet dans ma main. Je ferme un œil, j'essaie de ne pas prêter attention à la respiration saccadée de Skinny, de ralentir les battements de mon cœur et de contrôler le tremblement de mes mains pour ne pas dévier de ma cible.

Ça y est, la tête de mon père est dans ma ligne de mire.

Je sens la détente résister sous mon doigt. Il me suffit d'appuyer dessus.

Tue-le, Tina. Maintenant.

Tac tac tac tac tac tac.

Tac tac tac.

Je sursaute, relève la tête. Je suis si nerveuse que j'ai du mal à desserrer les doigts autour de la crosse du pistolet. J'échange un regard avec Skinny avant de reporter mon attention sur les hommes. Ils sont en grande discussion, la tête tournée vers l'autre côté de la clairière, dans la direction du campement.

— Qu'est-ce qui se passe ? demande Skinny.

— Je ne sais pas.

Tac tac tac tac.

Tac tac tac tac BOUM.

J'entends des cris d'oiseaux retentir de toutes parts dans la forêt. Les soldats montrent une direction en criant. Je penche la tête en arrière pour flairer l'air et observer le ciel.

— De la fumée. Ça vient du campement.

Les soldats tirent la même conclusion que moi. Une dispute éclate mais M. Omoko rappelle les hommes à l'ordre. Il crie aux Goondas de ne pas bouger pendant que les hommes de la milice vont voir ce qui se passe. M. Greyhill se rassied, raide comme un piquet, le regard fixé sur son ancien bras droit. Je ne crois pas qu'il ait appuyé sur la touche du clavier. Le doigt sur la détente de leur fusil, les Goondas attendent les ordres de leur chef. Michael regarde son père. Tout le monde est hyper tendu.

Je reporte le regard vers le camion où les hommes de la milice sont en train de s'entasser. Est-ce qu'ils laissent leurs lance-roquettes sur place ou ont-ils décidé de les emporter ?

Le camion démarre dans un rugissement de moteur et s'éloigne vers le campement.

Sans me laisser le temps de réfléchir, je tourne mon arme vers la clairière et je tire. Le Goonda qui tenait le bras de Michael sursaute et s'effondre sur la table, entre Greyhill et M. Omoko.

Et là, l'enfer se déchaîne.

Je ne me donne pas l'occasion d'hésiter, malgré les cris de Skinny qui tente de me retenir par le bras. Telle l'héroïne d'un film d'action, je me précipite au bas de la colline, shootée à l'adrénaline. Je tire un, deux, trois coups de feu – tout se passe si vite – puis un quatrième, mais mes pieds glissent dans la boue et je ne touche ni l'autre Goonda ni M. Omoko. J'entends de petites explosions dans les arbres et par terre autour de moi, les balles sifflent près de ma tête. Tout le monde crie à tout le monde de cesser le feu mais une cinquième balle part. C'est l'autre Goonda, un des deux types qui se battaient tout à l'heure, Toofoh ou Toto, qui n'arrête pas de mitrailler en visant de son œil encore valide. Soudain, je trébuche sur quelque chose et je suis sur le point d'atterrir aux pieds de Toofoh-ou-Toto quand il s'effondre, touché par le pilote qui est sorti de l'hélicoptère et qui a peut-être été touché lui aussi car il tombe dans l'herbe et brusquement, comme si rien ne s'était passé…

Le calme revient. Silence de mort.

Je titube, le canon de mon pistolet braqué sur M. Omoko. Il me reste encore deux balles. Michael est agenouillé près de son père, qui se tient la jambe, le visage gris. À quelques mètres d'eux, Omoko lève lentement les mains. Il jette un coup d'œil vers le père et le fils.

Je crie :

— Ne vous approchez pas d'eux !

J'entends Skinny surgir derrière moi et se précipiter vers M. Greyhill, dont la jambe est en sang. Après lui avoir arraché sa cravate, il la noue comme un garrot autour de sa cuisse. Michael se tortille près de son père et mon sang se glace à l'idée qu'il soit blessé lui aussi, mais je m'aperçois qu'il essaie de se libérer de ses liens.

Je vois tout ça du coin de l'œil car mon regard est fixé sur M. Omoko, mon pistolet braqué sur sa tête.

— Christina, marmonne-t-il, qu'est-ce que tu fais ?

— Les mains en l'air ! Plus haut !

— Tu penses avoir le cran de me tirer dessus, petite ?

Je le tiens toujours en joue. Le soleil tape sur ma tête et la crosse du pistolet glisse dans mes mains moites. La rage accumulée pendant toutes ces années m'envahit. J'ai attendu ce moment si longtemps… Enfin, je trouve la force de répondre :

— Oui.

Un petit sourire éclaire le visage de M. Omoko.

— C'est bien ce que je me disais. Eh bien, vas-y. C'est l'occasion idéale.

Michael relève la tête.

— Non, Tina.

Je garde les yeux fixés sur M. Omoko en m'efforçant de faire abstraction de tout ce qui se passe autour de moi. Il a raison : c'est le moment ou jamais. Impossible de rater mon coup. La sueur me pique les yeux et je cligne des paupières.

M. Omoko baisse lentement les mains.

— Les mains en l'air, j'ai dit !

Mais il n'obéit pas.

— Tu es en train de laisser passer ta chance. C'est quoi, le problème ? Tu as déjà tué quelqu'un, ma fille, lance-t-il en désignant le cadavre du Goonda.

Je crie comme une gamine mais c'est plus fort que moi :

— Je ne suis pas votre fille !

— Nous avons le même sang, que ça te plaise ou non. Mais la question est de savoir si tu es aussi faible que ta mère.

Une grimace de mépris tord sa bouche.

— Ma mère n'était pas faible !

Il sourit de nouveau et pendant une seconde, j'ai l'impression de fixer un reflet déformé de mon propre visage. Je sens que je perds tous mes moyens, mes genoux tremblent et s'entrechoquent comme les pièces d'une vieille machine.

Je murmure :

— Je vais te tuer...

Ses dents sont trop grandes pour sa bouche. Je vois ses gencives luire.

— Alors tu ferais mieux d'en finir tout de suite. C'est ce que tu voulais, non ? Tuer l'assassin de ta mère ? (M. Omoko ouvre grand les bras.) Eh bien, je suis là !

Je suis comme paralysée.

— C'est moi qui t'ai créée ! rugit-il. Je t'ai faite telle que tu es aujourd'hui ! Tu me dois tout ! C'est moi qui t'ai donné la force de tuer un homme. Alors voyons ça ! Fais-moi voir ce que tu as dans le ventre !

Chacun de ses mots me transperce. Je suis sa fille, je suis comme lui. Il y a un cadavre à mes pieds. J'ai un otage caché dans la jungle. Pendant toutes ces années, je n'ai cherché qu'à me venger. Le temps passé avec les Goondas a nourri la violence qui m'habitait, mais peut-être qu'elle était là depuis le début, qu'elle se nichait dans mes os. Ma fureur est sans limites, mon amour pour ma mère enfoui sous toute cette haine. Et tout ça à cause de lui, parce que je suis sa fille. Sa chair et son sang.

Soudain, j'entends une voix dans ma tête, à la fois douce et ferme. Ce n'est pas la voix d'Omoko ni celle de ma mère. C'est la mienne.

Non, Tina. Il se trompe. Tu es celle que tu as choisi d'être.

Je sens le soleil me brûler la peau et le sang irriguer de nouveau mes bras. Et quand je prends la parole, c'est ma voix que j'entends, pas celle de la fille d'un pauvre type.

— Je n'ai rien à voir avec toi.

Je lève mon pistolet, je suis prête à tirer. Au même moment, il glisse la main dans sa poche et je vois étinceler un objet en métal, l'œil noir d'un canon.

Un coup de feu retentit.

Le silence revient. Un nuage obscurcit le ciel puis le soleil refait son apparition.

J'attends que la douleur se manifeste. Je baisse les yeux pour examiner mon corps, je relève la tête. Je suis distraite par les oiseaux qui s'envolent dans le ciel blanc.

Je suis saine et sauve.

Je tiens toujours le pistolet dans ma main mais le canon est froid. Je n'ai pas tiré. Mes oreilles sifflent. Je reporte mon attention sur M. Omoko. Il fixe quelque chose derrière moi tandis qu'une fleur rouge s'épanouit sur sa chemise, au niveau du cœur. Il lève le poing, tousse dedans. Quand il retire sa main, elle est écarlate. Il fait un pas vers moi, tente de lever son arme mais elle lui échappe des mains et tombe dans l'herbe.

Je me retourne pour regarder derrière moi et il faut quelques secondes à mes yeux pour s'habituer à la lumière. D'abord, je ne vois rien hormis les rayons du soleil qui jouent dans les feuilles, l'ombre des arbres. Et soudain j'aperçois le canon d'un fusil posé sur une branche basse : elle voulait être sûre de ne pas rater son coup.

Le visage de Catherine est serein. Nos regards se croisent. Elle me fixe longuement avant de glisser la bandoulière de son fusil sur son épaule.

Un grognement s'échappe de la bouche de M. Omoko et je me retourne. Il est tombé à genoux, la main posée sur le cœur. Le sang coule entre ses doigts et goutte dans l'herbe. Il ouvre la bouche comme s'il cherchait à me dire quelque chose mais je me tourne de nouveau vers la forêt.

Catherine a disparu.

Immobile, je scrute la pénombre entre les feuilles qui brillent sous le soleil. L'herbe agitée par le vent scintille comme un océan. Je ne regarde pas mon père rendre son dernier souffle. J'attends que le silence revienne, que les insectes reprennent leur chant, que Skinny m'appelle doucement par mon prénom. Alors je me tourne vers l'homme allongé par terre. Il fixe le ciel, immobile, enfin inoffensif.

42

Sœur Dorothée rassure Michael : l'opération de son père s'est bien déroulée. À l'hôpital, ils ont l'habitude de soigner les blessures par balle, et ils ont vu bien pire.

— On n'a pas eu besoin de l'endormir, poursuit-elle. Il était pendu au téléphone pendant presque toute l'opération. (Elle secoue la tête, incapable d'imaginer que les négociations entre Big Boy et M. Greyhill ne puissent attendre.) Vous pourrez le voir dans une minute. Comment va ce bras ?

— Bien, répond Michael, dont on a plâtré le poignet.

— Il est bien cassé, dit-elle. Vous avez de la chance d'être en vie, tous autant que vous êtes.

Et après m'avoir touché l'épaule, elle s'en va s'occuper d'un bébé né ce matin.

Même au milieu de la mort, la vie ne renonce pas.

C'est le général Gicanda qui nous a sauvés du massacre : il a déboulé dans la clairière avec un petit groupe des forces spéciales rwandaises quelques minutes seulement après la mort d'Omoko. D'abord, j'ai cru que c'était la milice mais M. Greyhill nous a crié de déposer nos armes. Le général

Gicanda s'est occupé lui-même du père de Michael : il l'a porté jusqu'à l'hélicoptère et allongé à côté d'un La Fouine toujours ficelé et inconscient. En chemin vers l'hôpital, il nous a montré le campement de la milice, ou ce qu'il en restait.

Apparemment, M. Greyhill a bien reçu le message de Skinny en fin de compte, mais il ne voulait pas prendre de risques. Les troupes de Gicanda ont attaqué le campement dès qu'il lui a transmis les coordonnées GPS par radio. Elles étaient censées le rejoindre plus tôt mais il leur a fallu plus de temps que prévu pour mettre hors d'état de nuire les hommes de la milice.

Si le personnel de l'hôpital est surpris de voir des troupes rwandaises dans ce coin reculé du Congo, personne ne fait de commentaire. Les soldats montent la garde dans les couloirs. Contrairement à ceux de la milice, leur uniforme est propre et repassé, leurs armes et leurs bottes brillent comme un sou neuf. Ils sont grands, de bonne constitution et se tiennent au garde-à-vous, le regard braqué au-dessus des têtes des infirmières et des bonnes sœurs qui s'affairent autour d'eux. Trois d'entre eux surveillent le lit de La Fouine bien qu'on l'ait gavé de calmants.

La sœur affirme qu'il est trop tôt pour savoir s'il aura des séquelles de sa fracture du crâne, mais sa tête n'est pas très enflée et son état s'est stabilisé. Une fois qu'ils auront cessé de lui administrer des sédatifs, il devrait se réveiller sous vingt-quatre heures. M. Greyhill a demandé aux religieuses de ne pas ménager leurs efforts pour qu'il guérisse. Il sait ce que vaut la vie de La Fouine.

Une autre infirmière passe la tête dans l'embrasure de la porte du bloc opératoire, où M. Greyhill se repose encore.

— Vous pouvez y aller, nous dit-elle.

On sursaute en même temps avant de se précipiter à l'intérieur du bloc. Skinny nous attend dans le hall. À notre entrée, M. Greyhill ne lève même pas les yeux de son téléphone et son visage est aussi impénétrable que d'habitude. Il y a une tache rouge de la taille d'un bouchon de bouteille sur le bandage qui lui enveloppe la jambe.

— C'est fait, annonce-t-il en reposant enfin son téléphone. Fermez la porte et asseyez-vous. Elle est saine et sauve, et j'ai reçu l'assurance qu'elle le restera. Ton associé semblait satisfait de la somme que je lui offre en plus de la vie de son frère. Il m'a promis qu'il ne t'arrivera rien. Nous avons convenu de procéder à l'échange dès que nous aurons atterri à Sangui. (Il consulte de nouveau son téléphone.) On part dans une heure. Le général nous escortera jusqu'à la frontière.

Je suis si soulagée que je reste muette pendant quelques secondes. Je me laisse tomber sur une chaise.

— Demain, je demande à mon assistante de s'occuper de son visa.

Je regarde Michael mais il semble aussi désarçonné que moi.

— Son visa ?

— Elle repart avec Michael.

— Où ça ?

— À Lucerne, en Suisse.

Je me lève d'un bond et contourne le lit pour lui faire face.

— En Suisse ?

— J'aurais dû prendre cette décision il y a plusieurs années. Je pensais que son école était suffisamment sûre mais de toute évidence, je me trompais.

— C'est toi qui as payé pour son instruction ? demande Michael. Tu savais où elle était ?

— Évidemment.

Pourquoi je n'y ai pas pensé avant ? Il a dû se mettre à la recherche de Kiki après notre départ et la retrouver dans la paroisse de ma mère. Il savait qu'elle fréquentait l'église du coin. J'essaie de ne pas lui montrer que je suis bouleversée.

— Vous ne pouvez pas l'envoyer à l'étranger sans me demander la permission !

Il me dévisage avec une patience exaspérante. Il semble toujours aussi policé, alors même qu'il est assis sur un lit d'hôpital.

— Tu as quoi, seize ans ?

— Et alors ?

— Et tu fais partie d'un gang ?

Je serre les poings.

— Où est-ce que vous voulez en venir ?

— Tu n'es pas en mesure de faire des propositions.

J'ouvre la bouche et je la referme aussitôt en me creusant la tête pour trouver un argument. C'est moi qui ai mis ma sœur en sûreté, c'est moi qui lui ai trouvé une école. Il a payé son instruction. Mais il ne lui a pas pour autant ouvert les portes de sa maison. Il l'a laissée vivre comme une orpheline ; il s'est juste racheté une bonne conscience.

Je finis par répondre :

— Vous n'êtes même pas allé la voir.

Son front se plisse.

— Si, une fois. Mais…

— C'était gênant. (Je croise les bras.) Vous aviez peur qu'on se demande pourquoi vous rendiez visite à une petite métisse qui vous ressemblait un peu trop ?

Il ne répond pas. Du coin de l'œil, je vois Michael observer son père d'un air sévère.

Un cours ou ce qui y ressemble a débuté dehors sur la pelouse et j'entends un chœur de voix féminines répéter des phrases en français.

Je demande :

— Pourquoi on ne peut pas partir dès maintenant ?

Mon soulagement de savoir Kiki en sécurité se dissipe vite. Elle n'est pas encore là, avec moi. J'ai besoin de la voir.

— Crois-moi, on fait aussi vite qu'on peut mais il faut préparer l'hélico, faire le plein d'essence. Moi aussi, je suis inquiet. Assieds-toi, Christina, ce n'est pas en gigotant comme ça que tu vas l'aider.

Je n'avais même pas remarqué que je faisais les cent pas. Je ralentis, tourne la tête vers lui.

— Bon, d'accord, si on ne peut pas partir tout de suite, j'ai des questions à vous poser.

Les mains croisées sur les genoux, il attend. Je lance un regard à Michael.

— Pourquoi ma mère est venue vous demander de l'aide ?

Cette question, Omoko y a en partie répondu mais je veux entendre la version de Greyhill. Il garde les yeux fixés sur moi pendant quelques secondes, comme s'il hésitait à tout me raconter. Pour finir, il se lance :

— Parce qu'elle savait que je pouvais la secourir. J'étais probablement le seul à pouvoir le faire.

Malgré moi, je m'assieds à son chevet et me penche vers lui, impatiente d'entendre son explication.

— Elle vous a révélé qu'il vous volait. C'est pour ça que vous avez décidé de l'aider ?

M. Greyhill regarde son fils, qui attend lui aussi des réponses. Je poursuis :

— Monsieur Greyhill. Je sais que vous me prenez pour une gamine mais aujourd'hui, j'ai tué un homme pour sauver Michael. Je mérite de savoir exactement ce qui s'est passé. (Je me mets à trembler.) Et Michael aussi.

Greyhill lâche un long soupir.

— Elle détenait la preuve qu'Omoko me volait de l'or : la comptabilité de l'argent détourné pour chaque transaction avec la milice. Mais en échange de ces documents, elle voulait une protection. Elle m'a demandé de l'embaucher dans ma maison, derrière mes grilles et mes vigiles.

Michael fronce les sourcils.

— Alors tu achetais de l'or à ces monstres.

Il se dirige vers la fenêtre et regarde au-dehors, son bras plâtré replié contre sa poitrine.

Je demande :

— Vous savez comment elle s'est procuré ces documents ?

— Elle m'a dit qu'elle les avait volés pendant sa captivité. (M. Greyhill baisse les yeux.) Mais elle ne m'a raconté que bien plus tard ce qu'il lui avait fait.

— Elle vous a raconté ça ?

Je déteste cette jalousie qui perce dans ma voix. M. Greyhill hésite.

— Ta mère et moi, nous étions… proches.

— Proches ? Tu as eu un enfant avec elle ! réplique Michael sans se retourner.

M. Greyhill lève les yeux.

— Je ne suis pas parfait.

— Ça, c'est l'euphémisme du siècle, marmonne Michael. (Il se retourne.) Tu l'aimais ?

Je retiens mon souffle. Je ne sais pas à quelle réponse m'attendre. Peut-être à ce qu'il dise que c'était juste une aventure. Mais il relève la tête et regarde son fils droit dans les yeux.

— Oui.

Michael s'éloigne de la fenêtre et se dirige vers la porte, la démarche raide de colère.

— Michael…

Je me lève pour essayer de le retenir par le bras mais il se dégage d'une secousse. Je m'apprête à courir pour le rattraper mais M. Greyhill dit :

— Laisse-le. Il a besoin de temps.

Il regarde son fils disparaître dans le couloir tandis que je me rassieds sur ma chaise.

— Nous n'avons jamais parlé d'Anju… mais nous le ferons. Plus tard. (Il ferme les yeux.) Je croyais qu'elle était en sécurité chez moi, Tina. Je pensais que vous étiez toutes à l'abri. Vraiment.

Mes mains se crispent sur mes genoux.

— Et moi je croyais que c'était vous qui l'aviez tuée. Je vous ai vus tous les deux dans le jardin, la veille de son meurtre. Vous l'avez menacée. Vous avez essayé de l'étrangler.

Ses traits se décomposent. Il se passe la main sur le visage.

— Je me disais bien que c'était toi. Je… je n'ai aucune excuse, Christina. Elle avait de bonnes raisons de m'en vouloir. Je lui avais juré de ne plus faire affaire avec la milice mais je n'avais pas respecté ma promesse. À ce moment-là, c'était trop dur de revenir en arrière. Alors, quand elle m'a menacé, j'ai perdu mon sang-froid.

Il soupire.

— Vous vous en êtes pris à elle !

— Jamais je n'aurais fait une chose pareille, proteste-t-il avec émotion. J'étais furieux, ça oui. Je ne savais pas toujours comment m'y prendre avec ta mère. Je l'aimais, mais ce qui lui est arrivé ici… est au-delà du supportable. Je ne crois pas qu'elle s'en soit remise. Elle m'a dit un jour que mourir aurait été beaucoup plus facile. Par moments, elle était méconnaissable. Elle se mettait à délirer, à hurler, à me menacer, ou alors elle se repliait sur elle-même. Cette nuit-là, j'étais au comble de la frustration.

J'enfonce mes ongles dans la paume de mes mains pour reprendre mes esprits. Je connais ces endroits obscurs où elle allait parfois se réfugier.

— Ça n'excuse pas ce que vous lui avez dit.

— Je sais. (Il me regarde, les yeux brillants.) Je n'en suis pas fier et je regrette la façon dont je l'ai traitée. Parfois, j'ai l'impression que c'est moi qui l'ai tuée.

Je sens ses mots me pénétrer plus que je ne les entends, ils me transpercent comme de minuscules poignards, éteignent la colère que j'éprouvais encore contre lui. Je m'aperçois que c'est peut-être ce que je recherchais : plus que son argent ou son sang, j'avais besoin de l'entendre avouer sa culpabilité afin que je puisse enfin la laisser reposer en paix.

— Mais ce n'est pas vous…

Le visage de Greyhill s'assombrit.

— J'aurais dû tuer Omoko le jour où elle a commencé à travailler pour moi. Mais nous avions été amis, lui et moi, et je l'ai laissé partir. À cette époque, elle n'avait pas autant d'importance dans ma vie. Quand j'ai découvert ce qu'il lui avait fait, il s'était volatilisé. Nous pensions même qu'il avait quitté le continent. S'il l'a tuée chez moi, c'était pour me faire savoir qu'il pouvait encore m'atteindre. Quand c'est arrivé, personne ne l'avait vu depuis des années. Et pendant tout ce temps, il reprenait des forces en attendant son heure, tapi dans l'ombre. (Il ricane.) Ce salaud a soudoyé mon chef de la sécurité pour entrer. Celui-là, je lui ai réglé son compte.

— David Mwika ?

— Cette ordure…

Je me demande si la mort de cet homme a un lien avec l'argent versé à First Solutions, la société de surveillance débusquée par Skinny. Ce n'était peut-être pas Mwika le bénéficiaire mais ceux qui l'ont tué, un collègue peut-être.

Je dis d'un ton pensif :

— Il a ouvert la porte du *mokélé-mbembé* pour M. Omoko.

M. Greyhill fronce les sourcils.

— Le quoi ?

— Le tunnel secret qui mène à votre bureau.

— Tu étais au courant, hein ?

Je me penche vers lui.

— Mais vous deviez savoir qu'il était passé par là. Pourquoi vous ne l'avez pas rattrapé ?

— Quand je l'ai compris, il était déjà trop tard. J'étais sous le choc.

En voyant l'expression de son visage, je comprends qu'il a beaucoup réfléchi à la façon dont les choses se sont déroulées. Soudain, j'entrevois le meurtrier sous l'apparence policée, l'homme qui, en apprenant qu'il avait été trahi, a payé quelqu'un pour assassiner Mwika dans un bar miteux. L'homme qui a sans doute ordonné au tueur de saluer de sa part son ancien employé alors qu'il rendait son dernier souffle.

— Comment vous avez su que c'était Omoko l'assassin de ma mère ?

— L'arme du crime… Il l'a laissée en partant. C'était un pistolet que je lui avais offert quelques années plus tôt, et que j'avais fait graver d'un numéro deux en chiffres romains. Il détestait ce surnom : Numéro Deux. C'était censé être une petite blague. (Il rit tristement.) À part moi, personne ne pouvait relever ce détail. C'était un message subtil, qui m'était uniquement adressé.

Je revois le pistolet dans le tiroir du bureau de Greyhill, et les mots gravés sur le canon : PIETRO BERETTA MADE IN ITALY NO.II.

— Pourquoi vous ne l'avez pas tué après ça ?

— J'ai essayé plusieurs fois. Mais il était redevenu puissant. Il s'était entouré d'une petite armée. Tes amis les Goondas. Il était toujours sur ses gardes.

Greyhill a raison. Les gardes du corps de M. Omoko le suivaient comme son ombre. Moi, j'aurais pu l'atteindre si j'avais su. L'image de son cadavre, de son regard vide levé vers le ciel ressurgit dans mon esprit, et je frissonne.

Quand je lève les yeux vers M. Greyhill, il est en train de m'observer.

— Pourquoi vous venez encore ici ? Comment vous pouvez continuer à faire affaire avec ces gens-là si vous teniez à elle ? J'ai épluché votre paperasse. Vous n'avez jamais cessé de leur acheter de l'or, même après sa mort.

M. Greyhill fronce les sourcils.

— Tu as fouillé dans mon ordinateur ?

— Je fais partie des Goondas, vous vous souvenez ? Je suis entrée chez vous par effraction pour voler la mémoire de votre disque dur. Mais votre fils m'a surprise dans votre bureau.

— Tu as copié ces données ? Est-ce qu'Omoko les avait en sa possession ?

— Oui, mais je suis sûre qu'elles ont été détruites. Votre ami le général n'a pas fait dans le détail quand il a bombardé le campement.

Je ne mentionne pas les sauvegardes qu'a faites Skinny. Je ne suis pas certaine de vouloir jouer cette carte dans l'immédiat.

M. Greyhill semble respirer à nouveau, ce qui m'agace au plus haut point.

— Vous ne valez pas mieux qu'Omoko.

Il secoue lentement la tête.

— J'essaie de m'amender. Nous explorons de nouveaux sites afin d'extraire nous-mêmes assez de minerai. Mais c'est dur. Les milices contrôlent la plupart du territoire. Je me suis associé au général Gicanda pour tenter de les éliminer mais il y a beaucoup de problèmes politiques à prendre en compte…

— C'est dur ? (Je ricane pour ne pas lui cracher au visage.) Vous voyez ces femmes, là dehors ? (Je désigne la fenêtre d'un geste vague.) Demandez-leur à elles si c'est dur.

M. Greyhill baisse les yeux.

— Nous essayons de nous améliorer, Tina. Avec les autres minerais, il y a désormais de nouvelles lois internationales. Du contrôle. Des sanctions. Pour l'étain et le coltan, nous avons des mines qui fonctionnent bien, avec des syndicats, des protocoles de sécurité. Demande autour de toi. Le cas échéant, Extracta ne pourrait pas vendre des volumes pareils.

— Mais l'or… ?

— L'or, c'est une autre histoire. Nous proposons des tarifs plus élevés à ceux qui peuvent nous garantir qu'ils n'emploient pas d'esclaves. Mais ce n'est pas facile de déloger les milices : elles lancent des attaques sur ces mines pour en prendre le contrôle. Le gouvernement n'est d'aucune aide ; il contrôle lui aussi des mines qui fonctionnent grâce à l'esclavage. Et même si Extracta refuse d'acheter cet or, il y en a d'autres, les traficants par exemple, qui se feront un plaisir de prendre notre place. L'or est leur minerai de prédilection. On peut facilement faire passer en contrebande une valise remplie d'or et en obtenir le même prix que cinq camions chargés d'étain. C'est en partie pour cette raison qu'Omoko cherchait à me nuire. Il voulait redevenir un acheteur.

Je pense aux armes qu'Omoko a apportées, à l'or que Skinny a vu passer de main en main. Greyhill dit vrai. Il poursuit :

— En échange de Michael, il voulait de l'argent mais aussi pouvoir faire des affaires sans être inquiété. Et il avait tout intérêt à laisser les milices avoir recours à l'esclavage. De cette manière, il pouvait acheter de l'or à moindre coût. Pour lui, c'était une question de profit : gagner le plus d'argent possible en peu de temps. Pour moi aussi, mais je pense qu'à long terme financer des mines vertueuses serait une stratégie plus profitable.

— Alors tout ça c'est juste une histoire de business.

Il semble fatigué tout à coup.

— Je n'ai jamais prétendu le contraire.

Une infirmière entre dans le bloc pour vérifier l'intraveineuse sur son bras et lui donner un verre d'eau. Elle marque d'une croix son dossier médical avant de ressortir.

Dehors, le cours se poursuit, une longue litanie de chiffres et d'expressions qui me donne envie de fermer les yeux.

— C'est encore très confus, dis-je en secouant la tête.

Je me dirige vers la fenêtre pour écarter les rideaux. Il y a une dizaine de femmes assises dans l'herbe qui compulsent un manuel d'exercices. Je reconnais parmi elles une dame en rose que j'ai vue la nuit de notre arrivée à l'hôpital. C'est une des trois patientes qu'on a amenées ce soir-là. Une remarque du professeur lui arrache un sourire timide et j'entrevois ses dents aussi blanches que le bandage qui lui enserre la tête.

Je laisse le rideau retomber et je me tourne vers Greyhill. J'ai pris une décision.

— Monsieur Greyhill, je vous suis reconnaissante de ce que vous faites pour aider ma sœur. Vraiment. Je sais que vous ne le faites pas pour moi et c'est très bien comme ça. Vous ne me devez rien. En revanche, vous avez une dette envers ma mère et je veux être sûre que vous vous en acquitterez. Je ne suis pas quelqu'un d'important mais ne me sous-estimez pas. Je vais vous surveiller. Garder un œil sur ce qui se passe ici. Pour ma mère et pour les femmes de ce pays. Vous avez promis de vous améliorer mais vous savez ce qu'on dit : chassez le naturel, il revient au galop.

Je m'avance vers Greyhill et j'agrippe les barreaux de son lit.

— Écoutez-moi bien. Une fois Kiki en sécurité, quand vous aurez repris votre routine, une grosse somme d'argent va disparaître de votre compte en banque. (Il ouvre la bouche pour protester mais je lui fais signe de se taire.) Et d'ici quelque temps, vous allez peut-être recevoir un mot de remerciement en provenance de ce même hôpital. Vous leur répondrez aimablement que vous consentez à financer toutes leurs opérations dans un futur proche. Il faudra satisfaire à toutes leurs demandes, qu'il s'agisse d'une route, d'une nouvelle école ou d'une maternité.

Je devance sa question :

— Si vous refusez, c'est fini pour vous. Vous devez bien ça à ma mère.

Son visage s'affaisse et je vois dans ses yeux qu'il me donne raison. Mais je n'ai pas terminé.

— Et surtout, si vous n'avez pas complètement coupé les ponts avec les milices d'ici la fin de l'année, je vais commencer à divulguer les données de votre disque dur. Oui, j'ai fait des copies. Et n'essayez même pas de nous éliminer, moi ou mon ami. Nous ferons des sauvegardes. Si l'un de nous disparaît, toutes les infos seront aussitôt transmises à des dizaines d'agences de presse internationales.

Je me tais pour lui laisser le temps d'encaisser la nouvelle.

— Est-ce que c'est clair ?

Pendant un moment, il m'observe sans trahir la moindre expression. Puis il a un petit sourire et je vois une émotion fugitive passer sur ses traits. Je pourrais me tromper mais j'ai la nette impression d'y lire du respect.

— Parfaitement clair. Je n'en attendais pas moins de toi. Tu es la digne fille de ta mère.

43

— Qu'est-ce que tu vas faire maintenant ? demande Michael.

On est dans le jardin des Greyhill, à deux pas de l'endroit où on a écopé de nos cicatrices il y a tant d'années. Je sais que ses parents sont à l'intérieur en train de parler de Kiki, de moi, et de ce qu'ils vont faire de nous deux. À un moment, j'entends Mme Greyhill s'écrier :

— Mais elles ne sont pas sous ta responsabilité ! C'est nous ta famille !

Michael lance un regard vers la maison. Je commence à déchiffrer les nuances de ses expressions. Cette fois, c'est compliqué mais je crois discerner de la fatigue et de l'agacement dans ses yeux.

— Marchons un peu, dit-il.

— Attends une seconde.

Je croise le regard de Kiki. Elle est assise dans l'herbe à quelques mètres de nous. Un des bergers allemands qui gardent la propriété somnole, la tête posée sur ses genoux. Je lui adresse un petit sourire et elle me sourit à son tour. J'espère qu'elle n'a pas entendu Mme Greyhill.

Son regard est moins tourmenté aujourd'hui mais elle semble encore fatiguée et amaigrie. Je sais que c'est une bonne chose qu'elle s'en aille bientôt. Elle a besoin d'un nouveau départ. Mais ça ne signifie pas pour autant que je sois contente de la laisser partir. Michael m'a promis de veiller sur elle en Suisse et je sais qu'il tiendra parole, mais ce n'est pas pareil.

Je dis à ma sœur :

— On fait juste quelques pas. Ça ira ?

Elle hoche la tête.

— Je vais bien, Tina, je t'assure. Arrête de t'inquiéter.

Le chien la couve d'un regard idolâtre et lui lèche le menton.

Hier, l'échange des otages s'est passé sans incident. Le général nous a ramenés à bord de deux hélicoptères avec une escorte de six hommes pour que personne ne perde son sang-froid. Le rendez-vous avait lieu dans l'aérodrome privé où M. Greyhill entrepose son hélico.

On a amené La Fouine sur une civière et quand Big Boy a vu son frère, on a vraiment cru que la situation allait tourner au vinaigre. Mais M. Greyhill avait aussi pensé à faire venir un médecin qui, après avoir examiné La Fouine et ma sœur, nous a assuré que tout le monde allait bien. Avant d'ajouter : « Et maintenant, baissez vos armes, s'il vous plaît ! »

Ma sœur… En la voyant, j'ai cru que j'allais fondre en larmes. Je l'ai vue monter dans la voiture des Greyhill à travers un brouillard. Je me souviens seulement que je tremblais violemment et que je n'arrêtais pas de lui demander comment elle allait, jusqu'à ce que le médecin décide de me faire une injection dans le bras. La nuit dernière, quand je me suis réveillée en sursaut dans la chambre d'amis des

Greyhill, en proie à une panique terrible, j'ai trouvé Kiki endormie près de moi. Alors seulement, j'ai compris qu'elle était saine et sauve et là, j'ai pleuré en silence pour ne pas la réveiller.

Michael attend patiemment que je me détache d'elle. Quand je me décide enfin à le suivre, il m'entraîne derrière les massifs de fleurs et les plantes ornementales en me tenant le bras de sa main valide. Nous passons près de mon ancien cottage, puis près de l'endroit où j'ai vu ma mère et Greyhill se disputer par une nuit obscure, il y a une éternité de ça. On s'arrête devant les plants de légumes. Derrière nous, la maison est cachée par un énorme buisson d'hibiscus bourdonnant d'abeilles.

— Alors ? demande Michael. C'est quoi ton plan ? Je sais que tu y as réfléchi.

— Je vais rester dans le coin.

— C'est tout ce que tu veux bien me dire ?

J'ébauche un sourire malicieux.

— Moins tu en sais, mieux ça vaut.

— Un jour, je finirai par connaître tous tes secrets, Tina. Et tu ne pourras plus jamais m'échapper.

— On verra ça.

— Mais tu n'as pas peur des Goondas si tu restes ici ? demande-t-il, et son sourire disparaît.

— Ton père a payé Big Boy pour qu'il me laisse tranquille.

Michael n'a pas l'air convaincu. Et il a raison de douter ; je parie qu'il y a un gros contrat sur ma tête.

— Je vais peut-être voyager un peu en ton absence.

— C'est une bonne idée. Tu devrais accepter la proposition de mon père d'aller étudier dans la même école que nous.

— Tu sais bien que ce n'est pas ce genre de voyage dont je parle.

— Ça te plairait, la Suisse. C'est… propre. Et il y aura Kiki.

— Je ne peux pas aller là-bas.

— Dis plutôt que tu ne veux pas.

— Ce n'est pas chez moi.

— Et c'est où, chez toi ? Ici ? demande-t-il doucement.

Au fond de moi, j'aimerais lui répondre que je vais l'accompagner en Suisse. Pour veiller sur Kiki et aussi, soyons honnête, pour me rapprocher de lui. Je ne sais pas exactement ce qu'il y a entre nous et j'aurais bien besoin d'un peu de temps pour le découvrir.

Mais d'un autre côté, je sais que ma place est ici. Et que j'ai pris la bonne décision. C'est peut-être parce que j'ai déjà résolu de retourner à l'hôpital de Kasisi une fois qu'ils auront reçu la « donation » de M. Greyhill. Et peut-être aussi parce que je sais que cette vie-là n'est pas pour moi, même si je suis tentée par l'opportunité que représente cette école. Avant de devenir une Goonda, je n'aimais déjà pas ça. Je sais qu'il n'y a pas de quoi être fier, mais c'est comme ça. Je ne peux pas accepter l'idée de devoir passer mes journées enfermée et d'être obligée de respecter un emploi du temps précis, même si c'est pour mon bien. Porter un uniforme, obéir aux instructions, aller là où on me le demande, pour moi c'est comme mourir à petit feu. Je deviendrais folle si on me forçait à rester assise dans une classe. Et je ne pourrais pas supporter qu'on me questionne sans cesse au sujet de l'université où je veux étudier et de ce que je veux faire de ma vie.

Car si je reste, c'est surtout parce que je sais déjà ce que je veux faire.

Ce matin, je me suis réveillée avant l'aube. Après m'être glissée hors de mon lit, je suis allée frapper à la porte de Michael pour lui extorquer la promesse de veiller sur notre sœur. Je n'étais pas loin d'exiger un pacte de sang. Puis je suis sortie. J'avais besoin de parler à Skinny. Il m'attendait déjà sur mon toit quand je suis arrivée. Il m'a dit qu'il n'avait pas fermé l'œil de la nuit et qu'il n'arrêtait pas de trembler.

— Et maintenant ? a-t-il ajouté.

Il savait aussi bien que moi que tout avait changé. Pour commencer, on était sur la liste noire des Goondas. On allait devoir se cacher pendant quelque temps. Il faudrait trouver un autre toit... ou un sous-sol, peut-être. J'ai promis à Skinny qu'on mettrait sa famille en lieu sûr, loin d'ici. Sur une île, peut-être... De toute manière, même si les Goondas avaient accepté de nous reprendre, on savait tous les deux qu'on ne pouvait plus mener la même vie qu'avant. Voler des gens au hasard sans se soucier des existences qu'on bouleversait ? Non, tout ça était terminé.

Nous avons parlé jusqu'à ce que le soleil soit haut dans le ciel, évoqué des projets plus ou moins liés à ce qu'il appelle « la justice redistributive ». Le monde est rempli de sales types et de comptes en banque faciles à pirater.

Et puis je ne peux pas complètement renoncer à l'idée d'être une voleuse.

— On sera un peu comme Robin des Bois, le prince des voleurs, a suggéré Skinny.

Le regard fixé sur la ville, je lui ai donné un coup d'épaule.

— Allez, on peut faire mieux que ça. Devenir les reines des voleurs, par exemple.

Il a ri pour la première fois depuis longtemps.

Je regarde Michael. Ses yeux sont de la même couleur que les feuilles derrière lui. Je crois qu'il comprend pourquoi je ne partirai pas. À vrai dire, je pense même que personne ne peut le comprendre mieux que lui. Il ne connaît peut-être pas les détails mais il me connaît moi. Il me fait assez confiance pour comprendre que je sais ce qui est bon pour moi. Je vois bien qu'il aimerait me demander ce qui se passe entre nous. Nous avons une amitié solide ; c'est un socle dont je ne pensais pas avoir besoin et dont je ne soupçonnais même pas l'existence. Mais est-ce qu'il y a autre chose ? Je ne suis pas sûre de le savoir dans l'immédiat, et lui non plus. Mais il semble avoir compris que pour avancer, il faut laisser certaines questions en suspens et s'en remettre à l'avenir, aussi foutraque et imprévisible soit-il.

Sa main se pose sur ma joue, effleure mes cheveux du bout des doigts.

— Mais cette fois… ne disparais pas, d'accord ?

— Tu sauras toujours où je suis.

D'un geste hésitant, je pose les mains sur sa poitrine. À travers le tissu de son tee-shirt, je sens son cœur battre à tout rompre.

Il me regarde comme s'il essayait de mémoriser le moindre détail de mon visage. Je comprends ça. Moi aussi, je voudrais me rappeler tout de lui en ce moment même, alors que le soleil éclaire son visage et que de petits insectes volent paresseusement autour de sa tête. Soudain, il m'attire contre lui et me serre dans ses bras. Je perçois son odeur et sa nervosité. Il me serre avec prudence, comme si j'étais un animal sauvage qui pourrait s'échapper à tout instant.

Tout à coup, je sens une digue se rompre en moi et je me laisse envahir par le désir à la fois doux et violent que j'ai de lui. Je comprends que demain n'a pas d'importance.

Qui sait ce qui va arriver ? Tout ce qui compte, c'est ici et maintenant.

Nos lèvres se rejoignent et c'est comme si on venait d'inventer le baiser, comme s'il n'y en avait jamais eu d'équivalent dans toute l'histoire de l'humanité. Tout autour de nous, le monde disparaît et le silence se fait, à l'exception du bourdonnement des abeilles dans les fleurs, pareil à des milliers de cordes qui vibrent à l'unisson.

44

Règle numéro dix-huit, la dernière : on ne peut pas être bon en tout.

Je ne serai jamais une bonne petite pensionnaire. Ni la voleuse parfaite. Ni la fille/sœur/amie qu'ils voudraient ou qu'ils méritent. Mais ce n'est pas grave.

Peut-être que j'en ai fini avec les règles. Pour l'instant, en tout cas. Je crois que je vais me laisser porter. Vivre, tout simplement. On verra bien ce qui arrivera.

Je laisse Skinny s'asperger de parfum dans la boutique duty-free pour accompagner ma sœur jusqu'à sa porte d'embarquement. M. Greyhill voulait venir à l'aéroport lui aussi mais je lui ai demandé de me laisser seule avec elle. Dans deux mois, quand elle rentrera à Sangui pour les vacances en compagnie de Michael et de Jenny, nous irons les chercher tous les deux. Je donne à l'agent de sécurité mon passe « accompagnant » fourni par la compagnie. M. Greyhill a dû ruser pour me le procurer. Il est identique au billet de Kiki mais ne m'emmènera pas plus loin que la porte 23.

Michael est parti hier et M. Greyhill l'a accompagné en chaise roulante pour faire ses adieux. Je voyais bien que ça l'exaspérait qu'on le pousse ; il faut croire qu'il tenait vraiment à être là. Le vol de Michael étant complet, Kiki a dû partir aujourd'hui. Mais Michael m'a promis qu'il monterait dans le van dépêché par l'école pour aller la chercher à l'aéroport. Elle intégrera la classe juste en dessous de celle de Jenny. Ils veilleront sur elle.

On double des files de gens de tous âges et de toutes origines en train d'attendre leur vol. La seule chose qu'ils ont en commun, c'est cette espèce de lassitude qu'ont les riches, comme s'ils s'étaient bien amusés en Afrique mais qu'il était temps de partir. Peut-être qu'ils ne sont pas tous pleins aux as mais il y a des tas de montres en or et de sacs de marque dans les parages. L'endroit rêvé pour exercer mes talents de pickpocket ! Tous ces gens s'en vont : le temps qu'ils s'aperçoivent qu'on leur a fait les poches, ils seront à des milliers de kilomètres.

Le terminal de l'aéroport est neuf et d'une propreté impeccable, tout en lignes droites et sans la moindre odeur nauséabonde. Les avions qu'on voit décoller à travers la baie vitrée semblent avoir été astiqués. On est à des années-lumière des rues sales de Sangui. Je me demande si la nouvelle école de Kiki à Lucerne ressemblera à ça.

On s'arrête devant sa porte d'embarquement.

— Tu as ton passeport et ton argent ?

Kiki lève les yeux au ciel.

— Je n'ai rien perdu depuis que tu m'as posé la question, il y a cinq minutes.

Je fourre les mains dans mes poches. Le soleil se lève à peine et traverse la baie vitrée comme du cuivre en fusion. Autour de nous, des touristes s'attardent dans les dernières boutiques de souvenirs. Des mères essaient de rassembler leurs enfants et des hommes d'affaires en costume sirotent un café devant leur ordinateur portable.

Kiki observe la scène avec de grands yeux. Elle porte des vêtements neufs rose et vert achetés en prévision du voyage. Avec ses tresses soignées et son nouveau sac à dos, elle ressemble à n'importe quelle petite fille sur le point d'embarquer. Près d'une semaine s'est écoulée depuis son kidnapping et elle commence à redevenir elle-même. Elle fait des cauchemars toutes les nuits mais le docteur dit que c'est normal et que ça finira par passer.

— À ton arrivée, passe-moi un coup de fil avec le téléphone que M. Greyhill t'a donné, OK ? Mon numéro est déjà enregistré dans le répertoire.

Je rajuste la bretelle de son sac, qui a glissé de son épaule.

— Oui.

Elle n'arrête pas de regarder autour d'elle.

Je remonte mes manches. J'ai chaud sans raison et je me sens nerveuse. Je jette un regard autour de moi. M. Greyhill m'a dit qu'un employé de la compagnie devait venir la chercher pour l'escorter jusqu'à son siège, mais je ne vois personne.

Kiki se tourne de nouveau vers moi comme si elle venait de se rappeler ma présence.

— Tu as un nouveau tatouage.

Ma nervosité se dissipe. Je lui montre mon avant-bras. C'est mon premier tatouage post-Goonda. La peau est encore à vif mais mon nouveau tatoueur a fait du bon boulot. Ma longue cicatrice toute droite est désormais la tige centrale d'une branche de palmier semblable à celle que sainte Catherine tient à la main sur la carte de prière de ma mère.

— C'est un symbole de triomphe, dis-je à ma sœur.

À ce moment, une femme s'avance vers nous. Elle porte beaucoup de maquillage mais elle a un joli visage avenant. Elle nous adresse un grand sourire.

— Catherine Masika ?

Kiki lève la main.

La femme sourit de plus belle.

— Je travaille pour la compagnie aérienne. L'embarquement aura bientôt lieu mais tu peux monter dès maintenant avec moi si tu le souhaites. Qu'est-ce que tu en dis ?

Kiki déglutit avant de répondre :

— Oui, madame.

Je recule d'un pas. J'ai déjà l'impression de me fondre dans le décor. Je me répète : *Ça va aller*, je me répète. C'est ce que notre mère aurait voulu pour elle. Michael sera là. Il veillera à ce qu'il ne lui arrive rien. Pourtant, une part de moi-même a envie de prendre la main de Kiki et de partir en courant. J'ai la gorge nouée mais je ne pleurerai pas devant elle.

La femme prend son passeport et son billet avant de poser la main sur son épaule pour la guider vers la porte d'embarquement. Elle me lance un regard.

— Tu veux dire au revoir ? demande-t-elle à Kiki.

Ma petite sœur hoche la tête.

— Au revoir.

— Au revoir, dit-elle.

J'ouvre les bras et elle s'y précipite avec tant de brusquerie que je suis à deux doigts de perdre l'équilibre. Je la serre contre moi en respirant l'odeur de ses cheveux. Tous les parfums hors de prix de toutes les boutiques duty-free du monde ne sentiront jamais aussi bon.

Pendant un bref moment, le monde s'arrête de tourner puis Kiki s'écarte et me sourit à travers ses larmes. Je chuchote en m'essuyant le nez d'un revers de main :

— Sois sage.

L'espace d'un instant, le sourire de Kiki me rappelle celui de ma mère sur la vieille photo d'elle et de Cathi.

— Toi aussi, dit-elle.

À ces mots, elle se dirige vers la porte d'embarquement avec l'employée de la compagnie. Au moment où la femme donne le billet de Kiki à l'agent de sécurité, ma sœur se retourne pour me dire quelque chose.

Je me rapproche pour mieux entendre.

— Quoi ?

Elle désigne mon bras et crie :

— Ton nouveau tatouage ! C'est pas un symbole de triomphe. C'est un signe de paix !

Je baisse les yeux vers la branche de palmier. Quand je lève de nouveau la tête, Kiki se dirige vers la porte qui mène au tarmac et à l'avion. Elle jette un regard par-dessus son épaule et m'adresse un dernier signe.

J'agite la main longtemps après qu'elle a disparu derrière la porte.

NOTE DE L'AUTEUR

Quelques remarques sur les libertés que l'auteur a prises avec la vérité :

Pour l'essentiel, cette histoire est basée sur des faits réels qui affectent les populations à l'est de la République démocratique du Congo. Là-bas, les atteintes aux droits de l'homme et plus particulièrement de la femme, sont monnaie courante. Bien que l'histoire d'Anju relève de la fiction, elle s'inspire des récits de persécution entendus de la bouche de réfugiés avec lesquels j'ai travaillé au Kenya, ainsi que de la documentation fournie par des organisations telles que Human Rights Watch et le Conseil de sécurité des Nations unies. Les sociétés minières créent des emplois absolument nécessaires mais tirent parti du chaos et de la corruption qui règnent dans la région. Chaque jour, des réfugiés affluent vers les pays voisins afin d'y trouver la paix et la sécurité. Le conflit, très complexe au demeurant, se poursuit et le reste du monde regarde ailleurs.

En même temps, l'est du Congo est un endroit d'une beauté incomparable. Ses habitants sont des gens à la fois normaux et extraordinaires. Ils font preuve d'une grande dignité et, comme tant d'autres personnes dans le monde, ils essaient simplement de mener leur vie. Au mépris du danger, des hommes et des femmes courageux s'efforcent chaque jour de mettre un terme au conflit et de prendre soin des victimes. Des hôpitaux sous-équipés comme l'hôpital de mission du livre fonctionnent envers et contre tout. Si vous souhaitez en apprendre davantage sur ces endroits, en voici quelques-uns pour commencer : Solidarité féminine pour la paix et le développement intégral (www.sofepadi.org), situé dans le Nord-Kivu ; le Centre pour la réintégration et le développement en Province orientale de sœur Angélique Namaika ; l'hôpital Panzi à Buvaku ; et HEAL Africa à Goma.

Ça, c'est pour l'histoire vraie.

Pour ce qui est de la fiction : les personnages, l'intrigue, Sangui et Kasisi sont tous issus de mon imagination. Bien sûr, je ne peux pas nier qu'à l'instar d'une pie, je chaparde des éléments de la vie réelle pour décorer mon nid. Pour ceux qui connaissent le Kenya, imaginez Sangui comme un savant mélange de l'agitation de Nairobi et de la magnifique côte de Mombasa. Quant à Kasisi, bien qu'elle n'existe pas, la ville et le territoire de Walikale sont eux bien réels.

La prière de sainte Catherine est une adaptation de deux prières distinctes :

• *Mary, Help of Christians, and the Fourteen Saints Invoked as Holy Helpers*, de John James Burke et Bonaventure Hammer (London : Forgotten Books, 2013), pp. 234-5 (œuvre originale publiée en 1909) ;

• *Réalta [an] chruinne Caitir Fhíona : St. Catherine of Alexandria ; Aithdioghluim Dàna*, [McKenna, L. (Irish Texts Society, vol. 37, 40, 1939/40), poème 99].

Toutes les erreurs, omissions et inexactitudes sont de mon fait, avec mes sincères excuses.

GLOSSAIRE

Swahili ou Sheng *(le Sheng est un mélange d'anglais et de swahili, le sheng est un argot des rues en évolution permanente, essentiellement parlé par les jeunes citadins kenyans.)*

Askari : gardien, guerrier ; nom du chien de Cathi.
Buibui : longue robe noire majoritairement portée par les femmes musulmanes en Afrique de l'Est.
Bwana : monsieur.
Dengu : plat préparé avec des haricots (le plus souvent des haricots mungo).
Habari ya jioni : bonsoir.
Habibi : (arabe) nom affectueux.
Hatari : danger.
Hodi : mot utilisé pour annoncer sa présence, généralement quand on arrive chez quelqu'un.
Jua kali : littéralement « soleil chaud ». Quand il est utilisé comme un verbe, signifie « improviser ».
Kanga : tissu coloré très populaire en Afrique de l'Est ; ses motifs comportent généralement un proverbe ou une citation.

Kanzu : long vêtement blanc porté par les hommes musulmans.
Karibu : bienvenue.
Kauzi : voleur.
Kijana : jeune (garçon).
Kitenge/vitenge : tissu graphique et coloré populaire en Afrique de l'Est et dans l'est du Congo.
Kwani ? : « Quoi ? » (« Qu'est-ce que tu dis ? »)
Mandazi : sorte de beignet vendu dans la rue.
Matoke : variété de banane plantain.
Mavi : mot vulgaire qui désigne un excrément et qu'on n'est pas censé employer devant sa grand-mère.
Mdosi : monsieur ; patron.
Mokélé-mbembé : (Likouala) monstre légendaire censé vivre dans les affluents du fleuve Congo.
Mwizi : voleur.
Mzee : monsieur (s'emploie généralement pour un homme d'un certain âge).
Mzungu : (swahili) Blanc.
Ngai : Dieu.
Nyanya : (swahili) grand-mère.
Panga : machette.
Piki-piki : petite moto.
Pili-pili : sauce pimentée.
Polepole : lentement.
Polisi : police.
Sheng : mélange d'anglais et de swahili, le sheng est un argot des rues en évolution permanente, essentiellement parlé par les jeunes citadins kenyans.
Shoga : (sheng) mot très vulgaire qui désigne un homosexuel. N'employez jamais, jamais ce mot.

Shonde : (sheng) autre mot vulgaire qui désigne un excrément et qu'on n'est pas censé employer devant sa grand-mère.

Sonko : (sheng) riche.

Sukuma/sukuma wiki : sorte de chou.

Thegi : (sheng) voleur.

Ugali : farine de maïs cuite, aliment de base au Kenya.

Wache waseme : extrait d'une vieille chanson swahili, « Laisse-les parler. »

Comptoir : au Congo, le mot français qui désigne une structure coloniale à vocation commerciale fait aussi référence aux intermédiaires impliqués dans le commerce de l'or.

REMERCIEMENTS

On dit qu'il faut un village pour écrire un livre. Dans le cas de celui-ci, il a fallu aussi plusieurs villes moyennes, deux continents et un nombre incalculable de parents, d'amis et d'inconnus pour lui donner vie. Je vais tenter l'impossible ici, à savoir exprimer ma gratitude pour toute l'aide que j'ai reçue en cours de route.

Il me faut commencer par les hommes, femmes et enfants de RDC qui m'ont raconté leur histoire au cours d'entretiens s'inscrivant dans des procédures de réinstallation, sans oublier ceux qui m'ont parlé juste parce qu'ils voulaient que leur histoire soit connue. Raconter est un acte de bravoure. Merci à vous tous d'avoir partagé cela avec moi. « Gratitude » n'est pas le terme qui convient ; votre témoignage est une leçon d'humilité. J'ai une dette toute particulière envers les femmes de RefugePoint à Nairobi, surtout C. et R., à qui je pense souvent. Quand je dédie ce livre aux filles (et aux femmes !) qui sont plus que des réfugiées, c'est de vous et de vos enfants que je parle.

J'ai une chance incroyable d'avoir Faye Bender pour agent. Elle est mon guide dans le monde mystérieux de l'édition, sait quoi faire, comment, quand et pourquoi, et trouve aussi le temps de murmurer à l'oreille des écrivains, de leur tenir la main, de s'enthousiasmer pour eux. Merci d'avoir cru en cette histoire. Merci de me pousser à être meilleure.

Stacey Barney, extraordinaire éditrice chez Putnam, tu es magique. Je suis heureuse qu'on ait pu travailler ensemble sur ce livre et je trouve chaque jour de nouvelles raisons de me réjouir. Faire partie de ton équipe est un rêve devenu réalité. J'aime que tu me donnes de nouveaux défis, que tu saches poser les questions difficiles, que tu m'encourages, me cajoles, me pousses et quand je crois enfin avoir terminé, que tu trouves un autre moyen d'enrichir le récit. Mille remerciements à Kate Meltzer, elle aussi brillante éditrice, pour sa gentillesse et ses nombreuses attentions.

Toute l'équipe de Penguin Random House et de G. P. Putnam's Sons Books for Young Readers mérite une ovation pour tout le travail fourni. Vous êtes de sacrés pro et je suis fière que vous m'ayez prise sous votre aile.

Ce livre n'aurait jamais existé sans l'incroyable soutien des Associés de la Boston Public Library et de la bourse de résidence aux auteurs qu'ils décernent. Merci d'avoir pris des risques pour moi, de m'avoir donné du temps et un bel endroit pour écrire, et surtout – cadeau inestimable ! – de m'avoir donné le droit de me considérer comme un écrivain. Bravo également aux bibliothécaires de Teen and Central pour vos efforts infatigables visant à faire des bibliothèques des lieux vivants et dédiés à la collectivité.

Beaucoup de gens ont lu le livre et donné leur avis en cours de route : *asante sana* à Carine Umutoniwase, Rita Njue, Maggie Muthama et C. pour leur perspective critique. JB, ton sheng est au top. Merci aux copains qui m'ont lue, encouragée, critiquée comme des chefs, qui ont cherché des titres, tweeté, préparé des cocktails, et qui m'ont relue encore : Lindsay, Lura, Andrea, Claire, Gillian, Beth, Jess, Kyle, Rae, Eric, Jay, Seth, Emily, Caitlin, Lauren, Nyssa, Victoria, Angela, Kat, Robert – ouf, il y en a un paquet ! – vous êtes les meilleures camarades dont on puisse rêver. Merci à Karen B de m'avoir gentiment proposé ses compétences (et d'avoir corrigé mes fautes !). Au club de lecture de Louisville, merci de m'avoir traitée comme un auteur à part entière avant que tout cela n'arrive.

Ma famille m'a appris à aimer les livres et a lu d'innombrables versions de celui-ci. Merci à vous tous de n'avoir jamais rechigné devant une énième lecture. Maman, papa, Rebecca, Dylan, Margot (et tous les autres, vous vous reconnaîtrez !), votre amour et votre soutien sont tout pour moi.

Et enfin, merci à M., l'homme qui aura toujours mon cœur, pour ses conseils avisés (tu m'agaces mais en général tu as raison pour les erreurs, bon sang !). Rien ne me rend plus heureuse que de t'avoir à mes côtés.

Ouvrage composé par
PCA – 44400 Rezé

Dépôt légal : mars 2018

MIXTE
Papier issu de
sources responsables
FSC® C003309

Pocket Jeunesse, une marque d'Univers Poche,
est un éditeur qui s'engage pour
la préservation de son environnement
et qui utilise du papier fabriqué à partir
de bois provenant de forêts gérées
de manière responsable.

www.pocketjeunesse.fr
PKJ • POCKET JEUNESSE

12, avenue d'Italie - 75627 PARIS Cedex 13

Imprimé en France
N°: 45504143268l7
Dépôt légal: 03/2018